U0733669

中国古代
文学作品选（一）

主　编　尚德机构学术中心
副主编　欧　蓬　刘通博　杜　铮　高智威
编　者　何敬坤　孙　涛　马明明　何会军

清华大学出版社
北京

内 容 简 介

华夏之光,薪传千载;文人骚客,翰墨万篇。博大精深的中国古代文明孕育出浩如烟海的文学作品,欣赏和理解这些优秀古代文学作品,有利于继承和弘扬中华民族优秀文化传统和文学遗产,增强爱国感情,培养高尚情操,提高文化品位和审美情趣,更能促进精神文明建设,树立社会主义核心价值观。

但是,中国古代文学作品由于阅读难度大,作品数量众多,观念庞杂,文体多样,学习与鉴赏绝非朝夕之力。本书精选了从先秦到唐五代具有代表性的优秀文学作品,加以系统的分析和解读,帮助众多自考学子和文学爱好者培养起古代文学阅读及鉴赏的能力。

本书封面贴有清华大学出版社防伪标签,无标签者不得销售。
版权所有,侵权必究。侵权举报电话:010-62782989　13701121933

图书在版编目(CIP)数据

中国古代文学作品选. 一/尚德机构学术中心主编.—北京:清华大学出版社,2020.2
ISBN 978-7-302-54844-7

Ⅰ.①中… Ⅱ.①尚… Ⅲ.①中国文学–古典文学–作品综合集–高等教育–自学考试–自学参考资料　Ⅳ.①I212.01

中国版本图书馆 CIP 数据核字(2020)第 017712 号

责任编辑:王巧珍
封面设计:尚德机构学术中心
责任校对:王荣静
责任印制:杨　艳

出版发行:清华大学出版社
　　　　网　　　址:http://www.tup.com.cn, http://www.wqbook.com
　　　　地　　　址:北京清华大学学研大厦 A 座　　　　邮　　编:100084
　　　　社 总 机:010-62770175　　　　邮　　购:010-62786544
　　　　投稿与读者服务:010-62776969, c-service@ tup.tsinghua.edu.cn
　　　　质量反馈:010-62772015, zhiliang@ tup.tsinghua.edu.cn
印 装 者:三河市铭诚印务有限公司
经　　销:全国新华书店
开　　本:185mm×260mm　　　　印　张:17　　　　字　数:347 千字
版　　次:2020 年 4 月第 1 版　　　　印　次:2020 年 4 月第 1 次印刷
定　　价:44.00 元

产品编号:086392-01

本书编委会

主　编　尚德机构学术中心

副主编　欧　蓬　刘通博　杜　铮　高智威

编　者　何敬坤　孙　涛　马明明　何会军

前　言

知己知彼——
了解《中国古代文学作品选（一）》

　　《中国古代文学作品选(一)》是一本专为全国高等教育自学考试汉语言文学专业设置的、供自学应考者学习的教材。

　　本书内容包含先秦部分、秦汉部分、魏晋南北朝部分、唐五代部分四大模块，分为精读作品与泛读作品两大类，精读作品需重点掌握。本书入选篇目以经过历史检验的传世之作为主，为先秦至五代年间具有代表性的优秀文学作品，且一般都通俗易懂，其体裁包括诗歌、辞赋、散文、骈文、小说等。

　　本教材通过系统地讲解中国古代文学的优秀作品，致力于培养和提高学员感知、理解、分析、欣赏和评价中国古代文学作品的能力，使学员掌握中国文学史上一些主要作家的部分代表作，大致了解各个时期的不同文学体裁、风格和流派，为他们继续学习中国文学史打下坚实基础。

一、全书思维导图

　　全书思维导图展现了本书的整体知识脉络，通过导图可以清晰地看出每章所要掌握的主要知识点。学习过程是对框架充实的过程，犹如亲手为树枝添加一片片的绿叶。同样，对考前复习来说，导图也必不可少。沿着框架，以点带线，由线及面，能够帮助我们快速将知识点串联起来，一本书由厚变薄，知识点就都装进我们的脑子里了。

第一节　《诗经》
第二节　《左传》
第三节　《国语》
第四节　《战国策》
第五节　《论语》
第六节　孟子
第七节　墨子
第八节　庄子
第九节　荀子
第十节　韩非子
第十一节　屈原

先秦部分

第一节　李斯
第二节　贾谊
第三节　司马迁
第四节　班固
第五节　汉乐府
第六节　古诗十九首

秦汉部分

中国古代文学作品选（一）

第一节　曹操
第二节　王粲
第三节　曹丕
第四节　曹植
第五节　李密
第六节　左思
第七节　葛洪
第八节　陶渊明
第九节　谢灵运
第十节　鲍照
第十一节　江淹
第十二节　谢朓
第十三节　丘迟
第十四节　孔稚珪
第十五节　干宝
第十六节　刘义庆
第十七节　南朝民歌
第十八节　北朝民歌

魏晋南北朝部分

唐五代部分

第一节　骆宾王
第二节　王勃
第三节　杨炯
第四节　卢照邻
第五节　陈子昂
第六节　张若虚
第七节　孟浩然
第八节　王维
第九节　李颀
第十节　王昌龄
第十一节　李白
第十二节　高适
第十三节　杜甫
第十四节　岑参
第十五节　李华
第十六节　司空曙
第十七节　韦应物
第十八节　李益
第十九节　韩愈
第二十节　刘禹锡
第二十一节　柳宗元
第二十二节　张籍
第二十三节　王建
第二十四节　白居易
第二十五节　元稹
第二十六节　李贺
第二十七节　杜牧
第二十八节　李商隐
第二十九节　温庭筠
第三十节　秦韬玉
第三十一节　陆龟蒙
第三十二节　罗隐
第三十三节　韦庄
第三十四节　杜荀鹤
第三十五节　崔涂
第三十六节　李朝威
第三十七节　冯延巳
第三十八节　李煜

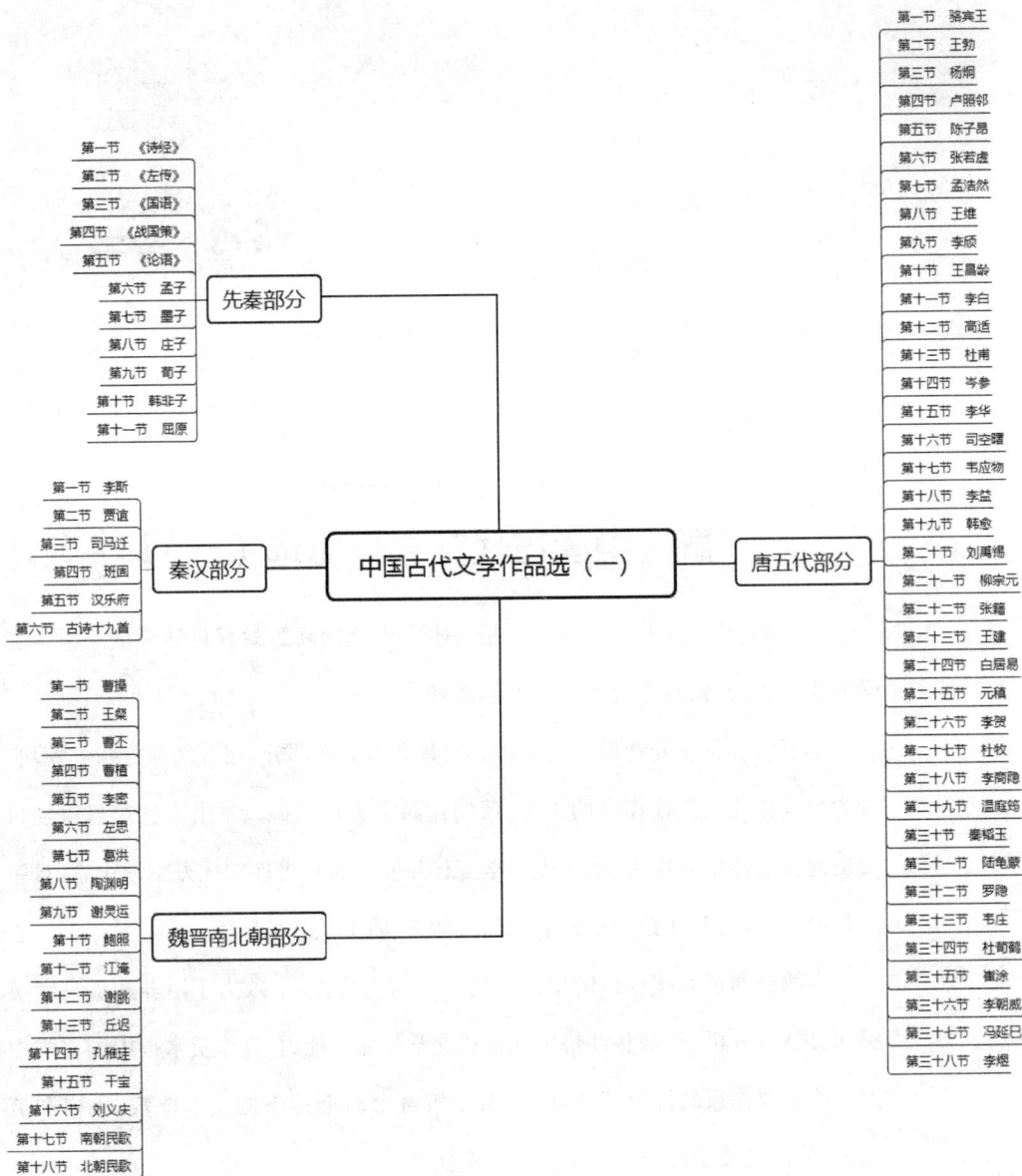

二、如何使用这本教材

1. 熟悉导图

　　在每一章开始的地方,本书都以导图的形式将本章的知识点呈现出来。思维导图能让我们一目了然地看到要接触的知识点有哪些。

2. 进入知识点

　　每个知识点后面,本书都为大家贴心地标上了重要程度(分别用☆、☆☆、☆☆☆表示,重要程度依次升高），同学们在复习中可以有所侧重，"多快好省"的又一技能得到啦！

除此之外，知识点下面会有扩展讲解，比如案例导入、名师解读、图示等，可以帮助同学们快速掌握知识点。

3. 真题演练

学习完每节的知识点之后，赶快来"真题演练"模拟操练一下，既可以检测学习效果，又可以加深记忆，可谓一箭双雕、一举两得。

4. 模拟试卷

看到这里，同学们已经接近终点站了，在到站之前，本书先带领同学们测试一下自己的能力水平，用两套我们精心准备的模拟试卷来帮助同学们更好地查漏补缺、通过考试！

目 录

第一章　先　秦　部　分

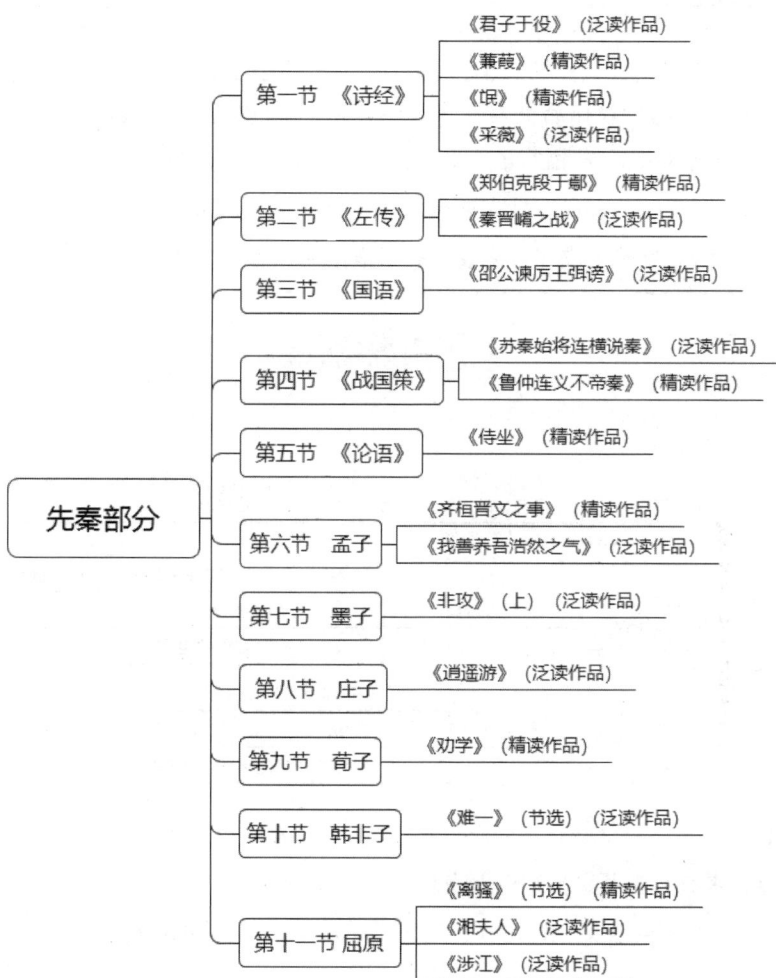

```
                                              《君子于役》（泛读作品）
                       第一节　《诗经》          《蒹葭》（精读作品）
                                              《氓》（精读作品）
                                              《采薇》（泛读作品）

                       第二节　《左传》          《郑伯克段于鄢》（精读作品）
                                              《秦晋殽之战》（泛读作品）

                       第三节　《国语》          《邵公谏厉王弭谤》（泛读作品）

                       第四节　《战国策》        《苏秦始将连横说秦》（泛读作品）
                                              《鲁仲连义不帝秦》（精读作品）

                       第五节　《论语》          《侍坐》（精读作品）
   先秦部分
                       第六节　孟子             《齐桓晋文之事》（精读作品）
                                              《我善养吾浩然之气》（泛读作品）

                       第七节　墨子             《非攻》（上）（泛读作品）

                       第八节　庄子             《逍遥游》（泛读作品）

                       第九节　荀子             《劝学》（精读作品）

                       第十节　韩非子           《难一》（节选）（泛读作品）

                                              《离骚》（节选）（精读作品）
                       第十一节 屈原            《湘夫人》（泛读作品）
                                              《涉江》（泛读作品）
```

第一节 《诗经》

内容提要

> 　　本节所选《诗经》四篇作品，《君子于役》描写一位妇女思念在外服徭役的丈夫；《蒹葭》则是一首有名的爱情诗，描写了追求所爱而不得的惆怅与苦闷；《氓》是一首弃妇自诉婚姻悲剧的长诗，反映了古代女性在恋爱婚姻问题上备受压迫和伤害的情况；《采薇》则是一首戍卒返乡诗，反映了戍守边境战士的艰辛生活和思归情怀。

知识点 1

《诗经》 ☆☆☆

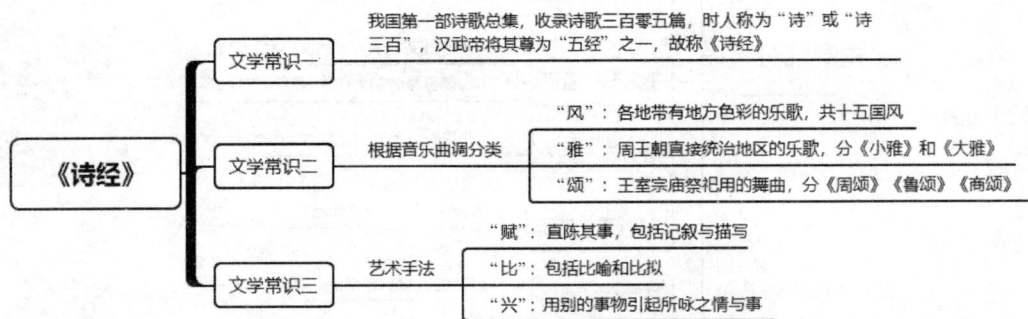

名师解读

　　本知识点常考查客观题。本知识点为高频考点，需重点关注一下。尤其是《诗经》的篇目总数、"风、雅、颂"的分类以及"赋、比、兴"的艺术手法等，更要着重识记。

真题演练

【单选题】

1. (2018年·全国)《诗经》的传统分类是(　　)

　　A. 南、风、雅　　　　B. 风、雅、颂　　　　C. 雅、颂、南　　　　D. 颂、南、风

【答案与解析】

　　B。以音乐曲调为依据，《诗经》可分为"风、雅、颂"三类。

2. (2019年·全国)《诗经》共有(　　)

　　A. 18篇　　　　B. 20篇　　　　C. 10篇　　　　D. 305篇

【答案与解析】

D。《诗经》是我国最早的一部诗歌总集,收录从西周初年到春秋中叶约五百年时间的305篇作品。当时人们把它称为"诗"或"诗三百"。到了汉代,汉武帝把它尊为"五经"之一,故称《诗经》。故选 D。

知识点 2

《君子于役》☆☆

君子于役

君子于役,不知其期。曷至哉?鸡栖于埘,日之夕矣,羊牛下来。君子于役,如之何勿思?君子于役,不日不月。曷其有佸?鸡栖于桀,日之夕矣,羊牛下括。君子于役,苟无饥渴!

—— 重点注解 ——

(1) 本诗选自《诗经·国风·王风》。

(2) 诗题中的"君子"指的是**妇女对丈夫的敬称**。"于"是指**前往**。

(3) 佸:指的是**聚会、会面**。

—— 思想内容 ——

本诗为**思妇之辞**,表现了一位农家妻子对远出服役的丈夫的思念与关心,从家庭生活方面反映了当时频繁的战争和繁重的徭役给人民带来的深切苦难。

—— 层次内容 ——

本诗为一位农家妇女的内心独白:

(1) "君子于役,不知其期""不日不月",极言丈夫**役期之长**,而归来无期。

(2) "曷至哉""曷其有佸",在疑问语气中有殷切的**期望**,又有无可奈何的**凄苦**。

(3) "如之何勿思",用**反问**强化难以排遣的思念,极言思念之深,不能自已。

(4) "苟无饥渴",进而挂念丈夫在外的日常生活,希望他在外面不要受饥受渴。

—— 艺术特色 ——

本诗所描写的景物构成了一幅**山村晚归图**,夕阳下山、牛羊牧归,正是一家团聚的大好时光,然而自己的丈夫却因服役而无法归来,渲染了孤独凄苦的氛围,也具有衬托比喻的作用,突出了女主人公的思念之苦。

名师解读

本知识点常考查客观题。对本诗而言,考查主观题的概率不大,考生只需对诗歌的题材、出处和重点注解有所了解即可。

真题演练

【单选题】

1.（2016年·全国）《君子于役》一篇选自（　　）

　A.《鲁颂》　　　　B.《国风》　　　　C.《大雅》　　　　D.《小雅》

【答案与解析】

B。《君子于役》选自《诗经·国风·王风》，为思妇之辞。

2.（2016年·全国）下列作品中，属于思妇诗的是（　　）

　A.《湘夫人》　　　B.《君子于役》　　C.《采薇》　　　　D.《蒹葭》

【答案与解析】

B。《君子于役》是一首思妇之辞，表现了一位农家妻子对远出服役的丈夫的思念与关心，从家庭生活方面反映了当时频繁的战争和繁重的徭役给人民带来的深切苦难。

知识点3

《蒹葭》☆☆☆

蒹　葭

蒹葭苍苍，白露为霜。所谓伊人，在水一方。溯洄从之，道阻且长。溯游从之，宛在水中央。

蒹葭凄凄，白露未晞。所谓伊人，在水之湄。溯洄从之，道阻且跻。溯游从之，宛在水中坻。

蒹葭采采，白露未已。所谓伊人，在水之涘。溯洄从之，道阻且右。溯游从之，宛在水中沚。

———— **重点注解** ————

（1）本诗选自《诗经·秦风》。

（2）凄凄：指茂盛的样子，与诗中的"苍苍""采采"同义。

（3）从：指的是追寻。

（4）右：指的是迂回曲折。

———— **思想内容** ————

本诗为爱情诗，表现了主人公对意中人痴情追求但求之不得的无限惆怅的缠绵情感。

———— **艺术特色** ————

（1）**情景交融**：本诗开头通过秋气的清冷、萧瑟，营造了一种凄婉悲凉的氛围。对浩浩秋水的描写，既烘托脉脉深情，又渲染纵横阻隔，意中人可望而不可即。

（2）描写景物**虚实相生**：本诗实景、虚景兼而有之，诗中**秋景**、**秋水**均为**实景**，而"溯洄""溯游"的**追索**，已经**虚化**；诗中"**所谓伊人**"则完全是一种**心理幻景**。虚虚实实的意象构成了**朦胧而优美的意境**，生动地表现了痴情者诚挚的情意与追求。

（3）本诗采用了**重章叠句**的形式，一唱三叹，有**层层递进**之妙，强化了抒情效果。蒹葭从"苍苍"到"采采"，声情转向低沉，凄婉之意自然流露。而**白露**从凝结为霜到融化为水而逐渐干涸的过程，表现了**时间的推移**。而诗人则在时间的推移中徘徊追索，显示了**感情的逐渐加深**。追索的路途崎岖而遥远，而主人公却不避艰险、深情求之。伊人从"在水一方"到"在水之涘"，从"宛在水中央"到"宛在水中沚"，似乎越来越清晰，却可望而不可即。

（4）王国维在《人间词话》中称赞本诗为最得"**风人深致**"；钱锺书则在《管锥编》中说"在水一方"是"**企慕之情境**"。

名师解读

本知识点考查客观题、主观题。客观题方面，需着重注意诗歌的出处、诗歌的题材；主观题方面，则需着重注意诗歌艺术手法的应用，如写景虚实相生，采用了重章叠句的形式等。

真题演练

【单选题】

1.（2015年·全国）《蒹葭》一诗，选自《诗经》中的（　　　）

　　A.《王风》　　　　B.《卫风》　　　　C.《秦风》　　　　D.《小雅》

【答案与解析】

C。《蒹葭》选自《诗经·秦风》，为爱情诗。

【简答题】

2.（2014年·全国）简析《蒹葭》描写景物虚实相生的特点与作用。

【答案与解析】

（1）特点：本诗实景、虚景兼而有之，诗中的秋景、秋水均为实景，而"溯洄""溯游"的追索，已经虚化；诗中的"所谓伊人"则完全是一种心理幻景。

（2）作用：虚虚实实的意象构成了朦胧而优美的意境，生动地表现了痴情者诚挚的情意与追求。

知识点 4

《氓》☆☆☆

氓

氓之蚩蚩，抱布贸丝。匪来贸丝，来即我谋。送子涉淇，至于顿丘。匪我愆期，子无良媒。将子无怒，秋以为期。

乘彼垝垣，以望复关。不见复关，泣涕涟涟。既见复关，载笑载言。尔卜尔筮，体无咎言。以尔车来，以我贿迁。

桑之未落，其叶沃若。于嗟鸠兮，无食桑葚！于嗟女兮，无与士耽！士之耽兮，犹可说也。女之耽兮，不可说也。

桑之落矣，其黄而陨。自我徂尔，三岁食贫。淇水汤汤，渐车帷裳。女也不爽，士贰其行。士也罔极，二三其德。

三岁为妇，靡室劳矣。夙兴夜寐，靡有朝矣。言既遂矣，至于暴矣。兄弟不知，咥其笑矣。静言思之，躬自悼矣。

及尔偕老，老使我怨。淇则有岸，隰则有泮。总角之宴，言笑晏晏。信誓旦旦，不思其反。反是不思，亦已焉哉！

重 点 注 解

（1）本诗选自《诗经·卫风》。

（2）氓：男子之代称，此处用来表示女主人公称呼其丈夫，带有鄙薄的意思。

（3）说：通"脱"，摆脱、解脱。

（4）宴：是欢乐、安乐的意思。

思 想 内 容

本诗为**弃妇怨诗**，也是一首**叙事诗**。诗歌以一个被遗弃的女子之口，率真地述说了其情变经历和深切体验，反映了当时男女不平等的问题和当时的婚姻制度对女性的压迫与伤害。

层 次 内 容

第一章，描写两人相爱的情景；

第二章，描写女主人公的深情和两人的结婚过程；

第三章，通过比兴手法来表现女主人公的追悔莫及；

第四章，描写男子的变心；

第五章，具体描写嫁到夫家后的操劳和受到虐待直至被弃；

第六章，表现女主人公对男子负情背德的愤恨和与之一刀两断的决绝态度。

人 物 形 象

（1）女方：婚前**纯洁天真**、**热情洋溢**，对男方一往情深；婚后**辛勤操劳**，且**毫无怨言**；看透男方负心本性后，坚决与之决裂，展现了其**坚强**与**刚毅**的一面；性格是随着情节的变化而逐步展现的。

（2）男方：婚前**信誓旦旦**，婚后言行粗暴；**忠诚是假**，**虚伪是真**；其性格在与女主人公的**对比**中得到显现。

———————————— 艺 术 特 色 ————————————

本诗采用了**比兴**手法：

（1）"桑之未落，其叶沃若"：比喻两人**情爱之深**。

（2）"桑之落矣，其黄而陨"：比喻由于**男子负心**，爱情失去光泽。

（3）"于嗟鸠兮，无食桑葚"：比喻女子**不能沉溺于情爱之中**。

（4）"淇则有岸，隰则有泮"，则反比男子**坏到极点**，简直无所约束。

名师解读

本知识点考查客观题、主观题。客观题方面，需着重注意本诗的出处、诗歌的题材；主观题方面，则需着重注意诗歌塑造的男女主人公形象以及本诗所用到的比兴手法。

真题演练

【单选题】

1.（2017年·全国）《氓》："总角之宴"，其中"宴"的意思是（　　　　）

　　A. 宴会　　　　　B. 熄灭　　　　　C. 欢乐　　　　　D. 结束

【答案与解析】

C。"总角之宴"中的"宴"是欢乐、安乐的意思。

【论述题】

2.（2016年·全国）联系作品，试分析《氓》中的女主人公形象。

【答案与解析】

（1）婚前纯洁天真、热情洋溢，对男方一往情深，婚后辛勤操劳而毫无怨言。

（2）男方变心后看透负心者的本性，坚决和他决裂，表现出坚强与刚毅的一面。

（3）其性格是随着情节的变化而逐步展现的。

知识点5

《采薇》☆☆

采　薇

采薇采薇，薇亦作止。曰归曰归，岁亦莫止。靡室靡家，猃狁之故。不遑启居，猃狁之故。

采薇采薇，薇亦柔止。曰归曰归，心亦忧止。忧心烈烈，载饥载渴。我戍未定，靡使归聘。

采薇采薇，薇亦刚止。曰归曰归，岁亦阳止。王事靡盬，不遑启处。忧心孔疚，我行不来。

彼尔维何？维常之华。彼路斯何？君子之车。戎车既驾，四牡业业。岂敢定居？一月三捷。

驾彼四牡，四牡骙骙。君子所依，小人所腓。四牡翼翼，象弭鱼服。岂不日戒？猃狁孔棘！

昔我往矣,杨柳依依。今我来思,雨雪霏霏。行道迟迟,载渴载饥。我心伤悲,莫知我哀!

———————— 重 点 注 解 ————————

(1) 本诗选自《诗经·小雅》。

(2) 作:指的是生出、长出。

(3) 孔:指的是很、非常。

(4) 君子:指的是将帅。

(5) 往:指的是出征。

———————— 思 想 内 容 ————————

本诗反映了戍守边疆战士的艰辛生活、紧张的战斗及思念家乡、渴望归去的情况。

———————— 艺 术 特 色 ————————

(1) 本诗运用了倒叙手法。前三章描写军士回忆军中饥渴劳苦、盼望归去的情景,后两章追述行军作战的紧张生活,最后一章是归途中的感慨和悲喜交集的心情。

(2) 清代方玉润在《诗经原始》中说:"此诗之佳全在末章,真情实景,感时伤事,别有深情,不可言喻,故曰莫知我哀。"而最后一章好就好在情景交融,突出了全诗的主题。

名师解读

本知识点考查客观题。对于本诗,考生需着重注意诗歌出处、诗歌的艺术手法、诗中名句等。

真题演练

【单选题】

1.(2015 年·全国)下列作品中,运用倒叙手法的是(   )

　　A.《采薇》　　　　B.《氓》　　　　C.《蒹葭》　　　　D.《君子于役》

【答案与解析】

A。《采薇》诗中运用了倒叙手法,前五章回顾军中、前线情景,最后一章才写归途。

2.(2017 年·全国)名句"昔我往矣,杨柳依依。今我来思,雨雪霏霏"出自《诗经》中的(   )

　　A.《氓》　　　　　B.《采薇》　　　　C.《蒹葭》　　　　D.《生民》

【答案与解析】

B。"昔我往矣,杨柳依依。今我来思,雨雪霏霏"是《采薇》中的名句。

3.(2019 年·全国)《采薇》选自《诗经》中的(   )

　　A.《大雅》　　　　B.《王风》　　　　C.《商颂》　　　　D.《小雅》

【答案与解析】

D。《采薇》选自《诗经·小雅》。

第二节 《左传》

内 容 提 要

> 本节两篇选自《左传》的文章,《郑伯克段于鄢》讲述了春秋时期郑庄公攻打其弟共叔段的始末缘由;《秦晋崤之战》则讲述了春秋时期著名战役崤之战的过程。

知识点 1

《左传》☆

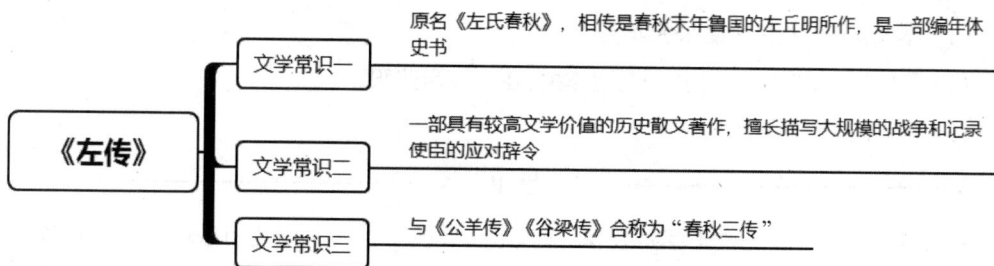

```
          ┌─ 文学常识一 ── 原名《左氏春秋》,相传是春秋末年鲁国的左丘明所作,是一部编年体
          │                史书
《左传》 ──┼─ 文学常识二 ── 一部具有较高文学价值的历史散文著作,擅长描写大规模的战争和记录
          │                使臣的应对辞令
          └─ 文学常识三 ── 与《公羊传》《谷梁传》合称为"春秋三传"
```

名师解读

本知识点常考查客观题。对于本知识点,考生尤其需要注意《左传》的史书类别,即编年体史书。

真题演练

【单选题】

(2014年·全国)《左传》是一部(　　　　)

A. 国别体史书　　B. 纪传体史书　　C. 编年体史书　　D. 通鉴体史书

【答案与解析】

C。《左传》原名《左氏春秋》,相传是春秋末年鲁国的左丘明所作,为编年体史书。

知识点 2

《郑伯克段于鄢》☆☆☆

郑伯克段于鄢(节选)

初,郑武公娶于申,曰武姜,生庄公及共叔段。庄公寤生,惊姜氏,故名曰寤生,遂恶之。

爱共叔段,欲立之。亟请于武公,公弗许。

及庄公即位,为之请制。公曰:"制,岩邑也,虢叔死焉。佗邑唯命。"请京,使居之,谓之京城大叔。祭仲曰:"都,城过百雉,国之害也。先王之制:大都不过参国之一,中五之一,小九之一。今京不度,非制也,君将不堪。"公曰:"姜氏欲之,焉辟害?"对曰:"姜氏何厌之有?不如早为之所,无使滋蔓。蔓,难图也。蔓草犹不可除,况君之宠弟乎?"公曰:"多行不义,必自毙,子姑待之。"

……

颍考叔为颍谷封人,闻之,有献于公,公赐之食,食舍肉。公问之,对曰:"小人有母,皆尝小人之食矣,未尝君之羹,请以遗之。"公曰:"尔有母遗,我独无!"颍考叔曰:"敢问何谓也?"公语之故,且告之悔。对曰:"君何患焉?若阙地及泉,隧而相见,其谁曰不然?"公从之。公入而赋:"大隧之中,其乐也融融!"姜出而赋:"大隧之外,其乐也泄泄!"遂为母子如初。

—————— 重 点 注 解 ——————

(1) 本文选自《左传·隐公元年》。

(2) "为之请制"中,"制"指的是虎牢关,在今河南荥阳。

(3) 厌:同"餍",指满足。

—————— 思 想 内 容 ——————

本文通过对郑庄公克段于鄢始末缘由的叙述,反映了春秋时期礼崩乐坏的历史趋势,揭露了统治阶级内部不可调和的矛盾。

—————— 人 物 形 象 ——————

(1) 郑庄公:**有计谋**、**城府深**,如对共叔段、姜氏采取了欲擒故纵、后发制人的策略;**狠毒**、**不留情面**,如对付共叔段、置姜氏于城颍,并发誓不相见等;**虚伪**,如演出了"隧而相见"、母子和好的丑剧等。

(2) 武姜:**偏心**、**自私**。

(3) 共叔段:**野心勃勃**、**愚蠢贪婪**。

名师解读

本知识点考查客观题、主观题。对本文而言,文中所塑造的郑庄公的形象为学习重点,主观题、客观题都有可能考到。除此之外,文中所出现的历史人物也是考点之一。

真题演练

【多选题】

1.(2015年·全国)《郑伯克段于鄢》中,庄公的性格特点有(　　　)

　　A. 偏心自私　　　　B. 富有计谋　　　　C. 城府很深

　　D. 胸襟开阔　　　　E. 愚蠢贪婪

【答案与解析】

BC。《郑伯克段于鄢》中庄公的性格特点：有计谋、城府深；狠毒、不留情面；虚伪。

【论述题】

2.（2014年·全国）请结合作品，具体分析《郑伯克段于鄢》中郑庄公的形象。

【答案与解析】

（1）有计谋、城府深，如对共叔段、姜氏采取了欲擒故纵、后发制人的策略；

（2）狠毒、不留情面，如对付共叔段、置姜氏于城颍，并发誓不相见等；

（3）虚伪，如演出了"隧而相见"、母子和好的丑剧等。

知识点3

《秦晋崤之战》

秦晋崤之战（节选）

穆公访诸蹇叔。蹇叔曰："劳师以袭远，非所闻也。师劳力竭，远主备之，无乃不可乎？师之所为，郑必知之，勤而无所，必有悖心。且行千里，其谁不知？"公辞焉。召孟明、西乞、白乙，使出师于东门之外。蹇叔哭之，曰："孟子！吾见师之出而不见其入也！"公使谓之曰："尔何知！中寿，尔墓之木拱矣！"蹇叔之子与师，哭而送之，曰："晋人御师必于崤。崤有二陵焉：其南陵，夏后皋之墓也；其北陵，文王之所辟风雨也。必死是间，余收尔骨焉。"

——— 重 点 注 解 ———

本文选自《左传·僖公三十二年、三十三年》。

——— 思 想 内 容 ———

（1）秦国与晋国之间崤之战的实质是，秦穆公想要**取代晋国而称霸中原**。

（2）战争的结果是，秦国败而晋国胜，说明晋文公去世后，晋国仍然保持住了霸主地位。

——— 人 物 形 象 ———

（1）蹇叔：**远见卓识、老成持重、爱国**。

（2）秦穆公：**刚愎自用、利令智昏**，失败后幡然醒悟。

（3）先轸："**不顾而唾**"、怒形于色。

名师解读

本知识点考查客观题。考生应了解选文出处。除此之外，文中所出现的历史人物也是考点之一。

■ **牛刀小试**

【单选题】

1.《秦晋崤之战》选自(　　　)

　　A.《论语》　　　　　B.《战国策》　　　　　C.《左传》　　　　　D.《国语》

【答案与解析】

C。《秦晋崤之战》选自《左传》，讲述了著名战役崤之战。

2.《秦晋崤之战》的人物刻画很成功，其中"不顾而唾"的是(　　　)

　　A. 先轸　　　　　B. 蹇叔　　　　　C. 弦高　　　　　D. 阳处父

【答案与解析】

A。《秦晋崤之战》在事件的记叙中，人物形象刻画很成功，先轸"不顾而唾"，写其怒形于色，十分传神。

第三节　《国语》

内 容 提 要

　　《国语》是我国第一部国别体史书，选自该书的《邵公谏厉王弭谤》，详细叙述了邵公劝谏暴虐无道的周厉王的过程。

知识点1

■ **《国语》☆**

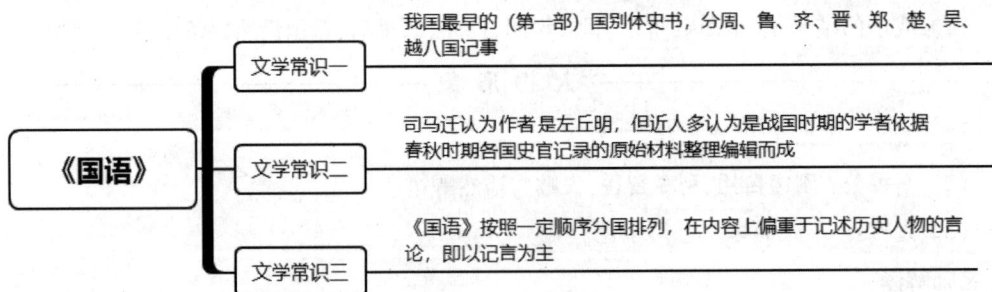

```
                        我国最早的（第一部）国别体史书，分周、鲁、齐、晋、郑、楚、吴、
           文学常识一    越八国记事

                        司马迁认为作者是左丘明，但近人多认为是战国时期的学者依据
《国语》    文学常识二    春秋时期各国史官记录的原始材料整理编辑而成

                        《国语》按照一定顺序分国排列，在内容上偏重于记述历史人物的言
           文学常识三    论，即以记言为主
```

■ **名师解读**

　　本知识点考查客观题。考生熟知《国语》类别、特点即可。

真题演练

【单选题】

（2017年·全国）我国最早的国别体史书是（　　）

A.《左传》　　　　　B.《国语》　　　　　C.《战国策》　　　　　D.《史记》

【答案与解析】

B。《国语》是我国最早的一部国别体史书，分周、鲁、齐、晋、郑、楚、吴、越八国记事。

知识点2

《邵公谏厉王弭谤》 ☆☆☆

邵公谏厉王弭谤（节选）

王喜，告邵公曰："吾能弭谤矣，乃不敢言。"邵公曰："是障之也。防民之口，甚于防川。川壅而溃，伤人必多，民亦如之。是故为川者，决之使导；为民者，宣之使言。故天子听政，使公卿至于列士献诗，瞽献曲，史献书，师箴，瞍赋，矇诵，百工谏，庶人传语，近臣尽规，亲戚补察，瞽、史教诲，耆、艾修之，而后王斟酌焉，是以事行而不悖。民之有口也，犹土之有山川也，财用于是乎出；犹其有原隰之有衍沃也，衣食于是乎生。口之宣言也，善败于是乎兴。行善而备败，其所以阜财用衣食者也。夫民虑之于心，而宣之于口，成而行之，胡可壅也？若壅其口，其与能几何？"

―――――――――― 重 点 注 解 ――――――――――

（1）本文选自《国语·周语上》。

（2）"弭谤"中"弭"指的是**禁止**，"谤"指的是**批评**、**指责**。

（3）阜：指的是**增多**。

―――――――――― 思 想 内 容 ――――――――――

本文记载了我国历史上第一次国人起义，体现了我国古代的**民本思想**。

―――――――――― 层 次 内 容 ――――――――――

劝谏过程：

首先，邵公以**治水**作比喻，提出"防民之口，甚于防川"，揭示对待人民言论的两种态度；

其次，列举古代各阶层人士进谏的情况，说明君王听政必须听取**民众意见**；

再次，通过比喻说明**民众的议论**正是执政者可以利用的宝贵资源；

最后，归纳出**言路不可堵**的结论。

―――――――――― 艺 术 特 色 ――――――――――

谏辞特点：

从**正反两方面**进行，并且运用了**比喻和排比**手法，论说逻辑严密，形象生动，理直气壮。

名师解读

本知识点考查客观题、主观题。客观题方面，主要围绕文章出处和文章细节进行考查；主观题方面，则主要围绕邵公的劝谏过程进行考查。对于这几点，考生需着重注意。

真题演练

【单选题】

1.（2012年·全国）《邵公谏厉王弭谤》列举古人向君王进言方式，其中"瞽"的进言方式是（　　）

　　A. 献诗　　　　　B. 献曲　　　　　C. 献书　　　　　D. 传语

【答案与解析】

B。《邵公谏厉王弭谤》："故天子听政，使公卿至于列士献诗，瞽献曲，史献书，师箴，瞍赋，朦诵，百工谏，庶人传语，近臣尽规，亲戚补察，瞽、史教诲，耆、艾修之……"

2.（2017年·全国）《邵公谏厉王弭谤》选自（　　）

　　A.《左传》　　　　B.《国语》　　　　C.《战国策》　　　　D.《公羊传》

【答案与解析】

B。《邵公谏厉王弭谤》选自《国语·周语上》，叙述了邵公劝谏暴虐无道的周厉王的过程。

【简答题】

3.（2017年·全国）《邵公谏厉王弭谤》中邵公是如何对厉王进行劝谏的？

【答案与解析】

首先，邵公以治水作比喻，提出"防民之口，甚于防川"，揭示对待人民言论的两种态度；

其次，列举古代各阶层人士进谏的情况，说明君王听政必须听取民众意见；

再次，通过比喻说明民众的议论正是执政者可以利用的宝贵资源；

最后，归纳出言路不可堵的结论。

第四节　《战国策》

内 容 提 要

《战国策》主要记述了战国时期游说之士的政治主张和言行策略。本节选取了其中很有名气的两位——苏秦和鲁仲连，为我们展现了两人的主张及精彩的论辩过程。

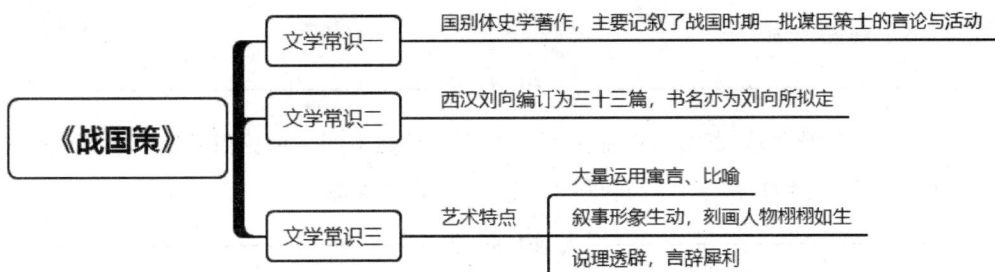

知识点 1

■《战国策》☆☆

```
《战国策》 ─┬─ 文学常识一 ── 国别体史学著作,主要记叙了战国时期一批谋臣策士的言论与活动
           ├─ 文学常识二 ── 西汉刘向编订为三十三篇,书名亦为刘向所拟定
           └─ 文学常识三 ── 艺术特点 ─┬─ 大量运用寓言、比喻
                                      ├─ 叙事形象生动,刻画人物栩栩如生
                                      └─ 说理透辟,言辞犀利
```

■ 名师解读

本知识点考查客观题。对于本知识点,考生需着重记忆《战国策》的史书类别、篇目总数及编订者。

■ 真题演练

【单选题】

(2015年·全国)《战国策》一书的整理者是( )

A. 司马迁　　　　B. 刘向　　　　C. 班固　　　　D. 李密

【答案与解析】

B。《战国策》为国别体史学著作,由西汉刘向编订为三十三篇,书名亦为刘向所拟定。

知识点 2

■《苏秦始将连横说秦》☆☆☆

苏秦始将连横说秦(节选)

说秦王书十上而说不行,黑貂之裘弊,黄金百斤尽,资用乏绝,去秦而归。嬴縢履跻,负书担橐,形容枯槁,面目黧黑,状有归色。归至家,妻不下纴,嫂不为炊,父母不与言。苏秦喟叹曰:"妻不以我为夫,嫂不以我为叔,父母不以我为子,是皆秦之罪也。"乃夜发书,陈箧数十,得太公阴符之谋。伏而诵之,简练以为揣摩。读书欲睡,引锥自刺其股,血流至踵。

……

将说楚王,路过洛阳。父母闻之,清宫除道,张乐设饮,郊迎三十里。妻侧目而视,倾耳而听。嫂蛇行匍伏,四拜自跪而谢。苏秦曰:"嫂何前倨而后卑也?"嫂曰:"以季子之位尊而多金。"苏秦曰:"嗟乎!贫穷则父母不子,富贵则亲戚畏惧。人生世上,势位富贵,盍可忽乎哉?"

———— 重 点 注 解 ————

（1）本文选自《战国策·秦策一》。

（2）苏秦：战国时期**纵横家**。

（3）说：**劝说，说服**。

———— 思 想 内 容 ————

本文运用了**对比手法**，苏秦得势前后，其家人态度截然不同，"前倨而后卑"，从侧面烘托了苏秦的人物形象，反映了其时崇尚功利、淡薄亲情的世态炎凉。

———— 人 物 形 象 ————

苏秦：

（1）**没有固定的政治主张与理想**；

（2）**学识渊博，能言善辩**，善于运筹帷幄；

（3）具有**强烈的功利心**，刻苦学习，反复揣摩，通晓学问，精通游说技巧。

📖 **名师解读**

本知识点考查客观题、主观题。客观题方面，主要围绕苏秦说秦失败后家人的反应和本文主旨进行考查；主观题方面，则主要围绕苏秦的人物形象进行考查，需着重注意。

📖 **真题演练**

【单选题】

（2013年·全国）《苏秦始将连横说秦》写苏秦说秦失败，回到家中，其嫂的反应是（　　）

A. 状有归（愧）色　　B. 妻不下纴　　　C. 不为炊　　　　D. 不与言

【答案与解析】

C。苏秦说秦失败，回家后家人的反应是："妻不下纴，嫂不为炊，父母不与言。"故本题选C。

📢 **知识点3**

📖 **《鲁仲连义不帝秦》** ☆☆☆

鲁仲连义不帝秦（节选）

秦围赵之邯郸。魏安釐王使将军晋鄙救赵，畏秦，止于荡阴不进。魏王使客将军辛垣衍间入邯郸，因平原君谓赵王曰："秦所以急围赵者，前与齐闵王争强为帝，已而复归帝，以齐故。今齐闵王已益弱，方今唯秦雄天下，此非必贪邯郸，其意欲求为帝。赵诚发使尊秦昭王为帝，秦必喜，罢兵去。"平原君犹豫未有所决。

……

平原君遂见辛垣衍，曰："东国有鲁连先生者，其人在此，胜请为绍介而见之于将军。"辛垣衍曰："吾闻鲁连先生,齐国之高士也。衍,人臣也,使事有职,吾不愿见鲁连先生也。"平原君曰："胜已泄之矣。"辛垣衍许诺。

──────── 重 点 注 解 ────────

(1)《鲁仲连义不帝秦》选自《战国策·赵策》。

(2)鲁仲连:一称鲁连,其人乃**齐国高士**。

(3)东国:指的是**齐国**。

补充注解:

(1)"百万之众折于外"指的是**长平之战**中,赵国降卒四十余万被杀。

(2)"今又内围邯郸而不能去"中,"去"指的是**退敌**。

(3)"吾将使梁及燕助之"中,"梁"指**魏国**。

──────── 思 想 内 容 ────────

在秦围邯郸、赵国求救于魏时,**齐国高士鲁仲连**挺身而出,批驳辛垣衍尊秦为帝、向秦屈膝的投降主义主张,使辛垣衍惭愧而退。

──────── 层 次 内 容 ────────

批驳过程:

首先,用周天子作威作福反衬**强秦为帝的可怕**;

其次,用纣王烹鬼侯、鄂侯反衬**秦帝的残暴**;

再次,用国力弱小的邹、鲁尚知对抗来**激发辛垣衍的正义感**;

最后,进行总结,指出如果投降秦国,自身的**一切利益都将失去**,梁王不会安然无事,辛垣衍也不能保持原来的宠幸。

──────── 人 物 形 象 ────────

鲁仲连:特立独行、高风亮节;足智多谋、能言善辩;**决不朝秦暮楚**,"**义不帝秦**";以挽救天下为己任。

■名师解读

本知识点考查客观题、主观题。客观题的考查,主要集中在文章内容的考查,以及重要的注解等,而主观题则主要考查鲁仲连的劝谏过程及鲁仲连的性格特征。

■真题演练

【单选题】

(2016年·全国)下列人物出自《鲁仲连义不帝秦》的是(　　)

A. 晋鄙　　　　　B. 苏秦　　　　　C. 公子吕　　　　　D. 厉王

【答案与解析】

A。《鲁仲连义不帝秦》中出现的人物:安釐王、晋鄙、辛垣衍、平原君、鲁仲连。

【简答题】

(2015年·全国)简析《鲁仲连义不帝秦》中鲁仲连批驳辛垣衍的过程。

【答案与解析】

首先,用周天子作威作福反衬强秦为帝的可怕;

其次,用纣王烹鬼侯、鄂侯反衬秦帝的残暴;

再次,用国力弱小的邹、鲁尚知对抗来激发辛垣衍的正义感,说魏国不如"邹、鲁之仆妾";

最后,进行总结,指出如果投降秦国,自身的一切利益都将失去,梁王不会安然无事,辛垣衍也不能保持原来的宠幸。

第五节　《论语》

内 容 提 要

《论语》是孔子及其弟子的语录结集,选自其中的《侍坐》篇生动地再现了孔子和学生一起畅谈理想的情形。

知识点 1

■《论语》及孔子☆

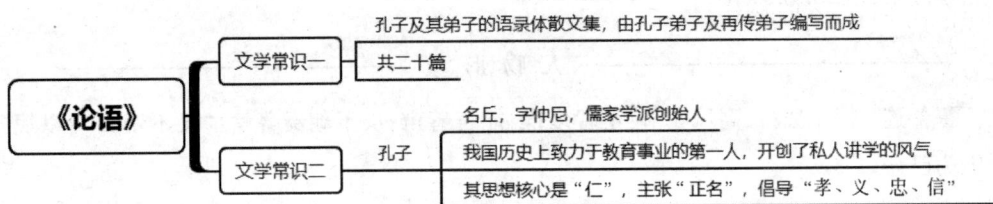

```
                    ┌─ 文学常识一 ─── 孔子及其弟子的语录体散文集,由孔子弟子及再传弟子编写而成
                    │                共二十篇
《论语》 ───────────┤
                    │                名丘,字仲尼,儒家学派创始人
                    └─ 文学常识二 ─ 孔子 ── 我国历史上致力于教育事业的第一人,开创了私人讲学的风气
                                            其思想核心是"仁",主张"正名",倡导"孝、义、忠、信"
```

■ 名师解读

本知识点一般考选择题,考生对孔子的思想主张、《论语》的基本知识有所了解即可。

■ 牛刀小试

【单选题】

(2019年·全国)下列著作中,记载孔子言行的语录体散文集是(　　　)

A.《礼记》　　　　B.《论语》　　　　C.《春秋》　　　　D.《公羊传》

【答案与解析】

B。《论语》是记录孔子言行的语录体散文集,由孔子弟子及再传弟子编撰而成。全书共20

篇,较为集中地体现了孔子的政治主张、伦理思想、道德观念及教育原则等。故选B。

知识点2

■《侍坐》☆☆☆

侍坐(节选)

子路率尔而对曰:"千乘之国,摄乎大国之间,加之以师旅,因之以饥馑。由也为之,比及三年,可使有勇,且知方也。"夫子哂之。

"求!尔何如?"对曰:"方六七十,如五六十,求也为之,比及三年,可使足民。如其礼乐,以俟君子。"

"赤!尔何如?"对曰:"非曰能之,愿学焉。宗庙之事,如会同,端章甫,愿为小相。"

"点!尔何如?"鼓瑟希,铿尔,舍瑟而作,对曰:"异乎三子者之撰。"子曰:"何伤乎?亦各言其志也。"曰:"莫春者,春服既成,冠者五六人,童子六七人,浴乎沂,风乎舞雩,咏而归。"夫子喟然叹曰:"吾与点也!"

———————— 重 点 注 解 ————————

(1) 本文选自《论语·先进》,《侍坐》是《论语》自成段落的最长一章。

(2) 子路:姓仲,名由,字子路;曾皙:名点,字皙,曾参的父亲;冉有:名求,字子有;公西华:复姓公西,名赤,字子华。

(3) 乘:指的是**古代兵车**,用四匹马驾车。

(4) 师旅:指的是**战争**。

(5) "且知方也",方:指的是**道理**、**道义**。

(6) 莫春:阴历三月。

(7) "吾与点也",与:指的是**赞许**、**同意**。

———————— 思 想 内 容 ————————

本文记录了孔子与四位弟子有关**志向抱负**问题的讨论,也是孔子有教无类、循循善诱地教育学生的一次完整记载。

———————— 人 物 形 象 ————————

本文通过人物的言语、神态、动作来展现人物的形象:

(1) 孔子:**和蔼可亲**、**平等待人**、**循循善诱**。

(2) 子路:**志向远大**、**直爽豪放**,相当自负,说到理想就想到了治理"千乘之国"。

(3) 冉有、公西华:**小心谨慎**、**格外谦虚**,冉有只求治理方圆六七十里的国家,而公西华则"愿为小相"。

(4) 曾皙:**淡泊洒脱**,但又好学勤问,如孔子询问理想时,没有功利性的想法。

■ **名师解读**

本知识点考查客观题、主观题。《侍坐》中,孔子及其四位弟子的性格特征,为历年考查的重中之重,主要用来考查主观题。而孔子四位弟子的理想以及本文的出处,则有可能被用来考查选择题。

■ **真题演练**

【单选题】

1.(2011年·全国)《侍坐》中,孔子问话后回答"宗庙之事,如会同,端章甫,愿为小相"的学生是( )

    A.子路   B.曾皙   C.冉有   D.公西华

【答案与解析】

D。公西华的理想:"宗庙之事,如会同,端章甫,愿为小相。"

2.(2016年·全国)《论语》:"且知方也",其中"方"的意思是( )

    A.道理   B.方圆   C.方向   D.大方

【答案与解析】

A。方:道理,道义。

【简答题】

(2017年·全国)联系作品,分析《侍坐》中孔子四位弟子的形象。

【答案与解析】

(1)子路:志向远大,直爽豪放,相当自负,说到理想就想到了治理"千乘之国"。

(2)冉有、公西华:小心谨慎,格外谦虚,冉有只求治理方圆六七十里的国家,而公西华则"愿为小相"。

(3)曾皙:淡泊洒脱,但又好学勤问,如孔子询问理想时,没有功利性的想法。

(4)这些都是通过人物的言语、神态、动作表现出来。

第六节　孟　子

内 容 提 要

本节所选两篇孟子作品,《齐桓晋文之事》通过孟子游说齐宣王提出放弃霸道,施行王道,比较系统地阐发了孟子的仁政主张;《我善养吾浩然之气》则讲述了何为浩然之气及如何培养浩然之气。

知识点 1

■ 孟子及《孟子》☆

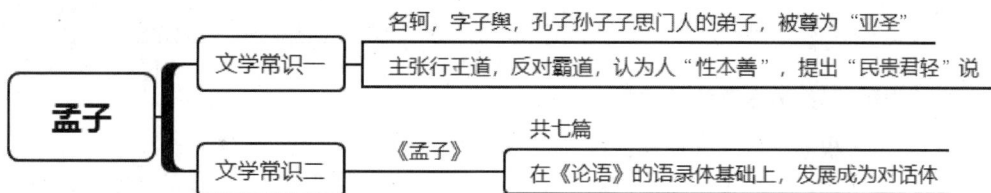

文学常识一
名轲,字子舆,孔子孙子子思门人的弟子,被尊为"亚圣"
主张行王道,反对霸道,认为人"性本善",提出"民贵君轻"说

文学常识二
《孟子》 共七篇
在《论语》的语录体基础上,发展成为对话体

■ 名师解读

本知识点考查客观题。对于本知识点,考生需着重注意孟子的思想学说。

■ 真题演练

【单选题】

1.(2019年·全国)孟子,名轲,字(　　　)

A. 子舆　　　　　　B. 子路　　　　　　C. 子瞻　　　　　　D. 子由

【答案与解析】

A。孟子,名轲,字子舆。仲由,字子路,又字季路,"孔门十哲"之一。苏轼,字子瞻、和仲,号铁冠道人、东坡居士。苏辙,字子由,一字同叔,晚号颍滨遗老。故选A。

2.(2015年·全国)下列作者中,提出"民贵君轻"的是(　　　)

A. 孔子　　　　　　B. 庄子　　　　　　C. 孟子　　　　　　D. 墨子

【答案与解析】

C。孟子提出了"民贵君轻"说。

知识点 2

■ 《齐桓晋文之事》☆☆☆

齐桓晋文之事(节选)

曰:"无伤也,是乃仁术也,见牛未见羊也。君子之于禽兽也:见其生,不忍见其死;闻其声,不忍食其肉。是以君子远庖厨也。"

……

曰:"……五亩之宅,树之以桑,五十者可以衣帛矣;鸡、豚、狗、彘之畜,无失其时,七十者可以食肉矣;百亩之田,勿夺其时,八口之家,可以无饥矣;谨庠序之教,申之以孝悌之义,颁白者不负戴于道路矣。老者衣帛食肉,黎民不饥不寒:然而不王者,未之有也。"

———— 重 点 注 解 ————

本文选自《孟子·梁惠王上》。

—— 思 想 内 容 ——

在本文中,孟子宣扬仁政,反对暴政,提倡王道,反对霸道,描绘了富民、教民的蓝图,希望人们安居乐业。这表现了孟子关心民生疾苦、为民请命的精神。

—— 层 次 内 容 ——

孟子**因势利导**、**循循善诱**的说理方法:

首先,孟子根据齐宣王的**心理**,肯定他有实行仁政的仁爱之心;

其次,孟子指出齐宣王现在的做法无法达到目的,强调只有**实行仁政**才能得到人民拥护。

最后,孟子提出仁政的**具体内容**。整个对话,孟子因势利导,始终掌握主动。

—— 艺 术 特 色 ——

(1) 文中的比喻及其喻义:

① "力足以举百钧,而不足以举一羽""明足以察秋毫之末,而不见舆薪":比喻"**王之不王**"不是不能而是不为。

② "挟太山以超北海""为长者折枝":比喻"**不能**"与"**不为**"的不同之处。

③ "缘木求鱼":比喻**以武力手段称霸的荒谬**。

(2) 文中的推理:通过**以羊易牛**推出齐宣王有推行仁政之心;通过**邹人与楚人之战**推出齐宣王实行霸道必然会失败的结局;通过**由牛及人**的恻隐之心,指出推恩是实行仁政的途径。

■ 名师解读

本知识点考查客观题、主观题。本文内涵丰富,考查选择题的概率很大,尤其是孟子的仁政内容、本文所出现的成语和比喻等,都是考查的热点。除此之外,文章出处、文章中孟子的循循善诱的说理方法、文章的比喻及其喻义等还有考查主观题的可能,需重点关注。

■ 真题演练

【单选题】

1. (2010 年·全国)《齐桓晋文之事》中,孟子认为齐王有推行仁政之心的依据是(　　)

　　A. 以羊易牛　　　　　　　　　B. 为长者折枝

　　C. 力足以举百钧　　　　　　　D. 明足以察秋毫之末

【答案与解析】

A。孟子通过以羊易牛推出齐宣王有推行仁政之心。

2. (2014 年·全国)成语"君子远庖厨"出自(　　)

　　A.《齐桓晋文之事》　　　　　B.《侍坐》

　　C.《逍遥游》　　　　　　　　D.《劝学》

【答案与解析】

A。根据《齐桓晋文之事》原文:"是以君子远庖厨也。"可知本题应选 A。

3.(2018 年·全国)《齐桓晋文之事》选自(　　　)

　　A.《庄子》　　　　　B.《荀子》　　　　C.《孟子》　　　　D.《韩非子》

【答案与解析】

C。《齐桓晋文之事》选自《孟子·梁惠王上》。

【简答题】

(2017 年·全国)写出《齐桓晋文之事》中的三个比喻,说明所包含的道理。

【答案与解析】

比喻及其喻义:

(1)"力足以举百钧,而不足以举一羽""明足以察秋毫之末,而不见舆薪":比喻"王之不王"不是不能而是不为。

(2)"挟太山以超北海"与"为长者折枝":比喻"不能"与"不为"的不同之处。

(3)"缘木求鱼":比喻以武力手段称霸的荒谬。

知识点 3

《我善养吾浩然之气》

我善养吾浩然之气(节选)

　　其为气也,至大至刚,以直养而无害,则塞于天地之间。其为气也,配义与道;无是,馁也。是集义所生者,非义袭而取之也。行有不慊于心,则馁矣。我故曰,告子未尝知义,以其外之也。必有事焉而勿正,心勿忘,勿助长也。无若宋人然,宋人有闵其苗之不长而揠之者,芒芒然归。谓其人曰:"今日病矣,予助苗长矣。"其子趋而往视之,苗则槁矣。天下之不助苗长者寡矣。

—————— 重 点 注 解 ——————

(1)本文选自《孟子·公孙丑上》。

(2)馁:指的是弱小、没有力量。

(3)闵:忧虑,担心。

(4)揠:指的是拔。

(5)病:是很累、累坏了的意思。

—————— 思 想 内 容 ——————

(1)孟子认为思想意志是关键,主宰意气情感。

(2)孟子认为,浩然之气是意气情感的最高境界,属于道德修养范畴。它与道和义相伴而行,而且是义的长期积聚而产生的。

(3)浩然之气产生于人们心中,要小心养护,既不能放任自流,就像种田"不耘苗";也不能急躁盲动,就像种田"揠苗助长"。

◼ 名师解读

本知识点考查客观题、阅读理解题。客观题方面,考生需掌握本文选自《孟子》;阅读理解方面,考生需对本知识点的内容、重点注解着重注意一下。

◼ 真题演练

【单选题】

(2017年·全国)"揠苗助长"的故事出自(　　　)

　A.《孟子》　　　　　B.《墨子》　　　　　C.《老子》　　　　　D.《庄子》

【答案与解析】

A。揠苗助长的故事出自《孟子·公孙丑上》中《我善养吾浩然之气》。

【阅读理解题】

(2014年·全国)阅读下面一段文字:

其为气也,至大至刚,以直养而无害,则塞于天地之间。其为气也,配义与道;无是,馁也。是集义所生者,非义袭而取之也。行有不慊于心,则馁矣。我故曰,告子未尝知义,以其外之也。必有事焉而勿正,心勿忘,勿助长也。无若宋人然,宋人有闵其苗之不长而揠之者,芒芒然归。谓其人曰:"今日病矣,予助苗长矣。"其子趋而往视之,苗则槁矣。天下之不助苗长者寡矣。

(1) 从内容看,这段文字的标题是什么?作者是谁?

【答案与解析】

这段文字的标题是《我善养吾浩然之气》,作者是孟子。

(2) 文中运用宋人"揠苗助长"故事表达了什么意思?

【答案与解析】

不能急躁盲动。

(3) 解释下列加线的词语:

① 无是,馁也

② 宋人有闵其苗之不长而揠之者

【答案与解析】

① 馁:弱小,没有力量。

② 闵:忧虑,担心。

③ 揠:拔。

第七节　墨　　子

内容提要

　　战国时期思想家墨子提倡"兼爱、非攻、尚贤、节用"等主张,而在《非攻(上)》中,墨子设喻论证,详细论证了他的"非攻"主张。

知识点 1

■ 墨子及《墨子》☆☆

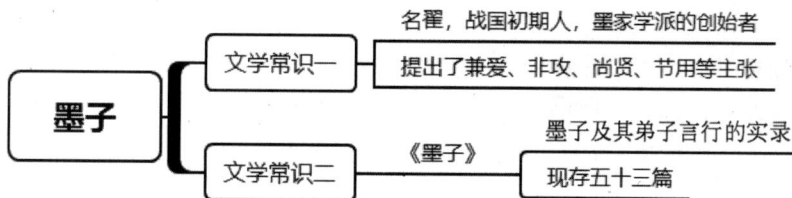

　　墨子 — 文学常识一 — 名翟,战国初期人,墨家学派的创始者

　　　　　　　　　　　　 — 提出了兼爱、非攻、尚贤、节用等主张

　　　　 — 文学常识二 — 《墨子》 — 墨子及其弟子言行的实录

　　　　　　　　　　　　　　　　　 — 现存五十三篇

■ 名师解读

　　本知识点考查客观题。对于本知识点,主要考查墨子的思想内容,如"兼爱、非攻、尚贤、节用"等。

■ 真题演练

【单选题】

(2017 年·全国)提出"兼爱、非攻"主张的是(　　　)

A. 孔子　　　　　　 B. 孟子　　　　　　 C. 墨子　　　　　　 D. 庄子

【答案与解析】

C。墨子是墨家学派创始人,提出了"兼爱、非攻、尚贤、节用"等主张。

知识点 2

■《非攻》(上)☆

非攻(节选)

　　今有人于此,少见黑曰黑,多见黑曰白,则以此人为不知白黑之辩矣;少尝苦曰苦,多尝苦曰甘,则必以此人为不知甘苦之辩矣。今小为非,则知而非之;大为非攻国,则不知非,从而誉之,谓之义;此可谓知义与不义之辩乎? 是以知天下之君子也,辩义与不义之乱也。

—————— 重 点 注 解 ——————

本文选自《墨子》。

补充注解:

(1)"至攘人犬豕鸡豚者"中,"攘"指的是**偷盗**。

(2)"情不知其不义也"中,"情"指的是**诚然,的确**。

(3)"以亏人自利也"中,"亏人"指的是**损害他人**。

—————— 思 想 内 容 ——————

(1)墨子的核心思想为"兼爱""非攻"。

(2)这是墨子针对战国时期诸侯之间战争频发,造成人民种种苦难而提出的。但这一主张在当时是不现实的。

—————— 艺 术 特 色 ——————

文章设喻论证,逻辑性强:

(1)以**偷窃、杀人**为喻:说明"攻国"危害之大,不义之深。

(2)以**黑白甘苦**为喻:说明天下君子混淆是非,别有用心。

名师解读

本知识点考查客观题,考查频率不高,了解墨子的核心思想及本文两种比喻所说明的道理即可。

牛刀小试

【单选题】

1.《非攻》(上)"情不知其不义也,故书其言以遗后世"中,"情"指的是(   )

A. 的确　　　　　B. 道理　　　　　C. 形态　　　　　D. 兴趣

【答案与解析】

A。情:诚然,的确。

2. 墨子《非攻》(上)以"少见黑曰黑,多见黑曰白"来说明(   )

A. 攻人之国为大不义　　　　　　　B. 有人把攻国之不义当作义来记载

C. 君子必须明辨是非,认识攻国之不义　　D. 当今人们已对攻国熟视无睹

【答案与解析】

C。墨子《非攻》(上)以黑白甘苦为喻,说明天下君子混淆是非,别有用心;也说明了墨子意在提醒天下君子明辨是非。

3.《非攻》"以亏人自利也"中"亏人"的含义(   )

A. 亏待别人　　　B. 损害他人　　　C. 讽刺别人　　　D. 幸亏

【答案与解析】

B。《非攻》"以亏人自利也"中"亏人"意为损害他人。

第八节 庄 子

内 容 提 要

《逍遥游》为《庄子》的第一篇,代表了庄子的哲学思想。本文通过运用卮言、重言、寓言,详细论述了庄子的"逍遥游"思想,即达到哲学上的绝对自由。

知识点 1

庄子及《庄子》☆

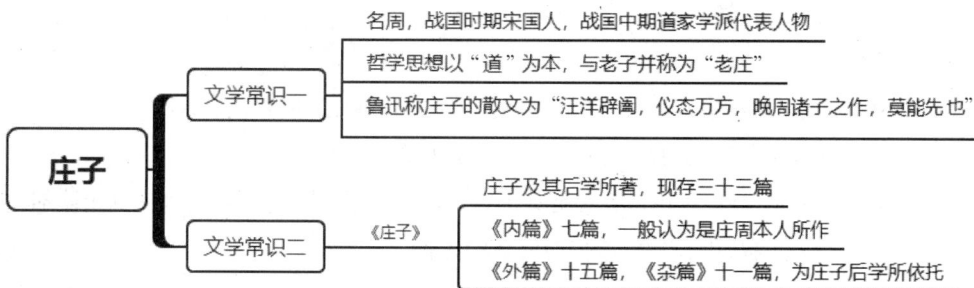

文学常识一
- 名周,战国时期宋国人,战国中期道家学派代表人物
- 哲学思想以"道"为本,与老子并称为"老庄"
- 鲁迅称庄子的散文为"汪洋辟阖,仪态万方,晚周诸子之作,莫能先也"

文学常识二《庄子》
- 庄子及其后学所著,现存三十三篇
- 《内篇》七篇,一般认为是庄周本人所作
- 《外篇》十五篇,《杂篇》十一篇,为庄子后学所依托

名师解读

本知识点考查客观题。对本知识点而言,需要着重注意庄子的思想主张、《庄子》的现存篇目及鲁迅对庄子散文的评价。

真题演练

【单选题】

1.(2019年·全国)下列著作中,被鲁迅称为"汪洋辟阖,仪态万方,晚周诸子之作,莫能先也"的是(   )

A.《墨子》　　　　B.《庄子》　　　　C.《谷梁传》　　　　D.《韩非子》

【答案与解析】

B。这是鲁迅对庄子散文的评价,大意是:文章想象力丰富,广博深厚,纵横开阖,挥洒恣肆,周朝后期诸子百家的文章,没有一篇能比得过它。B项为庄子作品,故选B。

2.(2016年·全国)《庄子》中的内篇一般认为是庄子本人所作,共有(   )

A. 七篇　　　　B. 十一篇　　　　C. 十五篇　　　　D. 三十三篇

【答案与解析】

A。《庄子》为庄子及其后学所著,现存三十三篇。其中,《内篇》七篇,一般认为是庄周本

人所作；《外篇》十五篇，《杂篇》十一篇，则是庄子后学所依托。

知识点 2

■《逍遥游》☆☆

逍遥游（节选）

故夫知效一官，行比一乡，德合一君，而征一国者，其自视也亦若此矣。而宋荣子犹然笑之。且举世而誉之而不加劝，举世而非之而不加沮，定乎内外之分，辩乎荣辱之境，斯已矣。彼其于世，未数数然也。虽然，犹有未树也。夫列子御风而行，泠然善也，旬有五日而后反。彼于致福者，未数数然也。此虽免乎行，犹有所待者也。若夫乘天地之正，而御六气之辩，以游无穷者，彼且恶乎待哉！故曰：至人无己，神人无功，圣人无名。

—— **重 点 注 解** ——

本文选自《庄子·内篇》，为《庄子》首篇。

补充注解：

(1)"惠子谓庄子曰"中，"惠子"指战国时期宋国人惠施，为**名家**代表人物。

(2)"吾闻言于接舆"中，"接舆"为春秋时期**楚国**隐士。

(3)"尧让天下于许由"：传说**尧**想把天下让给许由，但许由不肯接受，逃到箕山隐居。

(4)"肩吾问于连叔"中，肩吾、连叔均为**虚构人物**。

(5)"蟪蛄不知春秋"中，"春秋"指的是**一年**。

—— **思 想 内 容** ——

(1)本文为**议论文**，开头采用了**先破后立**、**由反入正**的方式，提出逍遥游的论题。"逍遥游"在哲学上就是绝对自由，体现了庄子肯定一切事物的相对存在与发展变化的观点，也表示了对功名富贵的鄙弃，但它是脱离现实、自我陶醉的精神追求，实际上并不存在。

(2)逍遥游境界的三个层次：

① 通过**许由不受天下**，说明"圣人无名"；

② 通过**肩吾与连叔对话**，说明藐姑射神人的神奇，证实"神人无功"；

③ 通过**惠子与庄子的对话**，说明无用才是大用，证实"至人无己"。

—— **艺 术 特 色** ——

庄子"以卮言为曼衍，以重言为真，以寓言为广"，运用**卮言**、**重言**、**寓言**是《庄子》艺术表达的重要方法：

(1)**点明题旨**，承上启下的"**若夫乘天地之正**"一段就是卮言；

(2)文章中引用《齐谐》和《列子》的"汤之问棘"一节，就是重言；

(3)鲲鹏变化，尧与许由等为寓言。

■ **名师解读**

本知识点考查客观题。本文的考查主要集中在文章中出现的寓言以及庄子逍遥游的三个层次,考生需重点关注。除此之外,对于文章出现的历史人物,如许由、惠子等,也要有所了解。

■ **真题演练**

【单选题】

1. (2012 年·全国)《逍遥游》以许由不受天下的故事说明(　　)

A. 患其无用　　　　B. 至人无己　　　　C. 神人无功　　　　D. 圣人无名

【答案与解析】

D。逍遥游境界有三个层次,其一是通过许由不受天下,说明"圣人无名"。

2. (2014 年·全国)《逍遥游》"惠子谓庄子曰",惠子这个人物属于(　　)

A. 儒家　　　　　　B. 道家　　　　　　C. 法家　　　　　　D. 名家

【答案与解析】

D。惠子指宋国人惠施,名家的代表人物。

第九节　荀　子

内 容 提 要

> 《劝学》是荀子所作的一篇关于后天教育与教化的议论文。所谓"劝学",就是指勉励人们努力学习。在本文中,荀子详细阐述了学习的重要性、正确的学习态度、学习的内容和方法,以及学无止境等。

知识点 1

■ **荀子及《荀子》**☆

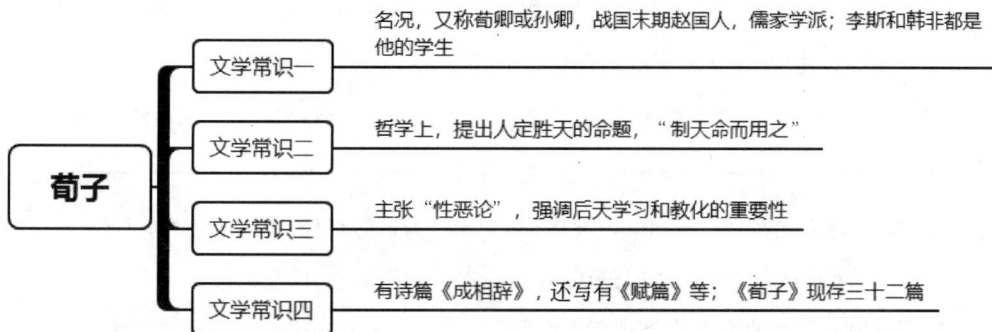

荀子 — 文学常识一：名况,又称荀卿或孙卿,战国末期赵国人,儒家学派;李斯和韩非都是他的学生

文学常识二：哲学上,提出人定胜天的命题,"制天命而用之"

文学常识三：主张"性恶论",强调后天学习和教化的重要性

文学常识四：有诗篇《成相辞》,还写有《赋篇》等;《荀子》现存三十二篇

■ **名师解读**

　　本知识点考查客观题。本知识点需考生着重注意荀子的思想主张,如"性恶论""制天命而用之"等。除此之外,荀子的作品也应有所了解。

■ **真题演练**

【单选题】

(2019 年·全国)下列人物中,持"性恶论"的是(　　)

　　A. 庄子　　　　　　B. 孟子　　　　　　C. 孔子　　　　　　D. 荀子

【答案与解析】

　　D。荀子,名况,又称荀卿或孙卿。哲学上,提出"人定胜天"的命题,"制天命而用之";主张"性恶论",强调后天学习和教化的重要性。政治思想上,主张礼法并重,王霸并用。

知识点 2

■ **《劝学》**☆☆☆

劝学(节选)

　　积土成山,风雨兴焉;积水成渊,蛟龙生焉;积善成德,而神明自得,圣心备焉。故不积跬步,无以至千里;不积小流,无以成江海。骐骥一跃,不能十步;驽马十驾,功在不舍。锲而舍之,朽木不折;锲而不舍,金石可镂。

—— **重 点 注 解** ——

本文选自《荀子》。

补充注解:

(1)"木直中绳"中,"中"指的是符合。

(2)"则末世穷年,不免为陋儒而已"中,"穷年"指的是终其一生。

(3)"春秋之微":《春秋》深奥精微,指隐含微言大义。

—— **思 想 内 容** ——

(1)本文为**议论文**,主张人人应当自我勉励,努力学习。

(2)文中阐明了学习的重要性、正确的学习态度、学习的内容和方法,以及学无止境。

—— **层 次 内 容** ——

全文围绕"劝学"的主旨,指出学习要以"**全**""**粹**"为最终目标,由君子而"成人":

(1)一、二两部分为了说明道理,多以人们日常经验作类比,反复论证;

(2)三、四两部分,重在逻辑推理与正面阐发。

———————— 艺 术 特 色 ————————

(1) 多用比喻：

① 全文共用比喻**四十七个**。

② 借**自然现象**为喻：水与冰、青与蓝、蓬生麻中、草木稠、禽兽众等。

③ 借**劳动创造**为喻：木作轮、用舟楫等。

④ 以人们的经验为喻：登高而招、面临深谷、火就燥、水就湿等。

⑤ 作用：**形象性强**，**便于理解**，也增强了文章的**说服力**。

(2) 语言运用特点：长短句并用，对偶排比句兼行，读来朗朗上口，富有节奏感；引用《诗经》语句证明自己的论点。

名师解读

本知识点考查客观题、主观题。本知识点的考查重点在于文中比喻手法的运用，除考查主观题外，还会经常以选择的形式出现，考查文中所用比喻的喻义。

真题演练

【单选题】

1.(2009 年·全国)荀子《劝学》对史书《春秋》的评论是(   )

A. 散文   B. 中和   C. 博   D. 微

【答案与解析】

D。"春秋之微"：意为《春秋》深奥精微，指隐含微言大义。

2.(2010 年·全国)下列成语中，出自《劝学》的是(   )

A. 缘木求鱼   B. 前倨后恭   C. 锲而不舍   D. 退避三舍

【答案与解析】

C。《劝学》原文："锲而舍之，朽木不折；锲而不舍，金石可镂。"故选 C。"缘木求鱼"出自《孟子·梁惠王上》；"前倨后恭"出自《战国策·秦策一》；"退避三舍"出自《左传》。

【简答题】

(2019 年·全国)说明《荀子·劝学篇》中所用的比喻及作用。

【答案与解析】

本文词汇丰富，比喻繁多。全文用了 47 个比喻。有的借自然现象为喻，如水与冰、青与蓝、蓬生麻中、草木稠、禽兽众等；有的借劳动创造为喻，如木作轮、用舟楫等；有的以人们的经验为喻，如登高而招、面临深谷、火就燥、水就湿等。丰富多彩的比喻，形象性强，便于理解，也增强了说服力。

第十节 韩 非 子

内 容 提 要

《难一》选自《韩非子》，文中内容宣扬了法家的思想与观点。

知识点 1

韩非子与《韩非子》☆☆

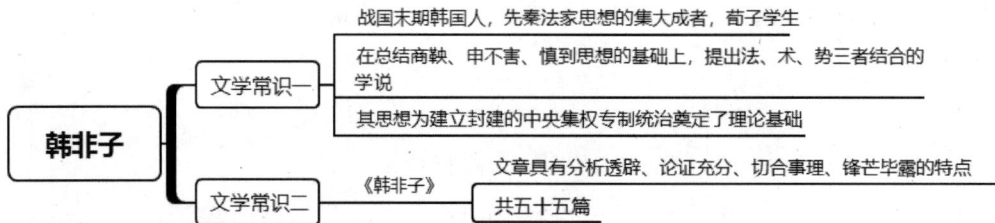

韩非子
├ 文学常识一
│ ├ 战国末期韩国人，先秦法家思想的集大成者，荀子学生
│ ├ 在总结商鞅、申不害、慎到思想的基础上，提出法、术、势三者结合的学说
│ └ 其思想为建立封建的中央集权专制统治奠定了理论基础
└ 文学常识二
   └《韩非子》
      ├ 文章具有分析透辟、论证充分、切合事理、锋芒毕露的特点
      └ 共五十五篇

名师解读

本知识点考查客观题。对于本知识点，考生需着重注意韩非的法家思想主张及其在历史上的地位。

真题演练

【单选题】

（2018 年·全国）先秦法家思想的集大成者是（ ）

A. 商鞅　　　　　　B. 申不害　　　　　　C. 慎到　　　　　　D. 韩非

【答案与解析】

D。韩非是先秦法家思想的集大成者，他在总结了商鞅、申不害、慎到思想的基础上，提出了法、术、势三者结合的学说。

知识点 2

《难一》（节选）☆

难一（节选）

楚人有鬻盾与矛者，誉之曰："盾之坚，莫能陷也。"又誉其矛曰："吾矛之利，于物无不陷也。"或曰："以子之矛陷子之盾，何如？"其人弗能应也。夫不可陷之盾与无不陷之矛，不可同世而立。今尧舜之不可两誉,矛盾之说也。

―――――――――――― 重 点 注 解 ――――――――――――

(1)本文选自《韩非子·难一·舜之救败》。

(2)难:诘难,辩驳。

(3)《韩非子》中,以"难"为名的篇章,除《难一》到《难四》四篇外,还有《难势》。

补充注解:

(1)"焚林而田"中,"田"指的是**田猎、打猎**。

(2)"期年已一过"中,"期年"指的是**一年**。

(3)"舜其信仁乎"中,"信"指的是**确实、果真**。

―――――――――――― 思 想 内 容 ――――――――――――

(1)这节文字宣扬了法家的思想与观点:思维必须遵守矛盾律,考虑问题要把"一时之权"和"万世之利"相统一,治理天下要依靠法治,以德化人的"人治"是不可行的。

(2)在本节内容中,韩非用诘难反驳的方式,指出儒家赞美的"晋文公之赏"和"舜之救败"为**荒诞不实**之词,前者不明事理,行赏失当;后者既逻辑混乱,又是脱离实际的空想。

―――――――――――― 艺 术 特 色 ――――――――――――

《韩非子》运用**寓言故事**说理:

(1)"守株待兔":说明绝不能因循守旧,不思变革。

(2)"鬻矛与盾":揭示儒家以德化人的"**人治**"本身的矛盾,说明只有以法治取代人治。

(3)作用:生动形象,通俗易懂。

名师解读

本知识点考查客观题。对于本文,主要考查文章中所出现的寓言故事,如"鬻矛与盾"等。

真题演练

【单选题】

1.(2011年·全国)下列文章中,运用了寓言形式的是(　　　)

　　A.《鱼我所欲也》　　　　　　　　B.《非攻》

　　C.《难一·舜之救败》　　　　　　D.《齐桓晋文之事》

【答案与解析】

C。《难一·舜之救败》运用寓言故事说理,如运用"鬻矛与盾"揭示儒家以德化人的"人治"本身的矛盾,说明只有以法治取代人治。

2.(2011年·全国)"矛盾"一词出自(　　　)

　　A.《齐桓晋文之事》　　　　　　　B.《非攻(上)》

　　C.《晋文公之赏》　　　　　　　　D.《舜之救败》

【答案与解析】

D。寓言"鬻矛与盾"出自《舜之救败》，其揭示了儒家以德化人的"人治"本身的矛盾，说明只有以法治取代人治。

3.（2014年·全国）"鬻盾与矛"的寓言出自（　　　）

　　A.《庄子》　　　　B.《韩非子》　　　　C.《孟子》　　　　D.《荀子》

【答案与解析】

B。"鬻盾与矛"的寓言出自《韩非子》。

第十一节　屈　　原

内容提要

本节内容节选自《离骚》《湘夫人》《涉江》三篇，其中《离骚》描写诗人在现实中的斗争与失败；《湘夫人》描写的是湘君思念湘夫人的情景；《涉江》则记载了屈原流放于楚国江南地区的行程。

知识点1

屈原及其作品☆

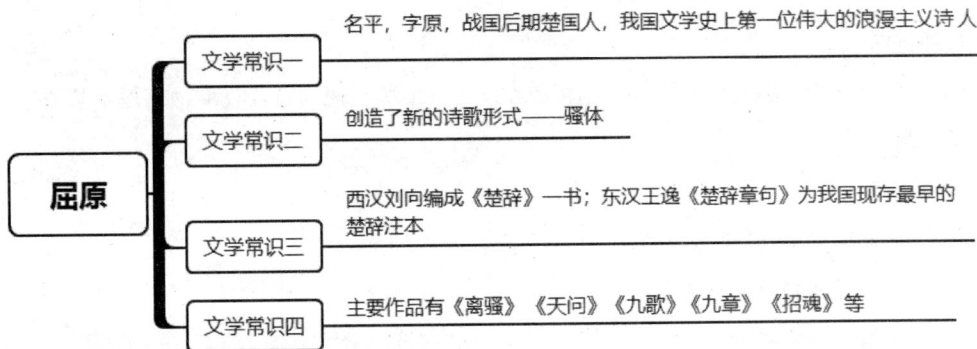

屈原
- 文学常识一 —— 名平，字原，战国后期楚国人，我国文学史上第一位伟大的浪漫主义诗人
- 文学常识二 —— 创造了新的诗歌形式——骚体
- 文学常识三 —— 西汉刘向编成《楚辞》一书；东汉王逸《楚辞章句》为我国现存最早的楚辞注本
- 文学常识四 —— 主要作品有《离骚》《天问》《九歌》《九章》《招魂》等

名师解读

本知识点虽考查频率不高，但屈原毕竟在文史上地位非凡，所以仍需重点关注一下，尤其是屈原的出身、作品及楚辞的相关知识等。

真题演练

【单选题】

（2019·全国）屈原生活在战国后期的（　　　）

A. 齐国   B. 秦国   C. 鲁国   D. 楚国

【答案与解析】

D。屈原,名平,字原,战国后期楚国人。其主要作品有《离骚》《天问》《九歌》《九章》《招魂》等。

知识点 2

《离骚》(节选) ☆☆☆

离骚(节选)

长太息以掩涕兮,哀民生之多艰。余虽好修姱以鞿羁兮,謇朝谇而夕替。既替余以蕙纕兮,又申之以揽茝。亦余心之所善兮,虽九死其犹未悔。怨灵修之浩荡兮,终不察夫民心。众女嫉余之蛾眉兮,谣诼谓余以善淫。固时俗之工巧兮,偭规矩而改错。背绳墨以追曲兮,竞周容以为度。忳郁邑余侘傺兮,吾独穷困乎此时也。宁溘死以流亡兮,余不忍为此态也。

———————— 重 点 注 解 ————————

(1)离骚:班固的《离骚赞序》解释为遭受忧患;王逸的《楚辞章句》则认为是离别的忧愁;今人游国恩认为,"离骚"即《大招》中的"劳商",为古代乐曲名。

(2)偭:意思是**违背**。

(3)灵修:代指**君王**。

补充注解:

"原依彭咸之遗则"中,"彭咸"相传是**商代**贤大夫,因劝谏君王不成,投水自杀。

———————— 思 想 内 容 ————————

(1)《离骚》是屈原代表作,共 373 句,2490 字,是我国古代文学作品中最长的一首抒情诗。

(2)本节选自《离骚》第一部分,首先,自叙世系、出生年月、出生气度和名字由来;然后,努力培养后天才干;最后,努力培植人才,广结同志,但众芳芜秽,人才变质,归于失败。

———————— 层 次 内 容 ————————

《离骚》浪漫主义艺术风格的表现:

首先,对**理想的不懈追求**和抒发**强烈的主观情感**。诗人抱有美政理想,在现实斗争中惨遭失败,转而在想象中继续追求,终归于失败。后又设想离开祖国,但最终不忍离去,通过这一历程,集中描摹了他受到党人排挤而产生的"四种忧愤",表现了屈原崇高的人格和深沉的爱国精神,具有强烈的抒情性。

其次,运用**丰富奇特的想象**和采用大量**历史传说与神话故事**。在现实斗争失败后,他在想象中向大舜陈词,上求天帝,下索神女,命灵氛占卜,巫咸降神,并幻想去国远游最后在太空中看到故乡而止步,中间穿插历史传说与神话故事,呈现出浓烈的浪漫主义色彩。

最后，**象征手法**的运用。诗人用佩戴香草表示博采众长，吸收营养，提高自己的才干，把治国之道比喻为道路；用种植香草象征广泛培植人才；人才的蜕化变质则说是众芳芜秽。这一"香草美人"的象征手法，发展了《诗经》中广泛运用的比兴，是艺术表现手法的推进。

■ 名师解读

本知识点考查客观题、主观题。客观题方面，主要考查考生对本文重点注释的掌握；主观题方面，则主要考查本诗浪漫主义艺术风格的表现。

■ 真题演练

【单选题】

1.（2014年·全国）《离骚》"虽不周于今之人兮，原依彭咸之遗则"中，"彭咸"是（　　）

　　A. 东周人　　　　　B. 西周人　　　　　C. 商代人　　　　　D. 屈原同时期人

【答案与解析】

C。"原依彭咸之遗则"中，"彭咸"相传是商代贤大夫，因劝谏君王不成，投水自杀。

2.（2015年·全国）《离骚》"偭规矩而改错"，其中"偭"的意思是（　　）

　　A. 修改　　　　　B. 巩固　　　　　C. 沿袭　　　　　D. 违背

【答案与解析】

D。"偭"的意思是违背。翻译：违背法度，然后修改措施。

【论述题】

（2017年·全国）试析《离骚》的浪漫主义风格。

【答案与解析】

首先，对理想的不懈追求和抒发强烈的主观情感。诗人抱有"美政"理想，在现实斗争中惨遭失败，转而在想象中继续追求，终归于失败。后又设想离开祖国，但最终不忍离去，通过这一历程，集中描摹了他受到党人排挤而产生的"四种忧愤"，表现了屈原崇高的人格和深沉的爱国精神，具有强烈的抒情性。

其次，运用丰富奇特的想象和采用大量历史传说与神话故事。在现实斗争失败后，他在想象中向大舜陈词，上求天帝，下索神女，命灵氛占卜，巫咸降神，并幻想去国远游最后在太空中看到故乡而止步，中间穿插历史传说与神话故事，呈现出浓烈的浪漫主义色彩。

最后，象征手法的运用。诗人用佩戴香草表示博采众长，吸收营养，提高自己的才干，把治国之道比喻为道路；用种植香草象征广泛培植人才；人才的蜕化变质则说是众芳芜秽。这一"香草美人"的象征手法，发展了《诗经》中广泛运用的比兴，是艺术表现手法的推进。

📢 知识点3

■《湘夫人》☆☆

湘夫人（节选）

帝子降兮北渚，目眇眇兮愁予。袅袅兮秋风，洞庭波兮木叶下。

────── 重 点 注 解 ──────

（1）本篇选自**《楚辞·九歌》**，与《湘君》是祭祀一对湘水之神的乐歌。《九歌》是屈原在汉族民间祭神乐歌的基础上修改加工而成的一组浪漫主义诗篇，共**十一篇**，分别祭祀天神、地祇和人鬼。

（2）帝子：指**湘夫人**。

补充注解：

（1）"思公子兮未敢言"中，"公子"指**湘夫人**。

（2）"罔薜荔兮为帷"中，"罔"同"网"，指**编织**。

（3）"将以遗兮远者"中，"远者"指远方的人，即**湘夫人**。

────── 思 想 内 容 ──────

本诗描写的是湘君思念湘夫人的过程，表现了诗人高尚的情操、执着的追求和热情的向往。

────── 层 次 内 容 ──────

本诗写**湘君思念湘夫人**：

（1）先是湘君在想象中，似乎看到湘夫人飘然降临。

（2）实际上并未到来，于是望穿双眼，焦灼地寻找。

（3）为了相约见面，湘君筑室水中，做好了一切准备。

（4）最后湘夫人还是没来，寂寞伤心，将衣物投入水中，寄托自己的思念。

────── 人 物 形 象 ──────

本诗通过**心理活动**来刻画湘君的形象：

（1）"目眇眇兮愁予""思公子兮未敢言"：**直接**描述他的**忧伤**。

（2）"登白薠兮骋望""捐余袂兮江中"：用他的**动作神态**表现**期盼**与**失望**。

（3）"鸟何萃兮蘋中""罾何为兮木上""麋何食兮庭中？蛟何为兮水裔"：用反常景象表现**焦虑不安**。

（4）"袅袅兮秋风，洞庭波兮木叶下"：通过景物和环境描写表现他**惆怅凄迷**之情。

（5）筑室水中的种种精心布置和优美陈设，表现了他的期待与热情。

■ **名师解读**

本知识点考查客观题。考生对本诗出处、诗中名句、重点注释有所了解即可。

■ **真题演练**

1.（2014 年·全国）《湘夫人》"帝子降兮北渚"，"帝子"是指（　　　）

　A. 湘夫人　　　　B. 湘君　　　　C. 尧帝　　　　D. 舜帝

【答案与解析】

A。"帝子"有两层含义：1.帝王子女。2.指传说中尧的两个女儿娥皇和女英。舜南巡死后,娥皇、女英闻讯寻至,自投湘水,成为湘水之神,即湘夫人。故正确答案为A。

2.（2017年·全国）《湘夫人》选自（　　　）

　　A.《九章》　　　　B.《九辩》　　　　C.《九歌》　　　　D.《九叹》

【答案与解析】

C。《湘夫人》选自《楚辞·九歌》。

3.（2019年·全国）下列属于屈原作品的是（　　　）·

　　A.《蒹葭》　　　　B.《氓》　　　　C.《湘夫人》　　　　D.《采薇》

【答案与解析】

C。《湘夫人》选自《九歌》。《九歌》是屈原以民间祭神乐歌为基础加工创造的一组浪漫主义诗篇,共有11篇,分别祭祀天神、地祇和人鬼。ABD项均出自《诗经》。故选C。

知识点4

《涉江》☆☆

涉江（节选）

入溆浦余儃佪兮,迷不知吾所如。深林杳以冥冥兮,猿狖之所居。山峻高以蔽日兮,下幽晦以多雨。霰雪纷其无垠兮,云霏霏而承宇。哀吾生之无乐兮,幽独处乎山中。吾不能变心而从俗兮,固将愁苦而终穷。接舆髡首兮,桑扈臝行。忠不必用兮,贤不必以。伍子逢殃兮,比干菹醢。与前世而皆然兮,吾又何怨乎今之人。余将董道而不豫兮,固将重昏而终身。

重点注解

（1）本诗选自《楚辞·九章》。

（2）溆浦:指地名,今属湖南。

（3）接舆:为春秋时楚国的隐士。

思想内容

（1）本诗塑造了一个孤独、伟岸的抒情主人公形象,体现了诗人崇高的思想境界:不管如何艰难困苦,始终信守自己的理想;不管遭受怎样的打击和迫害,始终坚持自己的节操。

（2）本诗记载了屈原流放的行程,清代蒋骥在《山带阁注楚辞》中提出,屈原流放江南有两个段落。

层次内容

第一段说明渡江流亡的原因在于高洁的志行与浊世的矛盾。

第二段是流亡的行程,以及到达溆浦以后独处山中的愁苦。

第三段是联想到古今贤者都有共同的悲惨遭遇,自己将无怨无悔,坚守正道。

最后一段结语,感叹生不逢时,还将继续流亡。

─────────── 艺 术 特 色 ───────────

浪漫主义的风格表现:

(1) 在本诗中,诗人用了 **17 次** "余" 和 "吾",表现了作者强烈的自我意识和感情色彩。

(2) 全诗将**叙事**、**议论**和**抒情**有机结合。在叙述或议论之后,都有表明自己爱憎之情的语句。

名师解读

本知识点考查客观题。本诗的考查主要集中在诗歌的注解上,尤其是诗中提到的地名、人名等,更加需要注意。

真题演练

【单选题】

(2017 年·全国)提出"屈原流放江南有两个段落"观点的人是( )

A. 刘向　　　　　B. 王逸　　　　　C. 朱熹　　　　　D. 蒋骥

【答案与解析】

D。清代蒋骥在《山带阁注楚辞》中提出,屈原流放江南有两个段落。

第二章　秦 汉 部 分

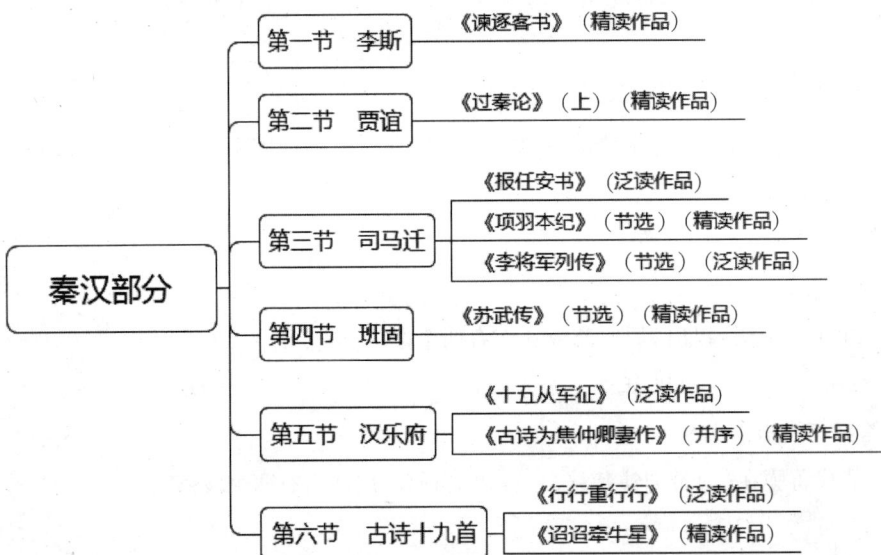

秦汉部分

第一节　李斯　　　《谏逐客书》（精读作品）

第二节　贾谊　　　《过秦论》（上）（精读作品）

第三节　司马迁
- 《报任安书》（泛读作品）
- 《项羽本纪》（节选）（精读作品）
- 《李将军列传》（节选）（泛读作品）

第四节　班固　　　《苏武传》（节选）（精读作品）

第五节　汉乐府
- 《十五从军征》（泛读作品）
- 《古诗为焦仲卿妻作》（并序）（精读作品）

第六节　古诗十九首
- 《行行重行行》（泛读作品）
- 《迢迢牵牛星》（精读作品）

第一节　李　　斯

内容提要

《谏逐客书》为李斯代表作,它针对当时秦王发布的逐客令,始终围绕"大一统"的目标,从秦王统一天下的高度立论,浓墨铺陈、正反对比,说明用客卿强国的重要性,最终使秦王收回逐客令。

知识点 1

李斯及其作品☆

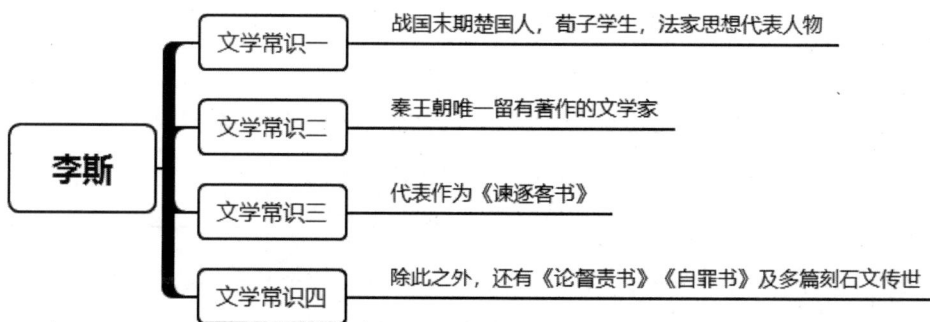

```
        ┌── 文学常识一 ── 战国末期楚国人,荀子学生,法家思想代表人物
        │
        ├── 文学常识二 ── 秦王朝唯一留有著作的文学家
  李斯 ──┤
        ├── 文学常识三 ── 代表作为《谏逐客书》
        │
        └── 文学常识四 ── 除此之外,还有《论督责书》《自罪书》及多篇刻石文传世
```

名师解读

本知识点考查客观题。对于本知识点,考生需着重注意李斯的作品及其在文学史上的地位,需知道李斯是秦朝唯一一位留下著作的文学家。

真题演练

【单选题】

(2018 年·全国)《论督责书》的作者是(　　　)

A. 杨恽　　　　　B. 贾谊　　　　　C. 晁错　　　　　D. 李斯

【答案与解析】

D。李斯是秦朝唯一留有著作的文学家,《谏逐客书》为其代表作。此外尚有《论督责书》《自罪书》以及多篇刻石文传世。

知识点2

《谏逐客书》☆☆☆

谏逐客书（节选）

　　昔缪公求士，西取由余于戎，东得百里奚于宛，迎蹇叔于宋，来丕豹、公孙支于晋。此五子者，不产于秦，而缪公用之，并国二十，遂霸西戎。孝公用商鞅之法，移风易俗，民以殷盛，国以富强，百姓乐用，诸侯亲服，获楚、魏之师，举地千里，至今治强。惠王用张仪之计，拔三川之地，西并巴蜀，北收上郡，南取汉中，包九夷，制鄢、郢，东据成皋之险，割膏腴之壤，遂散六国之从，使之西面事秦，功施到今。昭王得范雎，废穰侯，逐华阳，强公室，杜私门，蚕食诸侯，使秦成帝业。

——————— **重 点 注 解** ———————

　　(1)《谏逐客书》中，"客"指的是在秦国做官的**别国人**。

　　(2)"获楚、魏之师"中，"获"指的是**战胜**。

补充注解：

　　(1)"此五帝三王之所以无敌也"中，"五帝"指**黄帝、颛顼、帝喾、尧、舜**。

　　(2)"今乃弃黔首以资敌国"中，"黔首"指的是**平民**。黔：黑。

——————— **思 想 内 容** ———————

　　本文是一篇针对性很强的**公文**，针对秦王的逐客令，李斯完全从秦国的利益着眼，把**秦国的霸业**作为整篇谏书的灵魂，进而反复论述，紧紧抓住了秦王的心，最终使秦王收回逐客令。

——————— **艺 术 特 色** ———————

　　(1)**浓墨铺陈**，列举事例。如文中铺排了秦缪公等四君任用外客的大量事实，铺陈了秦王所喜爱的大量生活享用，如"昆山之玉""明月之珠"等，因为事例充实，铺垫充足，加强了与下文的对比，故而得出的结论极有说服力。

　　(2)论证上**正反并举**，反复对比，层层深化。如第一段缪公等四君用客(实笔)与秦王"却客不内"(虚笔)的对比，第一段四君用客与第二段秦王轻客的对比，第二段中重物与轻人的对比，第三段五帝三王的做法与秦国现在的做法对比。

　　(3)句式特点：铺排的同时大量使用**排比**，使得文章极具感染力；大量使用**对偶**，增加了语言的韵致。

名师解读

　　本知识点考查客观题、主观题。客观题方面主要考查秦国缪公等四君所任用的客卿，有时也涉及一些注释；而主观题方面，则主要考查文章所用到的对比手法。

真题演练

【单选题】

1. (2015年·全国)李斯《谏逐客书》所举历史人物中,被秦惠王重用的客卿是(　　)

　　A. 蹇叔　　　　　B. 百里奚　　　　　C. 商鞅　　　　　D. 张仪

【答案与解析】

D。原文"惠王用张仪之计,拔三川之地,西并巴蜀,北收上郡,南取汉中",惠王指秦惠王。李斯《谏逐客书》所举历史人物中,被秦惠王重用的客卿是张仪。

2. (2017年·全国)《谏逐客书》"今乃弃黔首以资敌国"中"黔首"的意思是(　　)

　　A. 贵州的首领　　　B. 西南地名　　　　C. 平民　　　　　D. 贵族

【答案与解析】

C。黔首是秦国对平民的称呼。黔:黑。此句译为"抛弃百姓来帮助敌国。"

【简答题】

(2017年·全国)简要分析《谏逐客书》中正反对比的论证手法。

【答案与解析】

本文论证上正反并举,反复对比,层层深化。如第一段缪公等四君用客(实笔)与秦王"却客不内"(虚笔)的对比,第一段四君用客与第二段秦王轻客的对比,第二段中重物与轻人的对比,第三段五帝三王的做法与秦国现在的做法对比,都在对比之中显示逐客之谬误。

第二节　贾　　谊

内 容 提 要

　《过秦论》为贾谊政论散文名篇,讲述了秦自孝公以迄始皇逐渐强大的原因和最终被力量微小的陈涉轻而易举灭亡的史实,从而得出大秦速亡的教训。

知识点1

贾谊及其作品

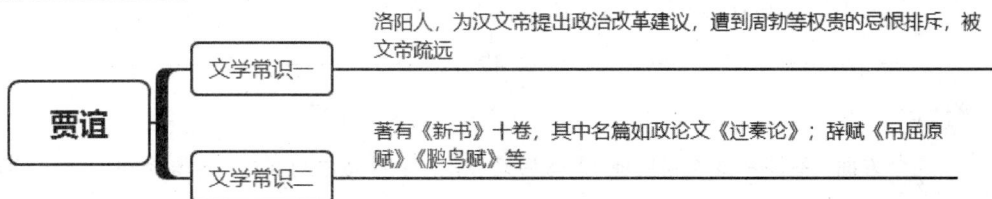

贾谊

文学常识一　洛阳人,为汉文帝提出政治改革建议,遭到周勃等权贵的忌恨排斥,被文帝疏远

文学常识二　著有《新书》十卷,其中名篇如政论文《过秦论》;辞赋《吊屈原赋》《鹏鸟赋》等

■ **名师解读**

本知识点考查客观题。对于本知识点,考生需识记贾谊的作品,如《新书》《过秦论》等。

■ **真题演练**

【单选题】

(2008年·全国)贾谊《过秦论》(上)选自(　　)

A.《新语》　　　　B.《新论》　　　　C.《新书》　　　　D.《新序》

【答案与解析】

C。贾谊著有《新书》十卷,其中有政论文《过秦论》,辞赋《吊屈原赋》《鹏鸟赋》等。

知识点2

■ **《过秦论》(上)** ☆☆☆

过秦论(节选)

秦孝公据崤函之固,拥雍州之地,君臣固守以窥周室,有席卷天下,包举宇内,囊括四海之意,并吞八荒之心。当是时也,商君佐之,内立法度,务耕织,修守战之具;外连衡而斗诸侯。于是秦人拱手而取西河之外。

……

试使山东之国与陈涉度长絜大,比权量力,则不可同年而语矣。然秦以区区之地,致万乘之权,序八州而朝同列,百有余年矣;然后以六合为家,崤函为宫;一夫作难而七庙隳,身死人手,为天下笑者,何也? 仁义不施而攻守之势异也。

——————— **重 点 注 解** ———————

过秦:意为论述秦的过失。

补充注解:

(1)"追亡逐北,伏尸百万,流血漂卤"中,"卤"通"橹",指**盾牌**。

(2)"陶朱、猗顿之富"中,"陶朱"指**范蠡**,春秋时越国大夫,曾助勾践灭吴。

——————— **思 想 内 容** ———————

本文先讲述秦自孝公以迄始皇逐渐强大的原因:具有**地理的优势**、实行**变法图强**的主张、正确的**战争策略**、几世秦王的**苦心经营**等。然后写陈涉虽然本身力量微小,却能轻而易举地使强大的秦国覆灭,在对比中得出秦亡教训:"**仁义不施,而攻守之势异也**。"

——————— **艺 术 特 色** ———————

(1) 对比手法:

① 四个方面:**秦国本身**先强后弱、先盛后衰、先兴旺后灭亡的对比;**秦与六国**的对比;**秦**

与**陈涉**的对比;陈涉与六国的对比。

② 作用:**加强文章说服力**。

(2) 古今第一篇"气盛"的文章,从语言角度看:

① 多用**排比和对偶**。如第二段中从"于是六国之士"以下,"有"字领起,罗列大量人名,这就是排比句式;"蒙故业"以下,两句一对仗,这就是对偶句式。

② **排比兼对偶**句式。如开头说秦孝公"有席卷天下,包举宇内,囊括四海之意,并吞八荒之心"。

③ 借鉴**赋**的手法。行文极尽夸张和渲染,造成一种语言上的生动气势。

📖 名师解读

本知识点考查客观题、主观题。对本文而言,文章所用到的艺术手法为考查重点,如对比、排比、对偶等,无论是选择题还是文字题都有可能考到,而且考查频率比较高,需着重注意。除此之外,文中的一些重点注释也应有所了解。

📖 真题演练

【单选题】

(2019年·全国)下列《过秦论(上)》中的语句,描述秦孝公的是(　　　　)

A. 收天下之兵,聚之咸阳,销锋镝,铸以为金人十二,以弱黔首之民

B. 内立法度,务耕织,修守战之具,外连衡而斗诸侯

C. 享国之日浅,国家无事

D. 蒙故业,因遗策,南取汉中,西举巴、蜀,东割膏腴之地,北收要害之郡

【答案与解析】

B。《过秦论(上)》原文:"秦孝公据崤函之固,拥雍州之地,君臣固守以窥周室,有席卷天下,包举宇内,囊括四海之意,并吞八荒之心。当是时也,商君佐之,内立法度,务耕织,修守战之具;外连衡而斗诸侯。"A选项描述的是秦始皇;C选项描述的是孝文公和庄襄王;D选项描述的是惠文王、武王和昭襄王。

【多选题】

(2015年·全国)《过秦论》全篇运用对比手法,其中的对比包括(　　　　)

A. 秦国自身前后对比　　　　　　B. 秦与汉对比

C. 秦与六国对比　　　　　　　　D. 陈涉与六国对比

E. 陈涉与汉对比

【答案与解析】

ACD。作者用了四个方面的对比:秦国本身先后先强后弱、先盛后衰、先兴旺后灭亡的对比;秦与六国的对比;秦与陈涉的对比;陈涉与六国的对比。

【简答题】

(2016年·全国)简述贾谊《过秦论》(上)的语言特点。

【答案与解析】

（1）多用排比和对偶。如第二段中从"于是六国之士"以下，"有"字领起，罗列大量人名，这就是排比句式；"蒙故业"以下，两句一对仗，这就是对偶句式。

（2）排比兼对偶句式。如开头说秦孝公"有席卷天下，包举宇内，囊括四海之意，并吞八荒之心"。

（3）借鉴赋的手法。行文极尽夸张和渲染，造成一种语言上的生动气势。

第三节 司 马 迁

内 容 提 要

本节所选三篇文章，《报任安书》为司马迁写给其友人任安的一封回信，在信中，司马迁陈述了自己的不幸遭遇；《项羽本纪》则展示了秦末乱世背景下项羽波澜壮阔的一生；《李将军列传》通过描写西汉名将李广的不幸遭遇，塑造了一位悲剧英雄的形象。

知识点 1

司马迁与《史记》☆☆☆

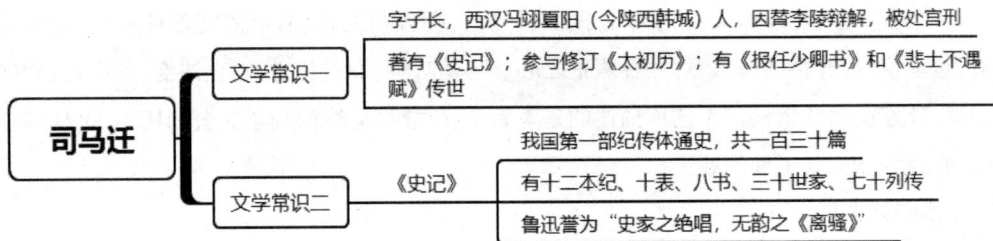

司马迁	文学常识一		字子长，西汉冯翊夏阳（今陕西韩城）人，因替李陵辩解，被处宫刑
			著有《史记》；参与修订《太初历》；有《报任少卿书》和《悲士不遇赋》传世
	文学常识二	《史记》	我国第一部纪传体通史，共一百三十篇
			有十二本纪、十表、八书、三十世家、七十列传
			鲁迅誉为"史家之绝唱，无韵之《离骚》"

名师解读

本知识点考查客观题。本知识点的考查，一般集中在《史记》的相关知识上，如史书类别、组成部分等。除此之外，司马迁受宫刑的原因也曾有所考查。

真题演练

【单选题】

（2017 年·全国）《史记》中的"世家"，一共有（ ）

A. 10 篇　　　　B. 20 篇　　　　C. 30 篇　　　　D. 40 篇

【答案与解析】

C。《史记》是我国第一部纪传体通史,包括130篇,含十二本纪、十表、八书、三十世家、七十列传。

知识点2

《报任安书》☆☆☆

报任安书(节选)

人固有一死,或重于泰山,或轻于鸿毛,用之所趋异也。太上不辱先,其次不辱身,其次不辱理色,其次不辱辞令,其次诎体受辱,其次易服受辱,其次关木索、被箠楚受辱,其次剔毛发、婴金铁受辱,其次毁肌肤、断肢体受辱,最下腐刑极矣!

……

盖西伯拘而演《周易》;仲尼厄而作《春秋》;屈原放逐,乃赋《离骚》;左丘失明,厥有《国语》;孙子膑脚,《兵法》修列;不韦迁蜀,世传《吕览》;韩非囚秦,《说难》《孤愤》;《诗》三百篇,大抵圣贤发愤之所为作也。

—————— 重 点 注 解 ——————

《报任安书》:一名《报任少卿书》,为司马迁所写的回信,"报"为回答之意。

补充注解:

(1)"仆虽罢驽,亦尝侧闻长者遗风矣"中,"侧闻"指在一旁听到,为**自谦**之辞。

(2)"若仆大质已亏缺"中,"大质"指的是**身体**。

(3)"当此之时,见狱吏则头枪地"中,"枪"同"抢",指的是**撞**、**触**。

(4)"思垂空文以自见"中,"垂"指的是**流传**。

(5)"刑不上大夫",此语见《礼记·曲礼上》。

—————— 思 想 内 容 ——————

本文是作者写给友人任安的一封回信,一方面,作者以激愤的心情,陈述了自己因替李陵辩解而遭受宫刑的前因后果,抒发了对**社会不公**的愤懑;另一方面,表达了自己的远大志向,即为了完成《史记》,忍辱偷生,以期能够"**究天人之际,通古今之变,成一家之言**"。

—————— 艺 术 特 色 ——————

(1)文章融**议论**、**抒情**、**叙事**于一体:本文叙事简括,为议论做铺垫;于议论之中自然地抒发感情,淋漓尽致地表现了作者内心久积的痛苦与怨愤。

(2)句式上,**大量铺排**,增强了感情抒发的磅礴气势。如第九段用周文王、孔子、屈原等古圣先贤愤而著书的典故,表现了自己隐忍的苦衷、坚强的意志和奋斗的决心。

（3）修辞手法多样：对比、对偶与排比互相结合，比喻、引用、夸张、讳饰等修辞手法穿插运用。

名师解读

本知识点主要考查客观题。本知识点的考查主要集中在文中名句及司马迁在文中列举的发愤著书的古圣先贤上，考生需重点记忆。另外，本文的重点注释也要有所了解。

真题演练

【单选题】

（2016年·全国）"人固有一死，或重于泰山，或轻于鸿毛"出自（　　　　）

A.《秦晋崤之战》　　　B.《报任安书》　　　C.《非攻》（上）　　　D.《劝学》

【答案与解析】

B。"人固有一死，或重于泰山，或轻于鸿毛，用之所趋异也"选自司马迁《报任安书》。译文"人固然都有一死，但有的人死得比泰山还重，有的人却比鸿毛还轻，这是因为他们所追求的东西不同啊！"故答案为B。

知识点3

《项羽本纪》（节选） ☆☆☆

项羽本纪（节选）

当是时，楚兵冠诸侯。诸侯军救钜鹿下者十余壁，莫敢纵兵。及楚击秦，诸将皆坐壁上观。楚战士无不一以当十。楚兵呼声动天，诸侯军无不人人惴恐。于是已破秦军，项羽召见诸侯将，入辕门，无不膝行而前，莫敢仰视。项羽由是始为诸侯上将军，诸侯皆属焉。

……

项王乃复引兵而东，至东城，乃有二十八骑。汉骑追者数千人。项王自度不得脱。谓其骑曰："吾起兵至今八岁矣，身七十余战，所当者破，所击者服，未尝败北，遂霸有天下。然今卒困于此，此天之亡我，非战之罪也。今日固决死，愿为诸君快战，必三胜之，为诸君溃围，斩将，刈旗，令诸君知天之亡我，非战之罪也。"

───────── **重 点 注 解** ─────────

（1）本文选自《**史记**》。

（2）东城：在今**安徽定远东南**。

补充注解：

（1）"项羽晨朝上将军宋义"中，"朝"指的是**参见**。

（2）"士卒食芋菽，军无见粮"中，"见"指现成的，原有的。

（3）张良：被刘邦封为**留侯**。

思想内容

　　本文通过叙述秦末农民大起义和楚汉之争的宏阔历史场面,生动而又深刻地描述了项羽一生。在本文中,司马迁对项羽虽**不乏深刻的挞伐**,但更多的是由衷的**惋惜和同情**。

艺术特色

---

　　(1)刻画人物性格的方法:

　　① **正面描写**:描写项羽的**语言和行动**,如"彼可取而代也""此沛公左司马曹无伤言之""富贵不归故乡,如衣绣夜行,谁知之者""天之亡我,我何渡为"。

　　② **侧面烘托**:写钜鹿大战、东城决战时,通过写诸侯军的观望、恐惧、畏服,赤泉侯人马辟易,间接表现其威震战场的勇武。

　　③ **次要人物的烘托**:鸿门宴中刘邦、范增、樊哙、张良等人的种种表现,都有利于突出项羽的形象。

　　④ **鸿门宴场面的极力铺排**,垓下之围悲剧气氛的纵笔渲染,都把项羽写得活灵活现。

　　(2)语言特点:**浅切、明白、活泼、朴实**。

人物形象

　　项羽既是一个力拔山兮气盖世的英雄,又是一个性情暴戾、优柔寡断只知用武不谙计谋的匹夫。本文通过**故事情节的发展**来展示人物命运与性格特征:

　　(1)钜鹿之战:着重表现了项羽叱咤风云、所向无敌的**勇武性格**;

　　(2)鸿门宴:着重刻画项羽**寡断少谋和妇人之仁**;

　　(3)垓下之围:表现出项羽**英雄末路**的悲情;

　　(4)东城决战:项羽面临绝境,大呼"此天之亡我,非战之罪也"。展示其虽**有豪霸之气但徒逞匹夫之勇**的性格特征。

名师解读

　　本知识点考查客观题、主观题。对本文而言,项羽的人物形象及刻画其形象的艺术方法为考查主观题的常见方向,属于重点考查内容,需着重注意。另外,考生需对本文重点描写的几个事件的相关内容,如东城之战等,有一定程度的了解,这些内容易考查选择题。

真题演练

【单选题】

1.(2016年·全国)《项羽本纪》中项羽大呼"此天之亡我,非战之罪也",写的是(　　)

　　A.钜鹿之战　　　　B.鸿门宴　　　　C.西屠咸阳　　　　D.东城决战

【答案与解析】

D。东城决战中,项羽面临绝境,大呼"此天之亡我,非战之罪也"。

【论述题】

2.(2014年·全国)请结合作品,具体分析《项羽本纪》刻画人物的艺术手法。

【答案与解析】

（1）正面描写其语言和行动，如描写项羽的语言和行动；

（2）侧面烘托，如写钜鹿大战、东城决战时，通过诸侯军的观望、恐惧、畏服，赤泉侯人马辟易等，间接表现其勇武；

（3）次要人物的衬托，如鸿门宴中用刘邦、范增等人的表现衬托项羽；

（4）鸿门宴场面的极力铺排，垓下之围悲剧气氛的渲染，都把项羽写得活灵活现、形神兼备。

知识点 4

《李将军列传》（节选）☆☆☆

李将军列传（节选）

典属国公孙昆邪为上泣曰："李广才气，天下无双，自负其能，数与虏敌战，恐亡之。"于是乃徙为上郡太守。后广转为边郡太守，徙上郡。尝为陇西、北地、雁门、代郡、云中太守，皆以力战为名。

--- 重 点 注 解 ---

《李将军列传》选自《史记》。

补充注解：

（1）"其身正，不令而行；其身不正，虽令不从"出自《论语》。

（2）"然虏卒犯之"中，"卒"通"猝"，指**突然**。

（3）"军亡导，或失道"中，"或"同"惑"，指**迷惑**。

--- 思 想 内 容 ---

本文通过叙述李广在三帝（汉文帝、汉景帝、汉武帝）时期的不同际遇，展现其豪情踌躇却坎坷不平的一生。在本文中，作者倾注了对李广的**深切同情**，同时流露出**对当权者的愤慨**。

--- 人 物 形 象 ---

李广形象：

（1）**武艺超群，谋略精当，机智果敢**；

（2）**身先士卒，治军简易**，对士兵关爱有加；

（3）**功勋卓著却怀才不遇**，最终被逼自尽，以悲剧结局终其一生。

--- 艺 术 特 色 ---

（1）整体以**时间**为序，叙事详略得当：对李广与匈奴三人战的经过以大篇幅进行逼真的描写，刻画出李广勇猛无畏的形象。

（2）善于抓住李广最突出的特点，**多维度**地刻画人物：写李广的平日生活起居和性格爱好，"讷口少言""为人长，猿臂"等特点，都使人物形象更加丰满鲜活。

（3）对比手法：

① 以**匈奴射雕者**与李广对比，突出其**高强武艺**；

② 以**程不识严谨刻板的带兵风格**与李广对比，突出其**简易的带兵风格**；

③ 以**李蔡**的仕途平坦来对比李广的**官场遭遇**等。

（4）**语言特点**：语言**通俗**，**富于文采**；动词运用十分精当，语言活泼跳荡，节奏感强。

名师解读

本知识点考查客观题。对于本文，考生需着重注意文中对比手法的运用、文中名句出处及文中历史人物所说的与李广有关的语句。

真题演练

【单选题】

（2017 年·全国）向汉景帝说李广才气天下无双的人是（　　）

A. 程不识　　　　B. 李蔡　　　　C. 公孙昆邪　　　　D. 霸陵尉

【答案与解析】

C。典属国公孙昆邪曾对汉景帝说，"李广才气，天下无双，自负其能，数与虏敌战，恐亡之"。

第四节　班　固

内 容 提 要

《汉书·李广苏建传》中记述了苏武出使匈奴，面对威胁利诱坚守节操，历尽艰辛而不辱使命的事迹，生动刻画了一个"富贵不能淫，威武不能屈"的爱国志士的光辉形象。

知识点 1

班固与《汉书》☆☆

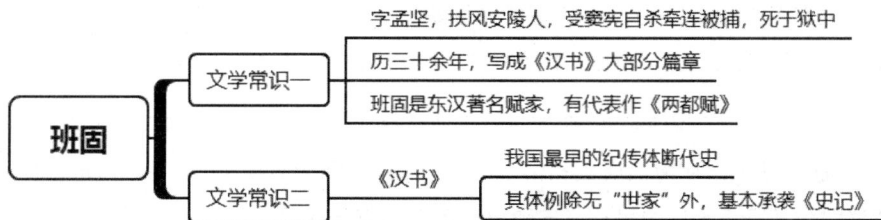

班固
　文学常识一
　　字孟坚，扶风安陵人，受窦宪自杀牵连被捕，死于狱中
　　历三十余年，写成《汉书》大部分篇章
　　班固是东汉著名赋家，有代表作《两都赋》
　文学常识二
　　《汉书》
　　　我国最早的纪传体断代史
　　　其体例除无"世家"外，基本承袭《史记》

名师解读

本知识点考查客观题。对于本知识点，考生需着重注意《汉书》在文学史上的地位及其与

《史记》体例的不同之处。

■ **真题演练**

【单选题】

(2017年·全国)我国第一部纪传体断代史是(　　)

A.《史记》　　　　B.《汉书》　　　　C.《后汉书》　　　　D.《三国志》

【答案与解析】

B。《汉书》为班固所作,是我国最早的纪传体断代史,其体例除无"世家"外,基本承袭《史记》。

知识点2

■ **《苏武传》** ☆☆☆

苏武传(节选)

单于使卫律召武受辞,武谓惠等:"屈节辱命,虽生,何面目以归汉!"引佩刀自刺。

……

武骂律曰:"女为人臣子,不顾恩义,畔主背亲,为降虏于蛮夷,何以女为见!且单于信女,使决人死生,不平心持正,反欲斗两主,观祸败!南越杀汉使者,屠为九郡。宛王杀汉使者,头县北阙。朝鲜杀汉使者,即时诛灭。独匈奴未耳。若知我不降,明欲令两国相攻。匈奴之祸,从我始矣!"

……

武曰:"武父子亡功德,皆为陛下所成就,位列将,爵通侯,兄弟亲近,常愿肝脑涂地。今得杀身自效,虽蒙斧钺汤镬,诚甘乐之。臣事君,犹子事父也。子为父死,亡所恨。愿勿复再言。"

—— **重 点 注 解** ——

本文选自《汉书·李广苏建传》。

补充注解:

(1)"独有女弟二人"中,"女弟"指的是**妹妹**。

(2)"武以始元六年春至京师"中,"京师"指的是**长安**。

—— **思 想 内 容** ——

本文记述了苏武出使匈奴反被扣留,面对威胁利诱坚守节操,历尽艰辛而不辱使命的事迹,热情讴歌了其坚贞不屈的民族气节和忠心耿耿的高尚品德。

—— **人 物 形 象** ——

本文刻画了一位"**富贵不能淫,威武不能屈**"的爱国志士的光辉形象:

首先,通过苏武以死报国的行动,刻画了他**刚烈难犯**、**义不受辱**的坚强个性。

其次,通过卫律、李陵两次劝降,突出了苏武不受威逼利诱,对**国家**、**民族忠贞不贰**的崇高气节。

最后,通过艰苦考验的描写,表现了苏武**坚韧不拔**、**历久不磨**的爱国意志。

—————————— 艺 术 特 色 ——————————

（1）**剪裁得法**：

① 详叙苏武出使匈奴被扣留的曲折经历,而略叙回国以后的事迹；

② 详写匈奴方面劝降、逼降和苏武的拒降,略写苏武在匈奴娶胡妇生子的事情。

③ 作用：有利于突出其爱国主义精神。

（2）**对比鲜明**：

① 苏武与**张胜**对比,衬托苏武的**深明大义**、**富于骨气**,及临事不惧、对国家高度负责；

② 苏武与**卫律**对比,以卫律的卖国求荣突出苏武**崇高的民族气节**；

③ 苏武与**李陵**对比,李陵计较个人恩怨,苏武则一心一意为国家民族利益着想,李陵自己前后的言行也构成了对比。

④ 作用：有利于表现苏武的高风亮节。

■ 名师解读

本知识点考查客观题、主观题。客观题方面,主要围绕文中的几个情节和对比手法进行考查,如卫律劝降、雁足传书等；主观题方面,考查的主要方向是本文所用到的艺术手法和苏武的人物形象等。

■ 真题演练

【单选题】

（2017年·全国）成语"雁足传书"出自（　　　　）

A.《李将军列传》　　B.《项羽本纪》　　C.《高祖本纪》　　D.《汉书·苏武传》

【答案与解析】

D。成语"雁足传书"出自《汉书·苏武传》,原文为"天子射上林中,得雁,足有系帛书,言武等在某泽中。"

【简答题】

（2014年·全国）简述《苏武传》一文在详略处理上的特点及作用。

【答案与解析】

本文剪裁得法：

（1）详叙苏武出使匈奴被扣留的曲折经历,而略叙回国以后的事迹；

（2）详写匈奴方面劝降、逼降和苏武的拒降,略写苏武在匈奴娶胡妇生子的事情。

（3）作用：有利于突出其爱国主义精神。

第五节 汉 乐 府

内 容 提 要

"汉乐府"就是汉代的乐府诗,本节选取的两首诗歌中,《十五从军征》描绘了一位在外征战的老兵返乡途中与到家之后的种种场景,具有一定的史诗意义;《古诗为焦仲卿妻作》(并序)则主要讲述了焦仲卿、刘兰芝夫妇被迫分离并双双自杀的悲惨婚姻故事。

知识点 1

汉乐府☆☆☆

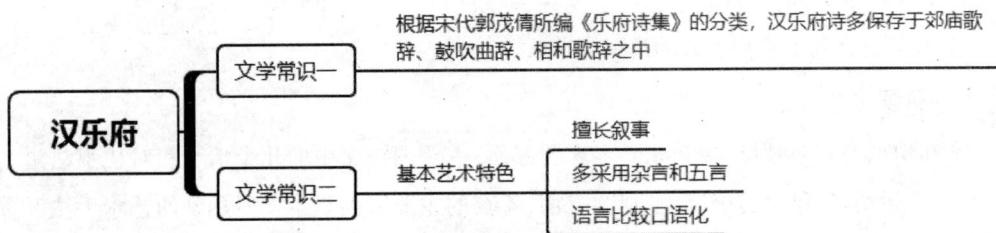

汉乐府	文学常识一	根据宋代郭茂倩所编《乐府诗集》的分类,汉乐府诗多保存于郊庙歌辞、鼓吹曲辞、相和歌辞之中
	文学常识二 基本艺术特色	擅长叙事
		多采用杂言和五言
		语言比较口语化

名师解读

本知识点考查客观题。本知识点的考查主要围绕《乐府诗集》的相关知识和"汉乐府"的艺术特色进行,如擅长叙事等。

真题演练

【单选题】

(2019 年·全国)汉乐府的基本艺术特色是擅长(　　　)

A. 抒情　　　　B. 写景　　　　C. 叙事　　　　D. 讽刺

【答案与解析】

C。汉乐府诗多保存于《乐府诗集》的郊庙歌辞、鼓吹曲辞、相和歌辞之中,基本艺术特色是擅长叙事,多采用杂言和五言,语言比较口语化。

知识点 2

《十五从军征》☆☆☆

十五从军征

十五从军征,八十始得归。道逢乡里人:"家中有阿谁?""遥望是君家,松柏冢累累。"兔从狗窦入,雉从梁上飞,中庭生旅谷,井上生旅葵。舂谷持作饭,采葵持作羹。羹饭一时熟,不知贻阿谁。出门东向望,泪落沾我衣。

—————— 重 点 注 解 ——————

(1)本诗属于**梁鼓角横吹曲**,又名《紫骝马歌》。

(2)始:指的是**才**。

—————— 思 想 内 容 ——————

(1)本诗是一首暴露**封建社会不合理兵役制度**的民歌,是一首叙事诗。

(2)它通过描绘一位在外征战的老兵返乡途中与到家之后的种种场景,反映了百姓在兵役制度下的不平和痛苦。

—————— 层 次 内 容 ——————

(1)一开头直入主题,统摄全篇,从"十五"到"八十",写出从军时间之长。

(2)下面省略了这位老兵六十五年间从军生涯的种种事情,截取他从近乡到归家这个片断,"道逢"四句借与乡邻的问答,勾勒出家破人亡的人间悲剧。

(3)"兔从狗窦入"及以下七句具体真切地展示了老兵归家以后惨不忍睹的生活场景。

(4)最后两句以老兵孑然一身的形象收结,余味无穷。

名师解读

本知识点考查客观题。本知识点的考查频率较低,考生只需对本诗出处和相关的艺术手法有所了解即可。

真题演练

【单选题】

(2017年·全国)《十五从军征》属于(　　　)

A.郊庙歌辞　　　B.相和歌辞　　　C.杂曲歌辞　　　D.鼓吹曲辞

【答案与解析】

D。《十五从军征》属于梁鼓角横吹曲,为鼓吹曲辞的一种,故本题选D。

知识点3

《古诗为焦仲卿妻作》(并序) ☆☆☆

古诗为焦仲卿妻作(并序)(节选)

汉末建安中,庐江府小吏焦仲卿妻刘氏,为仲卿母所遣,自誓不嫁。其家逼之,乃投水而死。仲卿闻之,亦自缢于庭树。时人伤之,为诗云尔。

却与小姑别,泪落连珠子:"新妇初来时,小姑始扶床,今日被驱遣,小姑如我长。勤心养公姥,好自相扶将。初七及下九,嬉戏莫相忘。"出门登车去,涕落百余行。

—————— 重 点 注 解 ——————

本诗最早见于南朝陈徐陵所编的《玉台新咏》,宋郭茂倩《乐府诗集》载入《杂曲歌辞》,题为《焦仲卿妻》。后人取此诗首句名《孔雀东南飞》。

补充注解:

(1) "交语速装束,络绎如浮云"中,"交语"指的是**传话给下人**。

(2) "三日断五匹,大人故嫌迟"中,"大人"指兰芝称呼其**婆母**。

(3) "结发同枕席,黄泉共为友"中,"结发"指古时女子**十五岁**束发加笄,表示成年。

—————— 思 想 内 容 ——————

(1) 本诗通过展现刘兰芝、焦仲卿夫妇的爱情悲剧,控诉了封建社会宗法礼教、家长统治和门阀观念的罪恶,表达了青年男女要求婚姻爱情自主的合理愿望。

(2) 二人爱情悲剧原因:

① 性格悲剧:**兰芝外柔内刚**;仲卿性格懦弱无能。

② 社会悲剧:焦母用高压政策对待儿媳,刘兄用威逼手段胁迫妹妹,实质是封建家长制和封建礼教让他们充当了刽子手。

—————— 人 物 形 象 ——————

(1) 刘兰芝:

① **坚强、持重、自尊**,所以自请遣归;

② **不卑不亢、有教养**,辞别时还牵挂婆婆和小姑;

③ **勤劳能干,多才多艺**;

④ **外柔内刚,自有主意**,不为威迫所屈,不为荣华所动;

⑤ 对仲卿温柔体贴,**深情专一**;

⑥ **果断忠贞**,追求爱情婚姻的自由,维护自己人格尊严,具有一定的反抗精神。

(2) 焦仲卿:

① 忠于爱情却不敢直接抗争,**懦弱拘谨、消极反抗、忍辱负重**;

② **善良孝顺**,但为了爱情最后走上了**叛逆**的道路。

(3) 焦母:极端蛮横无理,独断专行,是一个摧残爱情的封建家长典型。

(4) 刘兄:专横跋扈、趋炎附势、尖酸刻薄、冷酷无情,是典型的市侩形象。

—————— 艺 术 特 色 ——————

(1) 叙事上**双线交替推进**,结构缜密紧凑:

① 第一条线索围绕**刘焦两家的家庭矛盾冲突**展开。仲卿求母,兰芝辞婆,兰芝拒婚,仲卿别母,这些冲突实际是一场迫害与反迫害的斗争。

② 第二条线索是围绕**兰芝与仲卿之间的爱情铺展**。仲卿求母失败后,与兰芝的临别,反映了两人浓厚深切的恋情;兰芝辞别婆婆后,与仲卿的话别,抒写了他们真挚坚定的感情;兰芝拒婚后,与仲卿的诀别,刻画了他们生死相依的爱情。

③ 作用:两条线索交替发展,完成了故事的叙述及人物命运的展开。

（2）本诗通过有**个性的人物对话**塑造人物形象。如刘兰芝对仲卿、对焦母、对小姑、对自己的哥哥和母亲讲话时的态度与语气各不相同,从中可以感受到其性格特征。

名师解读

本知识点考查客观题、主观题。客观题方面,主要考查考生对原文的掌握和相关注释的了解,尤其是本诗最早见于《玉台新咏》这一知识点,更是多次考到;主观题方面,则需要考生牢记文中主要人物的人物形象和本文所采用的双线交替推进的结构方式等。

真题演练

【单选题】

1.（2018年·全国）《孔雀东南飞》最早记录于（　　）

　　A.《玉台新咏》　　　B.《文选》　　　C.《乐府诗集》　　　D.《诗经》

【答案与解析】

A。《古诗为焦仲卿妻作》（并序）最早见于南朝陈徐陵所编的《玉台新咏》,题为《古诗无名人为焦仲卿妻作》,宋郭茂倩《乐府诗集》载入《杂曲歌辞》,题为《焦仲卿妻》。

2.（2017年·全国）《古诗为焦仲卿妻作》的故事发生在（　　）

　　A.战国末期　　　B.西汉武帝时期　　　C.魏晋时期　　　D.东汉建安年间

【答案与解析】

D。《古诗为焦仲卿妻作》的故事发生于东汉建安年间:"汉末建安中,庐江府小吏焦仲卿妻刘氏,为仲卿母所遣,自誓不嫁。"

【简答题】

（2017年·全国）简要描述《古诗为焦仲卿妻作》中的两条叙述线索。

【答案与解析】

《古诗为焦仲卿妻作》有两条叙述线索:第一条线索围绕刘焦两家的家庭矛盾冲突展开,仲卿求母,兰芝辞婆,兰芝拒婚,这些冲突实际是一场迫害与反迫害的斗争。第二条线索是围绕兰芝与仲卿之间的爱情铺展。仲卿求母失败后,与兰芝的临别;兰芝拒婚后,与仲卿的诀别,刻画了他们生死相依的爱情。这两条线索交替发展,完成了故事的叙述及人物命运的展开。

第六节　古诗十九首

内容提要

　　《古诗十九首》多写夫妇、朋友间的离情别绪以及士子们的彷徨失意。本节所选两首诗歌，《行行重行行》抒写了一个女子对远行在外的丈夫的深切思念；《迢迢牵牛星》则抒发了女子离别相思之情，写出了人间夫妻不得团聚的悲哀。

知识点1

■ 古诗十九首☆☆

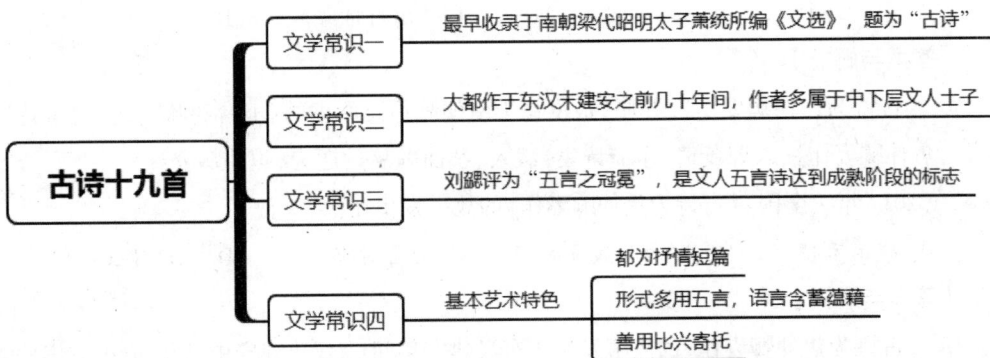

■ **名师解读**

　　本知识点考查客观题。本知识点主要考查古诗十九首最早收录于《文选》，除此之外，古诗十九首的作者也曾有所考查。

■ **真题演练**

【单选题】

(2017年·全国)《古诗十九首》最早收录于(　　)

A.《古诗源》　　　　B.《昭明文选》　　　　C.《玉台新咏》　　　　D.《乐府诗集》

【答案与解析】

　　B。古诗十九首最早收录于南朝梁昭明太子萧统所编《文选》，题为"古诗"。刘勰评为"五言之冠冕"，是文人五言诗达到成熟阶段的标志。

知识点 2

《行行重行行》☆☆

行行重行行

行行重行行,与君生别离。相去万余里,各在天一涯。

道路阻且长,会面安可知?胡马依北风,越鸟巢南枝。

相去日已远,衣带日已缓。浮云蔽白日,游子不顾反。

思君令人老,岁月忽已晚。弃捐勿复道,努力加餐饭。

—————— 重 点 注 解 ——————

(1) 本诗选自《古诗十九首》。

(2) 生别离:指**活着分离**,典出《**楚辞·九歌·少司命**》"悲莫悲兮生别离",暗示了悲伤之意。

—————— 思 想 内 容 ——————

本诗表现了**家中思妇怀念远行丈夫**的情感。

—————— 层 次 内 容 ——————

本诗先叙初别之情,次说路遥会难,再诉相思之苦,末以自我宽慰作结,情感表达细腻入微。

—————— 艺 术 特 色 ——————

(1) 本诗用语和节奏上回环复沓、反复咏叹:

① 首句五字,连叠**四个"行"**字,仅以一"**重**"字绾结。"行行"言其远,"重行行"言其极远,兼有久远之意,翻进一层,不仅指空间,也指时间。

② 复沓的声调,迟缓的节奏,疲惫的步伐,给人以沉重的压抑感。

(2) "胡马依北风,越鸟巢南枝"运用**比兴手法**:

① 表面上喻**远行君子**,说明物尚有感、人岂无情的道理;

② 暗喻思妇对远行君子深婉的**恋情**和热烈的**相思**。

名师解读

本知识点考查客观题。本知识点的考查频率不高,考生对本诗的重点注释及艺术特色有所了解即可。

真题演练

【单选题】

1. (2016年·全国)下列《行行重行行》诗句中出自《楚辞·九歌》的是(　　)

A. 与君生别离 　　　　　　　　　　B. 道路阻且长

C. 胡马依北风 　　　　　　　　　　D. 浮云蔽白日

【答案与解析】

A。生别离：活着分离。语出《楚辞·九歌·少司命》"悲莫悲兮生别离"。

2.（2015年·全国）下列《行行重行行》诗句,用比兴手法表达对远行君子恋情的是(　　　　)

A. 相去万余里,各在天一涯 　　　B. 胡马依北风,越鸟巢南枝

C. 相去日已远,衣带日已缓 　　　D. 浮云蔽白日,游子不顾反

【答案与解析】

B。"胡马依北风,越鸟巢南枝"用比兴手法,表面上喻远行君子,暗喻思妇对远行君子深婉的恋情和热烈的相思。

知识点 3

《迢迢牵牛星》☆☆☆

迢迢牵牛星

迢迢牵牛星,皎皎河汉女。

纤纤擢素手,札札弄机杼。

终日不成章,泣涕零如雨。

河汉清且浅,相去复几许?

盈盈一水间,脉脉不得语。

—— **重 点 注 解** ——

（1）本诗选自**古诗十九首**。

（2）河汉：指的是**银河**。

（3）章：指的是织物上的**纹理**。此句借用了《诗经·小雅·大东》篇中的诗句:"跂彼织女,终日七襄。虽则七襄,不成报章。"

（4）"泣涕零如雨"：借用《诗经·邶风·燕燕》诗句:"瞻望不及,泣涕如雨。"

—— **思 想 内 容** ——

本诗表面上字字在叙写天上织女的思念之情,实际句句在抒发**人间思妇的离愁别恨**,采用浪漫主义的想象,表达的却是东汉时期动荡社会中游子和思妇的现实痛苦。

—— **艺 术 特 色** ——

运用叠字:

（1）叠字使用的**频率很高**,全诗十句,有六句用了叠字。

（2）作用：既增强了**节奏的美感和音韵的协调**，又自然而贴切地表达了**物性与情思**。

名师解读

本知识点考查客观题与主观题。客观题方面，主要考查文中涉及的几个典故，如"泣涕零如雨"借用了《诗经·邶风·燕燕》中的诗句等；主观题方面，则主要考查文中叠字的使用。

真题演练

【单选题】

（2014 年·全国）下列《迢迢牵牛星》诗句中，借用《诗经·小雅·大东》篇的是（　　）

A. 终日不成章　　　B. 泣涕零如雨　　　C. 盈盈一水间　　　D. 脉脉不得语

【答案与解析】

A。"终日不成章"中，"章"指的是织物上的纹理。此句借用了《诗经·小雅·大东》篇中的诗句："跂彼织女，终日七襄。虽则七襄，不成报章。"

【简答题】

（2015 年·全国）简述《迢迢牵牛星》一诗中叠字使用的特点及作用。

【答案与解析】

（1）叠字使用的频率很高，全诗十句，有六句用了叠字。

（2）作用：既增强了节奏的美感和音韵的协调，又自然而贴切地表达了物性与情思。

第三章　魏晋南北朝部分

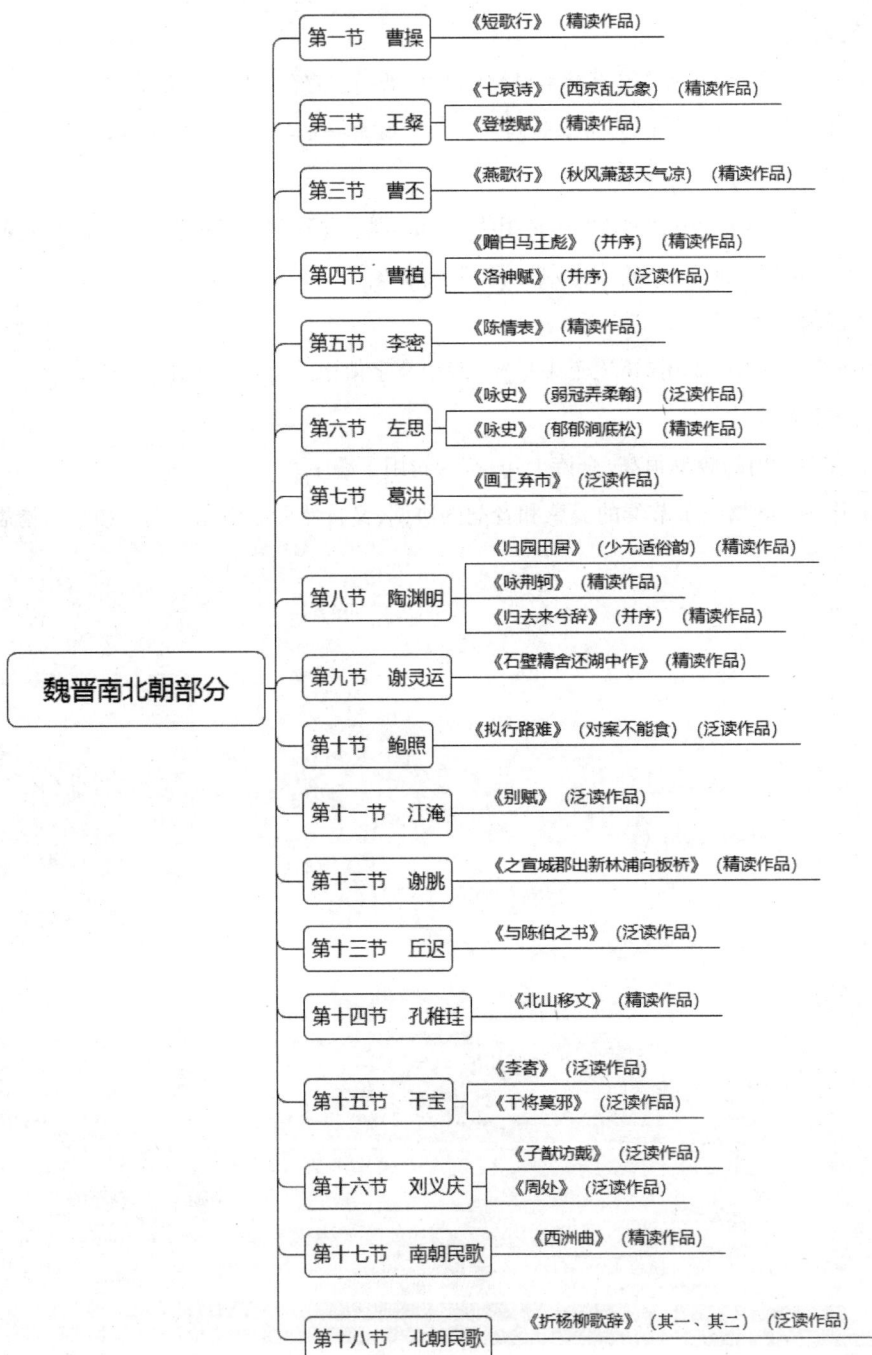

魏晋南北朝部分

- 第一节　曹操
  - 《短歌行》（精读作品）
- 第二节　王粲
  - 《七哀诗》（西京乱无象）（精读作品）
  - 《登楼赋》（精读作品）
- 第三节　曹丕
  - 《燕歌行》（秋风萧瑟天气凉）（精读作品）
- 第四节　曹植
  - 《赠白马王彪》（并序）（精读作品）
  - 《洛神赋》（并序）（泛读作品）
- 第五节　李密
  - 《陈情表》（精读作品）
- 第六节　左思
  - 《咏史》（弱冠弄柔翰）（泛读作品）
  - 《咏史》（郁郁涧底松）（精读作品）
- 第七节　葛洪
  - 《画工弃市》（泛读作品）
- 第八节　陶渊明
  - 《归园田居》（少无适俗韵）（精读作品）
  - 《咏荆轲》（精读作品）
  - 《归去来兮辞》（并序）（精读作品）
- 第九节　谢灵运
  - 《石壁精舍还湖中作》（精读作品）
- 第十节　鲍照
  - 《拟行路难》（对案不能食）（泛读作品）
- 第十一节　江淹
  - 《别赋》（泛读作品）
- 第十二节　谢朓
  - 《之宣城郡出新林浦向板桥》（精读作品）
- 第十三节　丘迟
  - 《与陈伯之书》（泛读作品）
- 第十四节　孔稚珪
  - 《北山移文》（精读作品）
- 第十五节　干宝
  - 《李寄》（泛读作品）
  - 《干将莫邪》（泛读作品）
- 第十六节　刘义庆
  - 《子猷访戴》（泛读作品）
  - 《周处》（泛读作品）
- 第十七节　南朝民歌
  - 《西洲曲》（精读作品）
- 第十八节　北朝民歌
  - 《折杨柳歌辞》（其一、其二）（泛读作品）

第一节 曹 操

内 容 提 要

《短歌行》是魏武帝曹操以乐府古题创作的一首诗。它通过宴会的歌唱,以沉稳顿挫的笔调抒写了诗人求贤若渴的思想感情和统一天下的雄心壮志。

知识点 1

曹操及其作品☆

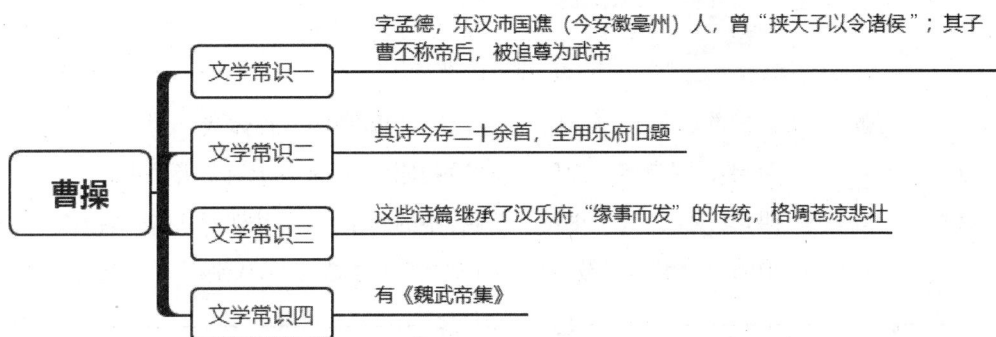

曹操
- 文学常识一——字孟德,东汉沛国谯(今安徽亳州)人,曾"挟天子以令诸侯";其子曹丕称帝后,被追尊为武帝
- 文学常识二——其诗今存二十余首,全用乐府旧题
- 文学常识三——这些诗篇继承了汉乐府"缘事而发"的传统,格调苍凉悲壮
- 文学常识四——有《魏武帝集》

名师解读

本知识点主要考查客观题。考生需对曹操的相关知识有所了解,且需要知道其作品集有《魏武帝集》。

真题演练

【单选题】

(2016年·全国)《魏武帝集》的作者是(   )

A. 司马懿　　　　　B. 曹丕　　　　　C. 曹植　　　　　D. 曹操

【答案与解析】

D。曹操诗今存二十余首,全用乐府旧题;这些诗篇继承了汉乐府"缘事而发"的传统,格调苍凉悲壮;有《魏武帝集》。

知识点 2

■ 《短歌行》 ☆☆☆

短 歌 行

对酒当歌,人生几何? 譬如朝露,去日苦多。

慨当以慷,忧思难忘。何以解忧? 惟有杜康。

青青子衿,悠悠我心。但为君故,沉吟至今。

呦呦鹿鸣,食野之苹。我有嘉宾,鼓瑟吹笙。

明明如月,何时可掇? 忧从中来,不可断绝。

越陌度阡,枉用相存。契阔谈宴,心念旧恩。

月明星稀,乌鹊南飞。绕树三匝,何枝可依?

山不厌高,水不厌深。周公吐哺,天下归心。

──────── 重 点 注 解 ────────

(1)《短歌行》中,"短歌行"为乐府旧题;"行"是古代**歌曲**的一种**体裁**。

(2)"青青子衿"两句:是《诗经·郑风·子衿》的原句,用来表示对贤者的思念。

(3)"呦呦鹿鸣"四句:是《诗经·小雅·鹿鸣》中的句子,表示礼遇贤才,盛情接待。

(4)"契阔谈宴"中的"契阔":聚散,这里偏用"阔"的意思,表示久别。

──────── 思 想 内 容 ────────

本诗表达了诗人渴望**招纳贤才**,建立功业,安定天下的思想感情。

──────── 层 次 内 容 ────────

(1)第一层慨叹**人生短促**,渴望实现胸中抱负;

(2)第二层描写了**求贤若渴**的心情;

(3)第三层写**求贤不得**的忧和贤者远道而来的喜;

(4)第四层表达**网罗天下贤才**的强烈愿望。

──────── 艺 术 特 色 ────────

(1)运用**比兴**手法:"月明星稀"四句,用乌鹊南飞,喻贤者奔走四方,以绕树而飞,说明"良禽择木而栖,贤者择主而从"。

(2)运用**典故**:用周公自比属于**事典**,含蓄明志,切合诗人的特殊身份;引用《诗经》成句属于**语典**,庄重古朴,造语典雅。

■ 名师解读

本知识点考查客观题、主观题。本诗考查频率颇高,尤其是诗中所引用的《诗经》诗句及其寓意,为客观题常考考点之一;主观题方面,本诗所涉及的诸如运用比兴、典故等艺术手法也需着重注意。

真题演练

【单选题】

1.(2019年·全国)曹操《短歌行》:"契阔谈宴,心念旧恩"中"契阔"的含义是( )

A. 久别　　　　B. 怀念　　　　C. 开阔　　　　D. 相约

【答案与解析】

A。题干句译为:"彼此久别重逢谈心宴饮,争着将往日的情谊诉说。"契阔:聚散。此处偏用"阔"的意思,表示久别。契,合。阔,分。故选A。

2.(2015年·全国)下列《短歌行》诗句中,借用《诗经》成句表达作者求贤若渴心情的是( )

A. 慨当以慷,忧思难忘　　　　B. 青青子衿,悠悠我心

C. 越陌度阡,枉用相存　　　　D. 月明星稀,乌鹊南飞

【答案与解析】

B。"青青子衿,悠悠我心"这两句是《诗经·郑风·子衿》的原句,用来表示对贤者的思念,表达作者求贤若渴的心情。

【多选题】

(2015年·全国)下列曹操《短歌行》的诗句中,出于《诗经》成句的有( )

A. 譬如朝露,去日苦多　　　　B. 青青子衿,悠悠我心

C. 何以解忧?惟有杜康　　　　D. 我有嘉宾,鼓瑟吹笙

E. 山不厌高,水不厌深

【答案与解析】

BD。"青青子衿,悠悠我心"出自《诗经·郑风·子衿》,用来表达对贤者的思念。"呦呦鹿鸣,食野之苹。我有嘉宾,鼓瑟吹笙"出自《诗经·小雅·鹿鸣》,表示礼遇贤才,盛情接待,表达诗人渴望招纳贤才。

【简答题】

(2017年·全国)联系作品,简要分析曹操《短歌行》中运用典故的手法。

【答案与解析】

(1)用周公自比属于事典,含蓄明志,切合诗人的特殊身份;

(2)引用《诗经》成句属于语典,庄重古朴,造语典雅。

第二节　王　粲

内 容 提 要

本节所选的两首王粲诗中,《七哀诗》(西京乱无象)真实地写出了诗人初离长安时在郊外所见难民弃子的惨状;《登楼赋》则主要抒写了王粲因生逢乱世、长期客居他乡、才能不能得以施展而产生的思乡、怀国之情和怀才不遇之忧。

知识点 1

■ 王粲及其作品☆

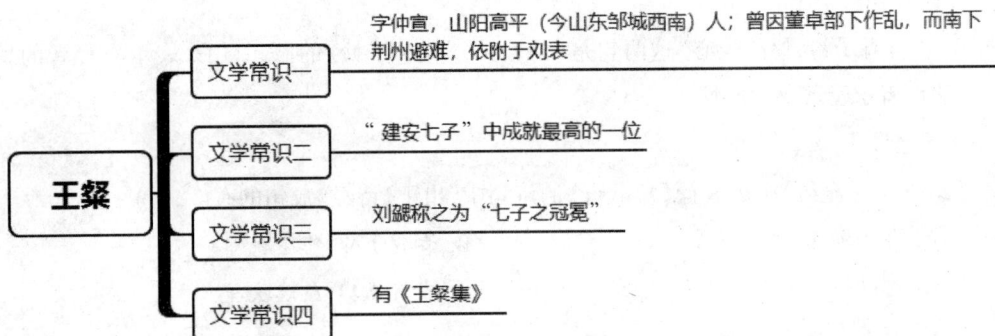

- 王粲
  - 文学常识一 —— 字仲宣,山阳高平(今山东邹城西南)人;曾因董卓部下作乱,而南下荆州避难,依附于刘表
  - 文学常识二 —— "建安七子"中成就最高的一位
  - 文学常识三 —— 刘勰称之为"七子之冠冕"
  - 文学常识四 —— 有《王粲集》

■ 名师解读

本知识点主要考查客观题。对于本知识点,考生需着重注意王粲在文学史上的地位,即"七子之冠冕",是"建安七子"中成就最高的一位。

■ 真题演练

【单选题】

(2019 年·全国)在"建安七子"中成就最高,刘勰称之为"七子之冠冕"的是(　　)

A. 刘桢　　　　　　B. 徐幹　　　　　　C. 王粲　　　　　　D. 孔融

【答案与解析】

C。王粲在"建安七子"中成就最高,刘勰称之为"七子之冠冕"。

知识点 2

《七哀诗》(西京乱无象) ☆☆☆

七 哀 诗

西京乱无象,豺虎方遘患。复弃中国去,委身适荆蛮。

亲戚对我悲,朋友相追攀。出门无所见,白骨蔽平原。

路有饥妇人,抱子弃草间。顾闻号泣声,挥涕独不还。

"未知身死处,何能两相完?"驱马弃之去,不忍听此言。

南登霸陵岸,回首望长安,悟彼下泉人,喟然伤心肝。

———— **重 点 注 解** ————

(1)《七哀》:乐府诗题。

(2)西京:指的是**长安**。

(3)豺虎:指**董卓**部将**李傕**、**郭汜**等人。

(4)悟彼下泉人:领悟到《下泉》诗作者**思念英明君主治理天下**的心情。

———— **思 想 内 容** ————

(1)本诗为**纪实之作**,作于作者因**董卓部下李傕**、**郭汜**在长安作乱而避难荆州之时。

(2)诗人以白描手法描绘了东汉末年军阀混战、百姓遭殃的惨象,表达了对**百姓所受苦**难的**同情**以及**思得明君以治乱世**的强烈愿望。

———— **层 次 内 容** ————

(1)开头六句写**离别长安**的情景。离别的原因是"**豺虎**"作乱,亲戚朋友的恋恋不舍,是动乱时代朝不保夕的特有心态。

(2)其次十句写**途中所见**。先用"**出门无所见,白骨蔽平原**"概括当时乱离社会的景象,再展示"**饥妇弃子**"的典型场景,尤为震撼人心。

(3)最后四句**用典**,表示渴望**明君出世**,安定天下,让百姓安居乐业。

———— **艺 术 特 色** ————

"饥妇弃子"的社会意义:

(1)诗人截取这样一个**典型**的生活画面,展示**母亲居然弃亲子而不顾**的反常现象,时代动乱**扭曲人们心灵的惨毒**不难想见。

(2)既表达了对百姓的**深切同情**,也隐含着对**制造战乱者**的**谴责**。

名师解读

　　本知识点考查客观题、主观题。客观题方面,主要围绕本诗的创作背景进行考查,如诗人是因李傕、郭汜之乱而避难荆州等；主观题方面，"饥妇弃子"的社会意义和本诗的层次划分当作为重点内容记忆。

■ 真题演练

【单选题】

(2017年·全国)《七哀诗》(西京乱无象)的写作背景是(   )

A. 曹操奉迎汉献帝　　　　　B. 董卓部下在长安作乱

C. 曹丕废汉献帝自立　　　　D. 曹植兄弟赴洛阳会节气

【答案与解析】

B。本诗为纪实之作，作于作者因董卓部下李傕、郭汜在长安作乱而避难荆州之时。

【简答题】

(2015年·全国)简述王粲《七哀诗》中描写"饥妇弃子"的社会意义。

【答案与解析】

(1) 诗人截取这样一个典型的生活画面，展示母亲居然弃亲子而不顾的反常现象，时代动乱扭曲人们心灵的惨毒不难想见。

(2) 既表达了对百姓的深切同情，也隐含着对制造战乱者的谴责。

知识点3

■《登楼赋》☆☆☆

登楼赋(节选)

遭纷浊而迁逝兮，漫逾纪以迄今。情眷眷而怀归兮，孰忧思之可任！凭轩槛以遥望兮，向北风而开襟，平原远而极目兮，蔽荆山之高岑。路逶迤而修迥兮，川既漾而济深。悲旧乡之壅隔兮，涕横坠而弗禁。昔尼父之在陈兮，有归欤之叹音；钟仪幽而楚奏兮，庄舄显而越吟。人情同于怀土兮，岂穷达而异心？

惟日月之逾迈兮，俟河清其未极，冀王道之一平兮，假高衢而骋力。惧匏瓜之徒悬兮，畏井渫之莫食，步栖迟以徙倚兮，白日忽其将匿。风萧瑟而并兴兮，天惨惨而无色。兽狂顾以求群兮，鸟相鸣而举翼。原野阒其无人兮，征夫行而未息，心凄怆以感发兮，意忉怛而憯恻。循阶除而下降兮，气交愤于胸臆，夜参半而不寐兮，怅盘桓以反侧。

────── **重点注解** ──────

(1)《登楼赋》中的"楼"有三种说法：《文选》李善注认为是登**当阳城楼**；《文选》五臣注认为登的是**荆州城楼**；从赋中所写的地理环境来看，应为**麦城城楼**。

(2) "昔尼父之在陈兮"两句：指从前**孔子**周游列国，在陈国断粮，有"**归欤归欤**"之叹。见《**论语·公冶长**》。

（3）"钟仪幽而楚奏兮"：指**钟仪被晋国囚禁后**，仍演奏楚国的乐曲。事见**《左传·成公九年》**，表示**不忘故国**。

（4）"庄舄显而越吟"：越人**庄舄**在楚国担任显要的官职，可是他病中呻吟，仍发出越地的方音。事见**《史记·张仪列传》**。

（5）"惧匏瓜之徒悬兮"：语出**《论语·阳货》**。比喻自己**有才能而生怕不得任用**。

（6）"畏井渫之莫食"：怕淘干净的井无人前来汲水饮用。语出**《周易·井卦》**。比喻自己**修身洁行却不被任用**。

────────── 思 想 内 容 ──────────

在曹操即将统一北方之际，作者依附的刘表却不思进取，不能任用贤才。在这种失意的情况下，作者登楼抒怀，写作了《登楼赋》，倾吐了**怀才不遇**、**宏图难展**的苦闷。

────────── 艺 术 特 色 ──────────

（1）直接抒情：

① 本诗为**抒情小赋**，其成功处在于真切动人的直接抒情；

② 开篇即以一**"忧"**字奠定全篇情感基调，登楼为了消忧，而登楼的所见所闻所思所感，不仅不能消忧，反而增忧，忧伤之情贯穿于全篇。

（2）情景相生：

① 有时**情以景起**，荆州郊外的富庶与美丽，引发故乡之思；

② 有时**借景抒情**，暮色苍茫，晚风萧瑟，鸟兽求群，征夫不息，悲凉寂寞之感油然而生。

（3）运用典故：

① **强化了思乡的情怀**；

② 用**匏瓜徒悬**、**井渫莫食**两个典故，恰当地表达了**不得任用**的担心。

（4）体现了魏晋抒情小赋的特色：措辞洗练，音节和谐。

■ 名师解读

本知识点考查客观题、主观题。客观题方面，以文中所用到的典故为主要考查方向，如匏瓜徒悬等；而主观题的考查频率不高，考生对本文所用到的艺术手法如直接抒情、用典等有所了解即可。

■ 真题演练

【单选题】

1.（2015 年·全国）《登楼赋》"钟仪幽而楚奏兮，庄舄显而越吟"，表达的意思是（　　）

A. 穷达异心　　　B. 怀才不遇　　　C. 怀念故土　　　D. 冤屈难伸

【答案与解析】

C。"钟仪幽而楚奏兮，庄舄显而越吟"，这两句大意是："钟仪被晋国囚禁后，仍演奏楚国的乐曲，楚人庄舄在楚国担任显要的官职，可是他病中呻吟，仍发出越地的方音"。表达的意思是怀念故土。

2. (2017 年·全国)下列地点中,不属于王粲登楼地点三种说法的是( )

　　A. 长安城楼　　　B. 当阳城楼　　　C. 荆州城楼　　　D. 麦城城楼

【答案与解析】

A。王粲登楼地点有三种说法:当阳城楼、荆州城楼、麦城城楼。

3. (2017 年·全国)下列《登楼赋》文句中,表达不得任用的担心的典故是( )

　　A. 昔尼父之在陈兮,有归欤之叹音　　　B. 钟仪幽而楚奏兮,庄舄显而越吟

　　C. 惟日月之逾迈兮,俟河清其未极　　　D. 惧匏瓜之徒悬兮,畏井渫之莫食

【答案与解析】

D。D 项两句的大意是:担心像葫芦瓢一样,徒然挂在那里无人食用,怕淘干净的井无人前来汲水饮用。《登楼赋》用匏瓜徒悬、井渫莫食两个典故,恰当地表达了不得任用的担心。

第三节　曹　丕

内 容 提 要

　　《燕歌行》(秋风萧瑟天气凉)为魏文帝曹丕诗作,写一个女子思念在远方作客的丈夫,是言情的名作,在中国诗歌发展史上占有十分重要的地位。

知识点 1

■ 曹丕及其作品☆

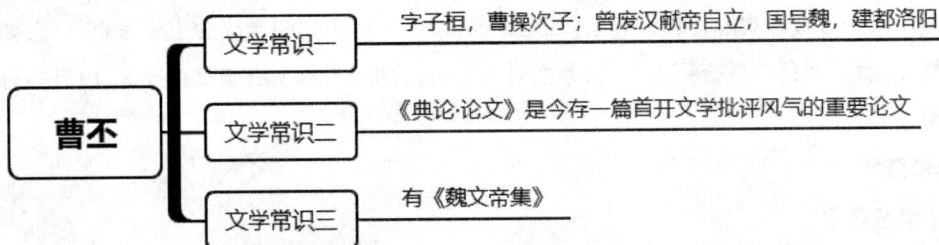

曹丕	文学常识一	字子桓,曹操次子;曾废汉献帝自立,国号魏,建都洛阳
	文学常识二	《典论·论文》是今存一篇首开文学批评风气的重要论文
	文学常识三	有《魏文帝集》

■ 名师解读

　　本知识点主要考查客观题。本知识点的考查主要围绕曹丕的作品进行,尤其是《典论·论文》,因其在文学史上地位特殊而为常考点。

真题演练

【单选题】

（2019年·全国）下列作品中,属于今存首开文学批评风气的重要文章是(　　)

A．陆机《文赋》　　　　　　　B．曹丕《典论·论文》

C．钟嵘《诗品序》　　　　　　D．萧统《文选序》

【答案与解析】

B。曹丕的《典论·论文》是今存首开文学批评风气的一篇重要论文。

知识点 2

《燕歌行》（秋风萧瑟天气凉） ☆☆☆

燕 歌 行

秋风萧瑟天气凉,草木摇落露为霜。群燕辞归雁南翔,念君客游思断肠。慊慊思归恋故乡,君何淹留寄他方? 贱妾茕茕守空房,忧来思君不敢忘,不觉泪下沾衣裳。援琴鸣弦发清商,短歌微吟不能长。明月皎皎照我床,星汉西流夜未央。牵牛织女遥相望,尔独何辜限河梁。

—— 重 点 注 解 ——

(1) 清商:指的是**曲调名**,音节短促,声音纤细。

(2) 星汉:指的是**银河**。

—— 思 想 内 容 ——

(1)《燕歌行》多被用来写离别情思。曹丕注意向民歌学习,善于描写**男女爱情和离愁别恨**。

(2) 本诗是我国现存**第一首完整的七言诗**,写一个女子对远方丈夫深切的怀念。

—— 人 物 形 象 ——

本诗塑造了一个**独守空闺、深情思念远方丈夫**的女子形象:

(1) 诗中有女子的外貌和行为的描写,如泪下沾襟的悲切,百无聊赖的弹琴低唱;

(2) 本诗刻画了孤单寂寞的心态和因丈夫不归而忐忑不安的疑虑。

—— 艺 术 特 色 ——

本诗有**秋风霜露、草木摇落**等秋季景物的**烘托**;还有牵牛织女神话传说的**寄托**。

名师解读

本知识点考查客观题和主观题。客观题主要考查《燕歌行》(秋风萧瑟天气凉)在文学史上的地位,即其是我国现存第一首完整的七言诗;主观题主要考查《燕歌行》的艺术手法。

真题演练

【单选题】

（2017年·全国）下列作品中,为我国第一首完整七言诗的是(　　)

A. 屈原《湘夫人》　　　　　　　　B. 陶渊明《咏荆轲》

C. 曹丕《燕歌行》　　　　　　　　D. 鲍照《拟行路难》

【答案与解析】

C。《燕歌行》是我国现存第一首完整的七言诗,在诗歌史上有重要地位。

第四节　曹　植

内 容 提 要

曹植在诗歌、辞赋、散文方面都有突出成就。本节所选两篇作品中,诗歌《赠白马王彪》(并序)写曹植与白马王曹彪在回封地的途中被迫分离时的复杂心情,感情非常沉痛凄婉;赋作《洛神赋》(并序)虚构了作者自己与洛神的邂逅和彼此间的思慕爱恋,但由于人神道殊而不能结合,最后抒发了无限的悲伤怅惘之情。

知识点 1

曹植及其作品☆

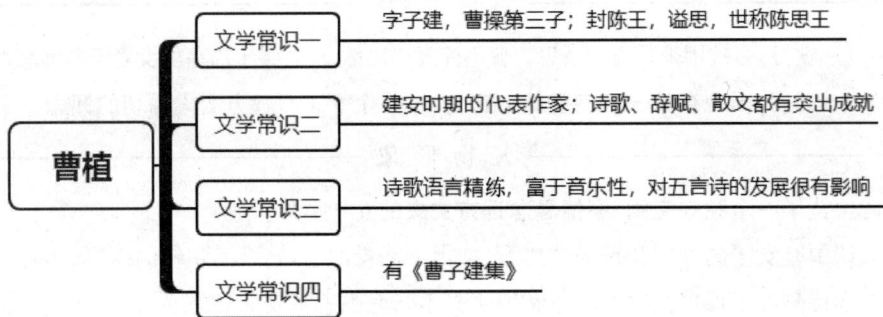

曹植

- 文学常识一 —— 字子建, 曹操第三子; 封陈王, 谥思, 世称陈思王
- 文学常识二 —— 建安时期的代表作家; 诗歌、辞赋、散文都有突出成就
- 文学常识三 —— 诗歌语言精练, 富于音乐性, 对五言诗的发展很有影响
- 文学常识四 —— 有《曹子建集》

名师解读

本知识点考查客观题。对于本知识点,考生需着重识记曹植的字号、作品集名称。

真题演练

【单选题】

(2018 年·全国)《曹子建集》的作者是(　　　)

A. 曹丕　　　　　B. 曹彰　　　　　C. 曹彪　　　　　D. 曹植

【答案与解析】

D。曹植,字子建,曹操第三子。封陈王,谥思,世称陈思王,是建安时期代表作家,有《曹子建集》。

知识点 2

■ **《赠白马王彪》（并序）** ☆☆☆

赠白马王彪（并序）（节选）

玄黄犹能进，我思郁以纡。郁纡将何念？亲爱在离居。本图相与偕，中更不克俱。鸱枭鸣衡轭，豺狼当路衢。苍蝇间白黑，谗巧令亲疏。欲还绝无蹊，揽辔止踟蹰。

……

太息将何为？天命与我违。奈何念同生，一往形不归。孤魂翔故域，灵柩寄京师。存者忽复过，亡没身自衰。人生处一世，去若朝露晞。年在桑榆间，影响不能追。自顾非金石，咄唶令心悲。

———— **重点注解** ————

（1）本诗最早见于《**魏氏春秋**》，题为《于圈城作》，序文最先见于《**文选**》。

（2）鸱枭：比喻**险恶的小人**。

（3）苍蝇：比喻**小人**。

（4）"**孤魂翔故域**"：故域指曹彰封地任城，故此处的"孤魂"指**曹彰**。

（5）"**年在桑榆间**"：指的是**人到晚年**。

补充注解：

"白马王、任城王与余俱朝京师"中，"任城王"指**曹彰**。

———— **思 想 内 容** ————

本诗表达了作者的**悲愤之情**，这种悲愤不仅源于眼前之事，更是平时屈辱难堪处境的**不平之鸣**。

———— **层 次 内 容** ————

全诗由七章组成：

（1）第一章写离开洛阳时的**眷恋**和感伤兄弟之间的**生离死别**；

（2）第二章写路途险阻难行，表达对**前途的忧虑**；

（3）第三章痛斥搬弄是非、**离间骨肉**的小人，隐含对任用小人的皇帝的不满；

（4）第四章写荒原萧瑟的秋景，烘托内心的**孤苦与凄凉**；

（5）第五章写对曹彰的**哀悼之情**和自己的**忧生之嗟**；

（6）第六章写与白马王曹彪的**惜别之情**；

（7）第七章既感叹**天命可疑**、**人生无常**的现实，又祝愿彼此保重，未来能共享天年。

—————————— 艺 术 特 色 ——————————

（1）本诗以纪行为线索，将叙事、写景、抒情融为一体：

① 第一章是**叙事**，点明东归**时间和路线**，以下各章顺着纪行线索，写途中所见、所闻、所感。

② 第二、第四章**以写景为主**，用景物描写**渲染**悲凉气氛。目之所见、耳之所闻与心中之情融合，表达兄弟离别的悲痛。

③ 第三、第五、第六、第七章**以抒情为主**，有直抒胸臆，有景物烘托，有比喻象征，通过多种艺术手段的运用，将心中复杂的感情抒发出来，哀婉动人。

（2）除第一章外，全诗采取**辘轳体形式**：前章末句与后章首句互相勾连，使各章蝉联相承。各章之间紧密相连，一气呵成，流转自如，使感情的表达更加畅达而强烈。

（3）问答句式：一问一答，既起了**承上启下**的作用，又能使感情深化。

名师解读

本知识点考查客观题、主观题。对本诗而言，诗中涉及的特定人物代称（如"孤魂"指曹彰等）和诗中所用到辘轳体形式为客观题常考考点，需着重注意；主观题方面，则应对本诗所用到的艺术手法重点记忆。

真题演练

【单选题】

（2015年·全国）曹植《赠白马王彪》中"年在桑榆间"的意思是（　　　）

A. 命悬天上　　　B. 回到故乡　　　C. 人到晚年　　　D. 相隔不见

【答案与解析】

C。原文："年在桑榆间，影响不能追"。意思为"人到晚年，时光流逝极快，连光和声音也追不上"。年在桑榆间是指人在晚年。

【简答题】

（2017年·全国）试分析曹植《赠白马王彪》（并序）一诗以纪行为线索，将叙事、写景、抒情融为一体的艺术特色。

【答案与解析】

（1）第一章叙事，点明东归时间和路线，以下各章顺着纪行的线索，写途中所见、所闻、所感。

（2）第二、第四章以写景为主，用景物描写渲染悲凉气氛。目之所见、耳之所闻与心中之情融合，表达兄弟离别的悲痛。

（3）第三、第五、第六、第七章以抒情为主，有直抒胸臆，有景物烘托，有比喻象征，通过多种艺术手段的运用，将心中复杂的感情抒发出来，哀婉动人。

知识点3

《洛神赋》(并序) ☆☆

洛神赋(并序)(节选)

其形也,翩若惊鸿,婉若游龙。荣曜秋菊,华茂春松。仿佛兮若轻云之蔽月,飘摇兮若流风之回雪。远而望之,皎若太阳升朝霞;迫而察之,灼若芙蕖出渌波。秾纤得衷,修短合度。肩若削成,腰如约素。延颈秀项,皓质呈露。芳泽无加,铅华弗御。云髻峨峨,修眉联娟。丹唇外朗,皓齿内鲜,明眸善睐,靥辅承权。瑰姿艳逸,仪静体闲。柔情绰态,媚于语言。

—— 重 点 注 解 ——

补充注解:

(1)"黄初三年,余朝京师"中,"黄初"为**魏文帝曹丕年号**,"京师"指魏都**洛阳**。

(2)"然则君王所见,无乃是乎?"中,"君王"指**曹植**,当时封鄄城王。

—— 思 想 内 容 ——

本文为著名的**抒情小赋**,描写了一个动人的**人神恋爱故事**。联系作者当时遭受猜忌的处境和备感压抑的心情,洛神可能就是作者所追慕的美好社会和人生理想的化身。

—— 人 物 形 象 ——

作者多方面展现了洛神外表与内在的美,着力塑造了一个**形神兼备**且**具有古典美的美女典型**:美丽、热情、天真、多情。

—— 艺 术 特 色 ——

浓厚的**浪漫主义色彩**:用神话传说作象征寄托,想象奇特,意象奇诡,词藻艳丽。

名师解读

本知识点主要考查客观题。考生需对本文的文章体裁(抒情小赋)和文章内容有所了解。

真题演练

【单选题】

1.(2017年·全国)曹植《洛神赋》中"明眸善睐,靥辅承权"写的是洛神的(   )

　　A.容貌　　　　　　B.服饰　　　　　　C.姿态　　　　　　D.风度

【答案与解析】

A。明眸善睐,靥辅承权:明亮的眼睛顾盼有神,两颊的酒窝十分美丽。故本题选A。

2. (2015 年·全国)《洛神赋》是(　　)

　　A. 汉大赋　　　　B. 骚体赋　　　　C. 抒情小赋　　　　D. 文赋

【答案与解析】

C。《洛神赋》为著名的抒情小赋,描写了一个动人的人神恋爱故事。

第五节　李　密

内 容 提 要

　　《陈情表》是三国两晋时期文学家李密写给晋武帝的奏章。此文被认定为中国文学史上抒情文的代表作之一。

知识点 1

■ 李密

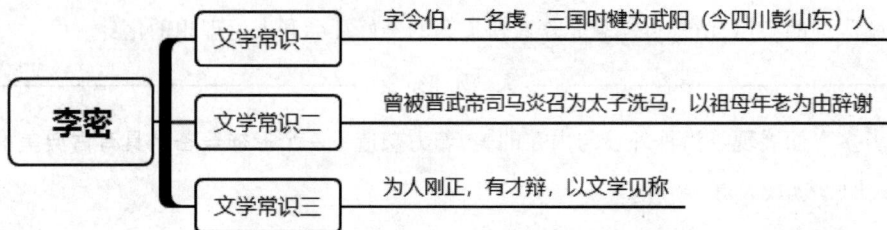

	文学常识一	字令伯,一名虔,三国时犍为武阳 (今四川彭山东) 人
李密	文学常识二	曾被晋武帝司马炎召为太子洗马,以祖母年老为由辞谢
	文学常识三	为人刚正,有才辩,以文学见称

■ 名师解读

　　本知识点考查次数较少,考生对李密的相关信息有所了解即可。

■ 牛刀小试

【单选题】

《陈情表》的作者李密,在三国时期是犍为武阳人,而在今天则应该是(　　)

A. 云南人　　　　B. 四川人　　　　C. 贵州人　　　　D. 江西人

【答案与解析】

B。李密,字令伯,一名虔,三国时犍为武阳(今四川彭山东)人。

知识点 2

《陈情表》☆☆☆

陈情表（节选）

臣少多疾病,九岁不行,零丁孤苦,至于成立。既无伯叔,终鲜兄弟,门衰祚薄,晚有儿息。外无期功强近之亲,内无应门五尺之僮,茕茕子立,形影相吊。

......

臣具以表闻,辞不就职。诏书切峻,责臣逋慢;郡县逼迫,催臣上道;州司临门,急于星火。臣欲奉诏奔驰,则刘病日笃;欲苟顺私情,则告诉不许。臣之进退,实为狼狈。

......

但以刘日薄西山,气息奄奄,人命危浅,朝不虑夕。臣无祖母,无以至今日,祖母无臣,无以终余年。母、孙二人,更相为命,是以区区不能废远。

—————————— 重 点 注 解 ——————————

本文是李密向**晋武帝司马炎**所上的表文,写于晋武帝泰始三年。

补充注解:

(1)"逮奉圣朝,沐浴清化"中,"逮"的意思是**及、到**。

(2)"伏惟圣朝以孝治天下"中,"圣朝"指的是**晋(西晋)**。

(3)"少仕伪朝,历职郎署"中,"伪朝"指的是**蜀汉**,李密曾任蜀汉尚书郎。

(4)"前太守臣逵,察臣孝廉"中,"察"指的是**举荐**。

(5)"死当结草"中,"结草"为**报恩**之意,典出《左传·宣公十五年》。

(6)"乌鸟私情"指的是乌鸦反哺之情,这里用来比喻**对长辈的孝心**。

—————————— 思 想 内 容 ——————————

本文中,李密着重叙述自己家门不幸、与祖母相依为命的情形,说明自己难以应召。

—————————— 艺 术 特 色 ——————————

(1)本文**以情动人**,**以理喻义**,情理兼备:一、二段重在写情,三、四段重在说理。

(2)**语言形象生动**:"茕茕子立,形影相吊""急于星火""日薄西山,气息奄奄,人命危浅,朝不虑夕"等语,诸般形容人事情状,富于表现力。

(3)遣词造句也极为**谨慎委婉**:"圣朝""国恩""伪朝",以及"生当陨首,死当结草""亡国贱俘,至微至陋"等,都十分得体,符合陈情时的身份和情境。

■ 名师解读

本知识点主要考查客观题。考查重点为出自本文的成语,如耳熟能详的"形影相吊""日薄西山"等,需着重记忆,考查频率很高。另外,对于文中的特定称呼,如"圣朝""伪朝"等具体的指代对象也要有所了解。

真题演练

【单选题】

1.（2016年·全国）李密《陈情表》中"伏惟圣朝以孝治天下",这里"圣朝"指的是（　　）

    A.魏　　　　　　　　B.蜀　　　　　　　　C.吴　　　　　　　　D.晋

【答案与解析】

D。本文是李密向晋武帝司马炎所上的表文。故圣朝为晋。

2.（2017年·全国）李密《陈情表》中"逮奉圣朝,沐浴清化",其中"逮"的意思是（　　）

    A.他们　　　　　　B.逮捕　　　　　　C.到　　　　　　　D.我们

【答案与解析】

C。李密《陈情表》中"逮奉圣朝,沐浴清化","逮"的意思是及、到。

【多选题】

（2014年·全国）下列名句中,出自李密《陈情表》的有（　　）

A.茕茕孑立,形影相吊

B.州司临门,急于星火

C.日薄西山,气息奄奄,人命危浅,朝不虑夕

D.桃李不言,下自成蹊

E.人固有一死,或重于泰山,或轻于鸿毛

【答案与解析】

ABC。（1）"茕茕孑立,形影相吊""州司临门,急于星火""日薄西山,气息奄奄,人命危浅,朝不虑夕"出自李密《陈情表》。

（2）"桃李不言,下自成蹊"出自司马迁《李将军列传》。

（3）"人固有一死,或重于泰山,或轻于鸿毛"出自司马迁《报任安书》。

第六节　左　　思

内容提要

　　所谓"咏史",就是借古人古事来浇诗人心中之块垒。本节所选两首"咏史"诗,"弱冠弄柔翰"一首诉述自己的杰出才华和政治抱负;"郁郁涧底松"一首则揭露门阀制度下平庸的世家子弟窃据高位,而英俊的寒门士子屈居下僚的不合理现象。

📢 **知识点 1**

📕 左思及其作品☆

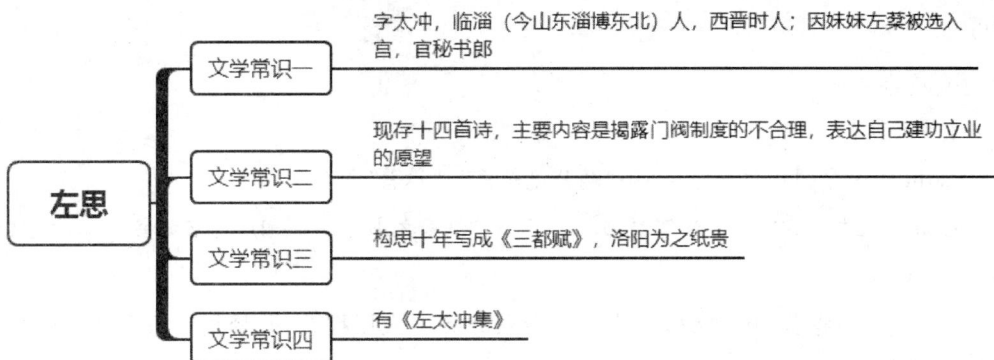

```
                文学常识一 ──── 字太冲，临淄（今山东淄博东北）人，西晋时人；因妹妹左棻被选入
                                宫，官秘书郎

                文学常识二 ──── 现存十四首诗，主要内容是揭露门阀制度的不合理，表达自己建功立业
    左思                        的愿望

                文学常识三 ──── 构思十年写成《三都赋》，洛阳为之纸贵

                文学常识四 ──── 有《左太冲集》
```

📕 名师解读

本知识点考查客观题。考生需着重注意左思的作品，如《三都赋》等。

📕 真题演练

【单选题】

(2019 年·全国)下列作品中，属于左思创作的是(　　　)

A.《洛神赋》　　　　B.《三都赋》　　　　C.《子虚赋》　　　　D.《二京赋》

【答案与解析】

B。左思曾构思十年写成《三都赋》，洛阳为之纸贵。

📢 **知识点 2**

📕《咏史》（弱冠弄柔翰）☆

咏　史

弱冠弄柔翰，卓荦观群书。著论准《过秦》，作赋拟《子虚》。

边城苦鸣镝，羽檄飞京都。虽非甲胄士，畴昔览穰苴。

长啸激清风，志若无东吴。铅刀贵一割，梦想骋良图。

左眄澄江湘，右盼定羌胡。功成不受爵，长揖归田庐。

──────── **重点注解** ────────

(1) 弱冠：指的是古代男子二十岁成人。

(2) 穰苴：指的是春秋时齐国人田穰苴，此处泛指一般兵法。

──────── **思想内容** ────────

本诗是《咏史》八首的序诗，属于"**或止述己意而史事暗含**"，诉述自己的杰出才华和政治抱负。其才华表现在文武兼备,足以在关键时刻解救国家危难。

■ 名师解读

本知识点考查客观题。本知识点考查频率较低,考生只需对几个重点注释有所了解即可。

■ 真题演练

【单选题】

(2014 年·全国)左思《咏史》中"畴昔览穰苴","穰苴"指(　　　)

A. 兵家之书　　　　B. 法家之书　　　　C. 儒家之书　　　　D. 道家之书

【答案与解析】

A。"畴昔览穰苴"中,"穰苴"指的是春秋时齐国人田穰苴,此处指一般兵法,即兵家之书。

知识点 3

■《咏史》(郁郁涧底松) ☆ ☆ ☆

咏 史

郁郁涧底松,离离山上苗,以彼径寸茎,荫此百尺条。

世胄蹑高位,英俊沉下僚。地势使之然,由来非一朝。

金张籍旧业,七叶珥汉貂。冯公岂不伟,白首不见招。

———— 重 点 注 解 ————

(1)"金张籍旧业"两句:指的是**西汉**金日磾与张汤两大家族的子孙,凭借祖先功业,世代都做大官。

(2)"冯公岂不伟"两句:指的是**西汉武帝时**的冯唐才能出众,但直到头发白了也不被皇帝重用。

———— 思 想 内 容 ————

本诗属于"先述己意而以史事证之",揭露门阀制度下平庸的世家子弟窃据高位,英俊的寒门士子屈居下僚的不合理现象,是受压抑者的不平之鸣。

———— 层 次 内 容 ————

全诗分三层:

(1)开头四句以**反常的自然现象**为喻,对照鲜明强烈;

(2)中间四句从自然现象**转向社会现实**,点明了前四句的寓意;

(3)最后四句用**具体的史事作证**,说明不合理现象的根源就是门阀制度。

——— **艺 术 特 色** ———

运用对比手法:第一层对比采用**比兴**手法;第二层对比**由自然转到社会**;第三层对比是第二层对比的**具体化**,揭示了历史的真实,表达了强烈的**愤懑与不平**。

■ **名师解读**

本知识点考查客观题、主观题。客观题的考查,主要围绕诗中的人物典故进行,如"金张""冯公"等;主观题方面,应该着重注意本诗的层次内容和艺术特色。

■ **真题演练**

【单选题】

1.(2019年·全国)诗句"世胄蹑高位,英俊沉下僚"出自(　　)

A. 曹丕《燕歌行》　　　　　　　　B. 王粲《七哀诗》

C. 左思《咏史》　　　　　　　　　D. 陶渊明《咏荆轲》

【答案与解析】

C。"世胄蹑高位,英俊沉下僚"出自左思《咏史》,语句大意是"贵族世家的子弟能登上高位获得权势,有才能的人却埋没在低级职位中。"故选C。

2.(2015年·全国)左思《咏史》中"冯公岂不伟,白首不见招","冯公"生活的时代是(　　)

A. 西汉　　　　　B. 西晋　　　　　C. 东汉　　　　　D. 东晋

【答案与解析】

A。"冯公岂不伟"指的是汉武帝时的冯唐才能出众,汉武帝属于西汉,因而"冯公"生活的时代是西汉。

【简答题】

(2014年·全国)简述左思《咏史》(郁郁涧底松)一诗所分的层次及揭露的社会现象。

【答案与解析】

(1)全诗分三层:开头四句以反常的自然现象为喻;中间四句从自然现象转向社会现实,点明了前四句的寓意;最后四句用具体的史事作证,说明不合理现象的根源就是门阀制度。

(2)诗歌揭露门阀制度下平庸的世家子弟窃据高位,英俊的寒门士子屈居下僚的不合理现象。

第七节 葛 洪

内容提要

《画工弃市》选自葛洪所著《西京杂记》，主要讲述了宫女王嫱不肯贿赂画工以致远嫁匈奴，而汉元帝因此事将众多画工斩首的故事。

知识点 1

葛洪及其作品 ☆

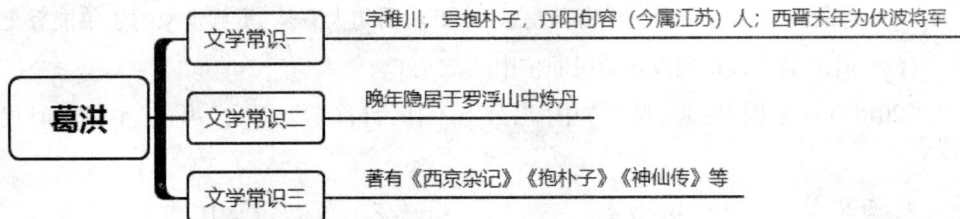

葛洪
- 文学常识一 —— 字稚川，号抱朴子，丹阳句容（今属江苏）人；西晋末年为伏波将军
- 文学常识二 —— 晚年隐居于罗浮山中炼丹
- 文学常识三 —— 著有《西京杂记》《抱朴子》《神仙传》等

名师解读

本知识点考查客观题。考生需着重记忆葛洪的作品。

真题演练

【单选题】

（2017 年·全国）《抱朴子》的作者是（　　）

A. 葛洪　　　　　B. 干宝　　　　　C. 丘迟　　　　　D. 孔稚珪

【答案与解析】

A。葛洪，字稚川，号抱朴子，著有《西京杂记》《抱朴子》《神仙传》等。

知识点 2

《画工弃市》 ☆☆☆

画 工 弃 市

元帝后宫既多，不得常见，乃使画工图形，案图召幸之。诸宫人皆赂画工，多者十万，少者亦不减五万。独王嫱不肯，遂不得见。后匈奴入朝，求美人为阏氏。于是上案图，以昭君行。及去，召见，貌为后宫第一，善应对，举止闲雅。帝悔之，而名籍已定。帝重信于外国，故不复更人。乃穷案其事,画工皆弃市,籍其家,资皆巨万。画工有杜陵毛延寿,为人形,丑好老少,必得其真;安陵陈敞,新丰刘白、龚宽,并工为牛马飞鸟众势,人形好丑不逮延寿;下杜阳望亦善画,尤善布色,樊育亦善布色:同日弃市。京师画工于是差稀。

———————— 重点注解 ————————

(1) 本文选自葛洪《西京杂记》(托名刘歆撰)。"弃市"指的是斩首。

(2) 案图:指的是根据画像。

(3) 闲雅:指的是文静。

(4) 重信:指的是注重信用。

(5) 籍:指的是抄没。

(6) 不逮:指的是不及、不如。

———————— 思想内容 ————————

(1) 揭示了昭君悲剧命运的根由是帝王的专制;

(2) 表现了昭君自信、正直、不肯屈服的个性。

———————— 结构特点 ————————

在结构上以画工贯穿全文:从画工为后宫美女画像写起,引出画工索贿,为昭君未得宠幸埋一伏笔,于是元帝追查此事,导致画工弃市。

名师解读

本知识点考查客观题、阅读理解题。客观题的考查主要围绕本文的出处进行,考生需明确知道本文出自《西京杂记》,作者为葛洪。另外,本文的特殊之处在于,曾多次以阅读理解题的形式出现,故考生需对原文有所了解,对重点注释着重记忆。

真题演练

【单选题】

(2014年·全国)《画工弃市》选自(　　　　)

A.《西京杂记》　　　B.《抱朴子》　　　C.《神仙传》　　　D.《世说新语》

【答案与解析】

A。《画工弃市》选自葛洪《西京杂记》。

【阅读理解题】

(2016年·全国)阅读下面一段文字:

元帝后宫既多,不得常见,乃使画工图形,案图召幸之。诸宫人皆赂画工,多者十万,少者亦不减五万。独王嫱不肯,遂不得见。后匈奴入朝,求美人为阏氏。于是上案图,以昭君行。及去,召见,貌为后宫第一,善应对,举止闲雅。帝悔之,而名籍已定。帝重信于外国,故不复更人。乃穷案其事,画工皆弃市。(《画工弃市》)

请回答:

(1) 本文选自哪一部书?

【答案与解析】

本文选自《西京杂记》。

（2）这个故事说明了什么？

【答案与解析】

封建专制使宫女成为玩物、画工得以勒索，这造成了王昭君的悲剧命运。

（3）解释下列加下画线的词语：

① 案图召幸之

② 举止闲雅

③ 帝重信于外国

【答案与解析】

① 案图：根据（按照）画像。

② 闲雅：文静。

③ 重信：注重信用。

第八节 陶 渊 明

内 容 提 要

本节所选三篇陶渊明的作品中，诗歌《归园田居》(少无适俗韵)从对官场生活的强烈厌倦，写到田园风光的美好动人，流露了一种如释重负的心情；诗歌《咏荆轲》则以极大的热情歌颂了荆轲刺秦王的壮举；抒情小赋《归去来兮辞》(并序)则叙述了他辞官归隐后的生活情趣和内心感受。

知识点 1

陶渊明及其作品☆

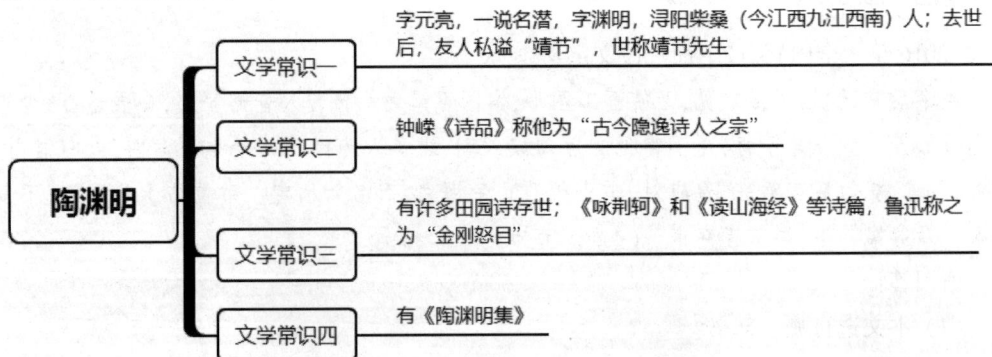

陶渊明

文学常识一：字元亮，一说名潜，字渊明，浔阳柴桑（今江西九江西南）人；去世后，友人私谥"靖节"，世称靖节先生

文学常识二：钟嵘《诗品》称他为"古今隐逸诗人之宗"

文学常识三：有许多田园诗存世；《咏荆轲》和《读山海经》等诗篇，鲁迅称之为"金刚怒目"

文学常识四：有《陶渊明集》

名师解读

本知识点主要考查客观题。本知识点主要围绕陶渊明的作品和其在文学史上的地位进行考查，考生需对这两点内容加以识记。

真题演练

【单选题】

1. (2019 年·全国)下列人物中，世称靖节先生的是(　　)

A. 左思　　B. 阮籍　　C. 葛洪　　D. 陶渊明

【答案与解析】

D。陶渊明，字元亮，他在 41 岁那年弃官归隐，从此终身躬耕田亩。死后，他的友人私谥“靖节”，世称靖节先生。故选 D。

2. (2015 年·全国)被钟嵘《诗品》称为“古今隐逸诗人之宗”的是(　　)

A. 谢朓　　B. 陶渊明　　C. 谢灵运　　D. 孔稚珪

【答案与解析】

B。陶渊明，字元亮，一说名潜，字渊明，浔阳柴桑(今江西九江西南)人；钟嵘《诗品》称其为“古今隐逸诗人之宗”。

知识点 2

《归园田居》(少无适俗韵)☆☆

归园田居

少无适俗韵，性本爱丘山。误落尘网中，一去三十年。
羁鸟恋旧林，池鱼思故渊。开荒南野际，守拙归园田。
方宅十余亩，草屋八九间。榆柳荫后檐，桃李罗堂前。
暧暧远人村，依依墟里烟。狗吠深巷中，鸡鸣桑树颠。
户庭无尘杂，虚室有余闲。久在樊笼里，复得返自然。

重点注解

(1) 尘网：指的是尘世的罗网，这里指**官场**。

(2) 虚室：指空空的居室，这里比喻**心**。《庄子·人间世》：“虚室生白。”

思想内容

本诗表达了作者**厌恶**污浊的**官场**，**热爱**纯朴的**田园生活**的真情。

层次内容

全诗分为三个部分：

（1）前八句为第一部分,追叙**归田**经过,表达了对官场的憎恶,对自由任情生活的向往。

（2）"方宅十余亩"以下八句为第二部分,描绘所见田园的**美好风光**,蕴含回归田园的**欣喜之情**。

（3）最后四句是**直接抒发**回归田园的欣慰与喜悦,末两句(**久在樊笼里,复得返自然**)点明全诗主旨。

———————————— 艺 术 特 色 ————————————

景物描写极有层次:

（1）"榆柳荫后檐,桃李罗堂前"为**近景**,"暧暧远人村,依依墟里烟"为**远景**。

（2）近景、远景皆为静态的景物,十分清新宁静,而"狗吠深巷中,鸡鸣桑树颠"又充满动感,富有生气,**以动衬静**,农村景象更显得静谧可爱。

（3）上述皆为户外之景,"户庭无尘杂,虚室有余闲"转向对**户内居住环境**的描写,进一步披露了诗人内心的**安适悠闲**。

■ 名师解读

本知识点主要考查客观题。考生需着重注意本诗的层次划分以及景物的描写特点,注意区分哪句为近景、哪句为远景等。

■ 真题演练

【单选题】

（2012 年·全国）下列陶渊明的诗句中,直抒胸臆、归结主旨的一组是（   ）

A. 少无适俗韵,性本爱丘山。误落尘网中,一去三十年

B. 羁鸟恋旧林,池鱼思故渊。开荒南野际,守拙归田园

C. 方宅十余亩,草屋八九间。榆柳荫后檐,桃李罗堂前

D. 户庭无尘杂,虚室有余闲。久在樊笼里,复得返自然

【答案与解析】

D。《归园田居》最后四句"户庭无尘杂,虚室有余闲。久在樊笼里,复得返自然"直接抒发回归田园的欣慰与喜悦,末两句点明全诗主旨。故选 D。

知识点 3

■《咏荆轲》☆☆☆

咏 荆 轲

燕丹善养士,志在报强嬴。招集百夫良,岁暮得荆卿。

君子死知己,提剑出燕京;素骥鸣广陌,慷慨送我行。

雄发指危冠,猛气冲长缨。饮饯易水上,四座列群英。

渐离击悲筑,宋意唱高声。萧萧哀风逝,淡淡寒波生。

商音更流涕,羽奏壮士惊。心知去不归,且有后世名。

登车何时顾,飞盖入秦庭。凌厉越万里,逶迤过千城。

图穷事自至,豪主正怔营。惜哉剑术疏,奇功遂不成。

其人虽已没,千载有余情。

—————————— 重 点 注 解 ——————————

(1)荆轲:战国**卫人**,行刺秦王嬴政未成,被杀。事见《**史记·刺客列传**》。

(2)报:为**报复**之意。

(3)商音:指的是**商声**,比较悲凉。

(4)豪主:指的是**秦始皇**。

—————————— 思 想 内 容 ——————————

本诗为**咏史诗**,取材于《**史记·刺客列传**》,表达了诗人反对暴政、憎恶暴君的抗争精神。

—————————— 层 次 内 容 ——————————

全诗分为四个部分:

(1)开头四句为第一部分,说明荆轲是难得的人才,堪当大任。

(2)"君子死知己"到"羽奏壮士惊"为第二部分,写荆轲离开燕国京城,悲壮前行,**着重描写易水饯别的场面**。环境的描写、场面的渲染构成悲壮的诀别,突出荆轲行动的正义性与悲剧性。

(3)"心知去不归"到"豪主正怔营"为第三部分,写荆轲刺秦王的经过。

(4)最后四句(**惜哉剑术疏,奇功遂不成。其人虽已没,千载有余情**)为第四部分,是咏史体中的直接抒情,痛惜荆轲"奇功不成"。

—————————— 艺 术 特 色 ——————————

风格**豪放悲壮**:其豪放不是剑拔弩张,而是以**舒缓之笔**写激愤之情,以**平淡之语**表达刚毅坚强之意,与他的平淡格调有相通之处。

名师解读

本知识点考查客观题、主观题。客观题方面,首先,考生需识记本诗的诗歌题材——咏史诗;其次,应对本诗各层次内容有所了解。主观题方面,考生应着重记忆本诗特殊的豪放悲壮风格并理解其豪放风格的具体内涵。

真题演练

【单选题】

1.(2014年·全国)下列作品与古代著名歌词"风萧萧兮易水寒,壮士一去兮不复还"有关的是(　　)

A. 王粲《登楼赋》　　　　　　　　B. 鲍照《拟行路难》

C. 陶渊明《咏荆轲》　　　　　　　D. 孔稚珪《北山移文》

【答案与解析】

C。"风萧萧兮易水寒,壮士一去兮不复还"为荆轲出发刺秦之时,在易水与太子丹诀别时所唱歌词,故与之相关的应是《咏荆轲》,故本题选 C。

2.（2015 年·全国）陶渊明《咏荆轲》着重描写的场面是(　　　)

A. 提剑出燕京　　　B. 饮饯易水上　　　C. 飞盖入秦庭　　　D. 图穷事自至

【答案与解析】

B。陶渊明《咏荆轲》着重描写易水饯别的场面,即在易水边摆下盛大的别宴的场面。

【简答题】

（2016 年·全国）简析陶渊明《咏荆轲》一诗的风格。

【答案与解析】

此诗风格豪放悲壮。但其豪放并非剑拔弩张,而是以舒缓之笔写激愤之情,以平淡之语表达刚毅坚强之意,与其平淡格调有相通之处。

知识点 4

《归去来兮辞》（并序）☆☆

归去来兮辞（并序）（节选）

乃瞻衡宇,载欣载奔。僮仆欢迎,稚子候门。三径就荒,松菊犹存。携幼入室,有酒盈樽。引壶觞以自酌,眄庭柯以怡颜。倚南窗以寄傲,审容膝之易安。园日涉以成趣,门虽设而常关。策扶老以流憩,时矫首而遐观。云无心以出岫,鸟倦飞而知还。景翳翳以将入,抚孤松而盘桓。

......

已矣乎! 寓形宇内复几时,曷不委心任去留? 胡为乎遑遑欲何之? 富贵非吾愿,帝乡不可期。怀良辰以孤往,或植杖而耘耔。登东皋以舒啸,临清流而赋诗。聊乘化以归尽,乐夫天命复奚疑!

────────── 重 点 注 解 ──────────

(1)《归去来兮辞》,其中"辞"指的是**一种文体**,即赋。

(2) 三径: 汉代蒋诩在隐居故里后,在门前竹林中开三条小路,只与隐士求仲、羊仲二人游息往来,后人以"三径"指**隐士居住的地方**。

(3) 审: 指的是**领会**、**明白**。

(4) 帝乡: 指的是**仙境**。

（5）乐夫天命：出自《周易·系辞上》："乐天知命故不忧。"

补充注解：

十一月也：这是冬天，而文中所写春天事，乃想象之辞。

—————— 思 想 内 容 ——————

（1）本文为**抒情小赋**，抒写了归田的决心，回归途中轻快的心情，到家后的天伦之乐和自由自在的农家生活，显示了悠闲恬静的心情。最后表述了人生哲理，不求"富贵"，不期"神仙"，乐天知命，与自然同在。

（2）"辞"前有序，辞重在抒情，**序用来叙事**，交代作者从出任彭泽令到归田的经过。辞中所言均为想象。

—————— 艺 术 手 法 ——————

象征手法：

（1）"云无心以出岫，鸟倦飞而知还"：**语意双关**，象征自己**无心出仕，有意归田**。

（2）"松菊犹存""抚孤松而盘桓"：菊与松象征着**正直高洁**的品格。

■ 名师解读

本知识点主要考查客观题。考生需对文中名句、重点注释及本文涉及的艺术特色有所了解。

■ 真题演练

【单选题】

1.（2017年·全国）陶渊明《归去来兮辞》中"审容膝之易安"，其中"审"的意思是（　　　）

　　A. 领会　　　　　B. 宣称　　　　　C. 申请　　　　　D. 审查

【答案与解析】

A。陶渊明《归去来兮辞》中"审容膝之易安"，其中"审"的意思是领会、明白。

2.（2018年·全国）名句"三径就荒，松菊犹存"出自（　　　）

　　A.《归园田居》　　B.《陈情表》　　C.《北山移文》　　D.《归去来兮辞》

【答案与解析】

D。《归去来兮辞》："问征夫以前路，恨晨光之熹微。乃瞻衡宇，载欣载奔。僮仆欢迎，稚子候门。三径就荒，松菊犹存。携幼入室，有酒盈樽。引壶觞以自酌，眄庭柯以怡颜。"

第九节　谢　灵　运

内容提要

《石壁精舍还湖中作》是谢灵运山水诗中的名篇，描写了诗人在石壁精舍游玩的一天和从一天游览中得到的理趣。

知识点 1

谢灵运及其作品☆☆

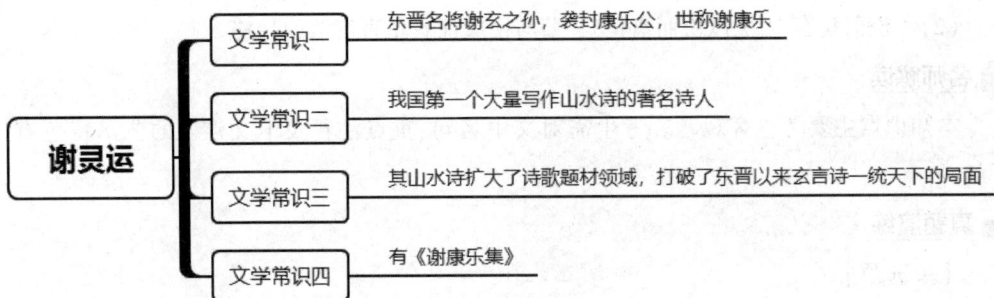

谢灵运
- 文学常识一　东晋名将谢玄之孙，袭封康乐公，世称谢康乐
- 文学常识二　我国第一个大量写作山水诗的著名诗人
- 文学常识三　其山水诗扩大了诗歌题材领域，打破了东晋以来玄言诗一统天下的局面
- 文学常识四　有《谢康乐集》

名师解读

本知识点考查客观题。考点主要为谢灵运在我国文学史上的地位，他是我国第一个大量写作山水诗的诗人。

真题演练

【单选题】

（2017年·全国）创作大量山水诗，打破东晋以来玄言诗一统天下局面的诗人是（　　）

A. 陶渊明　　　　　B. 韦应物　　　　　C. 谢灵运　　　　　D. 江淹

【答案与解析】

C。谢灵运的山水诗扩大了诗歌题材领域，打破了东晋以来玄言诗一统天下的局面。

知识点 2

《石壁精舍还湖中作》☆

石壁精舍还湖中作

昏旦变气候，山水含清晖。清晖能娱人，游子憺忘归。

出谷日尚早,入舟阳已微。林壑敛暝色,云霞收夕霏。

芰荷迭映蔚,蒲稗相因依。披拂趋南径,愉悦偃东扉。

虑澹物自轻,意惬理无违。寄言摄生客,试用此道推。

―――――― 重 点 注 解 ――――――

"湖":指巫湖,在始宁县(今浙江上虞)。

―――――― 思 想 内 容 ――――――

本诗是写诗人在石壁精舍游玩一天,傍晚坐船经巫湖回到南山住处的历程,以及从中体会到的理趣。

―――――― 艺 术 特 色 ――――――

(1)结构细密:

① 以游行为线索,写一天行程,时间、空间的变换十分清晰。

② 昏旦是一天,与"出谷""入舟"的时间相应;从石壁经湖中还家,行进的路线分明。

(2)诗中景、情、理熔为一炉:详写湖中景物,景物描写又重在写人的感受,由美丽的景色产生愉悦之情,由怡情升华到人生旷达之理,并奉为养生之道,自然而然,水到渠成。

(3)多用对偶,语言工致。

■ 名师解读

本知识点考查客观题、主观题。考生需要着重记忆本文的艺术特色。

■ 真题演练

【简答题】

(2015年·全国)简析谢灵运《石壁精舍还湖中作》中景、情、理三者的融合。

【答案与解析】

详写湖中景色,突出人的感受,由美丽景色到愉悦之情,由愉悦之情升华到人生旷达之理,并奉为养生之道。

第十节 鲍 照

内 容 提 要

鲍照《拟行路难》十八首,共同的主旨是抒发人生苦闷。本诗也不例外,它在表现形式上纯用赋体,反映了作者自身的仕途失意与坎坷。

 知识点 1

鲍照及其作品 ☆☆

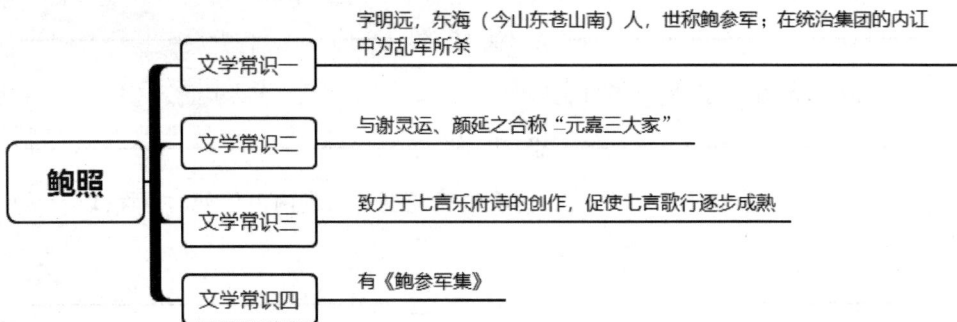

```
                        ┌─ 文学常识一 ── 字明远，东海（今山东苍山南）人，世称鲍参军；在统治集团的内讧
                        │                中为乱军所杀
                        │
                        ├─ 文学常识二 ── 与谢灵运、颜延之合称"元嘉三大家"
         鲍照 ──────────┤
                        ├─ 文学常识三 ── 致力于七言乐府诗的创作，促使七言歌行逐步成熟
                        │
                        └─ 文学常识四 ── 有《鲍参军集》
```

名师解读

本知识点主要考查客观题。本知识点的考查主要集中在"元嘉三大家"上，需着重注意；另外，对于鲍照的作品集《鲍参军集》也应有所了解。

真题演练

【单选题】

(2018 年·全国)与谢灵运、颜延之齐名，合称"元嘉三大家"的诗人是(　　)

A. 鲍照　　　　　　B. 韦应物　　　　　　C. 江淹　　　　　　D. 陶渊明

【答案与解析】

A。鲍照，字明远，世称鲍参军，与当时著名诗人谢灵运、颜延之合称"元嘉三大家"。

 知识点 2

《拟行路难》(对案不能食) ☆☆

拟 行 路 难

对案不能食，拔剑击柱长叹息。

丈夫生世会几时，安能蹀躞垂羽翼？

弃置罢官去，还家自休息。

朝出与亲辞，暮还在亲侧。

弄儿床前戏，看妇机中织。

自古圣贤尽贫贱，何况我辈孤且直！

──────── **重 点 注 解** ────────

《行路难》为乐府旧题。鲍照拟作十八首，多为咏叹**人世忧患**。此为第六首。

思 想 内 容

本诗用**第一人称**叙述抒情主人公仕途失意而要弃官归家的激愤心情。**钟嵘说鲍照"才秀人微,故取湮当代"**。

层 次 内 容

全诗分三层:

(1) 开头四句是第一层,"对案不能食"表示痛苦程度,"拔剑击柱"是发泄内心激愤的动作,"丈夫"两句写门阀统治下有才能的人**备受压抑**,不能奋飞。

(2) 第二层六句写弃官闲居、虚度光阴的无可奈何。

(3) 最后两句是第三层,抒发**怀才不遇**的不平之鸣。

艺 术 手 法

本诗在形式上采用了杂言乐府体,**五言句与七言句交错**,音节显得跌宕,非常适合抒发作者起伏不平的情绪。

■ 名师解读

本知识点主要考查客观题。考生应当着重掌握诗中名句"自古圣贤尽贫贱,何况我辈孤且直"。

■ 真题演练

【单选题】

(2011年·全国)南朝发出"自古圣贤尽贫贱,何况我辈孤且直"不平之鸣的诗人是(   )

A. 鲍照   B. 丘迟   C. 江淹   D. 谢灵运

【答案与解析】

A。"自古圣贤尽贫贱,何况我辈孤且直"出自鲍照《拟行路难》(对案不能食),故选A。

第十一节 江 淹

内 容 提 要

《别赋》为南朝文学家江淹创作的一篇抒情小赋,它通过对戍人、富豪、侠客、游宦、道士、情人别离的描写,生动具体地反映出齐梁时代社会动乱的侧影。

 知识点 1

■ **江淹及其作品** ☆

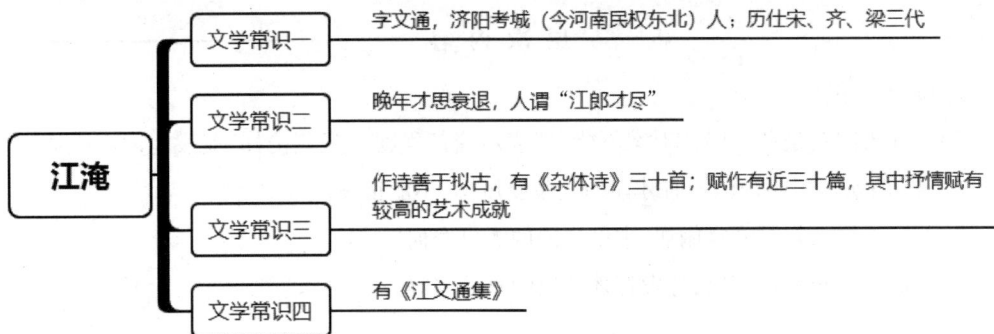

```
              ┌ 文学常识一 ── 字文通，济阳考城（今河南民权东北）人；历仕宋、齐、梁三代
              │
              ├ 文学常识二 ── 晚年才思衰退，人谓"江郎才尽"
   ┌─────┐    │
   │ 江淹 │ ──┤
   └─────┘    ├ 文学常识三 ── 作诗善于拟古，有《杂体诗》三十首；赋作有近三十篇，其中抒情赋有
              │                较高的艺术成就
              │
              └ 文学常识四 ── 有《江文通集》
```

■ **名师解读**

本知识点考查客观题。考生需对江淹的人生经历有所了解，牢记其历仕宋、齐、梁三代。此外还需了解江淹是成语"江郎才尽"的主人公。

■ **真题演练**

【单选题】

（2013 年·全国）下列文人中，历仕宋、齐、梁三朝的是（　　）

A. 郦道元　　　　　B. 庾信　　　　　C. 江淹　　　　　D. 鲍照

【答案与解析】

C。江淹，字文通，济阳考城（今河南民权东北）人，历仕宋、齐、梁三代，作诗善于拟古，有《杂体诗》三十首，有《江文通集》。

 知识点 2

■ **《别赋》** ☆☆☆

别赋（节选）

黯然销魂者，唯别而已矣。

……

或乃边郡未和，负羽从军。辽水无极，雁山参云。闺中风暖，陌上草薰。日出天而耀景，露下地而腾文。镜朱尘之照烂，袭青气之氤氲，攀桃李兮不忍别，送爱子兮沾罗裙。

……

又若君居淄右，妾家河阳，同琼珮之晨照，共金炉之夕香。君结绶兮千里，惜瑶草之徒芳。惭幽闺之琴瑟，晦高台之流黄。春宫闼此青苔色，秋帐含兹明月光，夏簟清兮昼不暮，冬釭凝兮夜何长。织锦曲兮泣已尽，回文诗兮影独伤。

……

下有芍药之诗,佳人之歌,桑中卫女,上官陈娥。春草碧色,春水渌波,送君南浦,伤如之何!至乃秋露如珠,秋月如珪;明月白露,光阴往来。与子之别,思心徘徊。

……

—————— 重 点 注 解 ——————

(1) 本赋可能作于江淹早年贬官建安吴兴(今福建浦城),所谓"戴罪江南"时期。

(2) 芍药之诗:芍药是男女相恋的信物。语出《诗·郑风·溱洧》。

(3) 桑中、上宫:均指密约幽会的地方。语出《诗·鄘风·桑中》。

—————— 思 想 内 容 ——————

本文选择了很有代表性的**七种**离别类型,曲折地反映了南北朝时期**战乱频仍**、**人们聚散无常**的生存处境。

—————— 艺 术 特 色 ——————

(1) 结构上总起总收,中间分七段平叙:

① 首段提出"**黯然销魂者,唯别而已矣**"的主旨,这是总起;

② 中间七段列举富贵者、侠士、从军、远赴绝国、夫妇、学道成仙、恋人等七种类型的别离作分述;

③ 最后一段收于深重的离愁实难形容的遗憾,是全文总结。

(2) 句式特点:本文熔铸了《诗经》《楚辞》、古乐府、古诗的词语和句法入文,四、五、六、七言掺杂使用,多用**俳偶**句式,增加了语言的装饰性。

(3) 大量运用典故:使含义丰富,语言精练。

名师解读

本知识点常考查客观题。本知识点主要考查考生对文中七种离别类型具体内容的掌握,常见的考点有夫妇之别、从军者之别等。

真题演练

【单选题】

1. (2017 年·全国)下列江淹《别赋》文句中,写夫妇离别之情的是( )

　　A. 方衔感于一剑,非贵价于泉里　　　B. 至如一赴绝国,讵相见期

　　C. 织锦曲兮泣已尽,回文诗兮影独伤　　D. 守丹灶而不顾,炼金鼎而方坚

【答案与解析】

C。《别赋》描写夫妇之别:"织锦曲兮泣已尽,回文诗兮影独伤。"A 项描述刺客的生离死别;B 项描述远赴绝国者之别;D 项描述学道成仙之别。故本题选 C。

2. (2015 年·全国)江淹《别赋》"桑中卫女,上官陈娥。春草碧色,春水渌波。送君南浦,

伤如之何"，这是写（　　）

  A. 情侣别离   B. 富贵者别离   C. 从军者别离   D. 夫妇别离

【答案与解析】

  A。《别赋》描写情侣之别："桑中卫女，上宫陈娥。春草碧色，春水渌波。送君南浦，伤如之何。"故本题选 A。

第十二节　谢　　朓

内 容 提 要

  本诗为谢朓由都城金陵赴宣城任太守，经金陵西南的新林浦向板桥进发时所写，诗中表达了自己倦于行旅的感情，同时也表示愿意远离尘嚣的都城去过隐居的生活。

知识点 1

谢朓及其作品

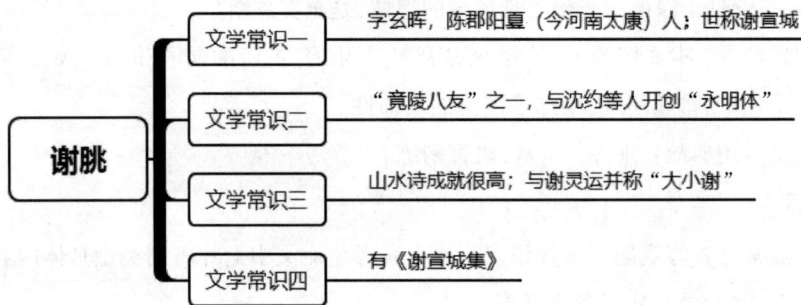

谢朓
- 文学常识一　　字玄晖，陈郡阳夏（今河南太康）人；世称谢宣城
- 文学常识二　　"竟陵八友"之一，与沈约等人开创"永明体"
- 文学常识三　　山水诗成就很高；与谢灵运并称"大小谢"
- 文学常识四　　有《谢宣城集》

名师解读

  本知识点考查客观题。考生需对谢朓的相关信息有所了解，比如，作品集为《谢宣城集》、"竟陵八友"之一、与沈约等人开创"永明体"等。

真题演练

【单选题】

（2018 年·全国）下列作者为"竟陵八友"之一的是（　　）

  A. 陶渊明   B. 鲍照   C. 谢灵运   D. 谢朓

【答案与解析】

  D。谢朓，字玄晖，世称"谢宣城"。"竟陵八友"之一，与沈约等人开创"永明体"。

知识点 2

《之宣城郡出新林浦向板桥》☆☆

之宣城郡出新林浦向板桥

江路西南永,归流东北骛。天际识归舟,云中辨江树。

旅思倦摇摇,孤游昔已屡。既欢怀禄情,复协沧州趣。

嚣尘自兹隔,赏心于此遇。虽无玄豹姿,终隐南山雾。

—— 重 点 注 解 ——

(1)宣城:今属安徽;板桥:即板桥浦,在今南京西南。

(2)玄豹:古代传说南山有玄豹,在蒙蒙细雨中七天而不肯下山饮食,因为爱惜羽毛,保护文采,所以隐而不出。见《列女传·贤明传·陶答子妻》。

—— 思 想 内 容 ——

本诗是一首山水诗,作于作者赴宣城任太守途中,诗中表现了作者内心仕与隐的矛盾。

—— 层 次 内 容 ——

本诗分为两层:

(1)前四句写江上远景,简约的文笔勾勒出远眺中所见江流、归舟、云树等景物的轮廓,对江水流向的描写,蕴含着对京城的依恋之情。

(2)后八句抒情,庆幸自己此行得以远离尘嚣,全身远祸。结尾用典,表示爱惜名誉,认真治政,以仕为隐,远祸避害,把"怀情"与"沧州趣"统一了起来。

—— 佳 句 赏 析 ——

王夫之称赞"天际识归舟,云中辨江树"说:"隐然含情凝眺之人,呼之欲出。从此写景,乃为活景。"这两句诗好就好在,句中"识"和"辨"两个动词能够传达出诗人面对景物时的主观感情。

名师解读

本知识点主要考查客观题。本知识点主要围绕诗中名句"天际识归舟,云中辨江树"进行考查,或是考查名句出处,或是考查王夫之的评价。此外,需掌握诗题中的地点"板桥"在今南京市西南。

真题演练

【单选题】

1.(2014年·全国)名句"天际识归舟,云中辨江树"出自(   )

　　A.《别赋》　　　　　　　　　　B.《之宣城郡出新林浦向板桥》

　　C.《归去来兮辞》　　　　　　　D.《与陈伯之书》

【答案与解析】

B。名句"天际识归舟,云中辨江树"出自《之宣城郡出新林浦向板桥》。

2.(2016年·全国)下列谢朓《之宣城郡出新林浦向板桥》诗句中,被王夫之称赞为"隐然含情凝眺之人,呼之欲出"的是(　　　)

　　A.旅思倦摇摇,孤游昔已屡　　　　B.天际识归舟,云中辨江树

　　C.嚣尘自兹隔,赏心于此遇　　　　D.虽无玄豹姿,终隐南山雾

【答案与解析】

B。"天际识归舟,云中辨江树"是历来传诵的名句,王夫之称赞说:"隐然含情凝眺之人,呼之欲出。从此写景,乃为活景。"

第十三节　丘　　迟

内 容 提 要

　　《与陈伯之书》为南朝梁文学家丘迟所写的一封劝降书信,他在信中历数陈伯之降梁的利与弊,最终使得陈伯之率兵归梁。

知识点 1

■ 丘迟及其作品☆

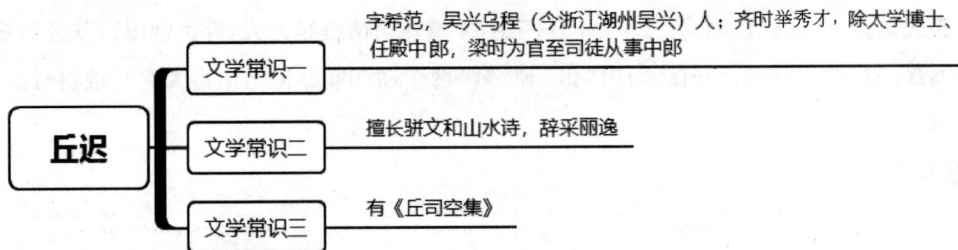

```
            ┌─ 文学常识一 ── 字希范,吴兴乌程(今浙江湖州吴兴)人;齐时举秀才,除太子博士、
            │                 任殿中郎,梁时为官至司徒从事中郎
  丘迟 ──────┼─ 文学常识二 ── 擅长骈文和山水诗,辞采丽逸
            │
            └─ 文学常识三 ── 有《丘司空集》
```

■ 名师解读

　　本知识点主要考查客观题。对于丘迟,考生需识记其生活年代与作品集。另外,对于丘迟所擅长的文体也应有所了解。

■ 真题演练

【单选题】

(2012年·全国)丘迟是(　　　)

A. 魏晋时人　　　　B. 东汉时人　　　　C. 齐梁时人　　　　D. 西汉时人

【答案与解析】

C。丘迟,字希范。齐时举秀才,除太学博士、任殿中郎,梁时官至司徒从事中郎。故丘迟为齐梁时人,故本题选 C。

知识点 2

《与陈伯之书》☆☆☆

与陈伯之书(节选)

将军勇冠三军,才为世出,弃燕雀之小志,慕鸿鹄以高翔。昔因机变化,遭遇明主;立功立事,开国称孤。朱轮华毂,拥旄万里,何其壮也!

……

暮春三月,江南草长,杂花生树,群莺乱飞。见故国之旗鼓,感平生于畴日,抚弦登陴,岂不怆恨。所以廉公之思赵将,吴子之泣西河,人之情也;将军独无情哉!

—————— 重 点 注 解 ——————

(1)“弃燕雀之小志”两句:抛弃平庸之辈的渺小追求,倾慕杰出人物的高远志向。典出《史记·陈涉世家》:陈涉少时,尝与人佣耕……太息曰:“嗟乎,燕雀安知鸿鹄之志哉!”

(2)“昔因机变化”两句:“因”指顺应;“明主”指**梁武帝萧衍**。

—————— 思 想 内 容 ——————

本文为**骈体书信**,是丘迟写给投降北魏的陈伯之的劝降信,陈伯之收信以后,权衡利害,率兵归梁。

—————— 层 次 内 容 ——————

(1)首先用**事实作对照**来惊醒对方,接着点明陈伯之去梁投魏的原因是“**不能内审诸己,外受流言**”,说得委婉,但符合实际。

(2)再以**历史典故和陈伯之旧家情况**,说明梁武帝宽宏大量,以此感动陈伯之,进而陈说现实利害。

(3)借景抒情的一段,通过“**暮春三月,江南草长,杂花生树,群莺乱飞**”激发对方的故国之思、乡土之恋;最后一段阐发眼前形势,既有为对方着想的警告,又有朋友之谊的关切。

—————— 艺 术 特 色 ——————

(1)**运用对比,说理透辟**:如第一段将陈伯之的由齐入梁与由梁降魏作对比,包括两层意思,认识上是明智与昏聩的对比,结果则是“壮”与“劣”的对比。

(2)**用典较多**:增加了情理的内涵。

▇ 名师解读

本知识点主要考查客观题。本知识点主要考查本文的体裁和名句。考生需掌握本文为骈体文、书信，以及"弃燕雀之小志，慕鸿鹄之高翔"等名句。

▇ 真题演练

【单选题】

(2017年·全国)下列文句,出自丘迟《与陈伯之书》的是(   )

A. 体迅飞凫，飘忽若神，凌波微步，罗袜生尘

B. 日薄西山，气息奄奄，人命危浅，朝不虑夕

C. 春草碧色，春水渌波。送君南浦，伤如之何

D. 暮春三月，江南草长，杂花生树，群莺乱飞

【答案与解析】

D。"暮春三月，江南草长，杂花生树，群莺乱飞"出自丘迟《与陈伯之书》；"体迅飞凫，飘忽若神，凌波微步，罗袜生尘"出自曹植《洛神赋》；"日薄西山，气息奄奄，人命危浅，朝不虑夕"出自李密《陈情表》；"春草碧色，春水渌波。送君南浦，伤如之何"出自江淹《别赋》。

【多选题】

(2017年·全国)丘迟《与陈伯之书》是(   )

A. 抒发离情的书信   B. 劝降的书信

C. 骈文   D. 散文

E. 抒情小赋

【答案与解析】

BC。丘迟《与陈伯之书》是奉命劝降的书信，也是一篇优美的骈文书信。

第十四节　孔　稚　珪

内 容 提 要

> 《北山移文》是孔稚珪写的骈文,他在文中层层揭露当时假隐士的虚伪本质,描绘其丑恶面目。

知识点1

孔稚珪及其作品

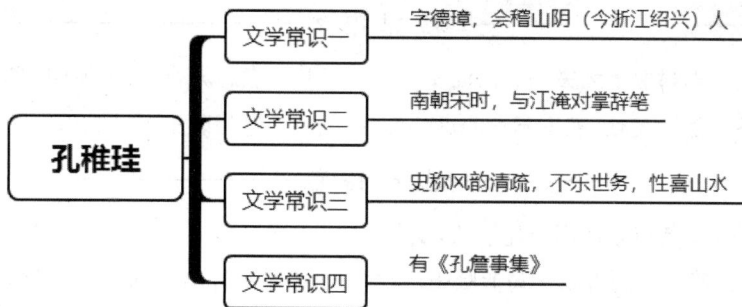

孔稚珪
- 文学常识一 —— 字德璋，会稽山阴（今浙江绍兴）人
- 文学常识二 —— 南朝宋时，与江淹对掌辞笔
- 文学常识三 —— 史称风韵清疏，不乐世务，性喜山水
- 文学常识四 —— 有《孔詹事集》

名师解读

本知识点历年考查次数较少，考生对孔稚珪的相关知识有所了解即可。

牛刀小试

【单选题】

史称"文韵清疏，不乐世务，性喜山水"的人是(　　　)

A. 谢灵运　　　　　B. 孔稚珪　　　　　C. 王维　　　　　D. 陶渊明

【答案与解析】

B。孔稚珪，字德璋。南朝宋时与江淹对掌辞笔，史称文韵清疏，不乐世务，性喜山水。有《孔詹事集》。

知识点2

《北山移文》☆☆☆

北山移文（节选）

世有周子，隽俗之士，既文既博，亦玄亦史。然而学遁东鲁，习隐南郭，偶吹草堂，滥巾北岳。诱我松桂，欺我云壑。虽假容于江皋，乃缨情于好爵。其始至也，将欲排巢父，拉许由，傲百氏，蔑王侯。风情张日，霜气横秋。或叹幽人长往，或怨王孙不游。谈空空于释部，覈玄玄于道流，务光何足比，涓子不能俦。及其鸣驺入谷，鹤书赴陇，形驰魄散，志变神动。尔乃眉轩席次，袂耸筵上，焚芰制而裂荷衣，抗尘容而走俗状。风云凄其带愤，石泉咽而下怆，望林峦而有失，顾草木而如丧。

————————————— 重 点 注 解 —————————————

北山：即钟山，今名紫金山，在建康（今江苏南京）城北；移文：官府文书。

补充注解：

（1）"泪翟子之悲，恸朱公之哭"中，翟子指墨子，朱公指杨朱。两位都是战国时期思想家。

（2）"务光何足比"中，"务光"为夏代隐士。

（3）"虽情殷于魏阙，或假步于山扃"中，"魏阙"指的是朝廷。

—————————— 思 想 内 容 ——————————

本文意在揭露封建士大夫伪装清高实则争名逐利的丑恶灵魂，戳破他们"**身居江湖之上，心存魏阙之下**"、隐而复仕、表里不一的虚伪面目，坚决拒绝假隐士再进北山山林。

—————————— 艺 术 特 色 ——————————

（1）主要写作特点是运用对比手法：

① 首先，以历史上的**真隐士与假隐士**作比较，真隐士品性高洁，假隐士"终始参差"，反复多变。

② 其次，以假隐士周子前后的思想行动作对比。初隐时"风情张日，霜气横秋"，不可一世；朝廷诏书一到，就眉飞色舞，表里不一，虚伪做作。

③ 最后，以假隐士出山以后的**忙碌得意与山林寂寞悲愤**作对比，对假隐士进行谴责。

（2）通篇运用**拟人化**的手法：

① "移文"乃借**钟山神灵**之口以事声讨，这种构思使叙事抒情带上强烈的主观色彩；

② 对**山林景物**的描写，采用拟人化手法，更表现得惟妙惟肖，增强了文章的**形象性和抒情性**。

（3）句式特点：

① 句式整齐，两两相对，基本上由四字句和六字句相配而成。

② **辞藻华丽，多用典故**，尽量讲究音韵的协调。

③ **长句短句交互使用**，表达不同的情景与感情。

名师解读

本知识点考查客观题、主观题。本知识点主要考查文中所用到的艺术手法，尤其是对比手法的运用，客观题、主观题都有可能考到。此外还需了解假隐士周子接到诏书前后的表现、本文的体裁、文中所用到的典故等。

真题演练

【单选题】

1.（2015年·全国）《北山移文》通篇所用表现手法是（　　）

　　A. 夸张　　　　　B. 借代　　　　　C. 比喻　　　　　D. 拟人

【答案与解析】

D。《北山移文》通篇运用拟人化手法。

2.（2019年·全国）孔稚珪《北山移文》中的"北山"指的是（　　）

　　A. 泰山　　　　　B. 黄山　　　　　C. 钟山　　　　　D. 华山

【答案与解析】

C。北山：即钟山，今名紫金山，在建康（今江苏南京）城北，故名北山。

【论述题】

（2013 年·全国）请结合作品，具体分析《北山移文》中的对比手法。

【答案与解析】

本文主要写作特点是运用对比手法：

首先，以历史上的真隐士与假隐士作比较，真隐士品性高洁，假隐士"终始参差"，反复多变。

其次，以假隐士周子前后的思想行动作对比。初隐时"风情张日，霜气横秋"，不可一世；朝廷诏书一到，就眉飞色舞，表里不一，虚伪做作。

最后，以假隐士出山以后的忙碌得意与山林寂寞悲愤作对比，对假隐士进行谴责。

第十五节　干　　宝

内 容 提 要

本节两篇文章，《李寄》讲述了东越少女李寄智除祸害大蛇的故事；《干将莫邪》则讲述了铸剑师干将因为楚王铸剑而被杀，其子为父报仇的故事。

知识点 1

■ 干宝及其作品☆

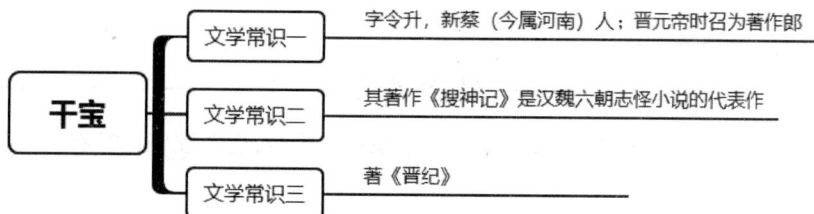

干宝
- 文学常识一 —— 字令升，新蔡（今属河南）人；晋元帝时召为著作郎
- 文学常识二 —— 其著作《搜神记》是汉魏六朝志怪小说的代表作
- 文学常识三 —— 著《晋纪》

■ 名师解读

本知识点考查客观题。对于本知识点，考生需了解干宝的作品及《搜神记》在文学史上的地位。

■ 真题演练

【单选题】

（2014 年·全国）汉魏六朝志怪小说的代表作是（　　　）

A. 干宝《搜神记》　　　　　　　　B. 刘义庆《世说新语》

C. 张华《博物志》   D. 刘义庆《幽明录》

【答案与解析】

A。干宝,字令升,新蔡(今属河南)人;晋元帝时召为著作郎;其著作《搜神记》是汉魏六朝志怪小说的代表作。

知识点 2

《李寄》☆☆

李　寄（节选）

寄乃告请好剑及咋蛇犬。至八月朝,便诣庙中坐。怀剑、将犬。先将数石米糍,用蜜麨灌之,以置穴口。蛇便出,头大如囷,目如二尺镜。闻糍香气,先啖食之。寄便放犬,犬就啮咋;寄从后斫得数创。疮痛急,蛇因踊出,至庭而死。寄入视穴,得其九女髑髅,悉举出,咤言曰:"汝曹怯弱,为蛇所食,甚可哀愍。"于是寄女缓步而归。

———————————— **重 点 注 解** ————————————

（1）诣：指的是**去往**。

（2）将：指的是**带着**。

（3）斫：指的是**砍**；创：指的是**伤口**。

（4）疮：指的是**刀伤**。

（5）曹：是**辈**的意思；"愍"同"悯",指的是**哀怜**。

补充注解:

（1）"其西北隰中有大蛇"中,"隰"指的是**低湿**的地方。

（2）"土俗常惧"中,"土俗"指的是**当地百姓**。

（3）缇萦：**西汉**文帝时人,曾上书救父。

———————————— **思 想 内 容** ————————————

本文歌颂了李寄勇敢机智、不畏凶暴的斗争精神。同时,这个故事也具有反对愚昧迷信、反对重男轻女的深刻意义。

———————————— **人 物 形 象** ————————————

（1）反对封建歧视和反抗不公平的命运。

（2）斩蛇之前,充分准备;斩蛇之时,步骤分明。

（3）当地官吏的昏庸、怯懦、无能反衬出李寄的清醒、**勇敢**、能干。

名师解读

本知识点曾以阅读理解题的形式考查,故考生需着重注意本文的重点注释、思想内容及人物形象。

📖 **真题演练**

【阅读理解题】

(2015年·全国)阅读下面一段文字:

(李)寄乃告请好剑及咋蛇犬。至八月朝,便诣庙中坐。怀剑、将犬。先将数石米糍,用蜜麨灌之,以置穴口。蛇便出,头大如囷,目如二尺镜。闻糍香气,先啖食之。寄便放犬,犬就啮咋;寄从后斫得数创。疮痛急,蛇因踊出,至庭而死。寄入视穴,得其九女髑髅,悉举出,咤言曰:"汝曹怯弱,为蛇所食,甚可哀愍。"于是寄女缓步而归。(《李寄》)

(1)《李寄》出自哪部书? 作者是谁?

【答案与解析】

《李寄》出自《搜神记》,作者为干宝。

(2) 李寄这个人物的主要性格特征是什么?

【答案与解析】

勇敢机智、不畏凶暴。

(3) 解释下列加下划线的词语:

① 便<u>诣</u>庙中坐

② 怀剑、<u>将</u>犬

③ 寄从后斫得数<u>创</u>

【答案与解析】

① 诣:去往。

② 将:带着。

③ 创:伤口。

📢 **知识点3**

◻ **《干将莫邪》**

干将莫邪(节选)

　　楚干将、莫邪为楚王作剑,三年乃成。王怒,欲杀之。剑有雌雄。其妻重身当产。夫语妻曰:"吾为王作剑,三年乃成。王怒,往必杀我。汝若生子是男,大,告之曰:'出户望南山,松生石上,剑在其背。'"于是即将雌剑往见楚王。王大怒,使相之。剑有二,一雄一雌,雌来雄不来。王怒,即杀之。

———————— 重 点 注 解 ————————

本故事也见录于《列异传》及《太平御览》。

补充注解：

（1）"儿闻之，亡去，入山行歌"中，"亡去"指**逃走**；"行歌"指边走边唱。

（2）三王墓"今在汝南北宜春县界"，北宜春：故城在今河南汝南西南。

―――――――― **思 想 内 容** ――――――――

本文体现了人民对统治者**暴行**的**憎恨**和对坚毅顽强的**斗争意志**的颂扬。

―――――――― **层 次 内 容** ――――――――

（1）干将铸剑被杀是复仇的起因。

（2）赤比得剑复仇，遭到楚王追杀，逃往山中，是复仇的延宕。

（3）山中客的出现，赤比的自刎，既是曲折的发展，又制造了悬念。

（4）煮赤比头，诱使楚王到锅边，砍楚王头，客自刎，是情节发展的高潮，极富传奇色彩。

（5）最后分葬为三王墓，是故事的结局。

■ 名师解读

本知识点考查次数较少，考生对其相关知识有所了解即可。

■ 牛刀小试

【单选题】

下列作品中，选自干宝《搜神记》的有（　　　　）

A.《画工弃市》　　　B.《子猷访戴》　　　C.《干将莫邪》　　　D.《周处》

【答案与解析】

C。《画工弃市》出自葛洪的《西京杂记》；《子猷访戴》出自刘义庆的《世说新语》；《干将莫邪》出自干宝的《搜神记》；《周处》出自刘义庆的《世说新语》。

第十六节　刘　义　庆

内 容 提 要

本节两篇文章，《子猷访戴》讲述了王徽之雪夜访戴逵，"乘兴而行，兴尽而返"的故事；《周处》则讲述了西晋名臣周处少时纵情肆欲，为祸乡里，后来浪子回头、改过自新的故事。

知识点 1

■ 刘义庆及其作品 ☆

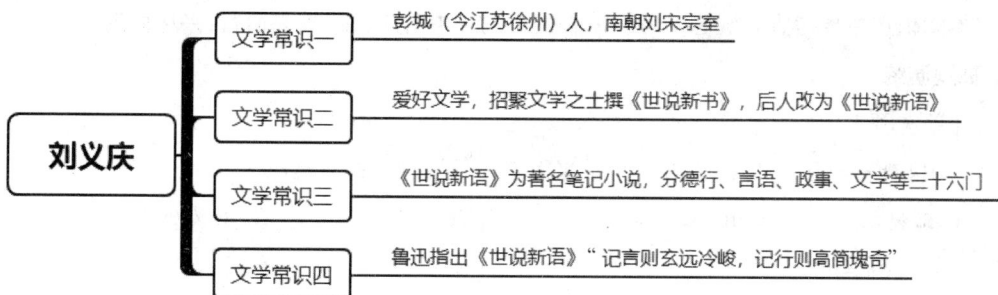

刘义庆
- 文学常识一 —— 彭城（今江苏徐州）人，南朝刘宋宗室
- 文学常识二 —— 爱好文学，招聚文学之士撰《世说新书》，后人改为《世说新语》
- 文学常识三 —— 《世说新语》为著名笔记小说，分德行、言语、政事、文学等三十六门
- 文学常识四 —— 鲁迅指出《世说新语》"记言则玄远冷峻，记行则高简瑰奇"

■ 名师解读

本知识点主要考查客观题。考生需着重记忆刘义庆的作品，即《世说新语》，重点记忆鲁迅对这部作品的评语。

■ 真题演练

【单选题】

（2015年·全国）鲁迅以"记言则玄远冷峻，记行则高简瑰奇"赞赏(　　)

A.《搜神记》　　　B.《世说新语》　　　C.《庄子》　　　D.《史记》

【答案与解析】

B。《世说新语》为著名笔记小说，鲁迅赞赏它"记言则玄远冷峻，记行则高简瑰奇"。

知识点 2

■ 《子猷访戴》 ☆

子 猷 访 戴

王子猷居山阴，夜大雪，眠觉，开室，命酌酒。四望皎然。因起彷徨，咏左思《招隐诗》。忽忆戴安道，时戴在剡，即便夜乘小舟就之。经宿方至，造门不前而返。人问其故，王曰："吾本乘兴而行，兴尽而返，何必见戴！"

—————— 重 点 注 解 ——————

（1）本文选自《世说新语·任诞》。子猷指王徽之，字子猷，王羲之第五子。

（2）"王子猷居山阴"中，"山阴"为地名，即今浙江绍兴。

—————— 思 想 内 容 ——————

（1）魏晋士人常常在生活上任性而为，即所谓"任诞"。本知识点记载了王徽之"任诞"的生活片段。

（2）大雪之夜,喝酒、看雪,咏《招隐》诗,访隐士戴安道,"乘兴而行,兴尽而返"。可以看出,王徽之生活中追求的是"兴",即兴味与意趣。

名师解读

本知识点主要考查客观题。考生需着重识记文中名句,如"乘兴而行,兴尽而返"。

真题演练

【单选题】

(2014 年·全国)《世说新语》中"乘兴而来,兴尽而返"的人是(   )

A. 王羲之   B. 王子猷   C. 戴安道   D. 刘义庆

【答案与解析】

B。《世说新语》原句:人问其故,王曰:"吾(王子猷)本乘兴而行,兴尽而返,何必见戴!"王即王子猷。

知识点 3

《周处》☆

周　处

周处年少时,凶彊侠气,为乡里所患。又义兴水中有蛟,山中有邅迹虎,并皆暴犯百姓。义兴人谓为三横,而处尤剧。或说处杀虎斩蛟,实冀三横唯余其一。处即刺杀虎。又入水击蛟,蛟或浮或没,行数十里,处与之俱。经三日三夜,乡里皆谓已死,更相庆。竟杀蛟而出,闻里人相庆,始知为人情所患,有自改意。乃入吴寻二陆。平原不在,正见清河,具以情告,并云欲自修改而年已蹉跎,终无所成。清河曰:"古人贵朝闻夕死,况君前途尚可。且人患志之不立,何忧令名不彰邪?"处遂改励,终为忠臣孝子。

——————— 重 点 注 解 ———————

（1）本文选自《世说新语·自新》。周处为西晋吴兴阳羡人,字子隐。

（2）凶彊:指的是凶狠倔强。

（3）三横:三害;尤剧:特别厉害。

（4）说:指的是劝说。

（5）冀:指的是希望。

（6）朝闻夕死:语出《论语·里仁》:"朝闻道,夕死可矣。"

（7）令名:指美名;彰:指的是显扬。

（8）改励:指的是改过自勉。

——————— 思 想 内 容 ———————

（1）本文意在赞扬周处的改过自新,这是全文重点。

（2）写周处改过自新,突出三点:一是"侠气";二是"有自改意";三是陆云对他的教诲。

名师解读

本知识点常以阅读理解题的形式考查。考生需着重掌握本文出处、文中注释及文章的思想内容。

真题演练

【阅读理解题】

(2018 年·全国)阅读下面一段文字:

周处年少时,凶疆侠气,为乡里所患。又义兴水中有蛟,山中有邅迹虎,并皆暴犯百姓。义兴人谓为三横,而处尤剧。或说处杀虎斩蛟,实冀三横唯余其一。处即刺杀虎,又入水击蛟。蛟或浮或没,行数十里,处与之俱。经三日三夜,乡里皆谓已死,更相庆。竟杀蛟而出,闻里人相庆,始知为人情所患,有自改意。乃入吴寻二陆。平原不在,正见清河,具以情告,并云欲自修改而年已蹉跎,终无所成。清河曰:"古人贵朝闻夕死,况君前途尚可。且人患志之不立,何忧令名不彰邪?"处遂改励,终为忠臣孝子。

（1）从内容上看,这段文字的作者是谁? 选自作者的哪本著作?

【答案与解析】

作者为刘义庆;选自《世说新语》。

（2）这段文字的立意是什么?

【答案与解析】

《周处》意在赞扬周处的改过自新。

（3）解释下列加下划线的词语:

① 或说处杀虎斩蛟

② 实冀三横唯余其一

③ 何忧令名不彰邪

【答案与解析】

① 说:劝说。

② 冀:希望。

③ 令名:美名。

第十七节　南朝民歌

内容提要

《西洲曲》为南朝乐府民歌中的代表作,描写了一位少女从春到冬,从早到晚,对钟爱之人的苦苦思念,洋溢着浓厚的生活气息和鲜明的感情色彩。

知识点 1

■ 南朝民歌

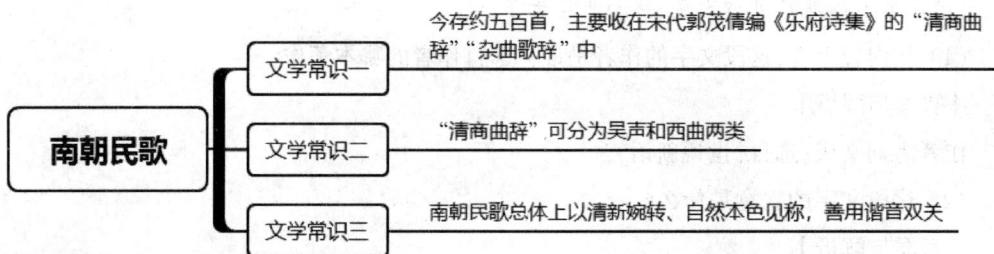

南朝民歌 —— 文学常识一 —— 今存约五百首,主要收在宋代郭茂倩编《乐府诗集》的"清商曲辞""杂曲歌辞"中

文学常识二 —— "清商曲辞"可分为吴声和西曲两类

文学常识三 —— 南朝民歌总体上以清新婉转、自然本色见称,善用谐音双关

■ 名师解读

本知识点考查次数较少,考生对南朝民歌的相关知识有所了解即可。

■ 牛刀小试

【单选题】

南朝民歌善用(　　)

A. 回环顶针　　　　B. 谐音双关　　　　C. 排比铺排　　　　D. 对比刻画

【答案与解析】

B。南朝民歌总体上以清新婉转、自然本色见称,善用谐音双关。

知识点 2

■《西洲曲》☆☆☆

西 洲 曲

忆梅下西洲,折梅寄江北。单衫杏子红,双鬓鸦雏色。西洲在何处?两桨桥头渡。

日暮伯劳飞,风吹乌白树。树下即门前,门中露翠钿。开门郎不至,出门采红莲。

采莲南塘秋,莲花过人头。低头弄莲子,莲子青如水。置莲怀袖中,莲心彻底红。

忆郎郎不至,仰首望飞鸿。鸿飞满西洲,望郎上青楼。楼高望不见,尽日栏杆头。
栏杆十二曲,垂手明如玉。卷帘天自高,海水摇空绿。海水梦悠悠,君愁我亦愁。
南风知我意,吹梦到西洲。

────── 重 点 注 解 ──────

《西洲曲》属于南朝乐府的《杂曲歌辞》,是经过文人加工过的南朝民歌。

────── 思 想 内 容 ──────

本诗写一个女子从春到冬、从早到晚对情郎的刻骨相思。

────── 层 次 内 容 ──────

第一层,从开头到"两桨桥头渡",写女子想折梅遥寄情郎,以表相思。

第二层,从"日暮伯劳飞"到"出门采红莲",写从夏到秋的日夜相思。

第三层,从"采莲南塘秋"到"仰首望飞鸿",写夏末初秋时采莲怀人。

第四层,从"鸿飞满西洲"到"海水摇空绿",写秋天女子登楼遥望,却盼不到一纸书信。

第五层,从"海水梦悠悠"到结尾,写现实希望的破灭而转为梦中相思相会。

────── 层 次 内 容 ──────

(1) 运用谐音双关:

① 诗中多次出现"莲","莲"与"怜"谐音,"莲子"即"怜子",暗示爱怜的人。

② "低头弄莲子",暗示爱抚情郎。"莲子青如水"表示对情郎爱情纯洁如水。"置莲怀袖中"表示对情郎的珍爱。"莲心彻底红"表示爱情的成熟与热烈。

(2) 运用顶针手法:

① "风吹鸟臼树"与"树下即门前","出门采红莲"与"采莲南塘秋","低头弄莲子"与"莲子青如水","仰首望飞鸿"与"鸿飞满西洲","望郎上青楼"与"楼高望不见"。

② 效果:如清代沈德潜所说:"续续相生,连跗接萼,摇曳无穷,情味愈出。"

名师解读

本知识点考查客观题、主观题。本知识点主要围绕诗中所用到的艺术手法,即谐音双关和顶针进行考查。

真题演练

【单选题】

(2016 年·全国)《西洲曲》是(　　　)

A. 先秦民歌　　　　B. 汉代民歌　　　　C. 南朝民歌　　　　D. 北朝民歌

【答案与解析】

C。《西洲曲》属于南朝乐府的《杂曲歌辞》,是经过文人加工的南朝民歌。

【简答题】

（2014年·全国）简述《西洲曲》中"低头弄莲子""莲子青如水""置莲怀袖中""莲心彻底红"的谐音双关意义。

【答案与解析】

《西洲曲》运用谐音双关手法：

（1）诗中多次出现"莲"这一意象，"莲"与"怜"谐音，"莲子"即"怜子"，暗示爱怜的人。

（2）"低头弄莲子"，暗示爱抚情郎。"莲子青如水"表示对情郎爱情纯洁如水。"置莲怀袖中"表示对情郎的珍爱。"莲心彻底红"表示爱情的成熟与热烈。

第十八节 北 朝 民 歌

内 容 提 要

《折杨柳歌辞》是创作于北朝时期的五言绝句组诗作品。本节所选的两首是夫妻双方临别时的对答词。

知识点 1

北朝民歌

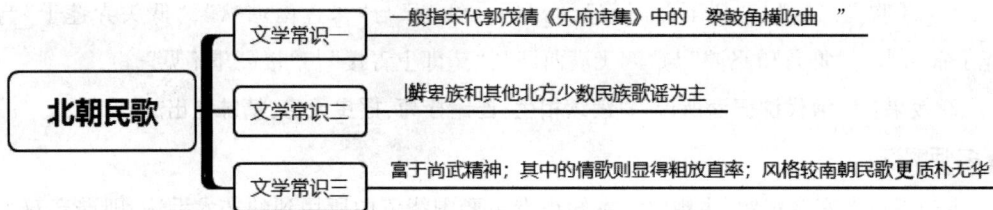

```
                  ┌─ 文学常识一 ── 一般指宋代郭茂倩《乐府诗集》中的"梁鼓角横吹曲"
                  │
   北朝民歌 ───────┼─ 文学常识二 ── 以鲜卑族和其他北方少数民族歌谣为主
                  │
                  └─ 文学常识三 ── 富于尚武精神；其中的情歌则显得粗放直率；风格较南朝民歌更质朴无华
```

名师解读

本知识点考查次数较少，考生对北朝民歌的相关知识有所了解即可。

牛刀小试

【单选题】

北朝民歌一般指宋代郭茂倩《乐府诗集》中的（   ）

A. 鼓吹曲辞　　　　B. 汉横吹曲　　　　C. 梁鼓角横吹曲　　　　D. 清商曲辞

【答案与解析】

C。北朝民歌，一般指宋代郭茂倩《乐府诗集》中的"梁鼓角横吹曲"。以鲜卑族和其他北方少数民族歌谣为主。

知识点 2

■《折杨柳歌辞》(其一、其二)

折杨柳歌辞

其一

上马不捉鞭,反折杨柳枝。蹀座吹长笛,愁杀行客儿。

其二

腹中愁不乐,愿作郎马鞭。出入擐郎臂,蹀座郎膝边。

—— 重 点 注 解 ——

蹀座:指**走路**的和**坐着**的。

—— 思 想 内 容 ——

本节内容是**夫妻双方临别时的对答词**。前一首,是出征的丈夫所唱,表示不愿离别的依恋之情,后一首是妻子的答词,丈夫出征,妻子"愁不乐",用重叠的词义表示极其愁苦。

—— 艺 术 特 色 ——

因为是夫妻对答,这两首诗内容相接,词语相承。

■ 名师解读

本知识点考查次数较少,考生有所了解即可。

■ 牛刀小试

【单选题】

北朝民歌《折杨柳歌辞》(其一、其二)是何人临别时的对答词?

A. 知己之间 　　　　　　　　B. 同窗好友之间

C. 夫妻之间 　　　　　　　　D. 兄弟之间

【答案与解析】

C。因为《折杨柳歌辞》(其一、其二)是夫妻对答,这两首诗内容相接,词语相承。

第四章　唐五代部分

唐五代部分

第一节　骆宾王
- 《在狱咏蝉》（精读作品）
- 《代李敬业传檄天下文》（泛读作品）

第二节　王勃
- 《别薛华》（泛读作品）
- 《秋日登洪府滕王阁饯别序》（精读作品）

第三节　杨炯
- 《从军行》（泛读作品）

第四节　卢照邻
- 《长安古意》（泛读作品）

第五节　陈子昂
- 《登幽州台歌》（精读作品）

第六节　张若虚
- 《春江花月夜》（精读作品）

第七节　孟浩然
- 《临洞庭湖赠张丞相》（精读作品）

第八节　王维
- 《观猎》（精读作品）
- 《渭川田家》（精读作品）
- 《竹里馆》（泛读作品）

第九节　李颀
- 《送陈章甫》（精读作品）

第十节　王昌龄
- 《从军行》（青海长云暗雪山）（泛读作品）
- 《出塞》（秦时明月汉时关）（精读作品）

第十一节　李白
- 《蜀道难》（精读作品）
- 《古风》（西上莲花山）（泛读作品）
- 《梦游天姥吟留别》（精读作品）
- 《宣州谢朓楼饯别校书叔云》（精读作品）
- 《将进酒》（精读作品）

第十二节　高适
- 《燕歌行》（精读作品）
- 《封丘县》（泛读作品）

第十三节　杜甫
- 《同诸公登慈恩寺塔》（泛读作品）
- 《兵车行》（精读作品）
- 《自京赴奉先县咏怀五百字》（精读作品）
- 《登高》（精读作品）
- 《又呈吴郎》（精读作品）

第十四节　岑参
- 《逢入京使》（泛读作品）
- 《走马川行奉送出师西征》（精读作品）

第十五节　李华
- 《吊古战场文》（泛读作品）

第十六节　司空曙
- 《喜外弟卢纶见宿》（泛读作品）

第十七节　韦应物
- 《滁州西涧》（精读作品）

第十八节　李益
- 《夜上受降城闻笛》（精读作品）

第十九节　韩愈
- 《山石》（泛读作品）
- 《听颖师弹琴》（精读作品）
- 《张中丞传后叙》（精读作品）
- 《送孟东野序》（精读作品）

第二十节　刘禹锡
- 《西塞山怀古》（精读作品）
- 《元和十年自朗州承召至京戏赠看花诸君子》（泛读作品）

第二十一节　柳宗元
- 《登柳州城楼寄漳汀封连四州刺史》（精读作品）
- 《始得西山宴游记》（精读作品）
- 《钴鉧潭西小丘记》（泛读作品）
- 《段太尉逸事状》（精读作品）
- 《种树郭橐驼传》（精读作品）

第二十二节　张籍
- 《江南曲》（精读作品）

第二十三节　王建
- 《水夫谣》（泛读作品）

第二十四节　白居易
- 《轻肥》（泛读作品）
- 《上阳白发人》（精读作品）
- 《长恨歌》（精读作品）

第二十五节　元稹
- 《遣悲怀》（昔日戏言身后意）（精读作品）

第二十六节　李贺
- 《李凭箜篌引》（泛读作品）
- 《金铜仙人辞汉歌》（并序）（精读作品）

第二十七节　杜牧
- 《过华清宫》（长安回望绣成堆）（精读作品）
- 《早雁》（精读作品）

第二十八节　李商隐
- 《安定城楼》（精读作品）
- 《无题》（昨夜星辰昨夜风）（泛读作品）
- 《锦瑟》（精读作品）

第二十九节　温庭筠
- 《苏武庙》（泛读作品）
- 《菩萨蛮》（小山重叠金明灭）（精读作品）

第三十节　秦韬玉
- 《贫女》（泛读作品）

第三十一节　陆龟蒙
- 《野庙碑》（泛读作品）

第三十二节　罗隐
- 《越妇言》（泛读作品）

第三十三节　韦庄
- 《菩萨蛮》（人人尽说江南好）（精读作品）

第三十四节　杜荀鹤
- 《山中寡妇》（精读作品）

第三十五节　崔涂
- 《孤雁》（几行归塞尽）（泛读作品）

第三十六节　李朝威
- 《柳毅传》（泛读作品）

第三十七节　冯延巳
- 《谒金门》（风乍起）（泛读作品）

第三十八节　李煜
- 《虞美人》（春花秋月何时了）（精读作品）
- 《破阵子》（四十年来家国）（泛读作品）

第一节　骆　宾　王

内 容 提 要

　　本节共选两篇骆宾王的作品。《在狱咏蝉》为骆宾王在患难之中所作,作者在诗中以蝉喻己,抒发了诗人品行高洁却身陷囹圄的哀怨悲伤之情;《代李敬业传檄天下文》为骆宾王代表作,其文先声夺人,将武则天置于被告席上,列数其罪,对群众起义起到了很大的鼓动作用。

知识点 1

■ 骆宾王及其作品

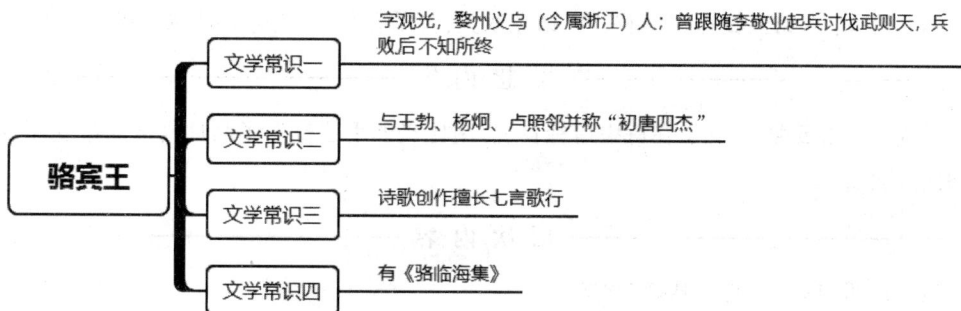

骆宾王
- 文学常识一 —— 字观光,婺州义乌(今属浙江)人;曾跟随李敬业起兵讨伐武则天,兵败后不知所终
- 文学常识二 —— 与王勃、杨炯、卢照邻并称"初唐四杰"
- 文学常识三 —— 诗歌创作擅长七言歌行
- 文学常识四 —— 有《骆临海集》

■ 名师解读

　　本知识点未在历年真题中考查过,故考生对骆宾王的基本信息有所了解即可。

■ 牛刀小试

【单选题】

骆宾王的诗歌创作擅长(　　)

A. 拟古　　　　　B. 七言歌行　　　　　C. 五言绝句　　　　　D. 七言绝句

【答案与解析】

　　B。骆宾王,字观光。诗歌创作擅长七言歌行,五律也有不少佳作,与王勃、杨炯、卢照邻并称"初唐四杰"。

知识点 2

■《在狱咏蝉》☆☆

在 狱 咏 蝉

西陆蝉声唱，南冠客思深。

那堪玄鬓影，来对白头吟。

露重飞难进，风多响易沉。

无人信高洁，谁为表予心？

—— 重 点 注 解 ——

（1）西陆：指秋天。

（2）南冠：指囚犯。语出《左传·成公九年》。

（3）玄鬓影：指蝉，用"蝉鬓"的典故。崔豹《古今注》："魏文帝宫人莫琼树始制蝉鬓，缥缈如蝉。"

（4）白头：为诗人自指。"白头吟"语意双关，古乐府有《白头吟》，曲调哀怨。

—— 思 想 内 容 ——

本诗是一首五律，骆宾王在诗中借蝉自况，用比兴的手法抒发了品性高洁却蒙受冤枉身陷图圄的郁愤。

—— 层 次 内 容 ——

（1）首两句破"在狱""咏蝉"之题。

（2）三、四句是流水对，承上两句，三句说蝉，四句说己，物我相连，颇有年华易逝、自伤老大之悲。

（3）五、六句既是咏蝉，又是自叹，借蝉的形象寄寓自身境遇。

（4）末两句点明借物喻己之意，以问句作结。

—— 艺 术 特 色 ——

形神兼备，寄托遥深。

（1）本诗为咏物诗。

（2）诗在托物寄兴的过程中很好地处理了蝉和人的关系。

（3）本诗处处将蝉与自身对应，秋蝉的形象固然具有自然物的特征，但更是作者当时艰难处境、高洁品性和郁愤感情的象征。

■ 名师解读

本知识点在历年真题中基本以选择题为主要考查方式，且考查频率不是很高，考生需着重注意诗中名句、重点注解。

真题演练

【单选题】

（2015年·全国）骆宾王《在狱咏蝉》"来对白头吟"的上一句是（　　）

A. 露重飞难进　　　B. 无人信高洁　　　C. 那堪玄鬓影　　　D. 西陆蝉声唱

【答案与解析】

C。《在狱咏蝉》原文："那堪玄鬓影，来对白头吟。"

知识点 3

《代李敬业传檄天下文》 ☆☆

代李敬业传檄天下文（节选）

公等或家传汉爵，或地协周亲，或膺重寄于爪牙，或受顾命于宣室。言犹在耳，忠岂忘心？一抔之土未干，六尺之孤安在！倘能转祸为福，送往事居，共立勤王之勋，无废旧君之命，凡诸爵赏，同指山河。若其眷恋穷城，徘徊歧路，坐昧先几之兆，必贻后至之诛。请看今日之域中，竟是谁家之天下！移檄州郡，咸使知闻。

—— **重 点 注 解** ——

"一抔之土未干，六尺之孤安在"中，"一抔之土"指皇帝（**唐高宗李治**）的陵墓；"六尺之孤"：死了父亲的男孩，称孤，此指嗣位的中宗。

补充注解：

（1）"尝以更衣入侍"：此处暗用汉代**卫子夫**侍候武帝更衣而得幸的典故。

（2）"班声动而北风起"中，"班声"指的是**马声**。语出《**左传·襄公十八年**》。

（3）"以此制敌，何敌不摧；以此攻城，何城不克！"：借用《**宋书·沈攸之传**》中的成句。

—— **思 想 内 容** ——

本文作者站在封建正统立场上，出于政治斗争的需要，为李敬业起兵提供正当名义，对**武则天**严词挞伐，以此激发朝廷内外对武氏当政的不满，有些夸大失实之处。

—— **艺 术 特 色** ——

（1）文章开篇单刀直入，用一"**伪**"字彻底否定了武氏执政的合法性。

（2）本文是用**骈体**写的檄文，通篇运用排偶句式，节奏铿锵，用典精切。

（3）文中叙事、议论、说理、抒情兼而有之，且情感饱满，辞采飞扬，具有很强的艺术感染力。

名师解读

本知识点主要考查客观题。考查重点是文中的重点注释，具体来说，就是文中所用的典故，如"班声"等，需着重注意。

📝 **真题演练**

【单选题】

1.（2010 年·全国）骆宾王《代李敬业传檄天下文》中"一抔之土未干，六尺之孤安在"，"六尺之孤"指（　　）

　　A. 作者自己　　　　B. 嗣位的中宗　　　C. 李敬业　　　　D. 武则天

【答案与解析】

B。六尺之孤：死了父亲的男孩，称孤。此指嗣位的中宗。

2.（2018 年·全国）《代李敬业传檄天下文》所声讨的人物是（　　）

　　A. 吕后　　　　　B. 唐睿宗　　　　　C. 武则天　　　　D. 武三思

【答案与解析】

C。《代李敬业传檄天下文》的作者站在封建正统立场上，出于政治斗争需要，为李敬业起兵提供正当名义，对武则天严词挞伐，以此激发朝廷内外对武氏当政的不满。故选 C。

第二节　王　　勃

内 容 提 要

　　本节共选两篇王勃的作品。《别薛华》为王勃写给好友薛华的一首五律，这首诗通过送别朋友，抒发了诗人不满现实、感叹人生凄凉悲苦的情绪；而《秋日登洪府滕王阁饯别序》则通过描写滕王阁之景，表露了作者的抱负和怀才不遇的愤懑心情。

📢 **知识点 1**

📘 **王勃及其作品**☆☆

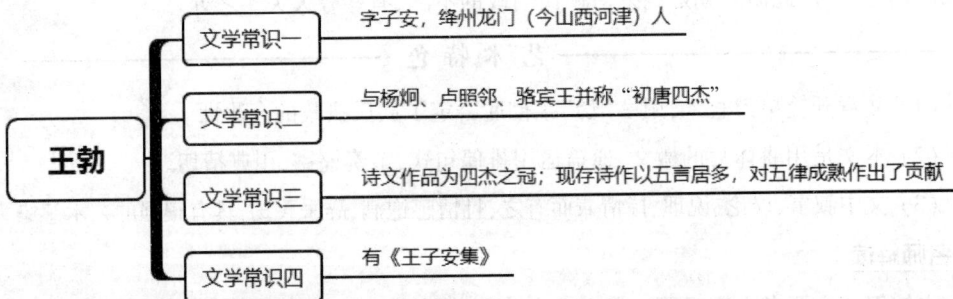

```
            ┌─ 文学常识一 ── 字子安，绛州龙门（今山西河津）人
            │
            ├─ 文学常识二 ── 与杨炯、卢照邻、骆宾王并称"初唐四杰"
   王勃 ────┤
            ├─ 文学常识三 ── 诗文作品为四杰之冠；现存诗作以五言居多，对五律成熟作出了贡献
            │
            └─ 文学常识四 ── 有《王子安集》
```

名师解读

本知识点侧重考查客观题。对于王勃,考生需谨记其诗文作品为四杰之冠。

真题演练

【单选题】

(2016年·全国)被称为"初唐四杰"之冠,对五律成熟作出贡献的诗人是(   )

A. 杨炯　　　　B. 骆宾王　　　　C. 王勃　　　　D. 卢照邻

【答案与解析】

C。王勃诗文作品为初唐四杰之冠。现存诗作以五言居多,对五律的成熟作出了贡献。

知识点 2

《别薛华》

别 薛 华

送送多穷路,遑遑独问津。

悲凉千里道,凄断百年身。

心事同漂泊,生涯共苦辛。

无论去与住,俱是梦中人。

—— 重 点 注 解 ——

(1)本诗应为王勃漫游蜀中时作。

(2)去:指薛华;住:指作者自己。

—— 思 想 内 容 ——

(1)本诗为送别诗。诗人与薛华既是同乡、通家,又是好友,两人交谊很深。

(2)本诗在抒发浓厚的离情别绪的同时,也流露出悲切的身世之感。

—— 层 次 内 容 ——

(1)首联写穷路送别和遑然问津,着眼于送者和行者共同坎坷的命运。

(2)颔联把行程和身世结合了起来。

(3)颈联写漂泊的心事和辛苦的生涯。

(4)尾联写送者和行者将互相入梦。

名师解读

本知识点未在历年真题中出现过,考生对本诗的相关知识有所了解即可。

牛刀小试

【单选题】

"悲凉千里道,凄断百年身"出自(　　　)

A.《送陈章甫》　　　　　　　　　B.《别薛华》

C.《送杜少府之任蜀州》　　　　　D.《又呈吴郎》

【答案与解析】

B。王勃《别薛华》原文："送送多穷路,遑遑独问津。悲凉千里道,凄断百年身。心事同漂泊,生涯共苦辛。无论去与住,俱是梦中人。"

知识点 3

《秋日登洪府滕王阁饯别序》☆☆☆

秋日登洪府滕王阁饯别序（节选）

临帝子之长洲,得天人之旧馆。层峦耸翠,上出重霄;飞阁翔丹,下临无地。鹤汀凫渚,穷岛屿之萦回;桂殿兰宫,即冈峦之体势。被绣闼,俯雕甍。山原旷其盈视,川泽纡其骇瞩。闾阎扑地,钟鸣鼎食之家;舸舰迷津,青雀黄龙之轴。云销雨霁,彩彻区明。落霞与孤鹜齐飞,秋水共长天一色。渔舟唱晚,响穷彭蠡之滨;雁阵惊寒,声断衡阳之浦。

……

嗟乎! 时运不齐,命途多舛。冯唐易老,李广难封。屈贾谊于长沙,非无圣主;窜梁鸿于海曲,岂乏明时? 所赖君子见机,达人知命。老当益壮,宁移白首之心;穷且益坚,不坠青云之志。酌贪泉而觉爽,处涸辙以犹欢。北海虽赊,扶摇可接;东隅已逝,桑榆非晚。孟尝高洁,空余报国之情;阮籍猖狂,岂效穷途之哭!

—————————— 重 点 注 解 ——————————

(1)滕王阁:唐滕王**李元婴**所建,故址在赣江边。

(2)"**冯唐易老**":出自《史记·冯唐列传》,感慨年时易往,功名难成。"**李广难封**":出自《史记·李将军列传》,自叹命运不济,仕途坎坷。

(3)"老当益壮"四句:语出《后汉书·马援传》。

补充注解:

(1)"徐孺下陈蕃之榻"中,徐孺和陈蕃是**东汉时人**。

(2)腾蛟:据《西京杂记》,董仲舒梦蛟龙入怀,作《春秋繁露》;起凤:据《西京杂记》,扬雄著**《太玄》**,梦见自己吐出凤凰,飞集于《太玄》书上。

(3)"邺水朱华,光照临川之笔"中,"临川"指**谢灵运**,他曾任临川内史。

(4)"天柱高而北辰远"中,"北辰"喻指**朝廷**。

（5）"怀帝阍而不见"中，"帝阍"指天帝的守门人，表达对**朝廷的怀念**。

（6）"有怀投笔，爱宗悫之长风"中，"投笔"指**东汉班超**投笔从戎；宗悫少时曾立志："愿乘长风破万里浪。"

（7）"叨陪鲤对"：主人公是**孔子与其子孔鲤**，出自《**论语·季氏**》。

───────── 思 想 内 容 ─────────

本文为**赠序**，在文中，作者描绘了滕王阁的壮观和洪州的优美景色，从逸游的豪兴转为命运多舛的人生感慨，表达了**报国无门却穷且益坚**、**不失壮志**的执着态度。

───────── 层 次 内 容 ─────────

文章以滕王阁宴会为中心而展开：

第一段，紧扣题中的"**洪府**"，写洪州的**地理形势**、**人文景观**，由此将笔墨引至参与盛会的宾主及自身。

第二段，紧扣题中"**秋日**""**登滕王阁**"，写登临所见秋色美景。由近及远，由实入虚。

第三段，虚扣题中的"**饯**"，由宴会之盛生发人生遇合的感慨。

第四段，扣合题中的"**别**""**序**"，写自己的志向、旅程并表达作序辞别之意。

全文紧扣题意，层层递转，开合收纵，自然流转。

───────── 艺 术 特 色 ─────────

（1）写景特点：写景**笔法多变**，色彩有**浓淡**的对比，视角有**俯仰**的转换，景致有**远近**的变化；**有色也有声**，且**虚实相映**。

（2）大量用典：对典故**驱遣自如**，无论是**正用**、**反用**、**明用**、**暗用**，皆贴切达意；表达了内心失望与希望、痛苦与追求、失意与奋进交织的跌宕起伏情感。

（3）句式特点：本文为**骈文**，形式为四六句，以对偶贯穿始终。

───────── 名 句 赏 析 ─────────

"落霞与孤鹜齐飞，秋水共长天一色"：

（1）**色彩明丽**、**气象开阔**、**动静互衬**而富有韵味；

（2）其作为第二段描写景物的**总体背景**，也使整幅画面和谐、灵动，富有层次感和纵深感，可以说是全段的"**文眼**"。

名师解读

本知识点考查形式多样。客观题方面，主要考查文中所用到的各种典故，如李广、冯唐等；主观题方面，则需注意文中艺术手法的应用与写景名句"落霞与孤鹜齐飞，秋水共长天一色"的特别之处。

真题演练

【单选题】

（2017 年·全国）王勃《秋日登洪府滕王阁饯别序》"邺水朱华，光照临川之笔"中"临川"

是指（　　）

    A. 陶渊明　　　　　B. 谢灵运　　　　　C. 谢朓　　　　　D. 孔稚珪

【答案与解析】

B。"郇水朱华,光照临川之笔"中,"临川"指谢灵运,他曾任临川内史。

【简答题】

(2010年·全国)王勃《滕王阁序》:"落霞与孤鹜齐飞,秋水共长天一色。"这两个写景句好在哪里?

【答案与解析】

（1）色彩明丽、气象开阔、动静互衬而富有韵味。

（2）其作为第二段描写景物的总体背景,也使整幅画面和谐、灵动,富有层次感和纵深感,可以说是全段的"文眼"。

第三节　杨　炯

内容提要

　　《从军行》为杨炯诗作,本诗借用乐府旧题"从军行",描写一个读书士子从军边塞、参加战斗的全过程。

知识点 1

杨炯及其作品

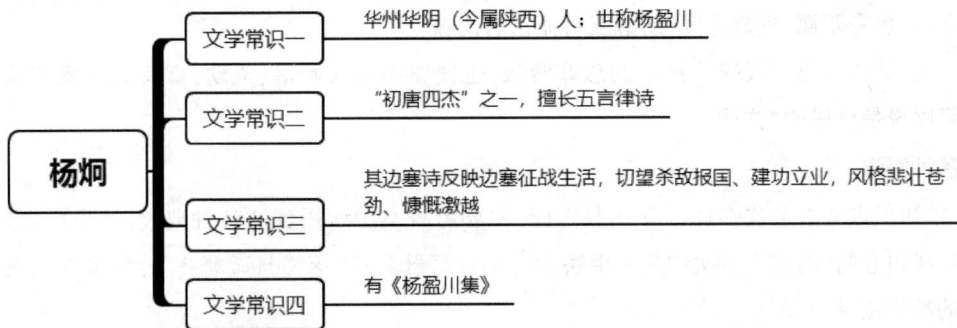

	文学常识一	华州华阴（今属陕西）人；世称杨盈川
杨炯	文学常识二	"初唐四杰"之一,擅长五言律诗
	文学常识三	其边塞诗反映边塞征战生活,切望杀敌报国、建功立业,风格悲壮苍劲、慷慨激越
	文学常识四	有《杨盈川集》

名师解读

　　本知识点未在历年真题中考查过,考生对杨炯的相关信息有所了解即可。

■ 牛刀小试

【单选题】

杨炯擅长撰写的文体是(　　)

A. 散文　　　　　B. 诗歌　　　　　C. 律诗　　　　　D. 骈文

【答案与解析】

C。杨炯为"初唐四杰"之一,擅长五言律诗。

知识点 2

■《从军行》☆

从　军　行

烽火照西京,心中自不平。

牙璋辞凤阙,铁骑绕龙城。

雪暗凋旗画,风多杂鼓声。

宁为百夫长,胜作一书生。

—— 重 点 注 解 ——

(1)《从军行》:乐府旧题,属《相和歌辞·平调曲》,内容多反映**军旅战争**之事。

(2)西京:指**长安**。

(3)凤阙:借指**长安**。

—— 思 想 内 容 ——

本诗抒发了作者向往**投笔从戎**、**以身许国**的壮烈情怀,体现了当时豪迈的时代精神。

(1)第一、第二句写烽火报警,引发内心报国自卫的激情。

(2)第三、第四句写大军辞朝出征的壮观场面,传达出唐军的必胜信念。

(3)第五、第六句通过对风雪之中军容的细致刻画,表现了边塞战争生活的艰险。

(4)第七、第八句(**宁为百夫长,胜作一书生**)直抒胸臆,点出为国建功立业的**主旨**。

—— 艺 术 特 色 ——

(1)用乐府旧题写军旅战争生活,可以列入"乐府诗"一类。押韵、平仄、对仗基本符合近体诗的格律要求,也可看作一首比较成熟的五言律诗。

(2)乐府诗的明快与格律诗的谨严,得到很好的统一。

■ 名师解读

本知识点主要考查客观题。对本诗而言,诗中名句及本诗的层次划分为重点考查内容,考生需着重注意。

【单选题】

（2014 年·全国）"宁为百夫长，胜作一书生"两句的作者是（　　）

A. 王昌龄　　　　　B. 杨炯　　　　　C. 李颀　　　　　D. 高适

【答案与解析】

B。"宁为百夫长，胜作一书生"两句出自《从军行》，作者是杨炯。这两句直抒胸臆，点出为国建功立业的主旨。

第四节　卢　照　邻

内 容 提 要

　　本节所选的《长安古意》为卢照邻所作的一首七言古诗，本诗托古意而写今情，展现了当时长安社会生活的广阔画卷。

知识点 1

■ 卢照邻及其作品☆

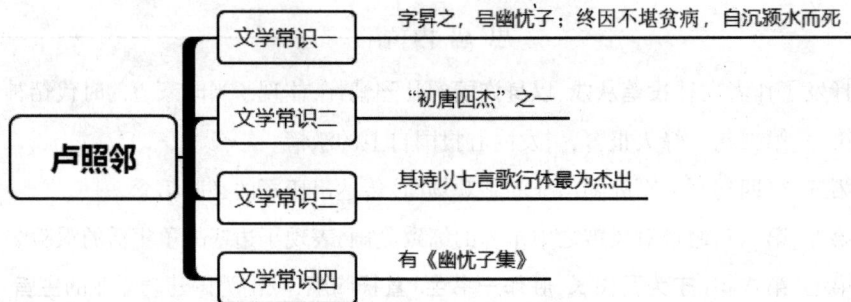

```
                    ┌─ 文学常识一 ──── 字昇之，号幽忧子；终因不堪贫病，自沉颍水而死
                    │
                    ├─ 文学常识二 ──── "初唐四杰"之一
          卢照邻 ────┤
                    ├─ 文学常识三 ──── 其诗以七言歌行体最为杰出
                    │
                    └─ 文学常识四 ──── 有《幽忧子集》
```

■ 名师解读

　　本知识点多考查客观题，主要围绕卢照邻的号及其在文学史上的地位来考查，考生需着重注意。

■ 真题演练

【单选题】

（2019 年·全国）《幽忧子集》的作者是（　　）

A. 王勃　　　　　B. 卢照邻　　　　　C. 杨炯　　　　　D. 骆宾王

【答案与解析】

B。卢照邻,字昇之,号幽忧子。与王勃、杨炯、骆宾王并称为"初唐四杰"。代表作《幽忧子集》。

知识点 2

■《长安古意》☆☆

长安古意(节选)

长安大道连狭斜,青牛白马七香车。玉辇纵横过主第,金鞭络绎向侯家,龙衔宝盖承朝日,凤吐流苏带晚霞。百尺游丝争绕树,一群娇鸟共啼花。游蜂戏蝶千门侧,碧树银台万种色。复道交窗作合欢,双阙连甍垂凤翼。梁家画阁中天起,汉帝金茎云外直。楼前相望不相知,陌上相逢讵相识?借问吹箫向紫烟,曾经学舞度芳年。得成比目何辞死,愿作鸳鸯不羡仙。比目鸳鸯真可羡,双去双来君不见?

……

俱邀侠客芙蓉剑,共宿娼家桃李蹊。娼家日暮紫罗裙,清歌一啭口氛氲。北堂夜夜人如月,南陌朝朝骑似云。南陌北堂连北里,五剧三条控三市。弱柳青槐拂地垂,佳气红尘暗天起。汉代金吾千骑来,翡翠屠苏鹦鹉杯。罗襦宝带为君解,燕歌赵舞为君开。

—————— 重 点 注 解 ——————

比目:指比目鱼,用来比喻**男女相爱**。

补充注解:

(1)"寂寂寥寥扬子居"中,"扬子"指**西汉辞赋家扬雄**。

(2)"年年岁岁一床书"中,"一床书"指以诗书自娱的隐居生活。典出庾信《寒园即目》。

—————— 思 想 内 容 ——————

本诗借用**历史题材**,以**铺陈**的笔法描绘了都城长安生活的形形色色,大胆揭露了当时权贵的**骄奢淫逸及相互倾轧**的真实情形,也流露出诗人自己**怀才不遇**的牢骚和**世事无常**的感慨,有一定的讽喻意义。

—————— 层 次 内 容 ——————

本诗为**七言古诗**,分为四部分:

第一部分,从开头到"娟妇盘龙金屈膝",铺陈长安城街道和建筑的繁华富丽,权豪们骄奢淫逸的享乐生活。

第二部分,从"御史府中乌夜啼"到"燕歌赵舞为君开",集中写王孙公子等各种人物在娼家冶游,纵情酒色。

第三部分,从"别有豪华称将相"到"即今惟见青松在",转写权贵得意骄纵又互相倾轧的情况。

第四部分,最后四句,自比汉代扬雄,隐居著书,并借桂花喻志。

艺术特色

（1）本诗主要采用了**铺陈**笔法,极力铺张渲染都市生活的各种场景,但铺陈中也寄寓了感慨讽刺之意。

（2）本诗在修辞上多次运用了"**顶针格**",回环往复,有一唱三叹之妙,增加了诗歌的艺术感染力。如"**北堂夜夜人如月,南陌朝朝骑似云。南陌北堂连北里,五剧三条控三市**"。

■ 名师解读

本知识点考查频率较低,主要围绕诗中典故和本诗所用的艺术手法来考查,考生对这些知识有所了解即可。

■ 真题演练

【单选题】

1.（2011年·全国）下列《长安古意》诗句中,所含古人为文学家的是（　　）

    A. 梁家画阁中天起   B. 寂寂寥寥扬子居

    C. 意气由来排灌夫   D. 专权判不容萧相

【答案与解析】

B。"寂寂寥寥扬子居"中,"扬子"指西汉辞赋家扬雄。

2.（2014年·全国）下列卢照邻《长安古意》诗句中,运用顶针格的是（　　）

    A. 长安大道连狭斜,青牛白马七香车。玉辇纵横过主第,金鞭络绎向侯家

    B. 昔时金阶白玉堂,即今惟见青松在。寂寂寥寥扬子居,年年岁岁一床书

    C. 北堂夜夜人如月,南陌朝朝骑似云。南陌北堂连北里,五剧三条控三市

    D. 汉代金吾千骑来,翡翠屠苏鹦鹉杯。罗襦宝带为君解,燕歌赵舞为君开

【答案与解析】

C。顶针是指用前一句结尾文字（或结尾之词）作为后一句开头之字（词）,使相邻分句蝉联。C项中"北堂夜"与"夜人如月"、"南陌朝"与"朝骑似云"使用了顶针的修辞手法。

第五节　陈　子　昂

内容提要

《登幽州台歌》为陈子昂所作,本诗通过描写登楼远眺,凭今吊古所引起的无限感慨,抒发了诗人抑郁已久的悲愤之情。

知识点 1

陈子昂及其作品☆

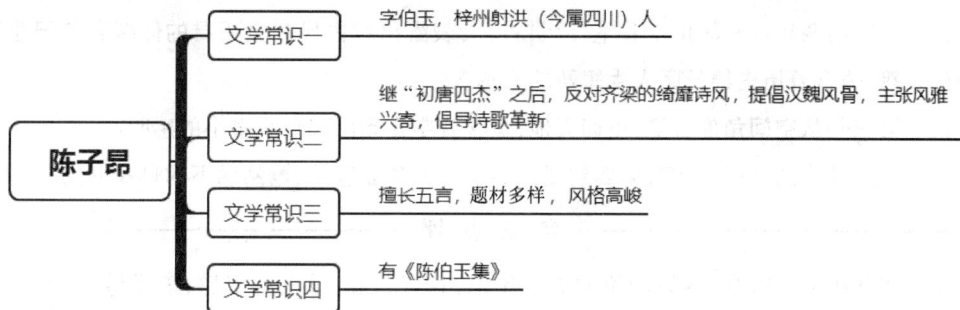

陈子昂

- 文学常识一 —— 字伯玉，梓州射洪（今属四川）人
- 文学常识二 —— 继"初唐四杰"之后，反对齐梁的绮靡诗风，提倡汉魏风骨，主张风雅兴寄，倡导诗歌革新
- 文学常识三 —— 擅长五言，题材多样，风格高峻
- 文学常识四 —— 有《陈伯玉集》

名师解读

本知识点主要考查客观题，多围绕陈子昂的文学主张来考查，如提倡汉魏风骨、主张风雅兴寄等。另外，考生需知道《陈伯玉集》的作者为陈子昂。

真题演练

【单选题】

（2017 年·全国）主张"风雅兴寄"，倡导诗歌革新的诗人是（　　）

A. 张若虚　　　　B. 孟浩然　　　　C. 陈子昂　　　　D. 王维

【答案与解析】

C。陈子昂，字伯玉，梓州射洪（今属四川）人，继"初唐四杰"之后，提倡汉魏风骨，主张风雅兴寄，倡导诗歌革新。有《陈伯玉集》。

知识点 2

《登幽州台歌》☆☆☆

登幽州台歌

前不见古人，后不见来者。

念天地之悠悠，独怆然而涕下！

—— 重 点 注 解 ——

（1）幽州台：又称蓟北楼，故址在今**北京市**郊。

（2）古人：指古代礼贤下士的贤明君主**燕昭王**，他曾采纳郭隗建议，筑台延请天下贤士，终得齐国乐毅，而致富国强兵。

—— 思 想 内 容 ——

本诗抒发了**理想破灭**、**负剑空叹**的郁闷和痛苦，表达了封建社会中正直而有抱负的士人

怀才不遇、遭受压抑的悲愤和孤寂情怀。

───────── 艺 术 特 色 ─────────

从时间和空间角度表达人生感喟：

（1）诗歌前两句从时间角度着笔，纵贯古今，表露出对**古代礼贤明君的仰慕和自己生不逢时的哀怨**，蕴含着**历史绵长而人生短暂**的悲感。

（2）第三句从**空间角度**着笔，俯仰天地，蕴含着**宇宙无限和自我渺小**的感叹。

（3）因天地广阔、岁月无情，第四句便凸显了诗人**独立苍茫、怆然涕下**的自我形象。

───────── 名 家 点 评 ─────────

本诗体现出穷通古今、尽阅沧桑的深刻见识，具有悲壮、雄浑的美感，**李泽厚**在《美的历程》中称此诗表现了**"伟大的孤独感"**。

◼ 名师解读

本知识点考查方式灵活多样。客观题方面，主要考查对诗中典故的掌握；主观题方面，主要考查本诗的艺术特色，即从时间和空间角度表达人生感喟，考生需着重注意。

◼ 真题演练

【单选题】

(2011年·全国)陈子昂《登幽州台歌》首句"前不见古人"，"古人"是指(　　　　)

A. 秦穆公　　　　B. 燕昭王　　　　C. 楚昭王　　　　D. 晋文公

【答案与解析】

B。"前不见古人"中，"古人"指古代礼贤下士的贤明君主燕昭王，他曾采纳郭隗建议，筑台延请天下贤士，终得齐国乐毅，而致富国强兵。

【简答题】

(2018年·全国)简要说明陈子昂《登幽州台歌》从时间和空间角度表达人生感喟的特点。

【答案与解析】

（1）诗歌前两句从时间角度着笔，纵贯古今，表露出对古代礼贤明君的仰慕和自己生不逢时的哀怨，蕴含着历史绵长而人生短暂的悲感。

（2）第三句从空间角度着笔，俯仰天地，蕴含着宇宙无限和自我渺小的感叹。

（3）因天地广阔、岁月无情，第四句便凸显了诗人独立苍茫、怆然涕下的自我形象。

第六节 张若虚

内容提要

　　《春江花月夜》为张若虚所作。本诗沿用陈隋乐府旧题,运用富有生活气息的清丽之笔,以月为主体,以江为场景,描绘了一幅幽美邈远、惝恍迷离的春江月夜图。

知识点 1

■ 张若虚及其作品☆

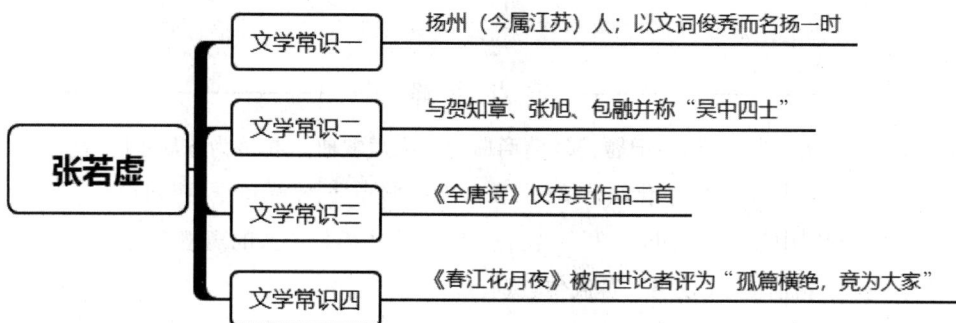

张若虚
- 文学常识一 —— 扬州(今属江苏)人;以文词俊秀而名扬一时
- 文学常识二 —— 与贺知章、张旭、包融并称"吴中四士"
- 文学常识三 —— 《全唐诗》仅存其作品二首
- 文学常识四 —— 《春江花月夜》被后世论者评为"孤篇横绝,竟为大家"

■ 名师解读

　　本知识点多考查客观题,主要围绕张若虚为"吴中四士"之一及《春江花月夜》在文学史上的地位来考查,考生需着重注意。

■ 真题演练

【单选题】

(2019年·全国)下列属于"吴中四士"的是(　　)

A. 张若虚　　　　　B. 王勃　　　　　C. 陈子昂　　　　　D. 李颀

【答案与解析】

A。吴中四士:指张若虚、贺知章、张旭和包融。在初、盛唐之交,四人齐名,他们又都是江浙一带人,这一带在古代也叫吴中,因此人们称他们为"吴中四士"。诗作以张若虚的《春江花月夜》最为著名。

■《春江花月夜》 ☆☆☆

春江花月夜

春江潮水连海平，海上明月共潮生。滟滟随波千万里，何处春江无月明。
江流宛转绕芳甸，月照花林皆似霰。空里流霜不觉飞，汀上白沙看不见。
江天一色无纤尘，皎皎空中孤月轮。江畔何人初见月？江月何年初照人？
人生代代无穷已，江月年年只相似。不知江月照何人，但见长江送流水。
白云一片去悠悠，青枫浦上不胜愁。谁家今夜扁舟子？何处相思明月楼？
可怜楼上月徘徊，应照离人妆镜台。玉户帘中卷不去，捣衣砧上拂还来。
此时相望不相闻，愿逐月华流照君。鸿雁长飞光不度，鱼龙潜跃水成文。
昨夜闲潭梦落花，可怜春半不还家。江水流春去欲尽，江潭落月复西斜。
斜月沉沉藏海雾，碣石潇湘无限路。不知乘月几人归，落月摇情满江树。

――――――――――― 重 点 注 解 ―――――――――――

(1)《春江花月夜》是乐府旧题，属《清商曲辞·吴声歌曲》，相传为**陈后主陈叔宝**所制。

(2)"可怜楼上月徘徊"：化用**曹植**《七哀》"明月照高楼，流光正徘徊"句意。

(3)"玉户帘中卷不去"两句：写月光挥遣不去，实指思妇心头的离愁无法排遣。

(4)鸿雁：指**信使**。《汉书·苏武传》载有鸿雁传书之事。

――――――――――― 思 想 内 容 ―――――――――――

(1) 本诗为七言古诗，描绘了春江花月夜幽美恬静的景色，由此生发出对**宇宙奥秘与人生真谛的思索**，对**游子思妇面对良辰美景却天各一方**的怅惜。

(2) 虽有忧愁感伤情绪，但掩抑不住对青春的珍惜、对生命的依恋、对社会生生不息的欣慰，对夫妻重逢的美好企盼。

――――――――――― 层 次 内 容 ―――――――――――

(1) 从开头到"但见长江送流水"为第一部分，写**明月笼罩下的春江花林景色**，及由此引发的对宇宙奥秘和人生哲理的探索。前八句扣题，渐次描绘春江花月夜优美景色；后八句由江月联想到人生，由写景转入抒情。

(2) 从"白云一片去悠悠"到结束为第二部分，写**面对良辰美景游子思妇的离愁别恨**，着**重表现闺中思妇望月怀人的心理**。最后八句写游子思归之情，并以月亮收结诗题。

(3) **明月的升落过程是贯串全诗的外在线索**。

――――――――――― 艺 术 特 色 ―――――――――――

(1) 本诗基调哀而不伤，诗意委婉隽永，成为反映初盛唐时代之音的千古绝唱。闻一多先生认为《春江花月夜》表现了"夐绝的宇宙意识,一个更深沉更寥廓的境界"。

(2)诗情、画意、哲理交相融汇:

① 本诗作者以"月"为中心,将诗情、画意、哲理融为一体。

② 月亮既是景物描写的主体,又是离情别绪的背景,诗中的各种景物都笼罩在迷人的月色之下,渐次展开优美的画面;而正是这月色,引发、渲染、寓托了游子思妇相思离别之情,也融入了诗人宇宙永恒、生命短促的理性思考。

③ 情、景、理的交汇在诗中构成了空灵蕴藉、幽美邈远的意境。

(3)语言优美清丽,音韵动荡流转:全诗三十六句,四句一换韵,随着韵脚的转换变化,平仄的交错运用,加上多处用顶针和回环手法,音乐节奏感优美而强烈。

■ 名师解读

本知识点考查方式灵活多样。客观题方面,主要围绕诗中典故来考查;主观题方面,则主要围绕诗歌所用的艺术手法、诗歌的层次内容来考查。

■ 真题演练

【单选题】

(2015年·全国)下列张若虚《春江花月夜》诗句中,写思妇怀人的是( )

A. 人生代代无穷已,江月年年只相似

B. 空里流霜不觉飞,汀上白沙看不见

C. 不知江月照何人,但见长江送流水

D. 玉户帘中卷不去,捣衣砧上拂还来

【答案与解析】

D。张若虚《春江花月夜》中玉户两句(玉户帘中卷不去,捣衣砧上拂还来)写月光挥遣不去,实指思妇心头的离愁无法排遣。

【简答题】

(2007年·全国)张若虚《春江花月夜》可分为几个部分?每部分各写了什么内容?

【答案与解析】

张若虚《春江花月夜》可分为两部分:

(1)从开头到"但见长江送流水"为第一部分,写明月笼罩下的春江花林景色,及由此引发的对宇宙奥秘和人生哲理的探索。前八句扣题,渐次描绘春江花月夜优美景色;后八句由江月联想到人生,由写景转入抒情。

(2)从"白云一片去悠悠"到结束为第二部分,写面对良辰美景游子思妇的离愁别恨,着重表现闺中思妇望月怀人的心理。最后八句写游子思归之情,并以月亮收结诗题。

第七节 孟 浩 然

内 容 提 要

《临洞庭湖赠张丞相》为孟浩然所作五言律诗。本诗通过描述面临烟波浩淼的洞庭湖欲渡无舟的感叹及临渊而羡鱼的情怀,曲折地表达了诗人希望张九龄予以援引之意。

知识点 1

孟浩然及其作品

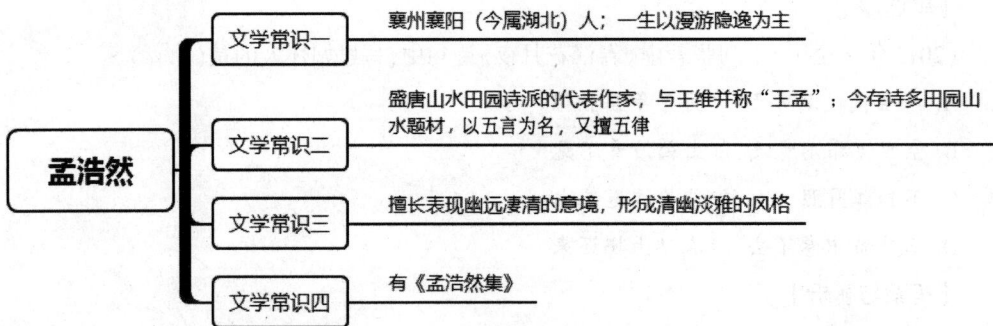

孟浩然
- 文学常识一 —— 襄州襄阳（今属湖北）人；一生以漫游隐逸为主
- 文学常识二 —— 盛唐山水田园诗派的代表作家,与王维并称"王孟"；今存诗多田园山水题材,以五言为名,又擅五律
- 文学常识三 —— 擅长表现幽远凄清的意境,形成清幽淡雅的风格
- 文学常识四 —— 有《孟浩然集》

名师解读

本知识点未在历年真题中考查过,关于孟浩然,考生需对其作品集名称、诗歌流派等有所了解即可。

牛刀小试

【单选题】

与盛唐山水田园诗派代表作家孟浩然齐名的是(　　　)

A. 韩愈　　　　　B. 杜牧　　　　　C. 李贺　　　　　D. 王维

【答案与解析】

D。孟浩然,一生以漫游隐逸为主,为盛唐山水田园诗派代表作家,与王维并称"王孟"。有《孟浩然集》。

知识点2

《临洞庭湖赠张丞相》 ☆☆

临洞庭湖赠张丞相

八月湖水平,涵虚混太清。气蒸云梦泽,波撼岳阳城。

欲济无舟楫,端居耻圣明。坐观垂钓者,徒有羡鱼情。

────── **重 点 注 解** ──────

(1)诗题一作《望洞庭湖赠张丞相》,或作《临洞庭湖》。张丞相:**指张九龄**。

(2)岳阳城:在洞庭湖东岸,即今**湖南岳阳**。

(3)羡鱼:暗用**《淮南子·说林训》**中"临河而羡鱼,不若归家织网"之意,说自己徒有从政的愿望,却得不到当权者的援引。

────── **思 想 内 容** ──────

本诗以望洞庭湖托意,表达了诗人积极用世的愿望和希冀得到当朝执政者援引的心曲。虽为干谒诗,但措辞不卑不亢,委婉含蓄,不落俗套。

────── **层 次 内 容** ──────

(1)首联直叙八月的洞庭湖水天一色。

(2)颔联描写洞庭湖气势蒸腾、骇浪滔天的雄伟景象,此为描写洞庭湖的千古名句。

(3)**颈联语意双关**,表面仍写洞庭湖,深层意思则表达了自己希望出仕而无门路。

(4)尾联是诗的**主旨所在**,虽"垂钓"与"湖水"照应,但实为用典,表达了希望张九龄援引的迫切心愿。

────── **艺 术 特 色** ──────

本诗望人援引,巧用**比兴手法**,暗蕴旨意:

(1)前四句咏**洞庭湖蒸腾激荡**的景象,意在言外,可视为诗人**政治怀抱和进取心态**的写照。

(2)后四句就眼前洞庭湖水顺势作喻,翻用典故,不露干乞之痕。

名师解读

本知识点考查方式灵活多样。客观题方面,主要考查文中所用典故、特指人称,如"羡鱼"典故等;主观题方面,主要围绕诗中艺术手法来考查。

真题演练

【单选题】

1.(2014年·全国)孟浩然《临洞庭湖赠张丞相》中"徒有羡鱼情"典故出自(　　　)

　　A.《左传》　　　B.《老子》　　　C.《淮南子》　　　D.《庄子》

【答案与解析】

C。"坐观垂钓者,徒有羡鱼情"中,"羡鱼"暗用《淮南子·说林训》中"临河而羡鱼,不若归家织网"之意,表现自己徒有从政的愿望,却得不到当权者的援引。

2.（2015 年·全国）孟浩然《临洞庭湖赠张丞相》中的"张丞相"是指(　　　)

A. 张九龄　　　　B. 张守珪　　　　C. 张若虚　　　　D. 张九皋

【答案与解析】

A。诗题一作《望洞庭湖赠张丞相》,或作《临洞庭湖》。张丞相:指张九龄,唐玄宗开元年间曾任丞相。

【简答题】

（2019 年·全国）简述孟浩然《临洞庭湖赠张丞相》的艺术特色。

【答案与解析】

此诗望人援引,巧用比兴手法暗蕴旨意;前四句咏洞庭湖蒸腾激荡的景象,意在言外,是诗人政治抱负和进取心态的写照;后四句就眼前洞庭湖水顺势作比喻,翻用典故,不露干乞之痕。

第八节　王　　维

内容提要

本节共选三首王维诗。《观猎》为王维前期所作边塞诗,是一首描写狩猎活动的五言律诗;《渭川田家》为田园诗,描绘了一幅恬然自乐的田家暮归图;《竹里馆》则是诗人晚年所作的一首五绝,描绘了诗人月下独坐、弹琴长啸的悠闲生活。

知识点 1

王维及其作品☆

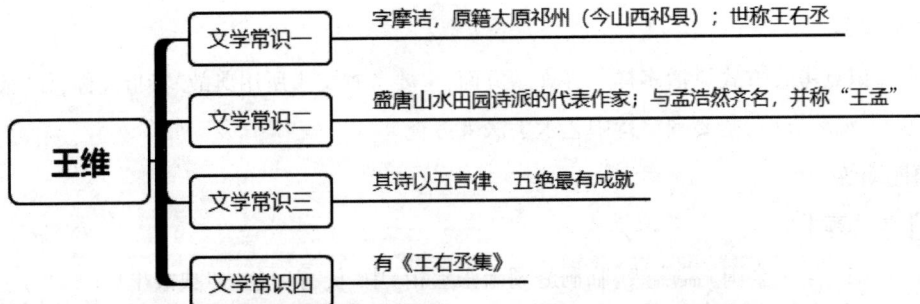

```
                    ┌─ 文学常识一 ── 字摩诘,原籍太原祁州（今山西祁县）;世称王右丞
                    │
                    ├─ 文学常识二 ── 盛唐山水田园诗派的代表作家;与孟浩然齐名,并称"王孟"
         王维 ──────┤
                    ├─ 文学常识三 ── 其诗以五言律、五绝最有成就
                    │
                    └─ 文学常识四 ── 有《王右丞集》
```

■ **名师解读**

本知识点主要考查客观题,考生需要着重注意王维的诗歌派别及其在文学史上的地位,即"山水田园诗派"代表作家。

■ **真题演练**

【多选题】

(2017 年·全国)下列属于盛唐田园诗派的诗人有(　　　　)

A. 王维　　　　B. 孟浩然　　　　C. 杜甫　　　　D. 高适　　　　E. 岑参

【答案与解析】

AB。王维、孟浩然是盛唐山水田园诗派的代表作家,并称"王孟"。杜甫为现实主义文学诗派,高适、岑参为边塞诗派代表诗人。

知识点 2

■ **《观猎》** ☆☆

观　猎

风劲角弓鸣,将军猎渭城。草枯鹰眼疾,雪尽马蹄轻。

忽过新丰市,还归细柳营。回看射雕处,千里暮云平。

—————— 重 点 注 解 ——————

(1)新丰市:指的是秦朝的郦县,在长安东北(今陕西西安临潼东)。

(2)细柳营:为汉代名将周亚夫屯军的地方,在长安西北(今陕西西安长安区)。

(3)射雕:古时将神箭手称为射雕手。**北齐斛律光**狩猎时曾射落一只大雕,人们称赞他"此射雕手也"。

—————— 思 想 内 容 ——————

本诗为**边塞诗**、**五言律诗**,塑造了一位**英武豪迈**、**气度非凡**的将军形象,反映了王维早年向往**立功边塞**,**积极进取**的精神面貌。

—————— 层 次 内 容 ——————

(1)首联点题,用"**倒戟法**",以突出听觉感受。

(2)颔联描写**打猎场面**,笔墨集中于"**鹰眼**"和"**马蹄**",着意描写鹰目光的锐利、反应的迅速,马驰之迅疾,马步之轻盈。

(3)颈联上句承"马蹄轻"而来,在两个动词"忽过""还归"的对举中,既展示了打猎地点的迅速转移,也突现了出猎者心情的轻快。

(4)尾联以回顾之笔遥应篇首,以境界开阔的景语作结。

──────── **艺术特色** ────────

本诗以"猎"字关涉全篇,巧于构思,精于笔墨:

(1) 前半写出猎,后半写猎归,从狩猎这个角度来刻画将军的风采,别具一格。

(2) 诗中只用"角弓鸣""鹰眼疾""马蹄轻""忽过"几笔点染,英武豪迈、气度非凡的将军形象就呼之欲出。

(3) 诗中用**"细柳营""射雕"**两个典故,都是对出猎将军的**赞美**,使将军的形象更加丰满。

▣ **名师解读**

本知识点主要考查客观题。本诗的考查,主要集中在诗中所用到的几个典故上,如"细柳营""射雕"等,需着重注意。此外,本诗的层次内容,即各联的具体内涵,也曾有所考查,需有所了解。

▣ **真题演练**

【单选题】

(2016年·全国)王维《观猎》"忽过新丰市,还归细柳营",与"细柳营"相关的历史人物是(　　)

A. 周勃　　　　　B. 周亚夫　　　　　C. 李广　　　　　D. 项羽

【答案与解析】

B。"忽过新丰市,还归细柳营"中,"新丰市"指的是秦朝的郦县,在长安东北(今陕西西安临潼东);"细柳营"为汉代名将周亚夫屯军的地方,在长安西北(今陕西西安长安区)。

📢 **知识点 3**

▣ **《渭川田家》** ☆☆

渭 川 田 家

斜光照墟落,穷巷牛羊归。野老念牧童,倚杖候荆扉。

雉雊麦苗秀,蚕眠桑叶稀。田夫荷锄至,相见语依依。

即此羡闲逸,怅然吟式微。

──────── **重点注解** ────────

(1) 穷巷:指的是**偏僻的里巷**。

(2) 式微:语出《诗经·邶风·式微》:"式微式微,胡不归。"这里是借以表达**想归隐**的心情。

──────── **思想内容** ────────

本诗为**田园诗、五言古诗**,描绘了一幅**田家耕牧晚归**的生活情景,表现了诗人对归隐田园的向往,也间接流露了对仕宦生涯的厌倦。

— 层 次 内 容 —

(1) 前八句写景,一至四句主要写村庄内的情景,五至八句主要写村外田野的景色。

(2) 末尾两句(**即此羡闲逸,怅然吟式微**)以**直接抒情**揭明题旨。

— 艺 术 特 色 —

(1) 本诗对田园生活的展示,**纯用白描**,毫不雕琢,风格自然清新。诗中的人物和景物融于和谐的画面中,诗人不仅勾勒出田园的美好风光,也表现了田家人情的真挚和淳朴,具有愉悦性情的审美作用。

(2) "**归**"字乃全篇眼目,诗人依次写牛羊之归、牧童之归、田夫之归,来**反衬**自身渴望归隐田园的心情。

■ 名师解读

本知识点的考查频率较低,考生对本诗所用典故和诗歌体裁有所了解即可。

■ 真题演练

【单选题】

1.(2009 年·全国)下列王维作品中,属于五言古体诗的是(　　)

　　A.《渭川田家》　　　B.《终南山》　　　C.《山居秋暝》　　　D.《观猎》

【答案与解析】

A。《渭川田家》是一首田园诗、五言古诗,描绘了一幅田家耕牧晚归的生活情景。《终南山》《山居秋暝》与《观猎》皆为五言律诗。

2.(2015 年·全国)王维《渭川田家》中"怅然吟式微"所用典故出自(　　)

　　A.《诗经》　　　B.《楚辞》　　　C.《庄子》　　　D.《淮南子》

【答案与解析】

A。"即此羡闲逸,怅然吟式微"中,"式微"语出《诗经·邶风·式微》:"式微式微,胡不归。"这里是借以表达想归隐的心情。

知识点 4

■《竹里馆》☆☆☆

竹 里 馆

独坐幽篁里,弹琴复长啸。

深林人不知,明月来相照。

— 重 点 注 解 —

竹里馆:王维隐居处**辋川**(**在今陕西蓝田**)别业中二十处景点之一。诗人把描写辋川各处景色的五绝二十首编成《辋川集》，本诗为其中第十七首。

──────── 思 想 内 容 ────────

本诗为**五言绝句**，描绘了一个**清幽绝俗**、**空明澄净**的境界，以此衬托诗人超尘脱俗、宁静恬淡的心境。

──────── 艺 术 特 色 ────────

（1）本诗诗思细密，**语言精练**：

① 写景色只取"**幽篁**""**深林**""**明月**"三个意象，但很生动地展现了自然界的幽美静谧。

② 写自己则选择了"**独坐**""**弹琴**""**长啸**"三个动作，表达了诗人**忘却世情**、**陶然自乐**的身心。

③ 诗中诗人与天地精神独往来，人与自然融为一体。

（2）本诗短小，但饶有趣味：

① 诗中明月照射幽篁和深林，具有明幽相映的特点；

② 诗人独坐幽篁弹琴、长啸，又有静动相衬的特点。

③ 读来诗意醇厚，令人回味。

名师解读

本知识点考查方式灵活多样。客观题方面，考生需着重注意本诗的诗歌体裁，即五言绝句；主观题方面，需注意本诗的艺术特色，尤其是"语言精练"这一点。

真题演练

【单选题】

（2014年·全国）下列各篇中，属于五言绝句的是（　　　）

A.《临洞庭湖赠张丞相》　　　　　　B.《观猎》

C.《竹里馆》　　　　　　　　　　　　D.《渭川田家》

【答案与解析】

C。《竹里馆》属于五言绝句，描绘了一个清幽绝俗、空明澄净的境界，以此衬托诗人超尘脱俗、宁静恬淡的心境。《临洞庭湖赠张丞相》与《观猎》为五言律诗，《渭川田家》为五言古诗。

【简答题】

（2017年·全国）王维《竹里馆》中"幽篁""深林""明月"三个意象表现了什么？"独坐""弹琴""长啸"三个动作又表达了什么？从中可以领悟到什么？

【答案与解析】

（1）"幽篁""深林""明月"三个意象表现了自然界的幽美静谧。

（2）"独坐""弹琴""长啸"三个动作表达了诗人忘却世情、陶然自乐的身心。

（3）从中可以领悟到诗人与天地精神独往来，人与自然融为一体。

第九节　李　颀

内容提要

> 本诗为李颀写给友人陈章甫的赠别之作,诗人以豁达的情怀,描述了友人的性格和遭遇,表达了诗人对友人的情谊。

知识点 1

李颀及其作品

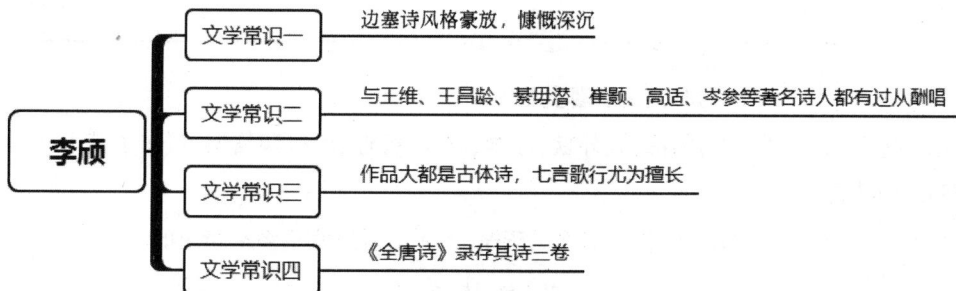

```
          ┌── 文学常识一 ── 边塞诗风格豪放,慷慨深沉
          │
          ├── 文学常识二 ── 与王维、王昌龄、綦毋潜、崔颢、高适、岑参等等著名诗人都有过从酬唱
   李颀 ──┤
          ├── 文学常识三 ── 作品大都是古体诗,七言歌行尤为擅长
          │
          └── 文学常识四 ── 《全唐诗》录存其诗三卷
```

名师解读

本知识点未在历年真题中考查过,考生对李颀的相关信息有所了解即可。

牛刀小试

【单选题】

李颀的作品大都是古体诗,擅长(　　　)

A. 五言绝句　　　　B. 七言绝句　　　　C. 五言歌行　　　　D. 七言歌行

【答案与解析】

D。李颀作品大都是古体诗,七言歌行尤为擅长。其边塞诗风格豪放,慷慨深沉。

知识点 2

《送陈章甫》

送 陈 章 甫

四月南风大麦黄,枣花未落桐阴长。青山朝别暮还见,嘶马出门思旧乡。

陈侯立身何坦荡，虬须虎眉仍大颡。腹中贮书一万卷，不肯低头在草莽。

东门酤酒饮我曹，心轻万事皆鸿毛。醉卧不知白日暮，有时空望孤云高。

长河浪头连天黑，津口停舟渡不得。郑国游人未及家，洛阳行子空叹息。

闻道故林相识多，罢官昨日今如何？

─────── 重 点 注 解 ───────

(1) 陈章甫：高适《同观陈十六史兴碑序》中称他是个"才杰"。

(2) 郑国游人：指陈章甫。

(3) "洛阳行子"：指作者自己。

─────── 思 想 内 容 ───────

本诗为**送别诗**，但李颀的送别诗往往不以抒发别情为主，而以**描述人物**著称。在本诗中，作者通过表现自己对陈章甫不幸遭遇的同情和对其人格的钦佩，刻画了一个**立身坦荡、富有才学但仕途坎坷的不羁之士**的形象。

─────── 层 次 内 容 ───────

(1) 首四句点明送行的时间为**春暮夏初**时节。

(2) 接着八句写陈章甫的**品德、外貌、才学、志节、行迹、胸襟和格调**，写出了其人的精神气质和形貌特征。

(3) 末六句照应送别诗题，设想**旅途的艰辛**，表示对陈罢官返乡后境况的关切。

─────── 艺 术 特 色 ───────

(1) **笔调轻松，风格豪爽**：行者是"郑国游人"，送者是"洛阳行子"，同是天涯沦落人，但作者不为失意作苦语。

(2) 诗末**设想旅途的艰辛**，也蕴含着人生旅途的险恶，**语义双关**，诗意隽永。

📖 **名师解读**

本知识点未在历年真题中考查过，考生对本诗的基本知识点，如思想内容、艺术特色等有所了解即可。

📖 **牛刀小试**

【单选题】

《送陈章甫》这首送别诗的主要内容是(   )

A. 抒发别情 　　B. 描写景物 　　C. 描写人物 　　D. 渲染气氛

【答案与解析】

C。《送陈章甫》是一首送别诗，但李颀的送别诗往往不以抒发别情为主，而以描写人物著称。

第十节　王　昌　龄

内容提要

王昌龄为边塞诗派代表作家,本节所选两首边塞诗,《从军行》(青海长云暗雪山)描写了西北边陲的寥廓景象,风格雄浑磅礴、瑰丽壮美;《出塞》(秦时明月汉时关)则对当时的边塞战争生活作了高度的艺术概括,既激动人心,又耐人寻味。

知识点 1

■ **王昌龄及其作品**☆

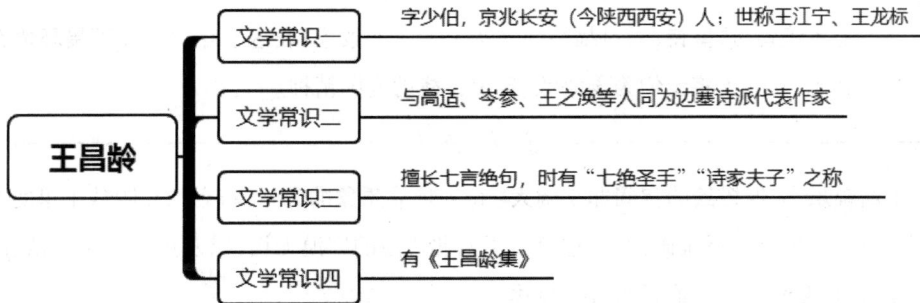

```
              ┌─ 文学常识一 ── 字少伯,京兆长安(今陕西西安)人;世称王江宁、王龙标
              │
              ├─ 文学常识二 ── 与高适、岑参、王之涣等人同为边塞诗派代表作家
   王昌龄 ────┤
              ├─ 文学常识三 ── 擅长七言绝句,时有"七绝圣手""诗家夫子"之称
              │
              └─ 文学常识四 ── 有《王昌龄集》
```

■ **名师解读**

本知识点侧重考查客观题。对于王昌龄,考生需知道他为边塞诗派代表诗人。除此之外,对于王昌龄的几种称号,如"王江宁""七绝圣手"等需着重了解。

■ **真题演练**

【单选题】

(2006 年·全国)被称为"诗家夫子王江宁"的盛唐诗人是(　　　)

A. 王维　　　　　B. 王翰　　　　　C. 王昌龄　　　　　D. 王之涣

【答案与解析】

C。王昌龄,字少伯,京兆长安(今陕西西安)人;世称王江宁、王龙标;擅长七言绝句,时有"七绝圣手""诗家夫子"之称。

知识点 2

■《从军行》（青海长云暗雪山）☆☆

从 军 行

青海长云暗雪山,孤城遥望玉门关。

黄沙百战穿金甲,不斩楼兰终不还。

———— 重 点 注 解 ————

（1）青海：指**青海湖**。

（2）"雪山"：指**甘肃境内的祁连山**。

（3）"玉门关"：故址在今**甘肃**。

（4）楼兰：故址在今**新疆鄯善东南一带**。

———— 思 想 内 容 ————

本诗为**七言绝句**、**边塞诗**,通过描写西北边陲的寥廓景象,表达了守边将士**不畏环境荒凉艰苦**的豪情壮志,歌颂了**将士们为国杀敌**、**英勇善战**的爱国精神。

———— 艺 术 特 色 ————

（1）篇幅虽小,但**描绘的空间非常阔大**:诗人依靠**想象**的力量,将东西相距数千里的青海与玉门关有机地整合在一幅画面中,这显示了西北边陲的广漠无垠,以及边塞将士生活、战斗环境的艰苦,诗歌意境也因而显得**壮阔雄浑**。

（2）**用语注意色彩调配**:"青海""雪山"色彩暗淡,"黄沙""金甲"色彩浓重,两者交相映衬,写出边塞的空旷、寂寥、荒寒,造成强烈的视觉效果。

■ 名师解读

本知识点主要考查主观题。考生需着重掌握本诗的思想内容。另外,对于诗中所提到的一些地点名称,如"玉门关""雪山"等,需有所了解。

■ 真题演练

【简答题】

（2014 年·全国）从王昌龄《从军行》"黄沙百战穿金甲,不斩楼兰终不还"两句,简析此诗主旨的丰富含义。

【答案与解析】

（1）黄沙万里,频繁的战斗虽然磨穿了守边将士身上的铠甲,但他们壮志不灭,不破敌国,誓不还乡。

（2）既表达了守边将士的豪情壮志,歌颂了他们为国杀敌的爱国精神,也表达了归期无日的久戍之苦。

知识点3

■《出塞》(秦时明月汉时关) ☆☆

出 塞

秦时明月汉时关,万里长征人未还。

但使龙城飞将在,不教胡马度阴山。

—————————— 重 点 注 解 ——————————

(1)乐府旧题《出塞》,传统写法都是**歌咏征戍**之事。

(2)"秦时明月汉时关":秦月、汉关是**互文见义**,即秦汉时的明月照临秦汉时的关塞。

(3)龙城飞将:指西汉武帝时名将**李广**,匈奴称他为"汉之飞将军";龙城就是卢龙,为北平郡治所,今**河北秦皇岛市抚宁区**。

—————————— 思 想 内 容 ——————————

(1)本诗描写**雄伟的关塞、辉煌的征戍历史**,同时也表达了诗人对戍卒的同情、对英才良将的企盼和抗敌卫国的豪情。

(2)明人**李攀龙**赞许其为唐人**七绝的压卷之作**。

—————————— 层 次 内 容 ——————————

(1)前两句从**写景**入手,明月和关隘,本是边塞的典型景象,而冠以"**秦**""**汉**"二字,互文见义,就穿越千年、概括古今,揭示了**世代边境不宁、士卒万里戍边**的历史事实。

(2)后两句由"人未还"生发出诗人情怀,以怀念李广暗示**朝廷用人不当**,强烈希望有英才良将克敌制胜,卫国安边,故写景和抒情都指向了诗人的**现实感慨**。

—————————— 艺 术 特 色 ——————————

用语精练,概括力强,短短二十八字,包含多层诗意:

(1)开头的**互文见义**使诗意的表达**更加凝练**。

(2)择取关塞的典型镜头,涵盖了过去与现在的边塞场景,沟通了**荒凉景物与思乡情怀**的联系。

(3)运用"但使……不教"的呼应句式,使讽刺隐微委婉,充分体现了王昌龄**七绝内蕴丰富、饶有余味**的特色。

■ **名师解读**

本知识点主要考查客观题。考生需着重掌握诗歌重点字词句的注解,如"飞将""龙城"等。除此之外,对于本文的艺术手法如互文见义等,也要有所了解。

◼ **真题演练**

【单选题】

1. (2015 年·全国)下列诗句中,运用互文见义手法的是(　　)

    A. 青海长云暗雪山　　　　　　　　B. 秦时明月汉时关

    C. 孤城遥望玉门关　　　　　　　　D. 不斩楼兰终不还

【答案与解析】

B。"秦时明月汉时关":秦月、汉关是互文见义,即秦汉时的明月照临秦汉时的关塞。

2. (2017 年·全国)"但使龙城飞将在"的"飞将"指的是(　　)

    A. 李广　　　　　　B. 李陵　　　　　　C. 李蔡　　　　　　D. 李广利

【答案与解析】

A。"但使龙城飞将在"中,"龙城飞将"指西汉武帝时名将李广,匈奴称他"汉之飞将军"。

第十一节　李　白

内 容 提 要

本节共选五首李白诗。《蜀道难》再现了蜀道峥嵘、突兀、强悍、崎岖等奇丽惊险和不可凌越的磅礴气势;《古风》(西上莲花山)反映了诗人身在山林而心系国家和耽于游仙而又不能忘怀现实的思想矛盾;《梦游天姥吟留别》抒发了诗人对光明、自由的渴求,对黑暗现实的不满;《宣州谢朓楼饯别校书叔云》抒发了诗人自己怀才不遇的激烈愤懑;《将进酒》则抒发了诗人忧愤深广的人生感慨。

知识点 1

◼ **李白及其作品**

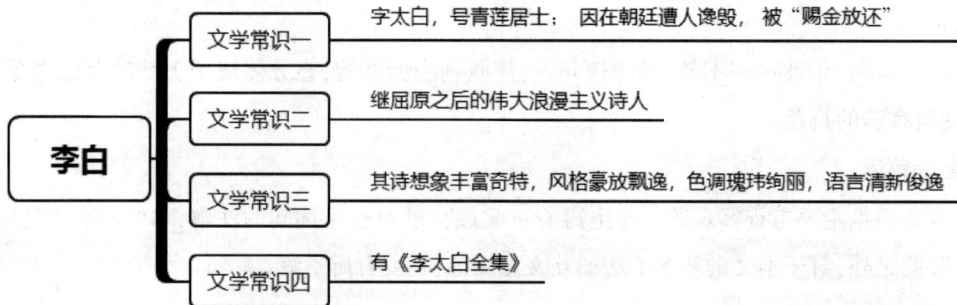

李白

- 文学常识一 —— 字太白,号青莲居士;因在朝廷遭人谗毁,被"赐金放还"
- 文学常识二 —— 继屈原之后的伟大浪漫主义诗人
- 文学常识三 —— 其诗想象丰富奇特,风格豪放飘逸,色调瑰玮绚丽,语言清新俊逸
- 文学常识四 —— 有《李太白全集》

名师解读

本知识点未在历年真题中考查过,考生对李白的相关知识有所了解即可。

牛刀小试

【单选题】

继屈原之后的伟大浪漫主义诗人是(　　)

A. 骆宾王　　　　B. 王勃　　　　C. 李白　　　　D. 王维

【答案与解析】

C。李白,字太白,号青莲居士,是继屈原之后的伟大浪漫主义诗人。有《李太白全集》。

知识点 2

《蜀道难》☆☆☆

蜀 道 难

噫吁嚱,危乎高哉! 蜀道之难,难于上青天! 蚕丛及鱼凫,开国何茫然! 尔来四万八千岁,不与秦塞通人烟。西当太白有鸟道,可以横绝峨眉巅。地崩山摧壮士死,然后天梯石栈相钩连。上有六龙回日之高标,下有冲波逆折之回川。黄鹤之飞尚不得过,猿猱欲度愁攀援。青泥何盘盘,百步九折萦岩峦。扪参历井仰胁息,以手抚膺坐长叹。问君西游何时还? 畏途巉岩不可攀。但见悲鸟号古木,雄飞雌从绕林间。又闻子规啼夜月,愁空山。蜀道之难,难于上青天! 使人听此凋朱颜。连峰去天不盈尺,枯松倒挂倚绝壁。飞湍瀑流争喧豗,砯崖转石万壑雷。其险也如此,嗟尔远道之人胡为乎来哉! 剑阁峥嵘而崔嵬,一夫当关,万夫莫开。所守或匪亲,化为狼与豺。朝避猛虎,夕避长蛇,磨牙吮血,杀人如麻。锦城虽云乐,不如早还家。蜀道之难,难于上青天! 侧身西望长咨嗟!

———— 重 点 注 解 ————

(1)《蜀道难》是乐府古题,属《相和歌·瑟调曲》。此诗最早见于唐人殷璠《河岳英灵集》。

(2) 坐:是因的意思。

(3) 锦城:指的是今四川成都。

———— 思 想 内 容 ————

本诗为七言歌行,袭用乐府古题,按传统题材加以发挥,展开丰富想象,描写蜀道艰险,同时也流露出作者对唐王朝社会政治前景的关切和忧虑。

———— 层 次 内 容 ————

(1) 本诗分为三部分:

① 从"蚕丛及鱼凫"到"然后天梯石栈相钩连"为第一部分,写蜀道开辟之艰难。

② 从"上有六龙回日之高标"到"嗟尔远道之人胡为乎来哉"为第二部分,写**蜀道跋涉攀登之艰难**。

③ 从"剑阁峥嵘而崔嵬"到"不如早还家"为第三部分,写蜀地的险要和环境的险恶,也即**居留之艰难**。

(2)"蜀道之难,难于上青天"的作用:

① 为**绾连**三个部分的**线索**,使全诗一气贯通。

② 在诗中**三次重复**,奠定了全诗雄放的基调。

——————————— 艺 术 特 色 ———————————

(1) 鲜明的浪漫主义风格:

① 诗人先依靠**丰富奇特的想象**来形容蜀道的奇险无比,令人叹为观止;

② 诗人再运用**极度夸张**的笔法,写出蜀道山水的非凡气势;

③ 最后加上诡丽的**神话传说**,为蜀道涂抹上**苍凉迷离**的色彩。

三个方面相辅相成,融为一体,做到了以**超现实**的形象表现诗人的现实情感。

(2) 句式特点:以**七言**为主,又掺杂四言、五言、六言、八言等句式,长短参差,灵活多变。

(3) 语言特点:**有意打破匀称**,**多散漫舒展**,但间或运用对偶,多用虚词,不避重复,具有爆发力和动荡美。

📖 **名师解读**

本知识点考查方式灵活多样。客观题方面,主要考查考生对诗歌内容的掌握,如名句"一夫当关,万夫莫开"等;主观题方面,考生需着重掌握诗歌的层次内容以及浪漫主义风格的具体内涵。

📖 **真题演练**

【单选题】

(2016 年·全国)"一夫当关,万夫莫开"出自(　　　)

A. 李白诗　　　　B. 杜甫诗　　　　C. 王昌龄诗　　　　D. 高适诗

【答案与解析】

A。"一夫当关,万夫莫开",出自唐朝李白的《蜀道难》。

【简答题】

(2014 年·全国)李白《蜀道难》是怎样以超现实的形象体现浪漫主义风格的?

【答案与解析】

《蜀道难》具有鲜明的浪漫主义风格:

(1) 诗人先依靠丰富奇特的想象来形容蜀道的奇险无比,令人叹为观止。

(2) 诗人再运用极度夸张的笔法,写出蜀道山水的非凡气势。

(3) 最后诡丽的神话传说,为蜀道涂抹上苍凉迷离的色彩。

（4）三方面相辅相成,融为一体,做到了以超现实的形象表现诗人的现实情感。

知识点 3

■《古风》（西上莲花山）☆☆

古　风

西上莲花山,迢迢见明星。素手把芙蓉,虚步蹑太清。

霓裳曳广带,飘拂升天行。邀我登云台,高揖卫叔卿。

恍恍与之去,驾鸿凌紫冥。俯视洛阳川,茫茫走胡兵。

流血涂野草,豺狼尽冠缨。

—————————— 重 点 注 解 ——————————

（1）《古风》:即**古体诗**,名为"古风",有**继承**《诗经》"国风"传统之意。共五十九首,本诗为第十九首,作于安禄山军占据洛阳时。

（2）胡兵:指**安禄山的叛军**。

（3）"豺狼尽冠缨":指安禄山攻破洛阳,大封官职。"豺狼"指**跟随安禄山叛乱以及唐朝投降的官员**。

—————————— 思 想 内 容 ——————————

本诗为游仙题材的**五言古体诗**,约作于**安禄山攻破洛阳以后**,反映出洛阳一带安史之乱以后人民的苦难生活,表现了**独善其身与兼济天下的思想矛盾和忧国忧民的思想感情**。

—————————— 层 次 内 容 ——————————

本诗分为三部分:

（1）第一部分从"西上莲花山"到"飘拂升天行",写诗人想象登上莲花峰与神女相逢,意在描写美妙洁净的仙境,代表了诗人**出世的理想**。

（2）第二部分从"邀我至云台"到"驾鸿凌紫冥",写诗人与仙人卫叔卿同游紫冥,暗用卫叔卿的故事比喻自己的经历,从结构上是**仙境到人间的过渡**。

（3）第三部分从"俯视洛阳川"到"豺狼尽冠缨",写诗人俯视天下看到了人间战乱的惨象,反映现实的血腥污秽。前后对照,既表现了**出世和入世的矛盾**,也表现了诗人**对理想的追求和对现实的反抗**。

—————————— 艺 术 特 色 ——————————

浪漫主义的创作特色:本诗运用**想象的表现手法**自天上俯视人间,从大处着笔,从**宏观的角度**描绘安史之乱给国家和百姓带来的灾难。

■ **名师解读**

本知识点考查方式灵活多样。考生需着重记忆本诗的题材。另外,对于诗歌的层次内容也要有所了解。

■ **真题演练**

【单选题】

(2014年·全国)李白《古风》(西上莲花山)从题材而言属于(　　　)

A.怀古　　　　　B.咏史　　　　　C.游仙　　　　　D.闺情

【答案与解析】

C。《古风》是一首游仙题材的五言古体诗,约作于安禄山攻破洛阳以后。

知识点 4

■ **《梦游天姥吟留别》** ☆☆

梦游天姥吟留别

海客谈瀛洲,烟涛微茫信难求。越人语天姥,云霓明灭或可睹。天姥连天向天横,势拔五岳掩赤城。天台四万八千丈,对此欲倒东南倾。我欲因之梦吴越,一夜飞度镜湖月。湖月照我影,送我至剡溪。谢公宿处今尚在,渌水荡漾清猿啼。脚著谢公屐,身登青云梯。半壁见海日,空中闻天鸡。千岩万转路不定,迷花倚石忽已暝。熊咆龙吟殷岩泉,栗深林兮惊层巅。云青青兮欲雨,水澹澹兮生烟。列缺霹雳,丘峦崩摧。洞天石扇,訇然中开。青冥浩荡不见底,日月照耀金银台。霓为衣兮风为马,云之君兮纷纷而来下。虎鼓瑟兮鸾回车,仙之人兮列如麻。忽魂悸以魄动,恍惊起而长嗟。惟觉时之枕席,失向来之烟霞。世间行乐亦如此,古来万事东流水。别君去兮何时还?且放白鹿青崖间,须行即骑访名山。安能摧眉折腰事权贵,使我不得开心颜!

—————————— **重 点 注 解** ——————————

(1) 天姥:山名,在今**浙江嵊州东**;吟:**歌行体**的一种。

(2) 天台:为山名,在今**浙江天台北**。

(3) 谢公:指的是**南朝谢灵运**。

—————————— **思 想 内 容** ——————————

本诗重点写游览**梦中仙境**,抒发对**理想境界**的热烈向往,表现作者**鄙弃尘俗**、**渴求自由**的思想,从中也可看出,李白在政治上遭受打击后仍保持了**蔑视权贵**、**豪放不羁**的个性。

—————————— **层 次 内 容** ——————————

第一部分,从开头至"对此欲倒东南倾",交代了**入梦缘由**,初写天姥山的雄奇壮观。

第二部分,从"我欲因之梦吴越"至"仙之人兮列如麻",是**梦中所历**,展现梦游时所见天姥山奇景,种种瑰丽变幻,令人骇目惊心。

第三部分,从"忽魂悸以魄动"至结束,是因梦生意,写**梦醒后回到现实**,自己的无奈和抗争。

————— 艺 术 特 色 —————

(1)浪漫主义风格:本诗展现了绮丽恍惚、缤纷多彩的艺术境界:

首先得之于**诗人非凡的想象**。诗人在**梦中升天乘云,想落天外**,这种超现实的虚拟境界,其中积淀了他长期漫游名山大川的经历,中国古代美丽的神话传说,以及屈原楚辞作品的意境,这些都是诗人丰富想象的素材。

其次得之于大胆的夸张,对**天姥山的雄伟气势、对登山之路的异常奇险、对众仙聚会的热烈场面**的描写,都因诗人的夸张笔法而呈现出新奇之感。诗歌充满着浪漫主义的绚丽情调。

(2)句式特点:主要是**七言**,兼用四、五、六、九言,还参用了《楚辞》句法,参差多变。

名师解读

本知识点考查方式灵活多样。客观题方面,主要考查考生对诗歌内容的掌握;主观题方面,则需要考生着重记忆本诗的层次内容和浪漫主义风格的具体体现。

真题演练

【多选题】

(2010年·全国)下列诗句中,写梦游天姥情景的有(　　　)

A. 势拔五岳掩赤城　　　　　　B. 千岩万转路不定

C. 迷花倚石忽已暝　　　　　　D. 日月照耀金银台

E. 须行即骑访名山

【答案与解析】

BCD。《梦游天姥吟留别》分为三部分,其中从"我欲因之梦吴越"至"仙之人兮列如麻"为第二部分,是梦中所历,展现梦游时所见天姥山奇景,结合原文可知,本题应选BCD。A项是越地人谈论天姥山的样子,并非作者梦游天姥的情景。E项为梦醒回到现实后作者的感慨。

知识点5

《宣州谢朓楼饯别校书叔云》☆☆

宣州谢朓楼饯别校书叔云

弃我去者,昨日之日不可留;乱我心者,今日之日多烦忧。长风万里送秋雁,对此可以酣高楼。蓬莱文章建安骨,中间小谢又清发。俱怀逸兴壮思飞,欲上青天览明月。抽刀断水水更流,举杯销愁愁更愁。人生在世不称意,明朝散发弄扁舟。

重 点 注 解
---

(1) 谢朓楼：一名北楼,又称谢公楼,**南齐诗人谢朓**任宣城太守时所建。

(2) 小谢：指的是**谢朓**,世称**谢灵运**为大谢,称以后的谢朓为小谢。

(3) 览：同"揽",**摘取**的意思。

思 想 内 容

本诗是一首**借饯别以咏怀的七言古诗**,抒发了理想与现实的尖锐矛盾所引起的强烈而复杂的感情。诗中常以"壮思"抵御"烦忧",然而又常掩抑不住郁闷与不平,故情绪跌宕起伏,诗意纵横开阖。

层 次 内 容

本诗每隔四句即换韵,换韵三次,结构也可依之分为三部分：

(1) 第一部分四句,紧扣诗题写**饯席上的劝客之辞**,借此也抒发了诗人的**抑塞不平之气**。

(2) 第二部分四句**对赠行对象颂扬和勉励**,同时也不避自举,并于此关合了题中的**谢朓楼和校书郎**。

(3) 第三部分四句写**赠别时的劝慰和共勉**,抒发了**离愁和满腹牢骚**,但仍不失豪壮和洒脱。

艺 术 特 色

语言驱遣自如,风格自由奔放：

(1) 诗的首两句用散文化的长句,流注着豪放健举的气势。

(2) "欲上青天览明月""抽刀断水水更流,举杯销愁愁更愁"等句气概豪放,似信手拈来,不见斧凿,贴切流利。

■ 名师解读

本知识点主要考查主观题,考生需重点掌握本诗所抒发的复杂情感。另外,考生切勿忽略诗中的一些重点注解。

■ 真题演练

【简答题】

(2013 年·全国)李白《宣州谢朓楼饯别校书叔云》是怎样抒发跌宕起伏的情绪的?

【答案与解析】

(1) 诗歌第一部分四句,抒发了抑塞不平之气。

(2) 第二部分四句,对对方表示颂扬,实际也是自我推举。

(3) 第三部分四句,抒发了离愁和牢骚,但也有劝慰和共勉。诗中常以"壮思"抵御"烦忧",然而又常掩抑不住郁闷与不平,故情绪跌宕起伏,诗意纵横开阖。

知识点6

《将进酒》☆☆☆

将　进　酒

君不见黄河之水天上来,奔流到海不复回。君不见高堂明镜悲白发,朝如青丝暮成雪。人生得意须尽欢,莫使金樽空对月。天生我材必有用,千金散尽还复来。烹羊宰牛且为乐,会须一饮三百杯。岑夫子,丹邱生,将进酒,君莫停。与君歌一曲,请君为我侧耳听。钟鼓馔玉不足贵,但愿长醉不复醒。古来圣贤皆寂寞,惟有饮者留其名。陈王昔时宴平乐,斗酒十千恣欢谑。主人何为言少钱,径须沽取对君酌。五花马,千金裘,呼儿将出换美酒,与尔同销万古愁。

—————— **重点注解** ——————

(1)《将进酒》:是**汉乐府旧题**,属《**鼓吹曲·铙歌**》,多写**饮酒放歌**内容。

(2)丹丘生:指元丹丘,道士。

(3)陈王两句:**曹植《名都篇》**云:"归来宴平乐,美酒斗十千。""陈王"指三国时魏国曹植,他曾被封为陈思王,故称"陈王"。

—————— **思 想 内 容** ——————

本诗重点写**借酒销愁**,抒发了久蓄胸中的**牢骚不平**情绪,忧愤深广的人生感慨。

—————— **层 次 内 容** ——————

本诗充满激情,犹如江河奔泻,跌宕起伏,不可遏止:

(1)起首以"君不见"提唱,两个排句劈空而降,悲叹**岁月蹉跎**、**生命短暂**。

(2)"人生"两句在及时行乐的狂放中表达**积极用世**的渴望,情绪由悲转乐。

(3)至"钟鼓"以下八句,大胆否定富贵生活,歌颂怀才不遇的曹植,借古人酒杯浇心中块垒,**激愤不平之气拍面而来**。

(4)末四句又将此豪情再作跌宕,**以借酒销愁与开篇的"悲"关合,揭明题旨**。

—————— **艺 术 特 色** ——————

全诗气势非凡,大起大落,酣畅淋漓,允称李白七言歌行的代表作。

(1)本诗多用**夸张手法**:

① 表现之一是以**巨大的数目**字进行修饰,用来加强情感的气势和力度。

② 表现之二是以**反向对比**来揭示诗意,如"黄河之水天上来,奔流到海不复回",是"天上来"与"不复回"的反向,更显黄河的壮浪,人生的渺小;"朝如青丝暮成雪"是"朝"与"暮"的反向,把本来短暂的生命说得更为短暂。

（2）句式特点：通篇以**七言句式**为主，杂以三言、五言，参差错综，一气奔注。以散行为主，间以对偶，节奏疾徐多变，与跌宕起伏的情绪相呼应。

名师解读

本知识点考查方式灵活多样。客观题方面，主要考查诗中所用到的典故，如"陈王"等；主观题方面，主要考查诗歌所用到的艺术手法，如"夸张"等。

真题演练

1.（2019年·全国）"陈王昔时宴平乐"中"陈王"指的是（　　）

　　A. 陈后主　　　　B. 曹丕　　　　C. 陈霸先　　　　D. 曹植

【答案与解析】

D。"陈王昔时宴平乐，斗酒十千恣欢谑"中的"陈王"指曹植。三国时魏国曹植曾被封为陈思王，故称"陈王"。

2.（2017年·全国）下列李白《将进酒》诗句，以反向对比的夸张手法揭示诗意的是（　　）

　　A. 莫使金樽空对月　　　　　　　　B. 朝如青丝暮成雪

　　C. 但愿长醉不复醒　　　　　　　　D. 与尔同销万古愁

【答案与解析】

B。《将进酒》以反向对比来揭示诗意，如"黄河之水天上来，奔流到海不复回"，是"天上来"与"不复回"的反向，更显黄河的壮浪，人生的渺小；"朝如青丝暮成雪"，是"朝"与"暮"的反向，夸张地把本来短暂的生命说得更为短暂。

【简答题】

（2017年·全国）简述李白《将进酒》诗中夸张手法的运用。

【答案与解析】

（1）表现之一是以巨大的数目字进行修饰，用来加强情感的气势和力度。

（2）表现之二是以反向对比来揭示诗意，如"黄河之水天上来，奔流到海不复回"，是"天上来"与"不复回"的反向，更显黄河的壮浪，人生的渺小；"朝如青丝暮成雪"，是"朝"与"暮"的反向，把本来短暂的生命说得更为短暂。

第十二节 高 适

内容提要

本节选取了两首高适的诗,《燕歌行》高度概括了唐开元年间唐军将士戍边生活的各个方面,也融入了诗人从军边塞的经历和体验。《封丘县》则是诗人发自肺腑的自白,揭示了他理想与现实的矛盾和出仕之后又强烈希望归隐的衷曲。

知识点 1

高适及其作品☆

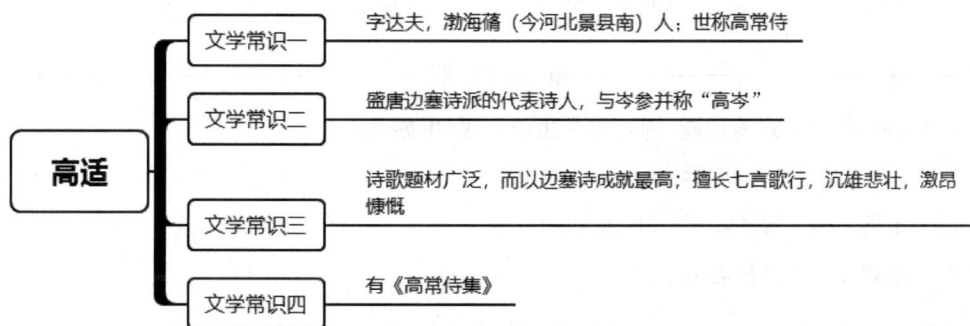

```
          ┌─ 文学常识一 ── 字达夫,渤海蓨(今河北景县南)人;世称高常侍
          │
          ├─ 文学常识二 ── 盛唐边塞诗派的代表诗人,与岑参并称"高岑"
   高适 ──┤
          │                诗歌题材广泛,而以边塞诗成就最高;擅长七言歌行,沉雄悲壮,激昂
          ├─ 文学常识三 ── 慷慨
          │
          └─ 文学常识四 ── 有《高常侍集》
```

名师解读

本知识点考查客观题。对于高适,考生需着重注意其在文学史上的地位,以及其所擅长的诗歌体裁及题材。

真题演练

【单选题】

(2016 年·全国)下列诗人中,擅长写作七言歌行的是( )

A. 王昌龄　　　　B. 李白　　　　C. 司空曙　　　　D. 高适

【答案与解析】

D。高适,字达夫,渤海蓨(今河北景县南)人;擅长七言歌行;有《高常侍集》。王昌龄其诗以七言绝句见长。李白的歌行体和七言绝句达到了后人难及的高度。司空曙擅长五言律诗。

知识点 2

■《燕歌行》☆☆☆

燕　歌　行

开元二十六年，客有从御史大夫张公出塞而还者，作《燕歌行》以示适，感征戍之事，因而和焉。

> 汉家烟尘在东北，汉将辞家破残贼。男儿本自重横行，天子非常赐颜色。
> 摐金伐鼓下榆关，旌旆逶迤碣石间。校尉羽书飞瀚海，单于猎火照狼山。
> 山川萧条极边土，胡骑凭陵杂风雨。战士军前半死生，美人帐下犹歌舞！
> 大漠穷秋塞草腓，孤城落日斗兵稀。身当恩遇恒轻敌，力尽关山未解围。
> 铁衣远戍辛勤久，玉箸应啼别离后。少妇城南欲断肠，征人蓟北空回首。
> 边庭飘飖那可度，绝域苍茫更何有！杀气三时作阵云，寒声一夜传刁斗。
> 相看白刃血纷纷，死节从来岂顾勋？君不见沙场征战苦，至今犹忆李将军！

重点注解

（1）《燕歌行》：**乐府旧题**，内容多为**边地征戍、思妇念远**等。

（2）榆关：指的是山海关，在今**河北秦皇岛**。

（3）玉箸：指玉做的筷子，比喻思妇的眼泪。

（4）李将军：指**汉代名将李广**。

思想内容

本诗高度概括了唐开元年间**唐军将士戍边生活**的各个方面，包括对唐军以**身许国、慷慨杀敌**的爱国热情的歌颂，对军中**苦乐不均、将帅腐败无能**的指责，对广大战士**离家万里、艰苦征战**的同情。就思想内容的丰富及深刻而言，堪称盛唐边塞诗的**压卷之作**。

层次内容

全诗可分为四部分：

（1）开头八句写边关告急，唐军奉命出师。

（2）"山川"以下八句写敌我鏖战，战斗失利；其中"战士"二句，沉痛悲凉，也为战争的黯淡前景埋下伏笔。

（3）"铁衣"以下八句写**征夫思妇**两地相思。

（4）最后四句**怀念李广**，点明题旨。

艺术特色

（1）**笔法多变**：既有对**战事**的概括叙述，又有对**生活**、**战斗场面**的具体描写，还有写景的映衬,抒情的渲染,议论的点化,几者灵活结合。

（2）押韵特点:本诗为**七言歌行体**,**四句一转韵**,押韵大体平仄相间,诗的音韵、节奏与诗人感情的跌宕起伏相一致,达到了内容、声情的和谐统一。

（3）修辞多样:有**对比**,如"战士军前半死生,美人帐下犹歌舞";有**对偶**,如"大漠穷秋塞草腓,孤城落日斗兵稀""少妇城南欲断肠,征人蓟北空回首";此外还有**比喻**、**夸张**、**反问**、**用典**等,这些手法互相配合,增加了作品的艺术感染力。

■ 名师解读

本知识点考查客观题、主观题。客观题方面,着重注意诗中的艺术特色,如换韵方式、所用修辞等;主观题方面,则需着重注意本诗的思想内容,即本诗描写了哪方面的内容和表达了怎样的思想感情。

■ 真题演练

【单选题】

(2014年·全国)下列各篇中,属于乐府旧题的是(　　　)

A.《封丘县》　　　　　　　　　　B.《燕歌行》

C.《梦游天姥吟留别》　　　　　　D.《兵车行》

【答案与解析】

B。《燕歌行》为乐府旧题,内容多为边地征戍、思妇念远等。

【简答题】

(2015年·全国)为什么说高适的《燕歌行》概括了唐军将士戍边生活的各个方面?

【答案与解析】

从诗前小序看,此诗虽可能是为讽刺张守珪战败而作,但这只是触发诗人写作的缘起,诗的意义绝不为此说所限。这首诗高度概了唐开元年间唐军将士戍边生活的各个方面,包括:

（1）歌颂唐军以身许国,慷慨杀敌的爱国热情;

（2）指责军中苦乐不均,将帅腐败无能;

（3）同情广大战士离家万里,艰苦征战。

当然其中也融入了诗人从军边塞的经历和体验。就思想内容的丰富及深刻而言,堪称盛唐边塞诗的压卷之作。

知识点3

■ 《封丘县》☆

封 丘 县

我本渔樵孟诸野,一生自是悠悠者。乍可狂歌草泽中,宁堪作吏风尘下?

只言小邑无所为,公门百事皆有期。拜迎官长心欲碎,鞭挞黎庶令人悲!

归来向家问妻子,举家尽笑今如此。生事应须南亩田,世情付与东流水。

梦想旧山安在哉,为衔君命且迟回。乃知梅福徒为尔,转忆陶潜归去来。

重 点 注 解

(1)《封丘县》:一作《封丘作》,为高适任封丘尉时所作。封丘:今属河南。

(2)梅福:为西汉末年寿春人,字子真。

(3)"陶潜归去来":指陶潜不为五斗米折腰,辞官归田,作《归去来分辞》。

思 想 内 容

本诗为七言古诗,叙写了诗人在任职封丘县尉期间的内心冲突和痛苦,表现了诗人对人民的同情,对官场的失望,以及对像陶渊明一样辞官归田的向往。

人 物 形 象

本诗展现了一个正直、傲岸,充满仁爱又洁身自好的士大夫形象。

层 次 内 容

不堪作吏是全篇的纲目。诗歌分为四部分,每四句为一部分:

(1)第一部分介绍自己的生平身世及禀赋,这是不堪作吏的历史原因。

(2)第二部分以客观事实申述不堪作吏的现实原因。

(3)第三部分表达应抛弃作吏生涯,躬耕田园。

(4)第四部分有所转折,欲归而不能,则更向往陶渊明的隐居生活,诗意又进一层。

艺 术 特 色

(1)全诗每部分的一、二句为散行,三、四句是对偶,既流动又凝重,四部分连接,有回环往复之妙。

(2)本诗每部分一韵,换韵时平仄相间,有抑扬顿挫之妙。

名师解读

本知识点考查客观题。本诗的考查频率较低,考生对本诗的相关知识有所了解即可。

真题演练

【单选题】

(2017年·全国)《封丘县》的作者是(   )

A. 李白   B. 杜甫   C. 王维   D. 高适

【答案与解析】

D。高适出身寒门,年轻时郁郁不得志。他将近五十岁时才中第,却也只得了个封丘县尉的小官。《封丘县》一作《封丘作》,为高适任封丘尉时所作。

第十三节 杜 甫

内 容 提 要

本节所选五首杜甫诗歌,《同诸公登慈恩寺塔》揭露了李唐王朝君昏臣佞、风雨飘摇的政治危机;《兵车行》则借征夫对老人的答话,倾诉了人民对战争的痛恨;《自京赴奉先县咏怀五百字》反映了人民的苦难,揭露了执政集团的荒淫腐败;《登高》倾诉了诗人长年漂泊、老病孤愁的复杂感情。《又呈吴郎》表现了作者对贫苦百姓的深切同情和关爱。

知识点 1

■ 杜甫及其作品☆

杜甫 —
- 文学常识一 —— 字子美,原籍襄阳(今属湖北);世称杜少陵、杜拾遗,后人称杜工部
- 文学常识二 —— 被誉为“诗圣”;其诗被后人誉为“诗史”
- 文学常识三 —— 其诗沉郁顿挫、律切精深,被后人评为“集大成者”
- 文学常识四 —— 有《杜工部集》

■ 名师解读

本知识点虽在历年真题中考查次数不多,但因杜甫在文学史上的特殊地位,考生需对杜甫的生平状况有所了解。

■ 真题演练

【多选题】

(2019年·全国)下列称呼属于杜甫的有(   )

A. 杜牧之　　　　　　　　　B. 诗圣

C. 杜子美　　　　　　　　　D. 杜工部

E. 诗豪

【答案与解析】

BCD。杜牧,字牧之。杜甫,字子美,自号少陵野老,被后人称为“诗圣”。他的诗被称为“诗史”。后世称其杜拾遗、杜工部,也称他杜少陵。刘禹锡有“诗豪”之称。

知识点 2

■《同诸公登慈恩寺塔》☆

同诸公登慈恩寺塔

高标跨苍天,烈风无时休。自非旷士怀,登兹翻百忧。

方知象教力,足可追冥搜。仰穿龙蛇窟,始出枝撑幽。

七星在北户,河汉声西流。羲和鞭白日,少昊行清秋。

秦山忽破碎,泾渭不可求。俯视但一气,焉能辨皇州?

回首叫虞舜,苍梧云正愁。惜哉瑶池饮,日晏昆仑丘!

黄鹄去不息,哀鸣何所投?君看随阳雁,各有稻粱谋。

———— 重 点 注 解 ————

（1）"诸公"指的是与杜甫一起登塔的**高适、岑参、储光羲、薛据**四人；"慈恩寺塔"指西安大雁塔。

（2）皇州：指的是唐都城**长安**。

（3）随阳雁：喻**投机取巧、趋炎附势的小人**。

———— 思 想 内 容 ————

本诗流露了杜甫对**时局动荡的隐忧**,对清明政治的深切怀念。

———— 层 次 内 容 ————

（1）开头出语奇突,气概不凡。紧接着两句委婉言怀,忧深虑远。

（2）自"方知"四句,宕开一笔,言塔之奇险,另起波澜,为登临作铺垫。

（3）自"七星"以下四句,以想象之笔写登顶仰望天穹,极言其高；"秦山"以下四句,写俯视神州大地,乱象已现。

（4）自"回首"以下八句,追昔抚今,挥斥群小。

全诗百端交集,表达了诗人对当时危机四伏的深沉预感,其气魄力量足以雄视千古。

———— 艺 术 特 色 ————

（1）本诗融情于景,寄兴深远。

（2）诗人笔力雄健,描写极具气魄：借"高标"极言塔高,用"跨"把"高标"和"苍穹"相连,既夸张又形象。然后以"烈风"来衬托,再加上"无时休"更凸显塔之高度。

（3）"秦山"四句中着以"破碎""不可求"等语,在写景中似影射政局之昏暗。用"**瑶池饮**"的典故、"**黄鹄**""**随阳雁**"的比喻,显然也有讽喻现实之意。

◼ 名师解读

本知识点考查客观题。本诗考查频率较低,考生对本诗的注释及艺术手法有所了解即可。

◼ 真题演练

【单选题】

(2017 年·全国)杜甫《同诸公登慈恩寺塔》诗句中,讽喻趋炎附势小人的是(　　)

A. 自非旷士怀,登兹翻百忧

B. 羲和鞭白日,少昊行清秋

C. 回首叫虞舜,苍梧云正愁

D. 君看随阳雁,各有稻粱谋

【答案与解析】

D。"君看随阳雁,各有稻粱谋"中,"随阳雁"喻投机取巧、趋炎附势的小人。

知识点 3

◼ 《兵车行》☆☆☆

兵 车 行

车辚辚,马萧萧,行人弓箭各在腰。耶娘妻子走相送,尘埃不见咸阳桥。牵衣顿足拦道哭,哭声直上干云霄。道傍过者问行人,行人但云点行频。或从十五北防河,便至四十西营田。去时里正与裹头,归来头白还戍边。边庭流血成海水,武皇开边意未已。君不闻汉家山东二百州,千村万落生荆杞。纵有健妇把锄犁,禾生陇亩无东西。况复秦兵耐苦战,被驱不异犬与鸡。长者虽有问,役夫敢申恨?且如今年冬,未休关西卒。县官急索租,租税从何出?信知生男恶,反是生女好。生女犹得嫁比邻,生男埋没随百草。君不见青海头,古来白骨无人收。新鬼烦冤旧鬼哭,天阴雨湿声啾啾!

—— 重 点 注 解 ——

(1) 萧萧:指马鸣声,典出《诗经·小雅·车攻》。

(2) 长者:为行人对作者的尊称。

(3) "信知生男恶":化用**东汉末年陈琳《饮马长城窟行》**中"生男慎莫举,生女哺用脯。君独不见长城下,死人骸骨相撑拄"句意。

—— 思 想 内 容 ——

本诗反映了唐政府为征讨**吐蕃**、**南诏**而强制征兵的历史现实,并对统治者**穷兵黩武**政策进行强烈谴责,控诉这种政策给广大人民带来的深重灾难,表达了作者**忧国忧民**之情。

—— 层 次 内 容 ——

(1) 自起句至"哭声直上干云霄"为第一部分,诗人用**白描手法**写征人出发、亲人送别的场面,揭示**扩边战争**的罪恶。

(2) 第二部分自"道傍过者问行人"至"被驱不异犬与鸡",用**问答句**提起,以征夫之口,先叙述其终生征战之苦,继而写在扩边战争直接影响下农村凋敝的景象,真实反映了战争给人民生活和社会现实带来的灾难。

(3) 第三部分自"长者虽有问"至篇末,写地方官吏的催租逼税,无异于雪上加霜,并把笔触伸向宁可生女不生男的社会心理,最后以鬼哭与开头的人哭相呼应,以**悲剧情调**进一步谴责战争的罪恶后果。

———————— 艺 术 特 色 ————————

(1) 本诗为**叙事诗**,诗人十分注意**叙事的参差变化和开合呼应**:

① 把**亲人送别征夫**的场面置于篇首,从情感上入笔渲染悲剧气氛;

② 在篇末突出**白骨遍野**、**鬼哭啾啾**的凄凉画面与开头呼应;

③ 中间用**对话方式**写役夫伸恨。

通篇时合时开,造成结构上的波折跌宕。

(2) 本诗为"**即事名篇,无复依傍**"的新题乐府诗,语言通俗浅近,句式和用韵富于声情顿挫之妙。全诗寓抒情于叙事之中。

📖 **名师解读**

本知识点在 2018 年 10 月考期中考查过一道论述题,即本诗的艺术特色和思想内容,考生应对此部分知识点熟记。

📖 **牛刀小试**

【单选题】

《兵车行》"长者虽有问,役夫敢申恨?"中的"长者"指的是( )

A. 父母　　　　　　　　　　B. 乡村之中的德高望重之人

C. 官吏　　　　　　　　　　D. 行人对作者的尊称

【答案与解析】

D。此句译为:"即使您这样问,我又岂敢申诉怨恨呢?"长者:行人对作者的尊称。

📢 **知识点4**

■《**自京赴奉先县咏怀五百字**》☆☆☆

自京赴奉先县咏怀五百字(节选)

岁暮百草零,疾风高冈裂。天衢阴峥嵘,客子中夜发。霜严衣带断,指直不得结。凌晨过骊山,御榻在嵽嵲。蚩尤塞寒空,蹴踏崖谷滑。瑶池气郁律,羽林相摩戛。君臣留欢娱,乐动殷胶葛。赐浴皆长缨,与宴非短褐。彤庭所分帛,本自寒女出。鞭挞其夫家,聚敛贡城阙。圣人筐筐恩,实欲邦国活。臣如忽至理,君岂弃此物?多士盈朝廷,仁者宜战栗。况闻内金盘,尽在卫霍室。中堂有神仙,烟雾蒙玉质。煖客貂鼠裘,悲管逐清瑟。劝客驼蹄羹,霜橙压香橘。朱门酒肉臭,路有冻死骨。荣枯咫尺异,惆怅难再述。北辕就泾渭,官渡又改辙。群水从西下,极目高崒兀。疑是崆峒来,恐触天柱折。河梁幸未坼,枝撑声窸窣。行李相攀援,川广不可越。

重点注解

(1)《自京赴奉先县咏怀五百字》作于**安史之乱爆发前一个月**。

(2)**蚩尤**:为上古部落首领,能兴大雾,这里代指大雾。

补充注解:

(1)"杜陵有布衣,老大意转拙"中,"老大"指年岁大,杜甫当时**四十四岁**。

(2)"许身一何愚,窃比稷与契"中,"许身"指**对自己的期望**;"窃比"指私自比拟;"**稷与契**"指上古时代舜的贤臣。

(3)"当今廊庙具"中,"廊庙"指的是**朝廷**。

(4)"顾惟蝼蚁辈,但自求其穴"中,"蝼蚁辈"喻**目光短浅的小人**。

思想内容

作者首先从**自身经历和家庭遭遇**出发,叙述自长安赴奉先途中的一路见闻和内心情思,其中有对**自己个性**、政治怀抱和家庭悲剧的真情诉说;同时,又有对当前**朝政昏暗**、君臣穷奢极欲、社会矛盾尖锐种种社会现实的全面揭示,表现了忧国忧民的博大胸怀。

层次内容

本诗为**五古长诗**,可分为三部分:

(1)第一部分从开头到"放歌破愁绝",申述平生怀抱,**总领全诗**。

(2)第二部分从"岁暮百草零"到"川广不可越",记述赴奉先一路的见闻感想,揭露当政者**荒淫腐朽**、社会贫富不均的时代症结。

(3)第三部分从"老妻寄异县"到结尾,写到家后的情景并推己及人,将**个人家庭的悲惨命运融入天下百姓的共同悲剧之中**,以忧国忧民的深广情怀收束全篇。

艺术特色

(1)"**史诗**"性质:本诗既可以看成杜甫自身**对以往生活体验的全面总结**,更是以其敏锐的**政治洞察力**,对**国家危机四伏**的政治形势和未来前途作出了自己的判断和预见。在诗中作者将个人的身世和情志与当时唐王朝的社会现实进行最紧密的结合,个人的遭遇体现了当时举世存在的苦难,这首诗堪称真正的"**诗史**"长卷。

(2)杜诗"**沉郁顿挫**"艺术风格代表作:这种风格反映了杜甫诗歌创作独特的情感表达方式。其诗**境界阔大**,**寓意深远**,表达一波三折,语言精练苍劲,音调铿锵嘹亮,节奏顿挫变化,体现了杜甫五古长篇共有的艺术特色。

———————— **名 句 赏 析** ————————

"朱门酒肉臭,路有冻死骨":

(1) 这两句的**艺术概括力极强**,在很大程度上概括了当时的社会矛盾,揭示出盛唐时代在所谓"**盛世**"掩盖下的本质真实,具有相当的**时代认识高度**;

(2) 这两句中"朱门"与"路有"形成**强烈的对比**,凸显出封建社会贫富悬殊的极端不公;

(3) 同时,诗句中"酒肉臭"与"冻死骨"**呈现出两幅鲜明的画面**,把统治阶级的穷奢极欲与劳动人民的困苦死难凸显在读者面前,令人触目惊心。

这其实源于中国**传统的民本思想**,如《孟子》说"狗彘食人食而不知检,途有饿莩而不知发"等,民胞物与,一脉相承。

■ 名师解读

本知识点考查客观题、主观题。客观题方面,主要考查诗歌的重点注释,尤其是诗歌中的历史人物,如"蚩尤""稷与契"等;主观题方面,需着重注意千古名句"朱门酒肉臭,路有冻死骨"的具体内涵和本诗的艺术特色。

■ 真题演练

【单选题】

(2018 年·全国)"当今廊庙具,构厦岂云缺"中的"廊庙"指(　　　　)

A. 寺庙　　　　　B. 道观　　　　　C. 朝廷　　　　　D. 走廊

【答案与解析】

C。此句译为:"如今的朝廷上,有的是栋梁之材,要治理国家,难道还缺少我这块料?"廊庙:指的是朝廷。

【论述题】

(2016 年·全国)分析杜甫《自京赴奉先县咏怀五百字》"朱门酒肉臭,路有冻死骨"两句的深刻精警。

【答案与解析】

(1) 这两句的艺术概括力极强,在很大程度上概括了当时的社会矛盾,揭示出盛唐时代在所谓"盛世"掩盖下的本质真实,具有相当的时代认识高度。

(2) 这两句中"朱门"与"路有"形成强烈对比,凸显出封建社会贫富悬殊的极端不公。

(3) 同时,诗句中"酒肉臭"与"冻死骨"呈现出两幅鲜明的画面,把统治阶级的穷奢极欲与劳动人民的困苦死难凸显在读者面前,令人触目惊心。

这其实源于中国传统的民本思想,如《孟子》说"狗彘食人食而不知检,途有饿莩而不知发"等。

知识点 5

■ 《登高》☆☆☆

登 高

风急天高猿啸哀,渚清沙白鸟飞回。

无边落木萧萧下,不尽长江滚滚来。

万里悲秋常作客,百年多病独登台。

艰难苦恨繁霜鬓,潦倒新停浊酒杯。

—— 重 点 注 解 ——

(1)《登高》为杜甫流落在夔州(今四川奉节),重阳节登高时所作。

—— 思 想 内 容 ——

面对秋天空旷萧条的景致,诗人回顾自己漂泊潦倒的身世遭遇,联想到万方多难的动荡时局,不免悲从中来。

—— 层 次 内 容 ——

诗中"悲秋"二字是全篇诗眼,绾合写景与抒情:

(1) 前四句写景,着眼于"秋"字,写登高所见秋天景色。首联写近景、局部之景,一句仰视、一句俯瞰;颔联写远景、整体之景,一句写山、一句写水。其中既有从听觉形象出发对猿鸣、落叶的描写,也有从视觉形象出发对渚清沙白和滚滚江流的描写。有声有色,动静相衬,多层次、多角度交织、组合,构成了富有立体感的深秋三峡图。

(2) 后四句抒情,着眼于"悲"字,抒登高所生的情怀。颈联"万里"一句从空间说,"百年"一句从时间说,其中既有对个人身世境遇的感伤,也有对国家动荡局势的忧虑。尾联"艰难苦恨"四字则凝聚了上述复杂情思,国难与家愁连成一片,在巨大的矛盾痛苦中结束全诗。

—— 艺 术 特 色 ——

(1) 语言极为精练:"万里悲秋"两句,十四字之间有多层可悲的含意:他乡作客,一可悲;经常作客,二可悲;万里作客,三可悲……层层皴染,重重叠加,对内心情感深层开掘,把无限酸辛压缩在一联之中,语言概括而感情容量极大。

(2) 通篇运用对偶,格律谨严,具有匀齐对称的形式之美。首联中"风急"与"天高"、"渚清"与"沙白"还是句中对,皆对得圆浑自然,不见斧凿痕迹,读来十分流畅。胡应麟《诗薮》赞其"一篇之中,句句皆律;一句之中,字字皆律,而实一意贯穿,一气呵成"。有人甚至称此诗为"古今七言律第一"。

（3）音调的调配也颇讲究,如双声叠词"萧萧""滚滚",两字叠韵"潦倒""新停",以及一字一调"艰难苦恨"等,使全诗音调谐婉而适于吟诵。

名师解读

本知识点考查客观题、主观题。客观题方面,主要考查对诗歌内容的把握,如诗中的句中对是哪一联等;主观题方面,则主要考查诗歌的艺术特色,如通篇对偶等。

真题演练

【单选题】

(2014年·全国)杜甫《登高》中,运用句中对的一联是(　　)

A. 风急天高猿啸哀,渚清沙白鸟飞回　　B. 无边落木萧萧下,不尽长江滚滚来

C. 万里悲秋常作客,百年多病独登台　　D. 艰难苦恨繁霜鬓,潦倒新停浊酒杯

【答案与解析】

A。句中对是指一句之中某些语词自成对偶。杜甫《登高》首联"风急天高猿啸哀,渚清沙白鸟飞回"中"风急"与"天高"、"渚清"与"沙白"是句中对,对得圆浑自然,不见斧凿痕迹,读来十分流畅。

【简答题】

(2014年·全国)分析杜甫《登高》的情感内涵和艺术特色。

【答案与解析】

（1）面对萧瑟秋景,回顾漂泊潦倒的身世境遇,联想到万方多难的动荡时局,不免悲从中来。

（2）前四句写景,着眼于"秋"字,写登高所见秋天景色:首联写近景、局部之景,一句仰视、一句俯瞰;颔联写远景、整体之景,一句写山、一句写水。后四句抒情,着眼于"悲"字,抒登高所生的情怀。颈联"万里"一句从空间说,"百年"一句从时间说,其中既有对个人身世境遇的感伤也有对国家动荡局势的忧虑。

（3）通篇运用对偶,格律谨严,具有匀齐对称的形式之美。

知识点6

《又呈吴郎》☆☆

又呈吴郎

堂前扑枣任西邻,无食无儿一妇人。

不为困穷宁有此,只缘恐惧转须亲。

即防远客虽多事,便插疏篱却甚真。

已诉征求贫到骨,正思戎马泪盈巾!

自考通

——————— 重点注解 ———————

（1）郎：是指对**年轻人**的称呼。

（2）征求：指官府征收的苛捐杂税。

（3）戎马：指的是当时唐朝正在与**吐蕃**作战，四川又发生叛乱，各处兵荒马乱。

——————— 思想内容 ———————

本诗为**以诗代简**之作。杜甫通过劝说吴郎不要禁止老妇人打枣这件小事，充分表达了对**贫苦百姓的关怀和同情**，并进一步揭示造成百姓困穷的社会**根源**是**累年战乱**、**官府征敛**，反映了杜甫仁**民爱物**、**心忧天下**的博大情怀。

——————— 层次内容 ———————

第一部分是前四句，诗人自叙以前对扑枣邻妇的态度和理由，启发和感化吴郎延续己意。

第二部分是后四句，委婉含蓄地批评吴郎插篱禁邻扑枣，指出贫穷的根源在于官府和战乱。

——————— 艺术特色 ———————

（1）本诗采用了**以小见大**、**由近及远**的艺术表现手法：

① 从一件**围篱防窃**的生活琐事，一位**寡妇扑枣充饥**的个人苦况，想到**广大百姓**水深火热的生活；

② 从对**寡妇遭遇**的同情，扩展为对**时局艰难**的忧虑；

③ 从**寡妇的哭诉**，挖掘出造成**悲剧的社会根源**，这大大提升了作品的思想高度，扩大了情感容量。

（2）诗歌的**劝告措辞委婉且入情入理**：

① "宁有此"有哀怜老妇之意，"转须亲"则是对**吴郎**的暗示。

② 诗人善用虚字作为转接，如"不为""只缘""已诉""正思"以及"即""便""虽""却"等，故语言表达显得活泼，诗歌既有**律诗的形式美**、**音乐美**，又有散文的**灵活流转**、**抑扬顿挫**，耐人寻味。

■ **名师解读**

本知识点考查客观题、主观题。本诗考查频率虽不高，但考生仍需着重注意本诗的思想内容和艺术特色。

■ **真题演练**

【单选题】

（2019年·全国）杜甫"已诉征求贫到骨"中"征求"的意思是（　　　）

A. 征税　　　　　B. 请求　　　　　C. 征兵　　　　　D. 征地

【答案与解析】

A。原文：已诉征求贫到骨,正思戎马泪盈巾。译为："她说官府征租逼税已经一贫如洗,想起时局兵荒马乱不禁涕泪满巾。"征求：征税。

【论述题】

(2014年·全国)分析杜甫《又呈吴郎》所表现的情怀及艺术表现手法。

【答案与解析】

(1) 表现了仁民爱物、心忧天下的博大情怀。

(2) 采用以小见大、由近及远的艺术表现手法。从围篱防窃的生活琐事,寡妇扑枣充饥的个人苦况,推及广大百姓的困苦生活;从对百姓遭遇的同情,扩展为对时局艰难的忧虑;从寡妇的哭诉,挖掘出造成悲剧的社会根源,这大大提升了作品的思想高度,扩大了感情容量。

第十四节　岑　参

内 容 提 要

本节所选的两首岑参的诗歌,《逢入京使》描写了诗人远涉边塞,路逢回京使者,托带平安口信,以安慰悬望的家人的典型场面。《走马川行奉送出师西征》主要表现了军队在莽莽沙海、风吼冰冻的夜晚进军的情景。

知识点 1

岑参及其作品☆

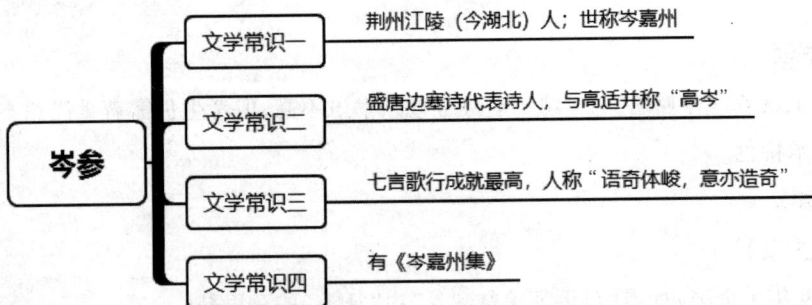

岑参
- 文学常识一 —— 荆州江陵 (今湖北) 人；世称岑嘉州
- 文学常识二 —— 盛唐边塞诗代表诗人,与高适并称"高岑"
- 文学常识三 —— 七言歌行成就最高,人称"语奇体峻,意亦造奇"
- 文学常识四 —— 有《岑嘉州集》

名师解读

本知识点主要考查客观题。着重注意岑参在文学史上的地位及其诗歌所得的评价。

自考通

■ 真题演练

【单选题】

(2009年·全国)下列边塞诗派代表诗人中被称为"语奇体峻,意亦造奇"的是(   )

A. 李颀   B. 王昌龄   C. 岑参   D. 高适

【答案与解析】

C。岑参的七言歌行成就最高,人称"语奇体峻,意亦造奇"。他是盛唐边塞诗派代表诗人,与高适并称"高岑"。

知识点 2

■ 《逢入京使》☆

逢 入 京 使

故园东望路漫漫,双袖龙钟泪不干。

马上相逢无纸笔,凭君传语报平安。

—— 重 点 注 解 ——

(1) 这是岑参第一次出塞,这首诗是他赴**安西**(今新疆库车)途中所作。

(2) 龙钟:**沾湿**。

—— 思 想 内 容 ——

本诗是一首**七言绝句**,诗中真实地表达了远离故园后忆家思乡的深挚感情,此诗用的都是**家常话**,但发自内心,不假雕饰,写得情景真切,故成为千古绝唱。

—— 层 次 内 容 ——

(1) 首句即写**实景**。从长安到安西,路途漫长,自西回望东面的长安,远行的人心潮起伏。

(2) 第二句承上,因心潮起伏以致潸然泪下。

(3) 第三句点题,并进一步交代是"马上相逢",特定的场景,发人遐想,它与"路漫漫"相呼应,而"无纸笔",不经意带出了最后一句,表示与家人的情感牵挂。

■ 名师解读

本知识点考查客观题,考生需要注意诗歌重点注解和诗歌原文。

■ 真题演练

【单选题】

(2019年·全国)"双袖龙钟泪不干"中的"龙钟"的意思是(   )

A. 衰老的样子   B. 沾湿   C. 艰难行进   D. 竹子

【答案与解析】

B。此句出自岑参的《逢入京使》。译为："双袖因拭泪已被沾湿，但泪水仍不能止。"龙钟：沾湿。故选 B。

知识点 3

《走马川行奉送出师西征》 ☆☆☆

走马川行奉送出师西征

君不见走马川，雪海边，平沙莽莽黄入天！

轮台九月风夜吼，一川碎石大如斗，随风满地石乱走。

匈奴草黄马正肥，金山西见烟尘飞，汉家大将西出师。

将军金甲夜不脱，半夜军行戈相拨，风头如刀面如割。

马毛带雪汗气蒸，五花连钱旋作冰，幕中草檄砚水凝。

虏骑闻之应胆慑，料知短兵不敢接，车师西门伫献捷。

—— 重 点 注 解 ——

（1）本诗为岑参任安西北庭节度判官时，为**封常清**送行所作。走马川：即今**新疆**境内的车尔臣河。行：**歌行**。

（2）轮台：今**新疆**轮台。

（3）车师：在今**新疆吐鲁番**附近。

—— 思 想 内 容 ——

本诗为**边塞诗**，是为唐军统帅封常清出征而写的壮行之作，表现了**豪迈乐观的情怀**，一往无前的英雄气概，**战无不胜的坚强信心**，以及**高昂的爱国精神**。

—— 层 次 内 容 ——

本诗可分为四层：

（1）"君不见"六句为一层，描写**白天黑夜奇特的边塞绝域风光**，以险恶环境作为背景。

（2）"匈奴"以下三句为一层，**正面写战争烽烟**，"汉家大将西出师"紧扣题面。

（3）"将军"以下六句为一层，均系**虚拟之辞**，设想唐军将士半夜行军、边地的严寒、临战的紧张气氛，给下文作铺垫。

（4）最后三句为一层，是对战果的推测，以唐军不战而胜收束全诗。

—— 艺 术 特 色 ——

（1）**意境雄浑壮奇，善用夸张手法绘景状物**。黄沙入天、风吹石走的绝域风光，风刀割面、马毛结冰的恶劣环境，匈奴马肥、战尘乱飞的紧迫情势，都着力**反衬**出唐军将士出征时的艰苦卓绝的及不畏艰险的壮志豪情。

（2）**善于细节描写**，如"半夜行军戈相拨""马毛带雪汗气蒸""幕中草檄砚水凝"等，把边地深夜的严寒、大漠夜行军的艰辛等情景表现得十分逼真。

（3）**音乐性很强：句句押韵**，三句一转，韵位密集，平韵与仄韵交替更易，节奏顿挫促迫，声调激越豪壮，增强了作品的艺术感染力。

■ 名师解读

本知识点重点考查客观题。对于本诗而言，考生需着重注意诗歌的艺术特色，如细节描写、夸张手法等。除此之外，本诗的诗歌体裁当为必记内容。

■ 真题演练

【单选题】

1.（2016年·全国）下列岑参《走马川行奉送出师西征》诗句中，运用细节描写的是（　　）

A. 幕中草檄砚水凝　　　　　　B. 平沙莽莽黄入天

C. 轮台九月风夜吼　　　　　　D. 金山西见烟尘飞

【答案与解析】

A。岑参《走马川行奉送出师西征》细节描写的诗句"半夜军行戈相拨""马毛带雪汗气蒸""幕中草檄砚水凝"等，把边地深夜的严寒、大漠夜行军的艰辛等情景表现得十分逼真。

2.（2017年·全国）岑参《走马川行奉送出师西征》的押韵方式是（　　）

A. 一韵到底　　　B. 两句一转韵　　　C. 三句一转韵　　　D. 四句一转韵

【答案与解析】

C。岑参《走马川行奉送出师西征》音乐性很强，句句押韵，三句一转。原文："轮台九月风夜吼（hǒu），一川碎石大如斗（dǒu），随风满地石乱走（zǒu）。"韵位密集，平韵与仄韵交替更易，节奏顿挫促迫，声调激越豪壮，增强了作品的艺术感染力。

第十五节　李　华

内 容 提 要

《吊古战场文》为李华所作的一篇骈赋。此赋描述了古战场荒凉凄惨的景象，揭示了战争的残酷以及给人民造成的苦难。

📢 **知识点 1**

李华及其作品☆

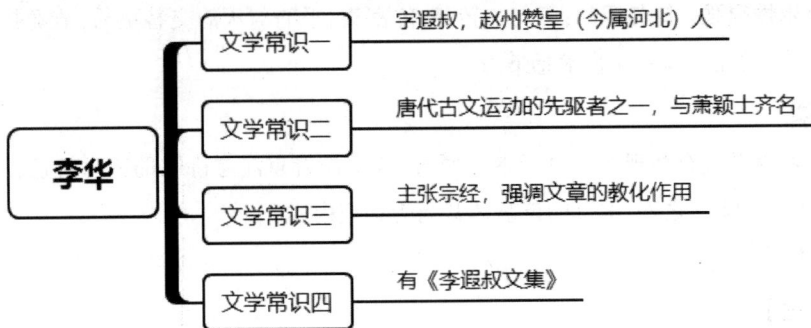

```
                 ┌─── 文学常识一 ──── 字遐叔，赵州赞皇（今属河北）人
                 │
                 ├─── 文学常识二 ──── 唐代古文运动的先驱者之一，与萧颖士齐名
     李华 ───────┤
                 ├─── 文学常识三 ──── 主张宗经，强调文章的教化作用
                 │
                 └─── 文学常识四 ──── 有《李遐叔文集》
```

名师解读

本知识点考查客观题,故考生应对李华的生平地位及其作品集有所了解。

真题演练

【单选题】

(2019 年·全国)下列与萧颖士齐名的唐代古文运动先驱是(　　　)

A. 李白　　　　　　　B. 李益　　　　　　　C. 李华　　　　　　　D. 李贺

【答案与解析】

B。李华,字遐叔。唐代古文运动的先驱者之一,与萧颖士齐名。主张宗经,强调文章的教化作用。有《李遐叔文集》。

📢 **知识点 2**

《吊古战场文》☆☆

吊古战场文（节选）

李 华

吾闻之：牧用赵卒,大破林胡,开地千里,遁逃匈奴。汉倾天下,财殚力痡。任人而已,其在多乎？周逐猃狁,北至太原,既城朔方,全师而还。饮至策勋,和乐且闲。穆穆棣棣,君臣之间。秦起长城,竟海为关,茶毒生民,万里朱殷。汉击匈奴,虽得阴山,枕骸遍野,功不补患。

────────── **重 点 注 解** ──────────

牧：指的是战国时赵国名将李牧,曾在雁门郡打败林胡。见《史记·廉颇蔺相如列传》。

补充注解：

(1)"平沙无垠,复不见人"中,"复"指的是**遥远**。

（2）"守在四夷"：语出《左传·昭公二十三年》："古者天子,守在四夷。"

— 思 想 内 容 —

文章生动描写了**古战场的凄惨气氛**、战斗的酷烈场面以及战争给老百姓带来的深重灾难,表达了作者对统治者**穷兵黩武**政策的反对之情,主张以**施仁义**、行王道为宗旨来安定边防。

— 层 次 内 容 —

本文以**"常覆三军"**为行文纲领,全文可分成三个部分,展开对边地战争的历史回顾和对战争酷烈、悲惨的描述,提出以"仁义""王道"安抚四夷,反对穷兵黩武。并进一步揭示穷兵黩武给老百姓造成的灾难,主张以"守在四夷"来安定边防。

— 艺 术 特 色 —

（1）**想象丰富,虚实交错**：

① 作者对**古战场惨烈场景**的种种描绘,**时虚时实**,**或动或静**,场面真切,意象生动,大多出于作者的非凡想象。

② **感性具体的场景描写与理性的回顾历史、议论时政相结合**,使文章宗旨步步推出,鲜明地表达了作者对战争的立场和观点。

（2）本文为**骈体文**,其句式特点为：

① 句式**在整齐中求错综**,大体以**四言**为主,间用五六七言,骈散相间,奇偶错杂。

② **每段押韵**,平仄交错,有抑扬抗坠的韵律美;加上各段开头多以"吾闻夫""吾想夫""吾闻之"提领全段文字,使文气流荡,不致板滞。

■ 名师解读

本知识点考查客观题、主观题。客观题方面,主要考查考生对文章内容的把握和本文作者归属;主观题方面,则主要围绕本文艺术特色来考查,如句式特点等。

■ 真题演练

【单选题】

（2016 年·全国）《吊古战场文》的作者是(　　　)

A. 李颀　　　　　B. 李白　　　　　C. 李华　　　　　D. 李益

【答案与解析】

C。《吊古战场文》为李华途经古战场时有感而作。文章生动描写了古战场凄惨气氛,表达了作者对统治者穷兵黩武政策的反对之情。

【简答题】

（2018 年·全国）简述《吊古战场文》在句式上的特点。

【答案与解析】

《吊古战场文》为骈体文,其句式特点为：

（1）句式在整齐中求错综,大体以四言为主,间用五六七言,骈散相间,奇偶错杂,相对于通篇四六言的骈文,更为灵活自由。

（2）每段押韵,平仄交错,有抑扬抗坠的韵律美;加上各段开头多以"吾闻夫""吾想夫""吾闻之"提领全段文字,使文气流荡,不致板滞。

第十六节 司 空 曙

内 容 提 要

《喜外弟卢纶见宿》是司空曙为表弟卢纶到家拜访有感而作,全诗语言朴实,语调低沉悲切,真实感人。

知识点 1

■ 司空曙及其作品

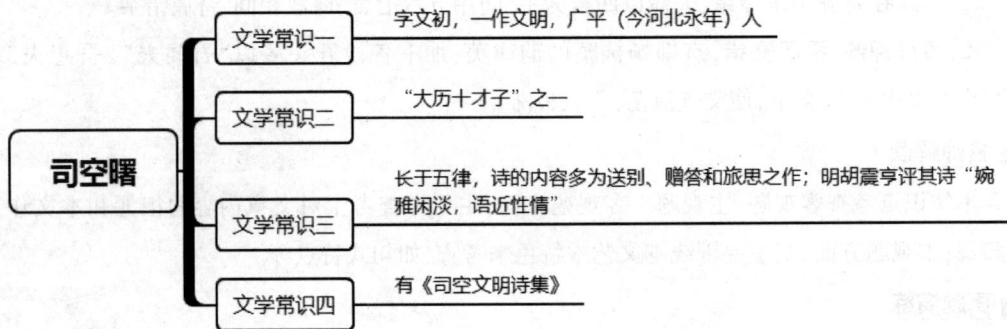

司空曙

├ 文学常识一 —— 字文初, 一作文明, 广平 (今河北永年) 人

├ 文学常识二 —— "大历十才子" 之一

├ 文学常识三 —— 长于五律, 诗的内容多为送别、赠答和旅思之作; 明胡震亨评其诗 "婉雅闲淡, 语近性情"

└ 文学常识四 —— 有《司空文明诗集》

■ 名师解读

本知识点未在历年真题中考查过,考生对司空曙的诗集名称、诗歌创作以及在文学史上的地位有所了解即可。

■ 牛刀小试

【单选题】

下列人物被称为"大历十才子"之一的是(　　)

A. 司空曙　　　　　B. 李华　　　　　C. 岑参　　　　　D. 杜甫

【答案与解析】

A。"大历十才子"是唐代宗大历年间 10 位诗人为代表的一个诗歌流派。十才子为：李端、卢纶、吉中孚、韩翃、钱起、司空曙、苗发、崔洞、耿湋、夏侯审。

知识点 2

《喜外弟卢纶见宿》☆

喜外弟卢纶见宿

静夜四无邻,荒居旧业贫。

雨中黄叶树,灯下白头人。

以我独沉久,愧君相见频。

平生自有分,况是蔡家亲。

—— 重 点 注 解 ——

(1) 卢纶:唐代诗人,"大历十才子"之一。

(2) "雨中黄叶树":以雨中树叶的枯黄,比喻两人**容貌的苍老**。

(3) 蔡家亲:指的是**表亲**。东汉羊祜是蔡邕的外孙,后世称表亲为"蔡家亲"。

—— 思 想 内 容 ——

本诗为**五言律诗**,诗歌描写了山中独居的孤寂和卢纶相访见宿带来的欣喜,从一个侧面真切反映了安史之乱后**士大夫落寞黯淡的心态**和衰颓苍老的精神面貌。

—— 层 次 内 容 ——

(1) 诗歌**前四句诉悲,后四句言喜**。首联言独居山野之悲,颔联言环境气氛之悲,颈联言孤独中见访之喜,尾联言缘分亲情之喜。

(2) 前四句诉悲实为后四句言喜之衬托,一悲一喜,悲喜交集,但喜中含悲,总的情感倾向是悲凉。

—— 艺 术 特 色 ——

诗歌**比兴兼用**:"雨中黄叶树,灯下白头人",用树之黄叶来比喻人之衰老,而且进一步利用作比的形象来烘托气氛。

名师解读

本知识点主要考查客观题。考生应熟记诗中名句"雨中黄叶树,灯下白头人"。

真题演练

【单选题】

(2014 年·全国)下列诗句中,出自司空曙《喜外弟卢纶见宿》的是(　　)

A. 那堪玄鬓影,来对白头吟　　　　　B. 雨中黄叶树,灯下白头人

C. 窗里人将老,门前树已秋　　　　　D. 树初黄叶日,人欲白头时

【答案与解析】

B。"雨中黄叶树,灯下白头人"为司空曙《喜外弟卢纶见宿》中名句。A项出自骆宾王的《咏蝉》,C项出自韦应物的《淮上遇洛阳李主簿》,D项出自白居易的《途中感秋》。

第十七节 韦 应 物

内 容 提 要

《滁州西涧》为韦应物所作写景七绝,本诗将平常的景物点染成了一幅意境幽深的有韵之画,还蕴含了诗人一种不在其位,不得其用的无奈与忧伤情怀。

知识点 1

■ **韦应物及其作品**

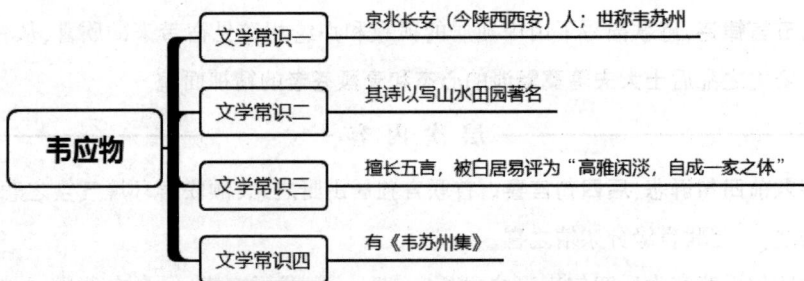

```
                    ┌── 文学常识一 ── 京兆长安（今陕西西安）人；世称韦苏州
                    │
                    ├── 文学常识二 ── 其诗以写山水田园著名
          韦应物 ────┤
                    ├── 文学常识三 ── 擅长五言,被白居易评为"高雅闲淡,自成一家之体"
                    │
                    └── 文学常识四 ── 有《韦苏州集》
```

■ **名师解读**

本知识点未在历年真题中考查过,考生对韦应物的诗集名、诗歌评价有所了解即可。

■ **牛刀小试**

【单选题】

称赞韦应物"高雅闲淡,自成一家之体"的著名诗人是(　　　)

A. 李商隐　　　　　B. 白居易　　　　　C. 杜牧　　　　　D. 李贺

【答案与解析】

B。韦应物,世称韦苏州。擅长五言,被白居易评为"高雅闲淡,自成一家之体"。

知识点 2

■《滁州西涧》☆☆

滁 州 西 涧

独怜幽草涧边生,上有黄鹂深树鸣。

春潮带雨晚来急,野渡无人舟自横。

────── 重 点 注 解 ──────

滁州:今属**安徽**;西涧:在滁州城西郊外,俗名上马河。

────── 思 想 内 容 ──────

本诗为**山水诗**名篇,描写了滁州城外西涧的**暮春**景色。诗的前两句写涧边的**幽草**和**黄鹂**;后两句写涧中的**潮水和空舟**,风景优美如画,其中融入了作者心中不得其用的忧伤,以及对悠游自在的人生境界的向往。

────── 艺 术 特 色 ──────

以动衬静、动静相映:本诗通过**幽草、深树、黄鹂、晚雨、野渡、舟横**等意象,组合成富于暮春郊外特征的画面,短短四句就展示了大自然的野趣。这与诗人忧伤恬淡的胸襟情怀交融在一起,使它成为写景清切、悠然意远的绝唱。

■名师解读

本知识点考查客观题。本诗主要考查客观题,且集中于诗中名句的考查,即"春潮带雨晚来急,野渡无人舟自横",考生需着重注意。

■真题演练

【单选题】

(2016 年·全国)下列诗句中,出自韦应物《滁州西涧》的是(　　　)

A. 独怜幽草涧边生,上有黄鹂深树鸣

B. 回乐烽前沙似雪,受降城外月如霜

C. 山红涧碧纷烂漫,时见松枥皆十围

D. 人世几回伤往事,山形依旧枕寒流

【答案与解析】

A。《滁州西涧》:"独怜幽草涧边生,上有黄鹂深树鸣。春潮带雨晚来急,野渡无人舟自横。"B 项出自李益的《夜上受降城闻笛》。C 项出自韩愈的《山石》。D 项出自刘禹锡的《西塞山怀古》。

第十八节 李 益

内 容 提 要

《夜上受降城闻笛》为李益所作的一首七绝，从多角度描绘了戍边将士（包括吹笛人）浓烈的乡思和满心的哀愁之情。

知识点 1

■ 李益及其作品☆

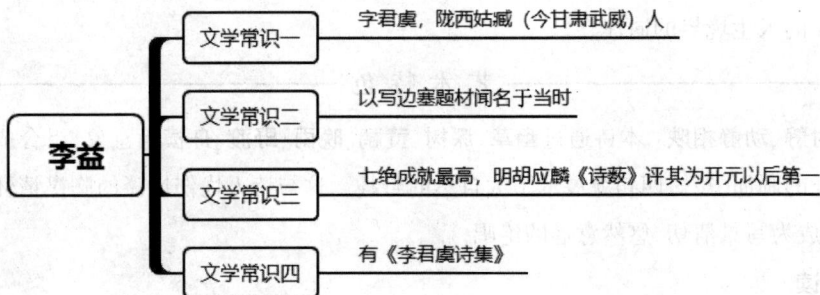

李益
- 文学常识一 —— 字君虞，陇西姑臧（今甘肃武威）人
- 文学常识二 —— 以写边塞题材闻名于当时
- 文学常识三 —— 七绝成就最高，明胡应麟《诗薮》评其为开元以后第一
- 文学常识四 —— 有《李君虞诗集》

■ 名师解读

本知识点一般考查客观题，考生应对李益及其作品有所了解。

■ 真题演练

【单选题】

（2019年·全国）被胡应麟《诗薮》评为开元以后第一的边塞诗人是（ ）

A. 高适   B. 李益   C. 岑参   D. 王之涣

【答案与解析】

B。李益以写边塞题材闻名于当时，内容丰富，雄浑高奇。七绝成就最高，明胡应麟《诗薮》评其为开元以后第一。故选 B。

知识点 2

■《夜上受降城闻笛》☆☆

夜上受降城闻笛

回乐烽前沙似雪，受降城外月如霜。

不知何处吹芦管,一夜征人尽望乡。

──── **重 点 注 解** ────

(1) 受降城:唐代灵州治所回乐县(今宁夏灵武西南)别称。

(2) 征人:指的是戍边将士。

──── **层 次 内 容** ────

本诗为**中唐边塞诗**,为作者亲临边塞所作。

(1) 首两句写诗人登城时所见边地情景,"月如霜"点明夜晚,"回乐烽""受降城"点明地点,描写了征人所处的典型环境。

(2) 第三句"吹芦管"则是引起诗人**情思的媒介**,由此触发**末句**的合理想象,抒发了久戍边地的将士浓厚的思乡怀亲之情。

──── **艺 术 特 色** ────

视听感受交织:

(1) 诗中"**沙似雪**""**月如霜**"两个比喻,是具有边塞**荒凉**、**凄冷**特征的视觉形象。

(2) 第三句描绘远处传来悠扬的笛声,则是特定环境下出现的听觉形象。

(3) **视听感受的交织**,形成强烈的**情感驱动力**,终于逼出不得不吐的浓重乡愁,令人回味无穷。有人曾推崇此诗为中唐边塞诗的绝唱。

名师解读

本知识点考查客观题。本诗的考查主要集中在诗歌体裁和诗中名句上,对于这两点,需着重注意。另外,对于诗歌的重点注解,如"受降城"等,考生应有所了解。

真题演练

【单选题】

1. (2015年·全国)下列诗句,出自李益《夜上受降城闻笛》的是( )

   A. 不知何处吹芦管,一夜征人尽望乡   B. 青海长云暗雪山,孤城遥望玉门关

   C. 战士军前半死生,美人帐下犹歌舞   D. 轮台九月风夜吼,一川碎石大如斗

【答案与解析】

A。"不知何处吹芦管,一夜征人尽望乡"出自李益《夜上受降城闻笛》。B 项出自王昌龄《从军行》,C 项出自高适《燕歌行》,D 项出自岑参《走马川行奉送封大夫出师西征》。

2. (2017年·全国)李益《夜上受降城闻笛》是( )

   A. 初唐边塞诗   B. 盛唐边塞诗   C. 中唐边塞诗   D. 晚唐边塞诗

【答案与解析】

C。《夜上受降城闻笛》为边塞诗,有人曾推崇此诗为中唐边塞诗的绝唱。故本题选 C。

第十九节 韩 愈

内 容 提 要

　　本节所选的四篇韩愈的作品中，《山石》按时间顺序记叙了游览惠林寺的所见所感，描绘了从黄昏至入夜再到黎明的清幽景色；《听颖师弹琴》描写了作者听颖师弹琴的感受；《张中丞传后叙》是表彰安史之乱期间睢阳(今河南商丘)守将张巡、许远的一篇名作；《送孟东野序》主要针对孟郊"善鸣"而终生困顿的遭遇进行论述，指斥当时的社会和统治者不重视人才。

知识点 1

韩愈及其作品☆

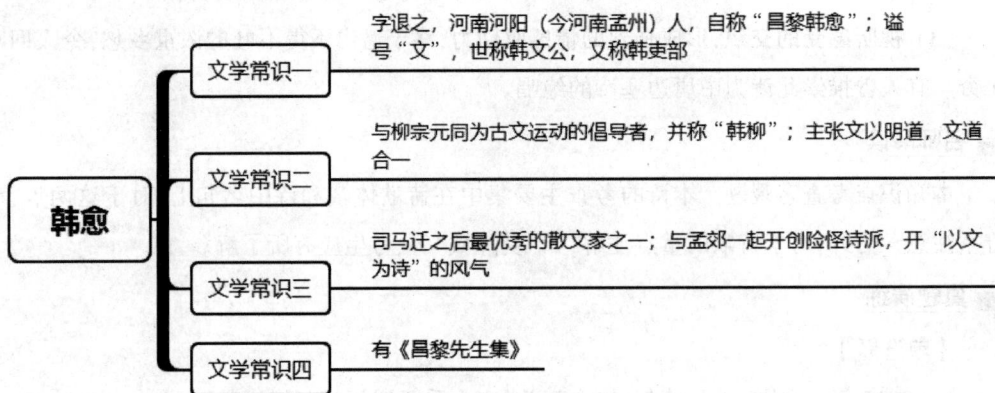

韩愈

- 文学常识一：字退之，河南河阳（今河南孟州）人，自称"昌黎韩愈"；谥号"文"，世称韩文公，又称韩吏部
- 文学常识二：与柳宗元同为古文运动的倡导者，并称"韩柳"；主张文以明道，文道合一
- 文学常识三：司马迁之后最优秀的散文家之一；与孟郊一起开创险怪诗派，开"以文为诗"的风气
- 文学常识四：有《昌黎先生集》

名师解读

　　本知识点主要考查客观题。对于韩愈，考生需着重掌握他在文学史上的地位及其所作出的贡献等，如开"以文为诗"的风气、古文运动的倡导者之一等。

真题演练

【单选题】

(2013 年·全国)下列作家中，开"以文为诗"风气，对宋诗影响颇大的诗人是(　　)

A. 李商隐　　　　B. 韩愈　　　　C. 孟郊　　　　D. 杜牧

【答案与解析】

B。韩愈与孟郊一起开创险怪诗派，开"以文为诗"的风气，对宋诗产生了很大影响。

知识点2

■《山石》☆

山 石

山石荦确行径微,黄昏到寺蝙蝠飞。升堂坐阶新雨足,芭蕉叶大栀子肥。

僧言古壁佛画好,以火来照所见稀。铺床拂席置羹饭,疏粝亦足饱我饥。

夜深静卧百虫绝,清月出岭光入扉。天明独去无道路,出入高下穷烟霏。

山红涧碧纷烂漫,时见松枥皆十围。当流赤足踏涧石,水声激激风吹衣。

人生如此自可乐,岂必局束为人靰?嗟哉吾党二三子,安得至老不更归!

—————— 重 点 注 解 ——————

(1)《山石》:仿《诗经》例,取首句"山石"二字为题。

(2)"吾党二三子":和自己志同道合的人,指同游者。"吾党""二三子":出自《论语》。

—————— 思 想 内 容 ——————

(1)本诗为**纪游诗**,叙其洛阳城北惠林寺之游。

(2)诗人叙述了从**登山**、**到寺**、**夜卧**到天明独去的所见、所闻和所感,描绘了山野的自然美和寺僧招待的人情美。在山行之乐中寄托深沉的人生感慨,表现了对**精神自由**的追求。

—————— 层 次 内 容 ——————

(1)前四句为第一部分,写进山到寺的一路景色和作者感受。

(2)"僧言古壁佛画好"以下四句为第二部分,写寺中和尚的热情招待。

(3)"夜深静卧百虫绝"以下八句为第三部分,写夜宿山寺的见闻和天明离寺下山的晨游。

(4)末四句为第四部分,以议论、抒怀作结,表现了此次游山引发的感慨。

—————— 艺 术 特 色 ——————

此诗是韩愈"以文为诗"的代表作品。作者借鉴**散文写法**,按照**游程时间顺序**,逐层铺写游览过程。全篇用**单行的散文化**句式,无对偶、无典故,更无雕琢之病。

■**名师解读**

本知识点主要考查客观题。重点围绕诗歌体裁和诗题的来源进行出题,考生需谨记本诗为纪游诗,诗题是仿照《诗经》取名而来。

■**真题演练**

【单选题】

(2016年·全国)韩愈《山石》是一首( )

A. 田园诗　　　　　 B. 题画诗　　　　　 C. 怀古诗　　　　　 D. 纪游诗

【答案与解析】

D。《山石》为纪游诗，叙其洛阳城北惠林寺之游。诗人叙述了从登山、到寺、夜卧到天明独去的所见、所闻和所感，描绘了山野的自然美和寺僧招待的人情美。

知识点 3

《听颖师弹琴》 ☆☆

听颖师弹琴

昵昵儿女语，恩怨相尔汝；划然变轩昂，勇士赴敌场。浮云柳絮无根蒂，天地阔远随飞扬。喧啾百鸟群，忽见孤凤凰。跻攀分寸不可上，失势一落千丈强。嗟余有两耳，未省听丝篁。自闻颖师弹，起坐在一旁。推手遽止之，湿衣泪滂滂。颖乎尔诚能，无以冰炭置我肠！

—————————— **重 点 注 解** ——————————

(1) "颖师"：是指来自天竺的僧人；"师"：是指对僧的尊称；"颖"：是僧的名字。

(2) "无以冰炭置我肠"：意为经受不了感情上的剧烈波动。语出《庄子·人间世》。

—————————— **思 想 内 容** ——————————

本诗为写音乐的名篇。诗歌通过比喻把变化倏忽、难于捕捉的乐声转化成可见的视觉形象，在摹写声音节奏的同时还善于发掘蕴含其中的情志，生动传达出艺术的精妙及感染力量。

—————————— **层 次 内 容** ——————————

(1) 第一部分为前十句，以形象的比喻摹写声音。

(2) 第一部分为自"嗟余有两耳"以下八句，以自己听琴的感受来烘托琴声的美妙、演奏的高超。

—————————— **艺 术 特 色** ——————————

诗歌运用众多生动的比喻，描摹变化多端的音乐，有声有色，十分形象。

名师解读

本知识点考查客观题。本诗的考查，主要集中在诗歌题材和对诗歌层次内容的把握上，需有所了解。

真题演练

【多选题】

(2017 年·全国)下列《听颖师弹琴》诗句中，以形象的比喻摹写声音的有(　　　　)

A. 昵昵儿女语，恩怨相尔汝　　　　　 B. 嗟余有两耳，未省听丝篁

C. 自闻颖师弹，起坐在一旁　　　　　 D. 划然变轩昂，勇士赴敌场

E.浮云柳絮无根蒂,天地阔远随飞扬

【答案与解析】

ADE。《听颖师弹琴》前十句以形象的比喻摹写声音:"昵昵儿女语,恩怨相尔汝;划然变轩昂,勇士赴敌场。浮云柳絮无根蒂,天地阔远随飞扬。喧啾百鸟群,忽见孤凤凰。跻攀分寸不可上,失势一落千丈强。"故本题选 ADE。

知识点4

■**《张中丞传后叙》**☆☆☆

张中丞传后叙（节选）

(于嵩)云:巡长七尺余,须髯若神。尝见嵩读《汉书》,谓嵩曰:"何为久读此?"嵩曰:"未熟也。"巡曰:"吾于书读不过三遍,终身不忘也。'因诵嵩所读书,尽卷不错一字。嵩惊,以为巡偶熟此卷。因乱抽他帙以试,无不尽然。嵩又取架上诸书试以问巡,巡应口诵无疑。嵩从巡久,亦不见巡常读书也。为文章,操纸笔立书,未尝起草。初守睢阳时,士卒仅万人,城中居人户,亦且数万,巡因一见问姓名,其后无不识者。巡怒,须髯辄张。及城陷,贼缚巡等数十人坐,且将戮。巡起旋,其众见巡起,或起或泣。巡曰:"汝勿怖! 死,命也。"众泣不能仰视。巡就戮时,颜色不乱,阳阳如平常。远宽厚长者,貌如其心;与巡同年生,月日后于巡,呼巡为兄,死时年四十九。

─── **重 点 注 解** ───

补充注解:

(1)"两家子弟材智下,不能通知二父志"中,"通知"指**通晓,透彻了解**。

(2)"及巡起事,嵩常在围中"中,"起事"指起兵讨伐叛军;常通"尝",指曾经。

─── **思 想 内 容** ───

韩愈为说明张巡与许远守卫睢阳的事实真相,**弘扬正气,打击邪恶**,为英雄人物谱写了一曲慷慨悲壮的颂歌。文章气势充沛,充满激情,具有**立懦起顽、震撼人心**的力量。

─── **艺 术 特 色** ───

(1)本文最大特色是**议论与叙事紧密结合**:

① 文章的前半部分自开头至"设淫词而助之攻也",这部分侧重于**议论**,针对污蔑许远的谬论进行**驳斥**,在驳斥中补叙许远的事迹,以补李翰《张巡传》之不足,并高度赞扬了张巡、许远"**守一城,捍天下**"的历史功绩。

② 后半部分自"愈尝从事于汴、徐二府"至结尾,这部分**侧重叙事**,着重记叙**南霁云的动人事迹**,并补叙了张巡、许远的一些逸事,为睢阳保卫战中的几位英雄人物塑像立传。

③ 联系与作用：前者之议论为后者叙事之"纲领"，后者之叙事为前者之议论提供事实佐证。议论与叙事结合，两部分都紧紧围绕着赞扬英雄、斥责小人的主题。

（2）传神的细节描写：如南霁云的断指拒食、抽矢射塔，张巡的好学、记忆超群和临刑不乱，都是文中的精彩片断。

（3）映衬和对比：

① 作者有意让英雄人物的不同性格相互映衬，如张巡之从容镇定、博闻强记，许远之宽厚谦和、为国让贤，南霁云之忠贞刚烈、疾恶如仇，一经映衬，愈显光彩。

② 反面人物贺兰进明的卑劣无耻，有力反衬出英雄们的磊落胸怀和凛然正气。

（4）"气"主"文"：文章气势充沛，激情饱满，无论叙事抒情，作者的主观感情色彩均极为浓厚，饱含其对英雄的信任与景仰。尤其是"守一城……其谁之功也"一段文字，议论风发，义正词严，如金石落地，铿锵有声，震撼人心。

名师解读

本知识点考查客观题、主观题。客观题方面，主要围绕文中主要人物张巡、许远等人的行为特征来考查；主观题方面，则主要围绕本文的艺术特色，如细节描写、议论与叙事紧密结合等来考查。

真题演练

【单选题】

（2015年·全国）《张中丞传后叙》所写人物中，表现"巡就戮时，颜色不乱，阳阳如平常"的是（　　）

A. 张巡　　　　　B. 许远　　　　　C. 南霁云　　　　　D. 雷万春

【答案与解析】

A。此句译为："张巡被杀时，脸色毫不慌张，神态安详，就和平日一样。""巡"为人名，指张巡。故本题选A。

【简答题】

（2016年·全国）以南霁云为例，说明《张中丞传后叙》中细节描写对于人物形象塑造的作用。

【答案与解析】

写南霁云断指拒食，抽矢射塔，使其忠贞刚烈、疾恶如仇的性格跃然纸上。

知识点 5

《送孟东野序》☆☆☆

送孟东野序（节选）

其末也，庄周以其荒唐之辞鸣。楚大国也，其亡也，以屈原鸣。臧孙辰、孟轲、荀卿，以道鸣者也。杨朱、墨翟、管夷吾、晏婴、老聃、申不害、韩非、慎到、田骈、邹衍、尸佼、孙武、张仪、苏秦之属,皆以其术鸣。秦之兴,李斯鸣之。汉之时,司马迁、相如、扬雄,最其善鸣者也。

―――――――――― 重 点 注 解 ――――――――――

(1) 孟东野:即**孟郊**,唐代著名诗人。

(2) "伊尹鸣殷":"伊尹"为**商汤**时大臣,曾助商汤伐桀灭夏。相传他曾作《汝鸠》《汝方》《咸有一德》《伊训》等文。

(3) "司马迁、相如、扬雄":指的是**西汉**三位文学家**司马迁**、**司马相如**、**扬雄**。

―――――――――― 思 想 内 容 ――――――――――

本文为作者送给诗友孟郊的一篇临别赠序。序中对孟郊的**怀才不遇深抱不平**,并进行安慰,一方面也寄寓了自己**不得志**的感慨,同时期望他以不平之鸣反映时代和人生。

―――――――――― 层 次 内 容 ――――――――――

(1) 作者**下笔先声夺人**,以"大凡物不得其平则鸣"振起全篇,论述则紧扣一个"鸣"字。

(2) 文章从**物鸣推及人鸣**,而人鸣中又分"以道鸣者""以术鸣者"和"以文辞鸣者"。由历史人物的善鸣推及唐人之鸣,然后由唐人归结到孟东野身上。

―――――――――― 艺 术 特 色 ――――――――――

文章从一"鸣"字生发出许多议论,**句法变换多样**:

(1) 在语言上,以单行的散文贯通气脉,其中又夹用了长短不同的排句,如"其趋也或梗之""其沸也或炙之""以鸟鸣春""以雷鸣夏"等。

(2) 读来生动流畅,富有节奏感。

📖 **名师解读**

本知识点考查客观题、主观题。客观题方面,主要围绕文中所提到的历史人物来考查,如伊尹、司马相如等;主观题方面,主要围绕本文的结构特点、思想内容来考查,需着重注意。

📖 **真题演练**

【单选题】

1.(2015 年·全国)《送孟东野序》列举的历史人物中,"以其荒唐之辞鸣"的是(   )

A. 孟轲　　　　 B. 墨翟　　　　 C. 老聃　　　　 D. 庄周

【答案与解析】

D。《送孟东野序》原文:"其末也,庄周以其荒唐之辞鸣。"翻译:周朝末期,庄周用他怪诞的文辞来发出声音。

2.(2017 年·全国)《送孟东野序》中的"孟东野"指(   )

A. 孟浩然　　 B. 孟云卿　　 C. 孟郊　　 D. 孟卿

【答案与解析】

C。《送孟东野序》是唐代文学家韩愈为孟郊去江南就任溧阳县尉而作的一篇赠序。孟东野指的是孟郊,唐代著名诗人。

【简答题】

(2014年·全国)简析韩愈《送孟东野序》的结构特点。

【答案与解析】

(1) 紧扣"鸣"字组织全文。

(2) 由物鸣推及人鸣,人鸣分"以道鸣""以术鸣""以文辞鸣"。

(3) 由古人推及唐人,最后归结到孟东野。

第二十节　刘　禹　锡

内容提要

本节所选的两首刘禹锡的诗歌中,《西塞山怀古》为七律,全诗叙说的内容是历史上的事实,状摹的景色是眼前的实景,抒发的感叹是诗人胸中的真情。《元和十年自朗州承召至京戏赠看花诸君子》为七言绝句,通过人们在玄都观看花的事,含蓄地讽刺了当时掌管朝廷大权的新官僚。

知识点1

刘禹锡及其作品☆

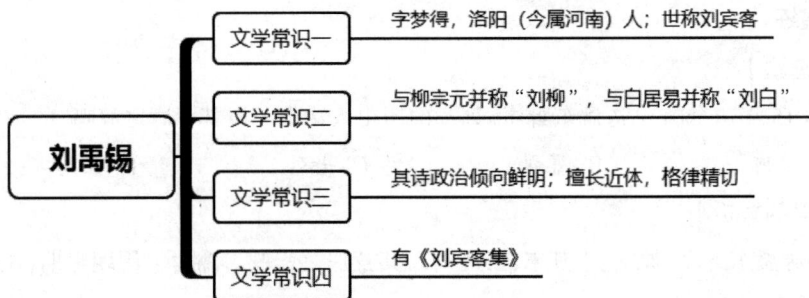

```
                     ┌─ 文学常识一 ── 字梦得,洛阳（今属河南）人；世称刘宾客
                     │
                     ├─ 文学常识二 ── 与柳宗元并称"刘柳",与白居易并称"刘白"
        刘禹锡 ──────┤
                     ├─ 文学常识三 ── 其诗政治倾向鲜明；擅长近体,格律精切
                     │
                     └─ 文学常识四 ── 有《刘宾客集》
```

名师解读

本知识点未在历年真题中考查过,考生对刘禹锡的相关知识,如诗集名等,有所了解即可。

牛刀小试

【单选题】

《刘宾客集》的作者是(　　)

A. 刘桢　　　　　B. 刘过　　　　　C. 刘禹锡　　　　　D. 刘克庄

【答案与解析】

C。刘禹锡,字梦得,世称刘宾客。擅长近体,格律精切。有《刘宾客集》。

知识点 2

《西塞山怀古》 ☆☆☆

西塞山怀古

王濬楼船下益州,金陵王气黯然收。

千寻铁锁沉江底,一片降幡出石头。

人世几回伤往事,山形依旧枕寒流。

今逢四海为家日,故垒萧萧芦荻秋。

——— 重 点 注 解 ———

(1) 西塞山:在今**湖北黄石**,是长江中游要塞,三国时为**东吴**的江防前线。

(2) 王濬:字士治,西晋武帝时官**益州(治今四川成都)刺**史,晋武帝咸宁五年,受命率水师出川东下,**攻灭吴国(东吴)**。

(3) "金陵王气黯然收":金陵为三国时吴国都城,当时名建业,即今**江苏南京**。

(4) 石头:指的是**石头城**,故址在今**江苏南京清凉山**。

——— 思 想 内 容 ———

本诗为**怀古诗**、**七言律诗**。作者借歌咏晋吴兴亡事迹,感慨**地形之不足依恃**,归于国家统一毕竟是大势所趋。通过怀古,作者既警告**藩镇割据势力**勿拥兵自雄,又告诫当政者以**六朝兴亡为鉴**,应居安思危。

——— 层 次 内 容 ———

(1) 前四句侧重**怀古**。第一句从西晋水军进攻落笔,具浩荡的声势,后三句专写大军压境下东吴的苦心防御,却只如摧枯拉朽,一雄壮、一惨淡,力量强弱对比不言自明,几个动词的运用更增加了对比的力度。

(2) 后四句侧重**慨今**,总结历史教训。"人世"句的议论,由东吴推扩到六朝兴亡,"山形"句的写景,归结到题目中西塞山。**末两句以怀古慨今概括诗旨**,收束全诗。

——— 艺 术 特 色 ———

作者对史料的**剪裁颇见功力**:其本意并不在于客观叙述史实,而是从地形险要生出感慨,所以**重点写东吴亡国**,而自晋至唐有六代兴亡则一笔带过。

■ 名师解读

本知识点重点考查客观题。本诗主要考查考生对诗歌原文和重点注解的掌握，尤其是诗中所提到的人名、地名等，需重点识记。

■ 真题演练

【单选题】

1.（2013年·全国）刘禹锡《西塞山怀古》"王濬楼船下益州"，其中王濬是（　　）

　　A. 西晋时人　　　　B. 东晋时人　　　　C. 东汉时人　　　　D. 西汉时人

【答案与解析】

A。王濬字士治，西晋武帝时官益州（治今四川成都）刺史，晋武帝咸宁五年，受命率水师出川东下，攻灭吴国（东吴）。

2.（2018年·全国）《西塞山怀古》的西塞山，在今日（　　）

　　A. 江西境内　　　　B. 湖北境内　　　　C. 山东境内　　　　D. 湖南境内

【答案与解析】

B。西塞山：在今湖北黄石，是长江中游要塞，三国时为东吴的江防前线。

📢 **知识点 3**

■《元和十年自朗州承召至京戏赠看花诸君子》☆

元和十年自朗州承召至京戏赠看花诸君子

紫陌红尘拂面来，无人不道看花回。
玄都观里桃千树，尽是刘郎去后栽。

──────── 重 点 注 解 ────────

（1）桃：指的是**桃花**，比喻朝中的**某些新贵**。

（2）刘郎：为**作者自指**。

──────── 思 想 内 容 ────────

本诗为**七言绝句**，为作者赏花之后有感而作，通过描写人们看桃花的情景，抒发了**压抑在心底的愤懑**，流露出对**朝廷新贵的不满和讽刺**，从一个侧面反映了中唐政治境况。

（据说此诗因"语涉讥刺，执政不悦"，触怒当朝权贵，作者因此被贬往连州。）

──────── 层 次 内 容 ────────

（1）前两句写看花的盛况，从描绘京城的道路着笔，以看花归来人们的满足和愉快，衬托出桃花之繁荣美好，构思巧妙，用笔简洁。

（2）诗的后两句**运用比兴，生发议论**。表层意思是说桃花都种于诗人被贬离开京城后，深层含义则表达了对新贵的不满，讥讽新贵的提拔都是在主张革新的士大夫被贬逐之后。诗歌语含讥讽，言在此而意在彼，富有个性色彩。

名师解读

本知识点考查客观题,其考查频率较低,且主要考查诗歌作者所属和重点注解,考生需着重注意。

真题演练

【单选题】

(2016 年·全国)《元和十年自朗州承召至京戏赠看花诸君子》诗句"玄都观里桃千树,尽是刘郎去后栽","刘郎"指的是(　　)

A. 刘邦　　　　　B. 刘彻　　　　　C. 刘备　　　　　D. 刘禹锡

【答案与解析】

D。刘郎为作者自指,而《元和十年自朗州承召至京戏赠看花诸君子》的作者是刘禹锡。故本题选 D。

第二十一节　柳　宗　元

内 容 提 要

本节所选五篇柳宗元作品,《登柳州城楼寄漳汀封连四州刺史》抒写思念朋友而难以见面之意,表现出一种真挚的友谊;《始得西山宴游记》记叙了作者发现和宴游西山的经过;《钴𬭰潭西小丘记》将柳宗元被贬永州的愤慨与兹丘的遭遇融汇在一起,静静的描绘中有一种生命的力量;《段太尉逸事状》多侧面地表现了段秀实外柔内刚、勇毅见于平易的个性特征;《种树郭橐驼传》批评当时唐朝地方官吏扰民、伤民的行为,反映出作者同情下层百姓的思想和改革弊政的愿望。

知识点 1

柳宗元及其作品

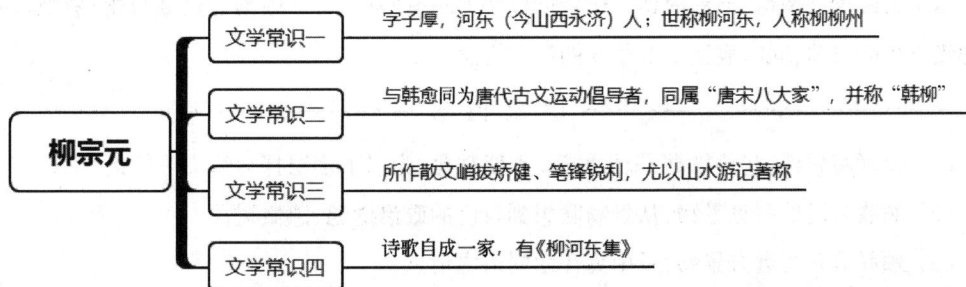

柳宗元

- 文学常识一 —— 字子厚,河东(今山西永济)人;世称柳河东,人称柳柳州
- 文学常识二 —— 与韩愈同为唐代古文运动倡导者,同属"唐宋八大家",并称"韩柳"
- 文学常识三 —— 所作散文峭拔矫健、笔锋锐利,尤以山水游记著称
- 文学常识四 —— 诗歌自成一家,有《柳河东集》

📖 名师解读

本知识点未在历年真题中考查过,考生对柳宗元的相关知识,如作品集等,有所了解即可。

📖 牛刀小试

【单选题】

下列关于柳宗元的表述中,有误的一项是(   )

A. "唐宋八大家"之一   B. 与韩愈并称"韩柳"

C. 所作散文含蓄内敛,质朴平易   D. 诗歌也自成一家

【答案与解析】

C。柳宗元,字子厚,人称柳柳州。所作散文峭拔矫健、笔锋锐利,尤以山水游记著称。有《柳河东集》。C选项说"含蓄内敛,质朴平易"是错误的,因此答案是 C。

📣 知识点 2

📖《登柳州城楼寄漳汀封连四州刺史》☆

登柳州楼寄漳汀封连四州刺史

城上高楼接大荒,海天愁思正茫茫。

惊风乱飐芙蓉水,密雨斜侵薜荔墙。

岭树重遮千里目,江流曲似九回肠。

共来百越文身地,犹自音书滞一乡!

—————— 重点注解 ——————

(1)"漳":指漳州刺史韩泰;"汀":指汀州刺史韩晔;"封":指的是封州刺史陈谏;"连":指连州刺史刘禹锡。

(2)九回肠:指愁绪盘曲郁结。语出司马迁《报任安书》:"肠一日而九回。"

—————— 思 想 内 容 ——————

本诗为**政治抒情诗**、**七言律诗**。作者借登楼远眺,抒发了自己**政治上遭受打击**、被贬远州后**郁愤不平**的感情,同时表达了对挚友的深切思念。

—————— 层 次 内 容 ——————

(1)首联写登楼,起势极高,境界阔远,**点明愁思**,为以下逐层抒写渲染了气氛。

(2)颔联写近处所见景物,从景物联想到自己的**政治遭遇**,感慨遥深。

(3)颈联放开写**远方景物**,景中寓怀念同道之情。

(4)尾联以"**共来**"扣题,归结到寄诸友本意,阻隔遥远、聚会无期的惆怅情愫,曲曲传出。

---------- 艺 术 特 色 ----------

中间四句**对偶极佳**:

(1) 颔联"惊风乱飐芙蓉水,密雨斜侵薜荔墙",是**工对**,铢两悉称,描写细致。且在**赋中兼有比兴**,既是写风狂雨骤的眼前实景,"芙蓉""薜荔"又是**象征意象**,以芳洁美好的事物作为作者人格的写照,寓意深刻。

(2) 颈联"岭树重遮千里目,江流曲似九回肠",又是流水对,前后连贯,以**骈偶之词**运单行之气,意境深远。

名师解读

本知识点主要围绕对偶极佳的中间四句来考查。考生需识记这四句诗的出处,并且理解这四句诗的特别之处在哪儿,尤其是"惊风乱飐芙蓉水,密雨斜侵薜荔墙",考生需重点掌握。

真题演练

【简答题】

(2015 年·全国)简析《登柳州城楼寄漳汀封连四州刺史》"惊风乱飐芙蓉水,密雨斜侵薜荔墙"二句赋中兼有比兴的特色。

【答案与解析】

既是风狂雨骤的眼前实景,"芙蓉""薜荔"又是象征意象,以芳洁美好的事物作为作者人格的写照,寓意深刻。

知识点 3

《始得西山宴游记》☆☆

始得西山宴游记(节选)

遂命仆人过湘江,缘染溪,斫榛莽,焚茅茷,穷山之高而止。攀援而登,箕踞而遨,则凡数州之土壤,皆在衽席之下。其高下之势,岈然,洼然,若垤,若穴。尺寸千里,攒蹙累积,莫得遁隐。萦青缭白,外与天际,四望如一。然后知是山之特立,不与培塿为类。悠悠乎与颢气俱,而莫得其涯;洋洋乎与造物者游,而不知其所穷。引觞满酌,颓然就醉,不知日之入。苍然暮色,自远而至,至无所见,而犹不欲归。心凝形释,与万化冥合。然后知吾向之未始游,游于是乎始。

---------- 重 点 注 解 ----------

本篇是作者《永州八记》的**第一篇**,作于唐宪宗元和四年。由此可知,题目中的"西山"在**永州**。

补充注解:

(1) "自余为僇人,居是州"中,"**僇人**"指**受刑戮的人**,犹言罪人,指因罪被贬谪之人;

"僇"同"戮",刑辱的意思;"是州"指此州,即永州。

(2) 法华西亭:指**零陵**城内东山上法华寺西的亭子,为作者元和四年所建。

(3) "意有所极,梦亦同趣"中,"趣"通"趋",往的意思。

—————— 思 想 内 容 ——————

本文记叙了作者游览西山的经过,突出了作者**在游览中获得的精神感悟**,体现出作者在**革新失败**、**身受贬谪**后依然坚持**特立独行**的思想品格。

—————— 层 次 内 容 ——————

文章主体分成两部分:前一部分记述游西山之前平日的游览情景;后一部分记述宴游西山的经过和感受。这两部分彼此呼应,章法井然。

—————— 艺 术 特 色 ——————

写景运用**对比**、**烘托**手法:文中写西山景观一段,无一句正面描绘西山,却又句句是在写西山之"怪特"。且通过西山与众山的高下对比,从侧面烘托西山的高峻及非凡气势。

■ **名师解读**

本知识点考查客观题、主观题。客观题方面,围绕文中的重点注解来考查,尤其是特定的地点名称,考生需着重注意;主观题方面,则围绕本文的艺术特色来考查,考生需重点记忆。

■ **真题演练**

【单选题】

(2017 年·全国)《始得西山宴游记》中的"西山"在(　　)

A. 柳州　　　　　B. 永州　　　　　C. 河东　　　　　D. 成都

【答案与解析】

B。《始得西山宴游记》是作者《永州八记》的第一篇,为柳宗元被贬永州时所作,故"西山"应在永州。

【简答题】

(2005 年·全国)柳宗元《始得西山宴游记》是如何描写西山之高峻的?

【答案与解析】

文中写西山景观一段,无一句正面描绘西山,却又句句是在写西山之"怪特"。且通过西山与众山的高下对比,从侧面烘托西山的高峻及非凡气势。

知识点 4

■ **《钴鉧潭西小丘记》** ☆

钴鉧潭西小丘记(节选)

即更取器用,铲刈秽草,伐去恶木,烈火而焚之。嘉木立,美竹露,奇石显。由其中以望,则山之高,云之浮,溪之流,鸟兽之遨游,举熙熙然回巧献技,以效兹丘之下。枕席而卧,则清冷之状与目谋,潺潺之声与耳谋,悠然而虚者与神谋,渊然而静者与心谋。不匝旬而得异地者二,虽古好事之士,或未能至焉。

——— 重 点 注 解 ———

《钻鉧潭西小丘记》:为《永州八记》**第三篇**,故应作于作者被贬永州期间。

补充注解:

(1)"唐氏之弃地,货而不售"中,"货"是**出卖**的意思。

(2)"以兹丘之胜,致之沣、镐、鄠、杜"中,"沣、镐、鄠、杜"都在唐代都城**长安(今西安)**附近,当时豪门贵族多居住在这些地方。

——— 思 想 内 容 ———

本文是一篇寓意深远的**山水小品**。文章借小丘原有嘉木、美竹、奇石、溪流,但因秽草恶木的包围而成为弃地的遭际,暗喻自己有**美好的操守**、**远大的抱负**,却**遭排挤**、**被贬谪**的境遇,抒发了自己**怀才不遇**的愤懑心情。

——— 艺 术 特 色 ———

作者描绘山水的手法颇为奇特:

(1)**以动写静**,如写石"负土而出""欹然相累而下""冲然角列而上",形象生动,将静的物描绘出动态,且"色色写得生活,尤为难得"。

(2)**化景为趣**,作者把自己的感情倾注于自然界中的每一物,然后他又能从中发现妙趣和奇趣。如将枕席而欣赏大自然写成"潺潺之声与耳谋,悠然而虚者与神谋,渊然而静者与心谋",这种感应原是很难表达的,但在作者的笔下不仅写活了,而且妙不可言。

■ **名师解读**

本知识点考查频率不高,考生对本文的相关知识有所了解即可。

■ **真题演练**

【单选题】

(2014年·全国)柳宗元《钻鉧潭西小丘记》作于(   )

A. 漳州   B. 汀州   C. 永州   D. 柳州

【答案与解析】

C。《钻鉧潭西小丘记》是柳宗元《永州八记》中的第三篇,故此文应作于作者被贬永州期间。

知识点5

■《段太尉逸事状》☆☆☆

段太尉逸事状（节选）

淮西寓军帅尹少荣，刚直士也。入见谌，大骂曰："汝诚人耶？泾州野如赭，人且饥死；而必得谷，又用大杖击无罪者。段公，仁信大人也，而汝不知敬。今段公唯一马，贱卖市谷入汝，汝又取不耻。凡为人傲天灾、犯大人、击无罪者，又取仁者谷，使主人出无马，汝将何以视天地，尚不愧奴隶耶！"谌虽暴抗，然闻言则大愧流汗，不能食，曰："吾终不可以见段公！"一夕，自恨死。

—— 重 点 注 解 ——

"段太尉"：指**段秀实**，因反对朱泚作乱称帝被害，追赠太尉；"状"：本是旧时详记死者世系、名字、爵里、行治、寿年的文体。

补充注解：

（1）"汾阳王以副元帅居蒲"中，"汾阳王"指**郭子仪**，因平定安史之乱有功，封汾阳郡王。

（2）"太尉列卒取十七人，皆断头注槊上，植市门外"中，"植"指**竖立**。

（3）"解佩刀，选老躄者一人持马"中，"老躄者"指**年老而且腿跛的人**。

（4）"副元帅勋塞天地，当务始终"中，"副元帅"指**汾阳王郭子仪**。

（5）"大乱由尚书出，人皆曰尚书倚副元帅，不戢士"中，"尚书"指**郭子仪第三子郭晞**。

—— 思 想 内 容 ——

本文是柳宗元**人物传记中的代表作品**。作者选择了传主生平的三件逸事，以突现其**刚勇**、**仁义**及气节凛然的形象。三者交相辉映，多侧面地表现出了段太尉**外柔内刚，勇毅见于平易之中**的个性特征，刻画了封建社会一位**正直廉洁**的官吏形象。

—— 艺 术 特 色 ——

（1）"以备史乘"：全文**不着一句议论**，纯用冷静的笔调作客观的记叙，繁处不避细琐，简处不失要害，而作者的褒扬褒贬则暗寓其中，很好地体现了"以备史乘"的写作意图。

（2）**对比衬托**：在文章中，作者以**白孝德之懦怯，焦令谌之横暴**及朱泚之奸诈作对比衬托，使段秀实的形象倍添光彩。

（3）**打破事件原有的时间顺序重新排列**：本文所记"**勇服郭晞**""**仁愧焦令谌**""**节显治事堂**"三件逸事，其中尤以"**勇服郭晞**"最为丰赡生动，矛盾冲突尖锐曲折，人物形象鲜明丰满，情节发展富于戏剧性。作者打破事件原有的时间顺序，将记叙这事件提至"**仁愧焦令谌**"之前，**以先声夺人**，突出了文章的艺术效果。

■ **名师解读**

本知识点考查客观题、主观题。客观题方面,主要围绕文章情节、文中的人物代称来考查;主观题方面,则主要围绕本文的艺术特色来考查,尤其是本文有意打破时间顺序这一点更需考生着重注意。

■ **真题演练**

【单选题】

1.(2015 年·全国)《段太尉逸事状》:"大乱由尚书出,人皆曰尚书倚副元帅,不戢士。"这里"尚书"指的是( )

　　A.郭晞　　　　　　B.郭子仪　　　　　　C.焦令谌　　　　　　D.朱泚

【答案与解析】

A。此句是段太尉对郭晞所说,译为:"大乱从您这儿发生,人们都会说您是倚仗了副元帅的势力,不管束部下。"

2.(2016 年·全国)《段太尉逸事状》写段秀实平定郭晞部下之乱,重在表现他的( )

　　A.刚勇　　　　　　B.忠诚　　　　　　C.仁义　　　　　　D.气节

【答案与解析】

A。本文记述了段秀实"勇服郭晞""仁愧焦令谌""节显治事堂"三件逸事。由此可知,段秀实平定郭晞部下是以"勇"服人,故本题选 A。

【简答题】

(2011 年·全国)请结合作品,具体分析《段太尉逸事状》在叙事时间安排上的特点。

【答案与解析】

本文所记"勇服郭晞""仁愧焦令谌""节显治事堂"三件逸事,其中尤以"勇服郭晞"最为丰赡生动,矛盾冲突尖锐曲折,人物形象鲜明丰满,情节发展富于戏剧性。作者打破事件原有的时间顺序,将记叙这事件提至"仁愧焦令谌"之前,以先声夺人,突出了文章的艺术效果。

知识点 6

■ **《种树郭橐驼传》** ☆☆☆

种树郭橐驼传(节选)

对曰:"橐驼非能使木寿且孳也,能顺木之天,以致其性焉尔。凡植木之性,其本欲舒,其培欲平,其土欲故,其筑欲密。既然已,勿动勿虑,去不复顾。其莳也若子,其置也若弃,则其天者全而其性得矣。故吾不害其长而已,非有能硕茂之也;不抑耗其实而已,非有能早而蕃之也。他植者则不然,根拳而土易,其培之也,若不过焉则不及。苟有能反是者,则又爱之太恩,忧之太勤,旦视而暮抚,已去而复顾。甚者爪其肤以验其生枯,摇其本以观其疏密,而木之性日以离矣。虽曰爱之,其实害之;虽曰忧之,其实仇之,故不我若也。吾又何能为哉!"

重 点 注 解

(1)《种树郭橐驼传》作于永贞元年,当时作者在**长安**任监察御史里行。

(2)字:指的是**养育**。

思 想 内 容

本文是一篇纪传体的讽喻性散文,针对中唐时期政苛令烦、民不聊生的现实,借郭橐驼谈种树之道,形象地提出自己的重要政治观点:**与民休养生息,不可生事扰民**。

艺 术 特 色

(1) 本文兼有传记文和寓言的特点:

① 就其**历叙人物姓名、籍里、职业及对人物作正写反衬等笔法**来看,是传记文格局;就其**借种树之道以喻为官治民之道**来看,则又是寓言性质。

② 这种融合有助于**叙议契合、事理相生**。

(2) 本文说理采用**类比和对比**:

① 作者将**种树类比治民**,用种树应"顺木之天以致其性",类比治民应"顺民之天以致民之性";又将**郭橐驼**与"**他植者**"在种树的态度、方法及结果诸方面进行**对比**。

② 通过这两个途径,作者简明生动地阐明了自己的思想观点。

■ **名师解读**

本知识点考查客观题、主观题。客观题方面,主要围绕文章情节和本文的文体特点来考查;主观题方面,则主要围绕艺术特色来考查。

■ **真题演练**

【单选题】

(2013 年·全国)下列作品中,同时兼有传记与寓言特点的是( )

A. 柳宗元《种树郭橐驼传》   B. 柳宗元《段太尉逸事状》

C. 韩愈《张中丞传后叙》   D. 韩愈《祭十二郎文》

【答案与解析】

A。柳宗元《种树郭橐驼传》同时兼有传记与寓言特点,将两种文体熔为一炉。

① 就其**历叙人物姓名、籍里、职业及对人物作正写反衬等笔法**来看,是传记文格局;就其借种树之道以喻为官治民之道来看,则又是寓言性质。

② 这种融合有助于叙议契合、事理相生。

【多选题】

(2016 年·全国)《种树郭橐驼传》写"他植者"照顾树木的错误做法有( )

A. 去不复顾   B. 已去而复顾

C. 其置也若弃　　　　　　　　D. 旦视而暮抚

E. 爪其肤以验生枯

【答案与解析】

BDE。《种树郭橐驼传》原文："他植者则不然,苟有能反是者,则又爱之太恩,忧之太勤,旦视而暮抚,已去而复顾。甚者爪其肤以验其生枯。"

【论述题】

(2015年·全国)分析柳宗元《种树郭橐驼传》的主旨与说理方法。

【答案与解析】

(1)主旨:针对政苛令烦、民不聊生的现实,借用种树之道,形象地提出自己的观点:与民休养生息,不可生事扰民。

(2)本文说理采用类比和对比方法:将种树类比治民,以种树应该"顺木之天以致其性",类比治民应"顺民之天以致民之性"。又将郭橐驼与"他植者"在种树态度、方法及结果诸方面进行对比。

第二十二节　张　　籍

内容提要

《江南曲》为张籍所作的一首乐府诗,其诗描绘了一幅水国风光和人民生活习俗的风情画。

知识点 1

张籍及其作品☆

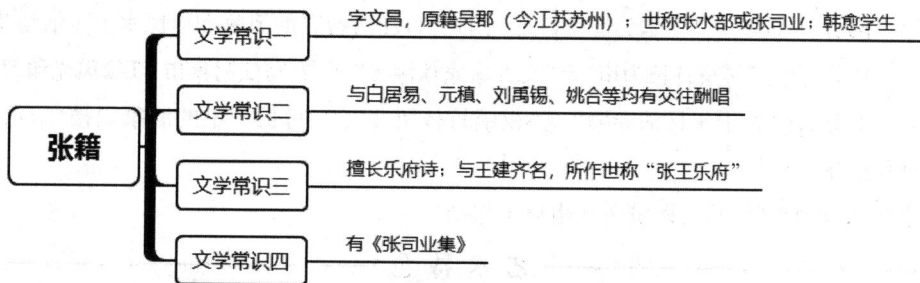

	文学常识一	字文昌,原籍吴郡(今江苏苏州);世称张水部或张司业;韩愈学生
张籍	文学常识二	与白居易、元稹、刘禹锡、姚合等均有交往酬唱
	文学常识三	擅长乐府诗;与王建齐名,所作世称"张王乐府"
	文学常识四	有《张司业集》

名师解读

本知识点考查客观题。考查内容主要围绕张籍的作品集和张籍在文学史上的地位展开,考生需着重注意。

■ 真题演练

【单选题】

(2007年·全国)《张司业集》的作者是(　　　)

A. 张籍　　　　　B. 张志和　　　　　C. 张若虚　　　　　D. 张先

【答案与解析】

A。张籍,字文昌,世称张水部或张司业。与王建齐名,所作世称"张王乐府"。有《张司业集》。

知识点 2

■ 《江南曲》

江 南 曲

江南人家多橘树,吴姬舟上织白苎。土地卑湿饶虫蛇,连木为牌入江住。
江村亥日长为市,落帆渡桥来浦里。青莎覆城竹为屋,无井家家饮潮水。
长干午日沽春酒,高高酒旗悬江口。娼楼两岸悬水栅,夜唱竹枝留北客。
江南风土欢乐多,悠悠处处尽经过。

—————— 重 点 注 解 ——————

(1)《江南曲》是乐府《相和歌辞》旧题。曲:一作"行"。

(2) 长干:即长干里,在今江苏南京。

—————— 思 想 内 容 ——————

(1) 本诗为乐府诗。

(2) 诗歌截取了最具有江南特色的当地风物和生活景象,细致描绘了一幅水国风光和人民生活习俗的风情画,表达了作者对江南的热爱与眷恋,对和平安定生活的赞美和向往。

—————— 层 次 内 容 ——————

第一部分,从起首至"连木为牌入江住"四句,写江南特有的风物和居民水上生活情景。

第二部分,自"江村亥日长为市"至"无井家家饮潮水"四向,写江村集市、江镇风光和习俗。

第三部分,自"长干午日沽春酒"至"夜唱竹枝留北客",写长干里的酒家娼楼,暗示江南的富庶和繁华。

第四部分为最后两句,以赞美江南风土作结。

—————— 艺 术 特 色 ——————

诗歌熔写景、叙事、议论和抒情于一炉,意境清深,造语天然,风格平易自然。

■ 名师解读

本知识点未在历年真题中考查过,考生对本诗的相关知识有所了解即可。

牛刀小试

【单选题】

1.《江南曲》为乐府旧题,属于(　　)

　　A.《郊庙歌辞》　　　　B.《鼓吹曲辞》　　　　C.《清商曲辞》　　　　D.《相和歌辞》

【答案与解析】

D。《江南曲》是乐府《相和歌辞》旧题。

2. 张籍《江南曲》的风格是(　　)

　　A. 婉约秀丽　　　　B. 平易自然　　　　C. 清新质朴　　　　D. 凄婉沧桑

【答案与解析】

B。张籍《江南曲》熔写景、叙事、议论和抒情于一炉,意境清深,造语天然,风格平易自然。

3.《江南曲》"长干午日沽春酒,高高酒旗悬江口"中,"长干"在今(　　)

　　A. 浙江杭州　　　　B. 江苏南京　　　　C. 福建福州　　　　D. 湖南长沙

【答案与解析】

B。长干:即长干里,在今江苏南京。

第二十三节　王　　建

内 容 提 要

　　《水夫谣》为王建所作七言古诗,通过描写水边纤夫的辛劳痛苦,反映出当时徭役的繁重使人民不堪忍受,体现出作者关心民瘼,对贫苦人民深表同情。

知识点 1

王建及其作品☆

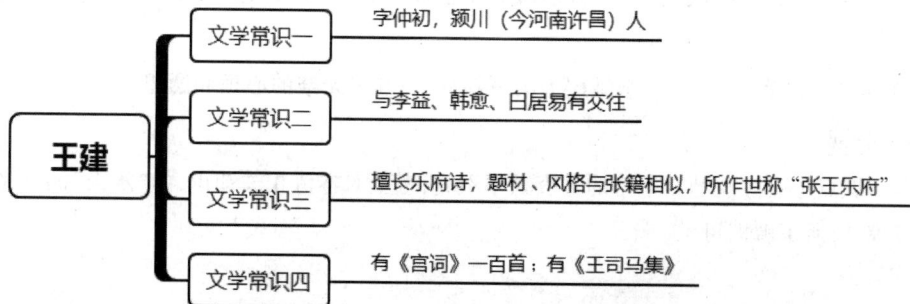

王建
- 文学常识一 —— 字仲初,颍川 (今河南许昌) 人
- 文学常识二 —— 与李益、韩愈、白居易有交往
- 文学常识三 —— 擅长乐府诗,题材、风格与张籍相似,所作世称"张王乐府"
- 文学常识四 —— 有《宫词》一百首;有《王司马集》

■ 名师解读

本知识点考查客观题。本知识点的考查,主要集中在王建的作品上,如《宫词》一百首、《王司马集》等。

■ 真题演练

【单选题】

(2017 年·全国)《宫词》一百首的作者是(　　　)

A. 张籍　　　　　B. 王建　　　　　C. 顾况　　　　　D. 贾岛

【答案与解析】

B。王建,字仲初,颍川(今河南许昌)人。作品有《宫词》一百首和《王司马集》。

知识点 2

■ 《水夫谣》☆

水 夫 谣

苦哉生长当驿边,官家使我牵驿船。辛苦日多乐日少,水宿沙行如海鸟。
逆风上水万斛重,前驿迢迢后森森。半夜缘堤雪和雨,受他驱遣还复去。
夜寒衣湿披短蓑,臆穿足裂忍痛何!到明辛苦无处说,齐声腾踏牵船歌。
一间茅屋何所直,父母之乡去不得。我愿此水作平田,长使水夫不怨天。

—— 重 点 注 解 ——

"水夫":指的是纤夫。

—— 思 想 内 容 ——

本诗为**乐府诗**、**记事名篇**,描写江上纤夫的辛劳痛苦,反映出当时**徭役的繁重**,体现出作者同情下层贫苦百姓悲惨命运的**人道情怀**。

—— 层 次 内 容 ——

本诗设为**第一人称**,以**纤夫自述**的口吻直接叙说,可分为三个部分:

(1) 自首句至"水宿沙行如海鸟"为第一部分,总叙纤夫**被奴役的痛苦**。

(2) 自"逆风上水万斛重"至"齐声腾踏牵船歌"为第二部分,具体描述**纤夫白天黑夜的劳作**。

(3) 自"一间茅屋何所直"至结尾为第三部分,写纤夫**无奈的心理和愿望**。

■ 名师解读

本知识点考查客观题。本诗的考查频率不高,考生对本诗相关知识,如"水夫"的含义、诗歌体裁等,有所了解即可。

■ **真题演练**

【单选题】

（2017年·全国）王建《水夫谣》中的"水夫"指的是（　　）

A. 船夫　　　　B. 纤夫　　　　C. 水兵　　　　D. 卖水者

【答案与解析】

B。水夫：纤夫。内河中的船遇到浅水，往往难以前进，需要有人用纤绳拉着前进，以拉船为生的人就是纤夫。

第二十四节　白　居　易

内　容　提　要

　　本节所选的三首白居易的诗歌中，《轻肥》是一首现实主义诗篇，讽刺了当时宦官专权的情况；《上阳白发人》通过描写一位上阳宫女长达四十余年的幽禁遭遇，揭示了"后宫佳丽三千人"的悲惨命运；《长恨歌》则形象地叙述了唐玄宗与杨贵妃的爱情悲剧。

知识点 1

■ **白居易及其作品** ☆☆

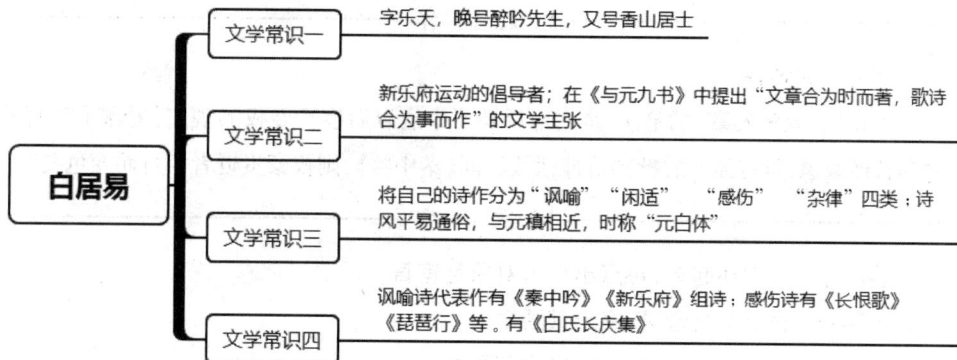

白居易
- 文学常识一：字乐天，晚号醉吟先生，又号香山居士
- 文学常识二：新乐府运动的倡导者；在《与元九书》中提出"文章合为时而著，歌诗合为事而作"的文学主张
- 文学常识三：将自己的诗作分为"讽喻""闲适""感伤""杂律"四类；诗风平易通俗，与元稹相近，时称"元白体"
- 文学常识四：讽喻诗代表作有《秦中吟》《新乐府》组诗；感伤诗有《长恨歌》《琵琶行》等。有《白氏长庆集》

■ **名师解读**

　　本知识点主要考查客观题。对于白居易，主要考查其作品，如《秦中吟》《琵琶行》等。另外，考生对白居易的相关文学主张也应有所了解。

■ 真题演练

【多选题】

(2018年·全国)下列作品是白居易创作的有(　　)

A.《长恨歌》 　　　　　　　　　　 B.《琵琶行》

C.《秦中吟》 　　　　　　　　　　 D.《登高》

E.《与元九书》

【答案与解析】

ABCE。《登高》是杜甫所作的一首七言律诗,其余四项均为白居易所作,故选ABCE。

知识点2

■ 《轻肥》☆

轻　肥

意气骄满路,鞍马光照尘。借问何为者,人称是内臣。

朱绂皆大夫,紫绶悉将军。夸赴军中宴,走马去如云。

尊罍溢九酝,水陆罗八珍。果擘洞庭橘,脍切天池鳞。

食饱心自若,酒酣气益振。是岁江南旱,衢州人食人。

—————————— 重 点 注 解 ——————————

(1)《轻肥》:选自《秦中吟》,题一作《江南旱》。轻肥:轻裘和肥马,语出《论语·雍也》。

(2)衢州:指的就是今浙江衢州。

—————————— 思 想 内 容 ——————————

(1)本诗为讽喻诗。

(2)本诗以"直赋其事"的笔法,真实地反映了中唐以后宦官专权的现实,揭露了宦官的豪华奢靡和骄横跋扈,具有强烈的批判精神,所以"闻《秦中吟》,则权豪贵近者相目而变色矣"。

—————————— 层 次 内 容 ——————————

(1)前四句先以叙述起笔,再点出抨击对象是宦官。

(2)次四句写宦官走马赴宴,突出其骄横。

(3)然后六句写军中宴会的场面,突出其豪奢。

(4)最后两句笔锋推向当时国情,展现江南大旱、饥民相食的惊心动魄一幕。

—————————— 艺 术 特 色 ——————————

对比手法:本诗末两句,展现"是岁江南旱,衢州人食人"的残酷事实,这与前面的描叙内容形成鲜明对比,有力揭示出社会不公,撼人心魄。

■ 名师解读

本知识点考查客观题。本诗考查频率不高,主要考查诗中名句"是岁江南旱,衢州人食人"的所属及其艺术特色,考生需着重注意。

■ 真题演练

【单选题】

(2014年·全国)"是岁江南旱,衢州人食人"出自(   )

A. 杜甫《又呈吴郎》　　　　　B. 张籍《江南曲》

C. 王建《水夫谣》　　　　　　D. 白居易《轻肥》

【答案与解析】

D。白居易《轻肥》原文:"食饱心自苦,酒酣气益振。是岁江南旱,衢州人食人"。

知识点 3

■ 《上阳白发人》☆

上阳白发人

愍怨旷也

上阳人,上阳人,红颜暗老白发新。绿衣监使守宫门,一闭上阳多少春!玄宗末岁初选入,入时十六今六十;同时采择百余人,零落年深残此身。忆昔吞悲别亲族,扶入车中不教哭。皆云入内便承恩,脸似芙蓉胸似玉。未容君王得见面,已被杨妃遥侧目。妒令潜配上阳宫,一生遂向空房宿。宿空房,秋夜长;夜长无寐天不明:耿耿残灯背壁影,萧萧暗雨打窗声。春日迟,日迟独坐天难暮:宫莺百啭愁厌闻,梁燕双栖老休妒。莺归燕去长悄然,春往秋来不记年;唯向深宫望明月,东西四五百回圆。今日宫中年最老,大家遥赐尚书号。小头鞋履窄衣裳,青黛点眉眉细长。外人不见见应笑,天宝末年时世妆。上阳人,苦最多;少亦苦,老亦苦。少苦老苦两如何?君不见昔时吕向《美人赋》,又不见今日上阳白发歌!

———————— 重 点 注 解 ————————

(1) 本篇是白居易《新乐府》五十篇的第七篇。上阳:宫殿名,在**东都洛阳**西南。

(2) "梁燕双栖老休妒":因为青春已逝,看到梁上燕子双栖不再羡妒。这是徒伤年老之辞。

(3) 大家:是宫中对**皇帝**的称呼。

———————— 思 想 内 容 ————————

本诗是一首著名的**政治讽喻诗**。通过上阳宫女一生幽闭深宫的悲惨遭遇,控诉了最高封建统治者**广选妃嫔**的残恶行径。

━━━━━━━━━━ 层 次 内 容 ━━━━━━━━━━

本诗分为五部分：

（1）自开头到"零落年深残此身"为第一部分，写**上阳宫环境和老宫女身世**。

（2）自"忆昔吞悲别亲族"到"一生遂向空房宿"为第二部分，追忆她入宫的往事。

（3）自"宿空房，秋夜长"到"东西四五百回圆"为第三部分，具体描写**宫女在上阳宫的寂寞岁月**。

（4）自"今日宫中年最老"至"天宝末年时世妆"为第四部分，描写**上阳宫女垂暮之年的情状**。

（5）诗的尾声为第五部分，卒章显志，直接抒发**诗人的感慨**。

━━━━━━━━━━ 艺 术 特 色 ━━━━━━━━━━

（1）语言**通俗易懂**，风格**平易自然**，具有**民歌风调**：它采用"三、三、七"的句式和民歌中常用的"顶针"修辞手法，音韵转换灵活。

（2）整首诗以**叙事**为主，不断穿插景物描写和心理刻画，加上简洁的抒情和议论，显得生动形象。

■ **名师解读**

本知识点考查客观题、主观题。客观题方面，主要围绕诗歌原文进行考查；主观题方面，则主要围绕本诗的艺术特色进行考查。

■ **真题演练**

（2015年·全国）下列诗句，出自白居易《上阳白发人》的是（　　　）

A. 寂寂寥寥扬子居，年年岁岁一床书　　　B. 此时相望不相闻，愿逐月华流照君

C. 唯向深宫望明月，东西四五百回圆　　　D. 迟迟钟鼓初长夜，耿耿星河欲曙天

【答案与解析】

C。"唯向深宫望明月，东西四五百回圆"出自白居易《上阳白发人》。"寂寂寥寥扬子居，年年岁岁一床书"出自卢照邻《长安古意》；此时相望不相闻，愿逐月华流照君，出自张若虚《春江花月夜》；"迟迟钟鼓初长夜，耿耿星河欲曙天"出自白居易《长恨歌》。

【论述题】

（2016年·全国）分析白居易《上阳白发人》一诗的艺术风格。

【答案与解析】

（1）语言通俗易懂，风格平易自然，具有民歌风调：它采用"三、三、七"的句式和民歌中常用的"顶针"修辞手法，音韵转换灵活。

（2）整首诗以叙事为主，不断穿插景物描写和心理刻画，加上简洁的抒情和议论，显得生动形象。

知识点 4

■ **《长恨歌》** ☆☆☆

长恨歌(节选)

　　杨家有女初长成,养在深闺人未识。天生丽质难自弃,一朝选在君王侧。回眸一笑百媚生,六宫粉黛无颜色。春寒赐浴华清池,温泉水滑洗凝脂。侍儿扶起娇无力,始是新承恩泽时。云鬓花颜金步摇,芙蓉帐暖度春宵。春宵苦短日高起,从此君王不早朝。

　　……

　　中有一人字太真,雪肤花貌参差是。金阙西厢叩玉扃,转教小玉报双成。闻道汉家天子使,九华帐里梦魂惊。揽衣推枕起徘徊,珠箔银屏迤逦开。云髻半偏新睡觉,花冠不整下堂来。风吹仙袂飘飘举,犹似霓裳羽衣舞。玉容寂寞泪阑干,梨花一枝春带雨。

—————— **重 点 注 解** ——————

　　"春寒赐浴华清池,温泉水滑洗凝脂"中,"华清池"为唐玄宗所建华清宫温泉浴池,在今**陕西西安**;"凝脂"语出《**诗经·卫风·硕人**》:"肤如凝脂。"形容女性皮肤白嫩滑润。

　　补充注解:

　　(1)"金屋妆成娇侍夜"中,"金屋"指装饰华丽的房屋。据说**汉武帝**年幼时,姑母长公主问他长大后是否娶自己女儿阿娇为妻。汉武帝回答"若得娇,当以金屋贮之"。

　　(2)"渔阳鼙鼓动地来"中,"渔阳鼙鼓"指天宝十四年**安禄山起兵叛唐**。

　　(3)"九重城阙烟尘生"中,"九重城阙"指京城,语出**宋玉**《**九辩**》。

—————— **思 想 内 容** ——————

　　本诗主题呈现出复杂性,学术界主要有三种说法,即讽喻说、爱情说和双重主题说。

　　(1)此诗对李、杨悲剧的描述,虽依据了一定的史实与传说,但已融进了作者许多**艺术想象和加工创造**。诗歌叙述的是一出被美化了的**宫廷爱情悲剧**。对李、杨的生死相隔,作者**深表同情**。对李、杨感情的生死不渝,则不禁**感动与激赏**。

　　(2)尽管此诗前半部分的有些描述对李、杨的荒淫误国有所**讥刺讽喻**,但作者的旨意,显然还是**对爱情悲剧的同情与对人间真爱的歌颂**。

—————— **层 次 内 容** ——————

　　本诗为长篇叙事诗,按其情节发展,大致可分为四个部分:

　　(1)从开头到"尽日君王看不足"为第一部分,写唐玄宗李隆基和杨玉环的**爱情生活及李隆基沉迷于声色**。

　　(2)从"渔阳鼙鼓动地来"到"不见玉颜空死处"为第二部分,写安史之乱中**兵变爆发**,贵妃殒命,李隆基感伤不已。

（3）从"君臣相顾尽沾衣"到"魂魄不曾来入梦"为第三部分，写**李隆基重归长安后对杨玉环的无限思念**。

（4）其余为第四部分，写道士在仙境找到杨玉环和杨玉环对李隆基的**忠贞不渝之情**，最后两句点明"长恨"的题旨。

—————— 艺 术 特 色 ——————

（1）通过描写人物情感活动推动情节发展。本诗**情节生动曲折**，这既因李、杨情事本身的**离奇独特**，也得力于诗人的精心构思。例如，马嵬坡事变后，按理李、杨悲剧已经完成，作者却在后面用大量篇幅叙写李赴蜀、还京、回宫一路对杨的无穷思念，细致刻画其内心活动，于是生发出道士寻找杨玉环、杨玉环在仙境等一系列情节，**使人物形象更加丰满**，悲剧气氛更加**浓烈**，"长恨"的抒情主题也更加强化。

（2）全诗语言优美明丽、自然流畅，运用**对偶**、**排比**、**顶针**等多种修辞方法娴熟自如，诚为古代长篇歌行中的绝唱。

—————— 人 物 形 象 ——————

（1）主要突出了李隆基早先的**荒淫误国**和后来对杨玉环的**笃诚思恋**，侧重描绘了杨玉环的**娇媚恃宠**及在蓬莱仙境仍对李隆基**忠贞不渝**。

（2）作者**将笔触深入到人物内心**，如第三段"夕殿萤飞思悄然"以下几句，细致刻画了李隆基从傍晚到入夜、到夜深、到黎明、到清晨整整一夜的心理活动；再如，"闻道汉家天子使"以下写杨玉环的震惊、激动、惶恐、急切、悲楚、委屈、感激等诸般感情，可谓"无一字不深入人情，而且刺心透髓"。

📖**名师解读**

本知识点考查客观题、主观题。客观题方面，主要围绕诗中的故事情节、所用典故来考查；主观题方面，则主要围绕本诗主题复杂性、艺术特色进行考查。

📖**真题演练**

【多选题】

（2016年·全国）下列《长恨歌》诗句中，描写杨贵妃的有（　　　）

A. 回眸一笑百媚生　　　　　　B. 梨园弟子白发新

C. 孤灯挑尽未成眠　　　　　　D. 揽衣推枕起徘徊

E. 梨花一枝春带雨

【答案与解析】

ADE。"回眸一笑百媚生""揽衣推枕起徘徊""梨花一枝春带雨"描写的是杨贵妃。"梨园弟子白发新"描写的是戏子、宫女。"孤灯挑尽未成眠"描写的是唐明皇。

【论述题】

（2010年·全国）试述《长恨歌》主题的复杂性。

关于诗的主题,学术界主要有三种说法,即讽喻说、爱情说和双重主题说。

(1)此诗对李、杨悲剧的描述,虽依据了一定的史实与传说,但已融进了作者许多艺术想象和加工创造。诗歌叙述的是一出被美化了的宫廷爱情悲剧。对李、杨的生死相隔,作者深表同情。对李、杨感情的生死不渝,则不禁感动与激赏。

(2)尽管此诗前半部分的有些描述对李、杨的荒淫误国有所讥刺讽喻,但作者的旨意,显然还是对爱情悲剧的同情与对人间真爱的歌颂。

第二十五节　元　　稹

内 容 提 要

《遣悲怀》为元稹思念已故妻子所作组诗。本诗为第二首,主要写妻子死后的"百事哀"。

知识点 1

■ 元稹及其作品☆

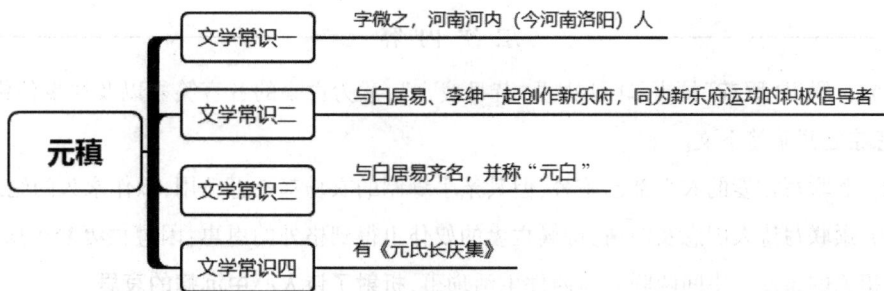

```
            ┌─ 文学常识一 ── 字微之,河南河内(今河南洛阳)人
            │
            ├─ 文学常识二 ── 与白居易、李绅一起创作新乐府,同为新乐府运动的积极倡导者
  元稹 ─────┤
            ├─ 文学常识三 ── 与白居易齐名,并称"元白"
            │
            └─ 文学常识四 ── 有《元氏长庆集》
```

■ 名师解读

本知识点考查客观题。内容为元稹在文学史上的地位,即与白居易齐名,并称"元白"。另外,考生对于元稹的作品集应有所了解即可。

■ 真题演练

【单选题】

(2018 年·全国)与白居易并称的诗人是(　　　)

A. 韩愈　　　　　B. 柳宗元　　　　　C. 元稹　　　　　D. 孟郊

【答案与解析】

C。元稹与白居易、李绅一起创作新乐府,同为新乐府运动的积极倡导者,与白居易齐名,并称"元白"。

知识点 2

■《遣悲怀》（昔日戏言身后意）☆☆

遣 悲 怀

其二

昔日戏言身后意，今朝都到眼前来。

衣裳已施行看尽，针线犹存未忍开。

尚想旧情怜婢仆，也曾因梦送钱财。

诚知此恨人人有，贫贱夫妻百事哀。

—————— 重 点 注 解 ——————

（1）《遣悲怀》：作者悼念亡妻韦丛的诗共三首，这里选第二首。

（2）行：**将要**。

—————— 思 想 内 容 ——————

本诗为**七言律诗**。诗歌写对亡妻的思念，以**平易的语言**写夫妻生活中的**日常琐事**，触景生情，思念也就在生活的点点滴滴中。诗歌直抒胸臆，纯朴感人，被誉为**悼亡诗的典范**。

—————— 层 次 内 容 ——————

（1）首联以"**眼前**"情事，印证亡妻"昔日戏言"，意为亡妻的音容笑貌以及往事仿佛都在眼前，**悲凉之意暗笼下文**。

（2）颔联写亡妻的衣裳都已施舍，但其亲手缝制的衣物却不忍动用，以作永久的纪念。

（3）颈联写诗人因念及旧情，侍候亡妻的奴仆也得到格外的恩惠；因遵亡妻梦中所嘱，也送钱给相关的亲友。中间两联共写四件生活琐事，**折射了诗人心中沉痛的哀思**。

（4）尾联诗人先宕开一笔，写夫妻死别，本是人之常事。但亡妻与己共处患难，如今触目伤情，百事堪哀。最后以"**百事哀**"关合全篇所言情事。

—————— 艺 术 特 色 ——————

善于选取生活细节：本诗将多年悼亡哀痛之情通过选取富有表现力的生活细节，以一个"**悲**"字贯穿始终，情真意切。

■ **名师解读**

本知识点考查客观题。本诗的考查主要围绕诗中名句"诚知此恨人人有，贫贱夫妻百事哀"和诗歌体裁进行。

真题演练

【单选题】

1.(2016年·全国)元稹《遣悲怀》(其二)是一首( )

　　A.七言绝句　　　　B.七言律诗　　　　C.五言绝句　　　　D.五言律诗

【答案与解析】

B。七言律诗：由八句组成,每句七个字,每两句为一联,共四联。元稹《遣悲怀》(其二)是一首七言律诗,写出了对亡妻的思念。

2.(2018年·全国)名句"贫贱夫妻百事哀"出自( )

　　A.《遣悲怀》　　　B.《咏柳》　　　　C.《秦妇吟》　　　　D.《上阳白发人》

【答案与解析】

A。《遣悲怀》:"昔日戏言身后事,今朝都到眼前来。衣裳已施行看尽,针线犹存未忍开。尚想旧情怜婢仆,也曾因梦送钱财。诚知此恨人人有,贫贱夫妻百事哀。"

第二十六节　李　　贺

内 容 提 要

　　本节所选的两首李贺的诗歌中,《李凭箜篌引》传神地再现了乐工李凭创造的诗意浓郁的音乐境界,生动地记录下了李凭弹奏箜篌的高超技艺;《金铜仙人辞汉歌》(并序)则借金铜仙人辞汉的史事,来抒发兴亡之感、家国之痛和身世之悲。

知识点 1

李贺及其作品

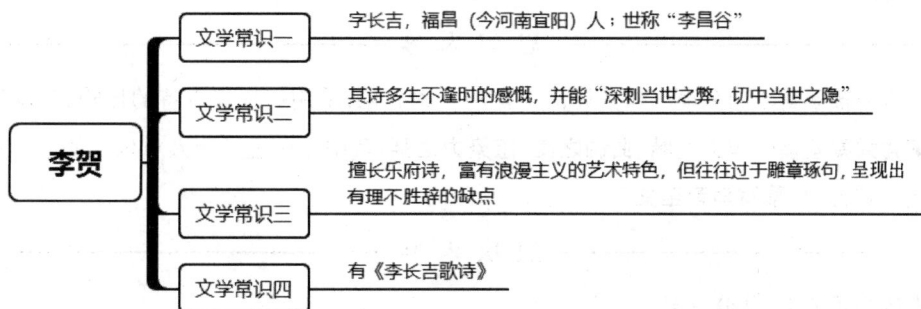

李贺
- 文学常识一：字长吉,福昌(今河南宜阳)人；世称"李昌谷"
- 文学常识二：其诗多生不逢时的感慨,并能"深刺当世之弊,切中当世之隐"
- 文学常识三：擅长乐府诗,富有浪漫主义的艺术特色,但往往过于雕章琢句,呈现出有理不胜辞的缺点
- 文学常识四：有《李长吉歌诗》

名师解读

本知识点未在历年真题中考查过，考生对李贺的相关知识有所了解即可。

牛刀小试

【单选题】

诗句"深刺当世之弊，切中当世之隐"的作者是（　　　）

A. 杜甫　　　　　　B. 李商隐　　　　　C. 李贺　　　　　D. 李白

【答案与解析】

C。李贺，字长吉。其诗多生不逢时的感慨，并能"深刺当世之弊，切中当世之隐"。有《李长吉歌诗》。

知识点2

《李凭箜篌引》☆

李凭箜篌引

吴丝蜀桐张高秋，空山凝云颓不流。江娥啼竹素女愁，李凭中国弹箜篌。

昆山玉碎凤凰叫，芙蓉泣露香兰笑。十二门前融冷光，二十三丝动紫皇。

女娲炼石补天处，石破天惊逗秋雨。梦入神山教神妪，老鱼跳波瘦蛟舞。

吴质不眠倚桂树，露脚斜飞湿寒兔。

—————— 重点注解 ——————

（1）箜篌引：乐府《相和歌·瑟调曲》旧题。

（2）中国：指的是京城长安。

（3）神妪：指神女，据《搜神记》记载，西晋永嘉年间有一位神妪，号成夫人。她爱好音乐，能弹箜篌，听到人奏乐唱歌，就手舞足蹈。

（4）"老鱼跳波瘦蛟舞"：形容鱼、蛟也闻乐而跳波起舞。典出《列子·汤问》："瓠巴鼓琴而鸟舞鱼跃。"

—————— 思想内容 ——————

本诗为描摹音乐的名篇。作者凭借丰富的艺术想象，采用一连串奇特的比喻，生动地描述了李凭弹奏箜篌的技艺之精、曲调之美、感染力之强，其中也渗透了诗人对乐曲的感受和情思。此诗被誉为"摹写声音至文"。

—————— 层次内容 ——————

本诗为乐府诗，共分三部分：

（1）首四句先写箜篌，而乐声、演奏者姓名、时间和地点的介绍穿插其中。

（2）接着"昆山"两句,直接描摹乐声的**音质特点**和乐声情感色彩。

（3）后八句则以奇特的想象和生动可感的形象描写音响效果,诗境幽深缈远,引人联想。

———————————— 艺 术 特 色 ————————————

（1）构思独辟蹊径,以新奇取胜：作者仅以"昆山玉碎凤凰叫,芙蓉泣露香兰笑"两句描摹乐曲本身,而用大量笔墨渲染乐曲的动人效果。

（2）本诗采用了多种艺术手法,借助**奇特的想象**、**移情于物**、**以实写虚**等,把抽象的听觉化成了**具体可感的形象**,颇富浪漫色彩。

■ 名师解读

本知识点考查客观题。本诗的考查频率较低,且主要围绕本诗的诗歌题材考查,考生了解其相关内容即可。

■ 真题演练

【单选题】

（2016年·全国）李贺描摹音乐的名篇是(　　　　)

A.《李凭箜篌引》　　　　　　　　B.《江南曲》

C.《夜上受降城闻笛》　　　　　　D.《听颖师弹琴》

【答案与解析】

A。《李凭箜篌引》为李贺所作描摹音乐的名篇。作者凭借丰富的艺术想象,采用一连串奇特的比喻,生动地描述了李凭弹奏箜篌的技艺之精、曲调之美、感染力之强。B、C项作者是李益。D项作者是韩愈。

知识点 3

■ 《金铜仙人辞汉歌》(并序)

金铜仙人辞汉歌(并序)

魏明帝青龙元年八月,诏宫官牵车西取汉武帝捧露盘仙人,欲立置前殿。宫官既拆盘,仙人临载乃潸然泪下。唐诸王孙李长吉遂作《金铜仙人辞汉歌》。

> 茂陵刘郎秋风客,夜闻马嘶晓无迹。画栏桂树悬秋香,三十六宫土花碧。
> 魏官牵车指千里,东关酸风射眸子。空将汉月出宫门,忆君清泪如铅水。
> 衰兰送客咸阳道,天若有情天亦老！携盘独出月荒凉,渭城已远波声小。

———————————— 重 点 注 解 ————————————

（1）"茂陵刘郎""秋风客"：指的都是**汉武帝刘彻**。

（2）渭城：指咸阳,故址在今**陕西省**。

———— 思 想 内 容 ————

本诗为李贺咏史诗的代表作,寄托了诗人的**家国之痛和身世之悲**。敏锐的诗人心中有大唐王朝每况愈下的隐忧,并为自己仕进无望、报国无门而深感悲凉。

———— 层 次 内 容 ————

本诗为**乐府诗**,可分为三部分:

(1)前四句以汉武帝的身后事,感叹**岁月易逝,人生难久**。

(2)中间四句写金铜仙人初离汉宫时的悲凄情状。

(3)最后四句写出城后途中萧瑟悲凉的情景。

———— 艺 术 特 色 ————

(1)善于渲染**悲剧气氛**,创造出一个铜人辞汉的悲凉哀怨意境。**秋风**、**马嘶**、**桂花**、**苔藓**、**酸风**、**明月**、**衰兰**等景物,既具深秋特征,又染上衰败凄恻的主观色彩。

(2)善用**拟人手法**:如汉月相伴,泪如铅水,衰兰送客,尤其是"天若有情天亦老"句,设想极为奇特。

■ **名师解读**

本知识点未在历年真题中考查过,考生对本诗相关知识如艺术特色等有所了解即可。

■ **牛刀小试**

【单选题】

《金铜仙人辞汉歌》(并序)"茂陵刘郎秋风客,夜闻马嘶晓无迹"中的"刘郎"指的是(　　　　)

A.刘彻　　　　　　B.隐喻自己　　　　　　C.刘禹锡　　　　　　D.刘秀

【答案与解析】

A。前半句译为:"茂陵里埋葬的汉武帝,好像秋风过客匆匆而逝"。刘郎:指汉武帝刘彻。

第二十七节　杜　牧

内 容 提 要

　　本节所选两首杜牧诗歌,《过华清宫》通过叙述唐玄宗不惜劳民伤财为杨贵妃供应荔枝的历史事实,表达了诗人对最高统治者穷奢极欲、荒淫误国的愤慨之情。《早雁》则对流离失所的人民有家而不能归的悲惨处境寄予深切的同情;又借汉言唐,对当权统治者昏庸腐败,不能守边安民进行讽刺。

知识点 1

杜牧及其作品☆

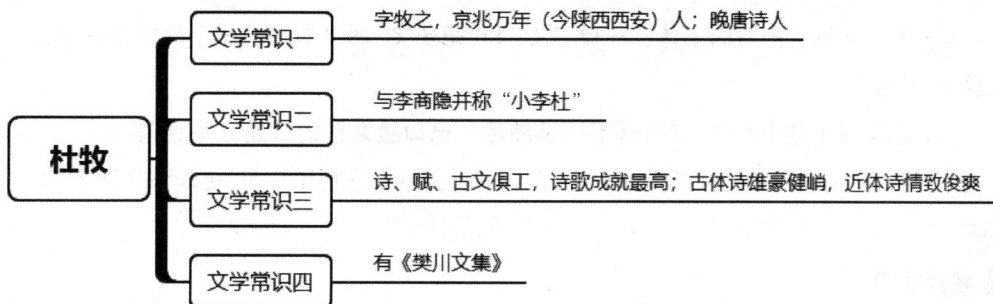

```
              ┌─ 文学常识一 ── 字牧之，京兆万年（今陕西西安）人；晚唐诗人
              │
         ┌────┼─ 文学常识二 ── 与李商隐并称"小李杜"
   杜牧 ──┤    │
         └────┼─ 文学常识三 ── 诗、赋、古文俱工，诗歌成就最高；古体诗雄豪健峭，近体诗情致俊爽
              │
              └─ 文学常识四 ── 有《樊川文集》
```

■ 名师解读

本知识点考查客观题。本知识点的考查，主要集中在杜牧的作品集、生活时代上，需着重注意。

■ 真题演练

【单选题】

（2006 年·全国）《樊川文集》的作者是（   ）

A. 李商隐   B. 温庭筠   C. 杜牧   D. 元稹

【答案与解析】

C。杜牧，字牧之；与李商隐并称"小李杜"；古体诗雄豪健峭，近体诗情致俊爽；有《樊川文集》。

知识点 2

■《过华清宫》（长安回望绣成堆）

过 华 清 宫

长安回望绣成堆，山顶千门次第开。

一骑红尘妃子笑，无人知是荔枝来。

———— 重 点 注 解 ————

（1）华清宫：故址在今**陕西西安**临潼区骊山上。

（2）妃子：指**杨贵妃**。

———— 思 想 内 容 ————

本诗选择"**飞驰以进**"这一关键史实，揭露唐玄宗为博取杨贵妃欢心而不惜劳民伤财的荒唐行径，有力地鞭挞了**帝王后妃的骄奢淫逸**，堪称唐人**咏史绝句**中的佳作。

—————————— 层 次 内 容 ——————————

（1）诗歌前两句写从长安回望骊山，景色绮丽，宫殿宏伟，极有帝王气派，而千门万户，次第洞开，又使人想象将有什么大事发生。

（2）第三句推出描写的主体，"**一骑红尘**"和"**妃子笑**"两个似乎不相干的意象并置，启人思索，留有悬念。

（3）末句揭示其中联系，点明这不过是**满足一己口腹之欲的荒唐之举**，则贵妃的恃宠而骄、玄宗的荒淫失政便都跃然纸上，而与前两句郑重其事的描写相对照，**更增添了讽刺的辛辣意味**。

■ 名师解读

本知识点在 2019 年 10 月的真题中考查过，考生应对本诗的诗歌内容、重点注解有所了解。

■ 真题演练

【单选题】

（2019 年·全国）"一骑红尘妃子笑"中"妃子"指的是（　　）

A．赵飞燕　　　　B．梅妃　　　　C．明妃　　　　D．杨贵妃

【答案与解析】

D。此句出自杜牧《过华清宫》。杨贵妃生于蜀，喜爱吃荔枝。此句是讲唐玄宗不惜劳民伤财为杨贵妃供应荔枝，以博得美人一笑。因此"妃子"即是杨贵妃。

📢 知识点 3

■《早雁》☆☆☆

早 雁

金河秋半虏弦开，云外惊飞四散哀。

仙掌月明孤影过，长门灯暗数声来。

须知胡骑纷纷在，岂逐春风一一回？

莫厌潇湘少人处，水多菰米岸莓苔。

—————————— 重 点 注 解 ——————————

（1）**虏弦开**：胡人开弓控弦射猎大雁，暗指**回纥统治者发动战争**。

（2）**仙掌**：原指汉武帝在长安建章宫内所建掌托"承露盘"的铜铸仙人，这里指代**长安**。

—————————— 思 想 内 容 ——————————

本诗为**咏物诗**，表达了作者对因**回纥南侵**而受尽侵扰的边地人民的关切与同情。

—— **艺　术　特　色** ——

本诗整体上运用**比兴象征手法**抒情达意,表面上句句写早雁,实际上句句写难民:

(1)首联写大雁早早飞向南方,因受弓箭惊扰而四散飞逃,比喻**边民惊恐万状**,流离失所。

(2)颔联写大雁飞经都城长安,形单影只,冷寂苍凉,隐喻**朝廷对百姓苦难麻木不仁**,寄寓着诗人委婉的讥讽。

(3)后两联设身处地为大雁着想:既然胡骑满地,春天也不能返回北方,那还不如暂留南方,安居潇湘。表面上句句叮嘱大雁,实际上是**同情难民而又无可奈何的宽慰**。

■ 名师解读

本知识点考查主观题。对于本诗,主要考查诗歌的艺术特色,也就是诗中比兴象征手法的运用,需着重注意。

■ 真题演练

【简答题】

(2017年·全国)杜牧《早雁》通篇以"雁"为比兴象征,请分析其层次。

【答案与解析】

本诗整体上运用比兴象征手法抒情达意,表面上句句写早雁,实际上句句写难民:

(1)首联写大雁早早飞向南方,因受弓箭惊扰而四散飞逃,以此比喻边民惊恐万状,流离失所。

(2)颔联写大雁飞经都城长安,形单影只,冷寂苍凉,隐喻朝廷对百姓苦难麻木不仁,寄寓着诗人委婉的讥讽。

(3)后两联设身处地为大雁着想:既然胡骑满地,春天也不能返回北方,那还不如暂留南方,安居潇湘。表面上句句叮嘱大雁,实际上是同情难民而又无可奈何的宽慰。

第二十八节　李　商　隐

内　容　提　要

　　本节所选三首李商隐诗,《安定城楼》抒发了作者虽仕途受阻,遭到一些人的诬伤,但并不气馁,反而鄙视和嘲笑谗佞小人的坚定胸怀。《无题》(昨夜星辰昨夜风)追忆一次贵家后堂之宴,表达了与意中人席间相遇、旋成间阻的怀想和惆怅。《锦瑟》追忆了自己的青春年华,伤感自己不幸的遭遇,寄托了悲慨、愤懑的心情。

📢 **知识点 1**

◼ **李商隐及其作品** ☆

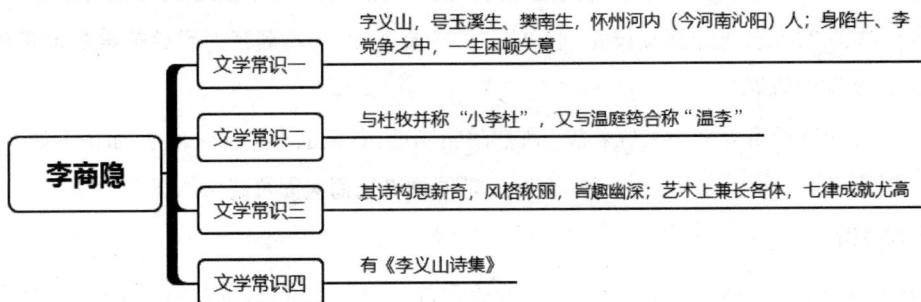

李商隐 ┬─ 文学常识一 ── 字义山，号玉溪生、樊南生，怀州河内（今河南沁阳）人；身陷牛、李党争之中，一生困顿失意

├─ 文学常识二 ── 与杜牧并称"小李杜"，又与温庭筠合称"温李"

├─ 文学常识三 ── 其诗构思新奇，风格秾丽，旨趣幽深；艺术上兼长各体，七律成就尤高

└─ 文学常识四 ── 有《李义山诗集》

◼ **名师解读**

考生对李商隐的作品集、在文学史上的地位有所了解即可。

◼ **真题演练**

【多选题】

（2018 年·全国）下列诗人与李商隐并称的有（　　）

A. 杜牧　　　　B. 温庭筠　　　　C. 韩愈　　　　D. 白居易　　　　E. 元稹

【答案与解析】

AB。李商隐，字义山，号玉溪生、樊南生，怀州河内（今河南沁阳）人；与杜牧并称"小李杜"，又与温庭筠合称"温李"。

📢 **知识点 2**

◼ **《安定城楼》** ☆☆

安 定 城 楼

迢递高城百尺楼，绿杨枝外尽汀洲。

贾生年少虚垂涕，王粲春来更远游。

永忆江湖归白发，欲回天地入扁舟。

不知腐鼠成滋味，猜意鹓雏竟未休。

────── **重 点 注 解** ──────

（1）安定：郡名，即泾州（今甘肃泾川北）。

（2）贾生：指贾谊，西汉时人。其事见《史记·屈原贾生列传》。这里以贾谊痛切上书终不被汉文帝采纳，隐喻自己应试不中。

（3）王粲：为东汉末年人，"建安七子"之一，曾于春日作《登楼赋》，这里是以王粲自比。

（4）扁舟：指小船。这里暗用春秋时**范蠡**辅佐越王勾践灭吴后乘扁舟归隐五湖事。

（5）"不知"两句：以庄子和鹓雏自比，意为自己并非汲汲于功名利禄之辈，不料谗佞之徒却以小人之心度之。典出《**庄子·秋水**》。

—————————— 思 想 内 容 ——————————

本诗为咏怀诗，抒发了诗人**壮志难酬**、**怀才不遇**的满腔悲愤，表达了诗人有所作为、**功成身退**的人生理想。

（1）首联扣题，写**楼之高**、**景之远**。

（2）颔联转入慨叹身世，只述**贾谊**、**王粲**两位前贤遭遇，而自己的**处境和心情**已和盘托出。

（3）颈联抒写抱负，境界阔大，表现出**积极入世**的人生态度，堪称全篇警策，因而深得宋代王安石赞赏，以为"虽老杜无以过也"。

（4）尾联借庄子寓言表明自己**鄙屣利禄**，正告某些人不要以小人之心度君子之腹。

—————————— 艺 术 特 色 ——————————

用典贴切：

（1）**贾生年少**、**王粲登楼**，与作者的**处境和感情**十分吻合。

（2）**范蠡**的典故（扁舟）是暗用，如盐入水，不露痕迹。

（3）**鹓雏**、**鸱枭**的典故对比鲜明，既有坦荡的剖白，又有冷峻的讥讽。

名师解读

本知识点考查客观题和主观题。对于本诗，主要围绕诗中用典诗句进行考查，如"贾生年少虚垂涕"等，需对典故的出处、具体内容、隐喻的内涵着重注意；此外，对本诗的主题也应有所了解。

真题演练

【单选题】

1.（2017年·全国）下列《安定城楼》诗句中，用《庄子》典故的是（　　）

　　A.迢递高城百尺楼，绿杨枝外尽汀洲　　B.贾生年少虚垂涕，王粲春来更远游

　　C.永忆江湖归白发，欲回天地入扁舟　　D.不知腐鼠成滋味，猜意鹓雏竟未休

【答案与解析】

D。"不知腐鼠成滋味，猜意鹓雏竟未休"两句：以庄子和鹓雏自比，意为自己并非汲汲于功名利禄之辈，不料谗佞之徒却以小人之心度之。典出《庄子·秋水》。

2.（2018年·全国）"贾生年少虚垂涕"的"贾生"指的是（　　）

　　A.贾岛　　　　B.贾谊　　　　C.贾似道　　　　D.贾公彦

【答案与解析】

B。"贾生"指贾谊，西汉时人。其事见《史记·屈原贾生列传》。

知识点 3

■《无题》（昨夜星辰昨夜风）☆

无　题

昨夜星辰昨夜风,画楼西畔桂堂东。

身无彩凤双飞翼,心有灵犀一点通。

隔座送钩春酒暖,分曹射覆蜡灯红。

嗟余听鼓应官去,走马兰台类转蓬。

重 点 注 解

（1）原题共两首,另一首是七绝,其中有"岂知一夜秦楼客,偷看吴王苑内花"之句,可知诗人怀想的应是酒席间一位**贵家女子**。

（2）兰台:指**秘书省**。

转蓬指蓬草无根,随风飘转,**比喻身不由己**。

（3）射覆:宴席间的游戏。

层 次 内 容

（1）首句写**宴会时间**,叠用两"昨夜",写出星光闪烁,春风骀荡,已见得追思不置。

（2）次句写**宴会地点**,是在贵家后厅,"画楼""桂堂",极为幽美华贵,然宴会之所以难忘,是因为有难忘之美人在(当是贵家的一位女子)。

（3）三、四两句写自己与美人**形体不能相接**,而心灵可以相应。

（4）五、六两句写**宴会热烈场景**,送钩射覆,虽隔座分曹,但目成心会,已使诗人深深陶醉,故倍感酒暖灯红。

（5）末两句听鼓应官,走马兰台之际,追思昨夜,不禁**怅然若失**,顿起身若转蓬之感。

佳 句 赏 析

"身无彩凤双飞翼,心有灵犀一点通":

运用**新奇贴切的比喻**,描绘间隔中的沟通,缺憾中的慰藉,吐露对美好情缘的自信和珍视,**细腻深刻而又主次分明**,显示出诗人善于体察和表现人物心灵世界的过人之处。

■ **名师解读**

考生对本诗的相关内容,如诗中名句、注释、层次内容等,有所了解即可。

■ **牛刀小试**

【单选题】

名句"身无彩凤双飞翼,心有灵犀一点通"出自（　　　　）

A. 李贺《李凭箜篌引》　　　　　B. 张籍《江南曲》

C. 李商隐《无题》(昨夜星辰昨夜风)　D. 南朝民歌《西洲曲》

【答案与解析】

C。李商隐《无题》："昨夜星辰昨夜风,画楼西畔桂堂东。身无彩凤双飞翼,心有灵犀一点通。隔座送钩春酒暖,分曹射覆蜡灯红。嗟余听鼓应官去,走马兰台类转蓬。"

知识点 4

□《锦瑟》☆☆

锦　瑟

锦瑟无端五十弦,一弦一柱思华年。

庄生晓梦迷蝴蝶,望帝春心托杜鹃。

沧海月明珠有泪,蓝田日暖玉生烟。

此情可待成追忆,只是当时已惘然。

―――― 重点注解 ――――

(1) 本篇诗题,仿《诗经》旧例,取自起首二字,因而此篇可以视为广义的"无题诗"。

(2) "庄生"句:《庄子·齐物论》载,庄子曾梦到自己化身成蝶。这里是比喻往事如梦,渺茫难省。

(3) "望帝"句:传说**古代蜀国君主杜宇**,号称望帝,失国死后,化为杜鹃鸟,每当春季,日夜悲鸣,直至啼血。这里借喻自己悲怀难诉,只能托之于诗歌。

(4) "沧海"句:古人认为海中鲛人泣泪成珠。晋**张华《博物志》与《大戴礼记》**均有记载,这里似是借以感叹身处明世而仍被埋没的命运。

―――― 思想内容 ――――

本诗主旨,歧见纷纭。多数学者认为这是一首**寄托深远、言在此而意在彼**的抒情诗。细玩诗意,或以自伤身世遭际之说比较贴近作诗本意,可能作于诗人晚年。

―――― 层次内容 ――――

(1) 首联以**锦瑟**起兴,清越哀怨的乐音使诗人联想起美好年华的流逝,莫名的惆怅油然而生。

(2) 中间两联连续描绘"**庄生梦蝶**""**望帝啼鹃**""**月明珠泪**""**日暖玉烟**"四幅迷离恍惚、幽美凄清的景象,既可以视为诗人对音乐感受的形象化展现,又可以视为诗人自己的心灵图景,象征诗人虚负凌云之才、一生襟抱难开的坎坷境遇和情感历程。

(3) 末两句用递进一层写法,怅惘之情早已如此,则今日之怅然若失可想而知。

───────── **艺 术 特 色** ─────────

全诗将警策的立意与深奥的典实、华美的辞藻互相结合,形式上属对精工、声韵谐婉,堪称唐代七律的典范之作,也是义山诗"沉博绝丽"风格的代表作品。

名师解读

本知识点考查客观题。本诗的考查主要集中在诗歌注解上。考生需注意本诗的诗题内涵、诗中所用典故的出处及其内涵等。此外,本诗中间两联颇有名气,需知道这两句诗出自本诗。

真题演练

【单选题】

1. (2010年·全国)下列各篇中,可视为"无题诗"的是(　　　)

　　A.《早雁》　　　　　B.《马嵬》　　　　　C.《锦瑟》　　　　　D.《轻肥》

【答案与解析】

C。《锦瑟》的诗题,仿《诗经》旧例,取自起首二字,因而此篇可以视为广义的"无题诗"。

2. (2014年·全国)下列诗句中,出自李商隐《锦瑟》的是(　　　)

　　A. 浮云柳絮无根蒂,天地阔远随飞扬　　　B. 庄生晓梦迷蝴蝶,望帝春心托杜鹃

　　C. 身无彩凤双飞翼,心有灵犀一点通　　　D. 吴丝蜀桐张高秋,空山凝云颓不流

【答案与解析】

B。《锦瑟》(锦瑟无端五十弦):"锦瑟无端五十弦,一弦一柱思华年。庄生晓梦迷蝴蝶,望帝春心托杜鹃。沧海月明珠有泪,蓝田日暖玉生烟。此情可待成追忆,只是当时已惘然。"

第二十九节　温 庭 筠

内 容 提 要

本节选取两篇温庭筠的作品。《苏武庙》是作者瞻仰苏武庙时所作,含蓄地表达了作者对苏武所怀的敬意,热情地赞扬苏武的民族气节,寄托着作者的爱国情怀。《菩萨蛮》(小山重叠金明灭)描写了女子起床梳洗时的娇慵姿态,以及妆成后的情态,暗示了人物孤独寂寞的心境。

知识点 1

■ **温庭筠及其作品**

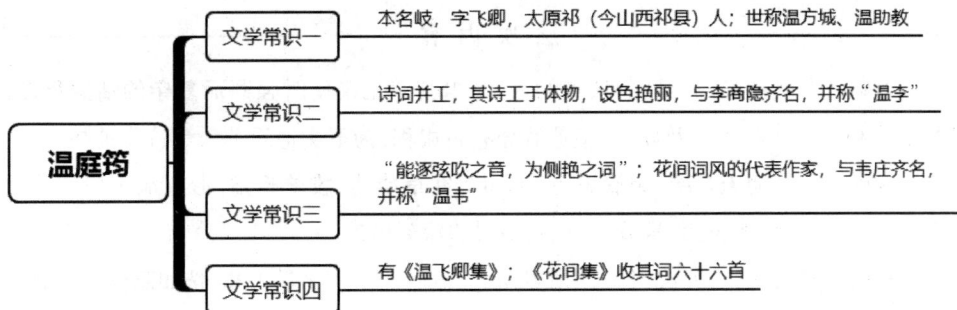

温庭筠

- 文学常识一 —— 本名岐，字飞卿，太原祁（今山西祁县）人；世称温方城、温助教
- 文学常识二 —— 诗词并工，其诗工于体物，设色艳丽，与李商隐齐名，并称"温李"
- 文学常识三 —— "能逐弦吹之音，为侧艳之词"；花间词风的代表作家，与韦庄齐名，并称"温韦"
- 文学常识四 —— 有《温飞卿集》；《花间集》收其词六十六首

■ **名师解读**

考虑到温庭筠在文学史上的地位，考生需对温庭筠的相关知识有所了解，尤其是其作品以及在文学史上的地位等。

■ **牛刀小试**

【单选题】

《花间集》共收录温庭筠的词（   ）

A. 三十三首 　　　 B. 四十二首 　　　 C. 五十首 　　　 D. 六十六首

【答案与解析】

D。温庭筠，本名岐，字飞卿，世称温方城、温助教。与韦庄齐名，并称"温韦"。《花间集》收其词六十六首。

知识点 2

■ **《苏武庙》☆**

苏 武 庙

苏武魂销汉使前，古祠高树两茫然。

云边雁断胡天月，陇上羊归塞草烟。

回日楼台非甲帐，去时冠剑是丁年。

茂陵不见封侯印，空向秋波哭逝川。

———————— 重 点 注 解 ————————

（1）《苏武庙》为作者瞻仰苏武庙后**追思凭吊**之作。

（2）茂陵：**汉武帝陵墓**，在今**陕西兴平东北**，常作为汉武帝的代称。

（3）逝川：流逝的河水，比喻流逝的时间和往事。语出《论语·子罕》。

—————————— 思 想 内 容 ——————————

本诗借凭吊苏武,**弘扬民族气节**,歌颂忠贞不屈,**心系故国**,于当时有特殊的现实意义。本诗因成功塑造了一位"**白发丹心**"的汉臣形象,成为同类题材中的名作。

—————————— 层 次 内 容 ——————————

（1）首句从苏武和汉使会见的情景切入,写出其骤见汉使时**强烈而复杂的情感反应**,以"**魂销**"二字概括。次句由人及庙,渲染苏武庙苍古肃穆,为下文追思苏武事迹作铺垫。

（2）颔联上句写**胡天月冷**、**望雁思乡**,下句写**塞草凄迷**、**牧羊晚归**,形象地表现了苏武十九年幽禁生活的单调、孤寂、心悬故国、欲归不得的深刻痛苦。

（3）颈联遥承首句,写苏武"回日"所见所感,流露出一种**物是人非**、**恍如隔世**的感慨。

（4）尾联集中抒写苏武归国后**对武帝的追悼**。

—————————— 佳 句 赏 析 ——————————

"回日楼台非甲帐,去时冠剑是丁年":

（1）先说"回日",后述"去时",诗评家称之为"**逆挽法**",认为"诗中得此一联,便化板滞为跳脱"。

（2）从情感内涵来看,由"回日"忆及"去时",以"去时"反衬"回日",更增感慨。一个历尽艰苦、头白归来的爱国志士,目睹物在人亡的情景,回想盛年出使的情况,不禁感叹欷歔。

■ **名师解读**

本知识点考查客观题。本诗考查频率不高,主要围绕诗中用典诗句考查,如"回日楼台非甲帐"等,需有所了解。

■ **真题演练**

【单选题】

（2016年·全国）下列《苏武庙》诗句中,化用《论语》文句的是(　　)

A. 古祠高树两茫然　　　　　　　B. 陇上羊归塞草烟

C. 去时冠剑是丁年　　　　　　　D. 空向秋波哭逝川

【答案与解析】

D。"空向秋波哭逝川"中,"逝川"指流逝的河水,比喻流逝的时间和往事。语出《论语·子罕》。

📢 **知识点3**

■ **《菩萨蛮》（小山重叠金明灭）** ☆

菩 萨 蛮

小山重叠金明灭,鬓云欲度香腮雪。懒起画蛾眉,弄妆梳洗迟。照花前后镜,花面交相映。新帖绣罗襦,双双金鹧鸪。

—————————— 重 点 注 解 ——————————

(1) 度:遮、掩的意思。

(2) 蛾眉:指女子细长美丽的眉毛。语出《诗经·卫风·硕人》:"螓首蛾眉。"

—————————— 思 想 内 容 ——————————

本词写**闺怨**,通过对一位贵族女子晨起梳妆过程的描述,表现了女子**盛年独处的空虚、寂寞之感**。《花间集》收录的温庭筠十四首《菩萨蛮》词中,此首最为传诵。

—————————— 层 次 内 容 ——————————

(1) 本词上片首句写日照绣屏,不但显示**环境的富丽**,也可见**女子起身之晚**。次句写女子未起身时,面容姣好而鬓丝缭乱。再写梳洗时情状,懒画蛾眉,迟迟梳洗,活现出一副娇慵之态。

(2) 下片写**妆成后的情态**。镜中花面交映,罗襦鹧鸪双双,前者足以引起**顾影自怜之情**,后者又使其顿生**自怜孤单之意**。

—————————— 佳 句 赏 析 ——————————

(1) 第三句的"懒"字,第四句的"迟"字,不仅画出了**娇慵的情态**,透过一层,亦足见其**无所寄托,百无聊赖**。

(2) 一个"弄"字,则可见其**虽则娇慵**,但修饰仪容绝不草草了事,**爱美本性随时随地自然流露**,这样下文顾影自怜才能顺理成章。

■ **名师解读**

本知识点常考查客观题。本词主要考查考生对词句的理解,故应对本词的层次内容和词句赏析着重注意。

■ **真题演练**

【单选题】

(2006年·全国)温庭筠《菩萨蛮》中暗点和反衬出女主人公孤单处境的语句是( )

A. 鬓云欲度香腮雪　　　　　　B. 弄妆梳洗迟

C. 懒起画蛾眉　　　　　　　　D. 双双金鹧鸪

【答案与解析】

D。镜中花面交映,罗襦鹧鸪成双,前者足以引起顾影自怜之情,后者又使其顿生自怜孤单之意。故本题应选 D。

第三十节　秦　韬　玉

内 容 提 要

　　《贫女》为秦韬玉所作。诗人把贫女放在社会环境的矛盾冲突中，通过独白揭示贫女内心深处的苦痛，着意刻画贫女持重清高的品行，对贫女给予深切同情。

知识点 1

秦韬玉及其作品

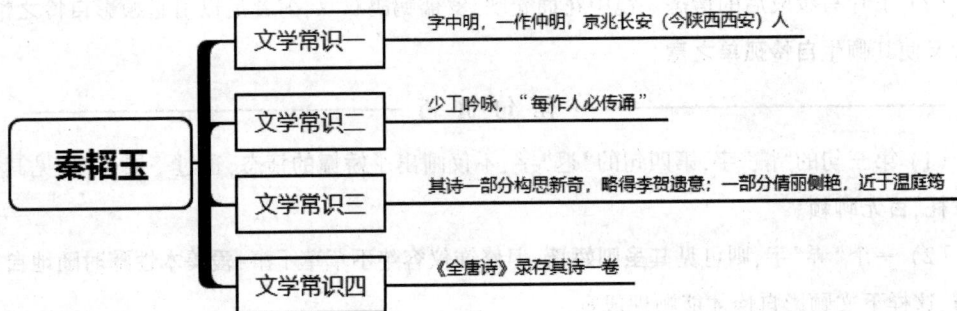

```
                ┌── 文学常识一 ──── 字中明，一作仲明，京兆长安（今陕西西安）人
                │
                ├── 文学常识二 ──── 少工吟咏，"每作人必传诵"
    秦韬玉 ──────┤
                ├── 文学常识三 ──── 其诗一部分构思新奇，略得李贺遗意；一部分倩丽侧艳，近于温庭筠
                │
                └── 文学常识四 ──── 《全唐诗》录存其诗一卷
```

名师解读

　　考生对秦韬玉的相关信息有所了解即可。

牛刀小试

　　【单选题】

　　"其诗一部分构思新奇，略得李贺遗意；一部分倩丽侧艳，近于温庭筠"的诗人是（　　　）

　　A. 韦庄　　　　　　B. 李商隐　　　　　C. 秦韬玉　　　　　D. 李煜

　　【答案与解析】

　　C。秦韬玉，字中明，一作仲明。少工吟咏，"每作人必传诵"。其诗一部分构思新奇，略得李贺遗意；一部分倩丽侧艳，近于温庭筠。

知识点 2

《贫女》☆

贫　女

　　蓬门未识绮罗香，拟托良媒益自伤。

谁爱风流高格调？共怜时世俭梳妆。

敢将十指夸针巧，不把双眉斗画长。

苦恨年年压金线，为他人作嫁衣裳。

重 点 注 解

（1）"共怜时世俭梳妆"中，"俭"通"险"，指**奇异**。

（2）压：刺绣的一种手法。

思 想 内 容

贫女从家常衣着谈到自己的亲事，从社会风气谈到个人的志趣，既有**华年虚度**、**佳偶难觅**的感伤，又有**曲高和寡**、**不从流俗**的矜持。

艺 术 特 色

（1）**比兴象征手法**：

① 贫女良媒难托的哀怨，折射出**寒士举荐无人**的苦闷；

② "谁爱风流高格调"，分明是**寒士知音难觅**的嗟叹；

③ 夸指巧而不斗眉长，隐喻**寒士内美修能**的孤高；

④ "为他人作嫁衣裳"则恰切地**概括**了终年劳心劳形却久屈下僚的**寒士的悲剧命运**，语意双关，含蕴丰富。

（2）本诗刻画贫女形象，既不用景物烘托，也不对容貌举止作出具体描摹，而是把她放到与社会环境的**矛盾冲突**中，通过**口语化的独白**，让她倾诉心底的衷曲。

■ 名师解读

考生对本诗的相关知识点，如重点注解、比兴象征手法的运用等，有所了解即可。

■ 真题演练

【单选题】

（2019 年·全国）"苦恨年年压金线"中"压"的意思是（　　　）

A. 镇压　　　　B. 堆积　　　　C. 刺绣的一种方法　　　　D. 收藏

【答案与解析】

C。题干语句出自秦韬玉《贫女》。原文："苦恨年年压金线，为他人作嫁衣裳。"压：以手指按捺，刺绣的一种方法。故选 C。

■ 牛刀小试

【单选题】

1. 秦韬玉《贫女》中，恰切概括终年劳心劳形却久屈下僚的寒士的悲剧命运的诗句是（　　　）

　　A. 蓬门未识绮罗香　　　　　　B. 敢将十指夸针巧

　　C. 共怜时世俭梳妆　　　　　　D. 为他人作嫁衣裳

【答案与解析】

D。"为他人作嫁衣裳"一句,恰切地概括了终年劳心劳形却久屈下僚的寒士的悲剧命运,语意双关,含蕴丰富。

2. 秦韬玉《贫女》"共怜时世俭梳妆"中,"俭"指的是(　　)

    A. 眼睑　　　　　　B. 奇异　　　　　　C. 简单　　　　　　D. 忘记

【答案与解析】

B。俭:通"险",指奇异。

第三十一节　陆　龟　蒙

内·容·提·要

> 《野庙碑》为陆龟蒙所作的一篇讽刺小品文,是为一座不知名的乡野神庙撰写的碑文。

知识点 1

■ 陆龟蒙及其作品☆

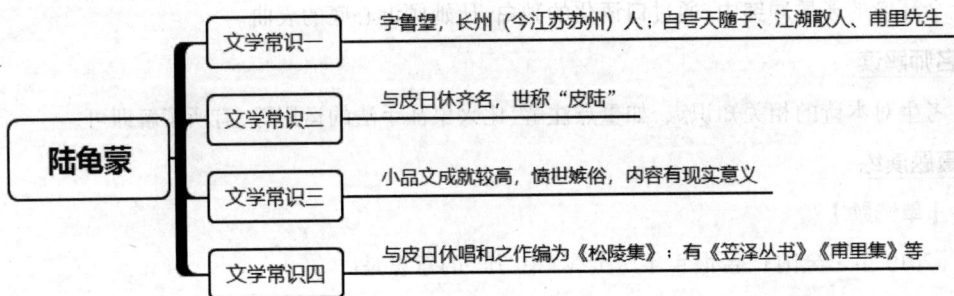

陆龟蒙	文学常识一	字鲁望,长州(今江苏苏州)人;自号天随子、江湖散人、甫里先生
	文学常识二	与皮日休齐名,世称"皮陆"
	文学常识三	小品文成就较高,愤世嫉俗,内容有现实意义
	文学常识四	与皮日休唱和之作编为《松陵集》;有《笠泽丛书》《甫里集》等

■ 名师解读

本知识点考查客观题。对于陆龟蒙的考查,主要集中在他的字号上,如"天随子""江湖散人"等。

■ 真题演练

【单选题】

(2017年·全国)有"江湖散人"之称的诗人是(　　)

    A. 陆龟蒙　　　　　B. 皮日休　　　　　C. 杜牧　　　　　　D. 杜甫

【答案与解析】

A。陆龟蒙,字鲁望,自号天随子、江湖散人、甫里先生。与皮日休二人唱和之作编为《松陵集》,另著有《笠泽丛书》《甫里集》等。

知识点 2

《野庙碑》☆

野 庙 碑 (节选)

瓯越间好事鬼,山椒水滨多淫祀。其庙貌有雄而毅、黝而硕者,则曰将军;有温而愿、晰而少者,则曰某郎;有媪而尊严者,则曰姥;有妇而容艳者,则曰姑。其居处则敞之以庭堂,峻之以陛级。左右老木,攒植森拱,萝茑翳于上,鸱鸮室其间。车马徒隶,丛杂怪状。町作之,町怖之,走畏恐后。大者椎牛;次者击豕,小不下犬鸡。鱼菽之荐,牲酒之奠,缺于家可也,缺于神不可也。一朝懈怠,祸亦随作,老孺畜牧栗栗然。疾病死丧,町不曰适丁其时耶!而自惑其生,悉归之于神。

───── 重点注解 ─────

(1) 碑:**文体**的一种。一般刻在石上,称为碑文,多用来记述功德。

(2) 陛:指的是**台阶**。

(3) 植:指**直立**;森:指**繁密**。

(4) 翳:指的是**遮蔽**。

───── 思想内容 ─────

本文为**讽刺小品文**,指出**瓯越间的淫祀**尚不足悲哀,真正可悲的是乡民还要被迫以更大的代价侍奉那些骑在人民头上的贪官污吏。这些贪官污吏给人民造成的危害比那些神鬼不知要严重多少倍,作者对他们痛加鞭挞,锋芒非常尖锐。

───── 层次内容 ─────

第一层追溯渊源,说立庙树碑是要纪念有功德政事的人,是理所应当的。

第二层说那些"无名之土木"对百姓没有丝毫恩惠,不应受到供奉。

第三层进一步说,现实生活中的官吏不但对百姓没有恩惠,而且贪得无厌地压榨百姓,因而更加令人愤慨。

───── 艺术特色 ─────

(1) 本文最重要的写作特点是层层递进,将文章的中心思想凸显出来。

(2) 本文的**主体是议论**,但不乏生动的形象描绘。野庙土木偶像的五花八门,乡民供奉神鬼时的诚惶诚恐,官吏平日的作威作福和面临危难时的胆小如鼠,都写得活灵活现。

名师解读

本知识点考查阅读理解题。本文曾在 2017 年考期中以阅读理解的形式出现过,故考生需着重注意对本文的重点注释、思想内容的掌握。

■ **真题演练**

【阅读理解题】

(2017年·全国)阅读以下一段文字：

瓯越间好事鬼，山椒水滨多淫祀。其庙貌有雄而毅、黝而硕者，则曰将军；有温而愿、晰而少者，则曰某郎；有媪而尊严者，则曰姥；有妇而容艳者，则曰姑。其居处则敞之以庭堂，峻之以陛级。左右老木，攒植森拱，萝茑翳于上，鸱鸮室其间。车马徒隶，丛杂怪状。眈作之，眈怖之，走毫恐后。大者椎牛；次者击豕，小不下犬鸡。鱼菽之荐，牲酒之奠，缺于家可也，缺于神不可也。一朝懈怠，祸亦随作，耄孺畜牧栗栗然。疾病死丧，眈不日适丁其时耶！而自惑其生，悉归之于神。

请回答：

(1) 从内容看，这段文字的作者是谁？选自作者哪本著作？

【答案与解析】

陆龟蒙；《野庙碑》。

(2) 这段文字写了瓯越一带什么风俗？

【答案与解析】

好事鬼，多淫祀的风俗。

(3) 解释下列句中带点的词语。

① 峻之以陛级

② 攒植森拱

③ 萝茑翳于上

【答案与解析】

① 峻之以陛级：台阶。

② 攒植森拱：直立。

③ 萝茑翳于上：遮蔽。

第三十二节　罗　　隐

内容提要

《越妇言》为罗隐所作小品文。全文借古讽今，借朱买臣前妻之口，表达了对封建官僚的讽刺之意。

知识点 1

■ 罗隐及其作品 ☆

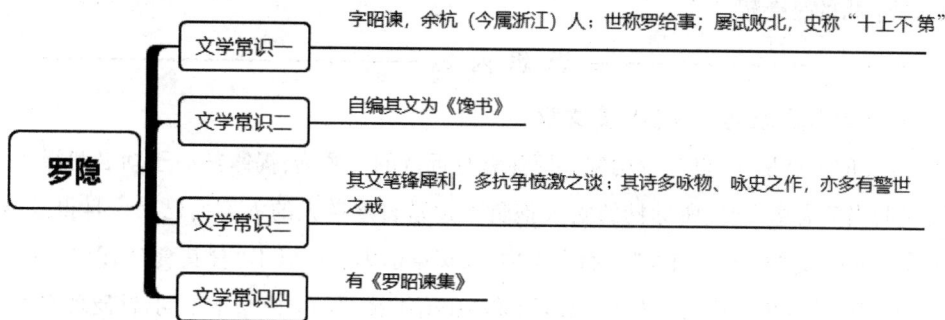

```
          ┌─ 文学常识一 ──── 字昭谏,余杭(今属浙江)人;世称罗给事;屡试败北,史称"十上不第"
          │
          ├─ 文学常识二 ──── 自编其文为《谗书》
   罗隐 ──┤
          ├─ 文学常识三 ──── 其文笔锋犀利,多抗争愤激之谈;其诗多咏物、咏史之作,亦多有警世
          │                   之戒
          │
          └─ 文学常识四 ──── 有《罗昭谏集》
```

■ 名师解读

考生对罗隐的作品集等相关知识有所了解即可。

■ 牛刀小试

【单选题】

下列选项中,史称"十上不第"的人是(　　　)

A. 杜甫　　　　　　B. 李颀　　　　　　C. 李华　　　　　　D. 罗隐

【答案与解析】

D。罗隐,字昭谏,世称罗给事。自编其文为《谗书》。屡试败北,史称"十上不第"。

知识点 2

■《越妇言》☆ ☆ ☆

越妇言(节选)

一旦,去妻言于买臣之近侍曰:"吾秉箕帚于翁子左右者,有年矣。每年饥寒勤苦时节,见翁子之志,何尝不言通达后以匡国致君为己任,以安民济物为心期。而吾不幸离翁子左右者,亦有年矣,翁子果通达矣。天子疏爵以命之,衣锦以昼之,斯亦极矣。而向所言者,蔑然无闻。岂四方无事,使之然耶?岂急于富贵,未假度者耶?以吾观之,矜于一妇人,则可矣,其他未之见也。又安可食其食!"乃闭气而死。

―――――――――― 重 点 注 解 ――――――――――

(1)越妇:指朱买臣妻。朱买臣:字翁子,**西汉**吴县(今江苏苏州)人。汉武帝时被拜为会稽(今江苏苏州)太守。

(2)通达:做高官。

（3）济物：指**救济百姓**；心期：指**心愿**。

（4）衣：指的是**穿**。

（5）度：指**思考**。

（6）矜：指的是**夸耀**。

———————————— 思 想 内 容 ————————————

（1）本文为**小品文**，也是一篇**翻案文章**。

（2）本文的重点是写"言"，虚构朱买臣前妻对近侍的一番话，揭露**热心于功名利禄**的封建士大夫们，当其失意之时，所标榜的宏大抱负不过是自欺欺人的大言而已。一旦得意，则"急于富贵"，并以此"矜于一妇人"。而本文中，朱买臣前妻之所以不"食其食""闭气而死"，是因为其为朱买臣羞愧。这与《汉书·朱买臣传》中有关描写的立意根本不同，针砭现实极为有力。

■ 名师解读

本知识点考查阅读理解的概率较高，故考生需对本文的重点注释、思想内容着重注意。

■ 真题演练

【阅读理解题】

（2017年·全国）阅读下面一段文字：

一旦，去妻言于买臣之近侍曰："吾秉箕帚于翁子左右者，有年矣。每年饥寒勤苦时节，见翁子之志，何尝不言通达后以匡国致君为己任，以安民济物为心期。而吾不幸离翁子左右者，亦有年矣，翁子果通达矣。天子疏爵以命之，衣锦以昼之，斯亦极矣。而向所言者，蔑然无闻。岂四方无事，使之然耶？岂急于富贵，未假度者耶？以吾观之，矜于一妇人，则可矣，其他未之见也。又安可食其食！"乃闭气而死。

请回答：

（1）这段文字选自哪篇文章？朱买臣是哪个朝代的人？

【答案与解析】

这段文字选自《越妇言》。朱买臣是汉代的人。

（2）这段文字虚构朱买臣前妻对近侍的一番话，其意图何在？

【答案与解析】

揭露封建士大夫对功名利禄的热衷，宏大抱负只不过是自欺欺人。

（3）解释下列加点词语：

① 以安民济物为心期

② 衣锦以昼之

③ 矜于一妇人

【答案与解析】

① 心期：心愿。

② 衣：穿。

③ 矜：夸耀。

第三十三节 韦 庄

内 容 提 要

《菩萨蛮》(人人尽说江南好)为韦庄所作词作,该词追忆昔日流寓江南的经历,表现了作者对江南风物的留恋。

知识点 1

韦庄及其作品 ☆☆

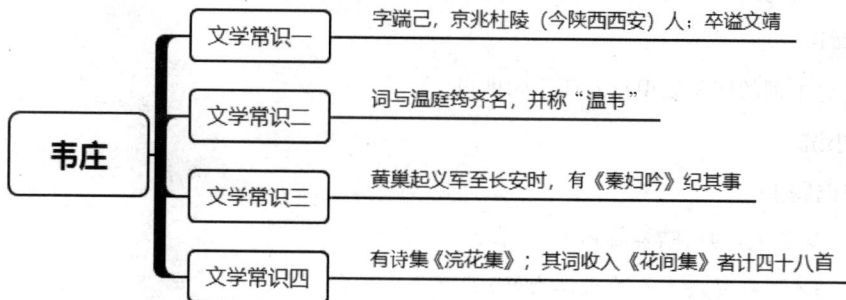

	文学常识一	字端己,京兆杜陵(今陕西西安)人;卒谥文靖
韦庄	文学常识二	词与温庭筠齐名,并称"温韦"
	文学常识三	黄巢起义军至长安时,有《秦妇吟》纪其事
	文学常识四	有诗集《浣花集》;其词收入《花间集》者计四十八首

名师解读

本知识点考查客观题。对于韦庄,主要围绕其作品和其在文学史上的地位进行考查,需着重注意。

真题演练

【单选题】

(2017年·全国)《秦妇吟》的作者是( )

A.韦庄　　　　　B.韦应物　　　　　C.温庭筠　　　　　D.李商隐

【答案与解析】

A。韦庄,字端己,京兆杜陵(今陕西西安)人;黄巢起义军至长安时,有《秦妇吟》纪其事;词与温庭筠齐名,并称"温韦"。

知识点2

■《菩萨蛮》（人人尽说江南好）

菩 萨 蛮

人人尽说江南好，游人只合江南老。春水碧于天，画船听雨眠。炉边人似月，皓腕凝霜雪。未老莫还乡，还乡须断肠。

—— 重 点 注 解 ——

"炉边人似月"：意为酒家少女似月亮一样光彩照人。典出《史记·司马相如列传》。

—— 思 想 内 容 ——

本篇追忆昔日**流寓江南**的经历，对江南的**风土人情**由衷赞叹、留恋不已，写得直率旷达，不加掩饰。末两句由江南而忆及故乡，忽作吞吐之语，表现出**纡曲抑郁**的心绪。

—— 层 次 内 容 ——

（1）开篇点明"江南好"，以下四句即由此展开，先写江南**风景清朗明媚**，继写江南**生活舒适悠闲**，再写江南**女子光彩照人**，皆能准确概括江南风物的特色，极富**诗情画意**。

（2）末两句因江南无限美好而引发**对故乡的思念**，二者自然形成对比。

■ 名师解读

考生对本词的相关知识点有所了解即可。

■ 牛刀小试

【单选题】

名句"炉边人似月，皓腕凝霜雪"出自（　　　　）

A. 韦庄《菩萨蛮》（人人尽说江南好）

B. 冯延巳《谒金门》（风乍起）

C. 李煜《破阵子》（四十年来家国）

D. 温庭筠《菩萨蛮》（小山重叠金明灭）

【答案与解析】

A。韦庄《菩萨蛮》（人人尽说江南好）："人人尽说江南好，游人只合江南老。春水碧于天，画船听雨眠。炉边人似月，皓腕凝霜雪。未老莫还乡，还乡须断肠。"

第三十四节　杜　荀　鹤

内 容 提 要

　　《山中寡妇》为杜荀鹤所作七律,反映了在统治阶级残酷的剥削和压榨下劳动人民的悲惨遭遇。

知识点 1

■ **杜荀鹤及其作品**☆

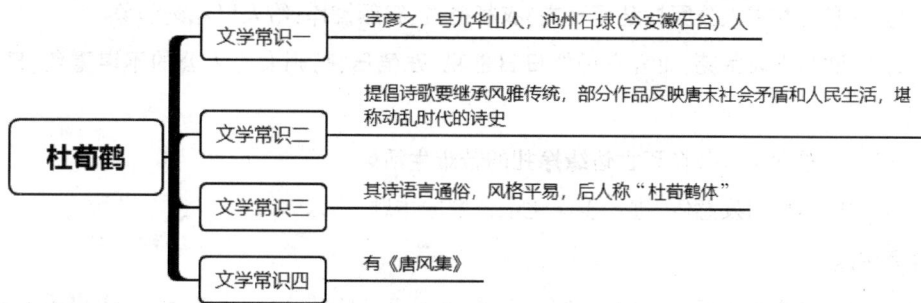

```
                  ┌─ 文学常识一 ── 字彦之,号九华山人,池州石埭(今安徽石台) 人
                  │
                  │              提倡诗歌要继承风雅传统,部分作品反映唐末社会矛盾和人民生活,堪
   杜荀鹤 ────────┼─ 文学常识二 ── 称动乱时代的诗史
                  │
                  ├─ 文学常识三 ── 其诗语言通俗,风格平易,后人称"杜荀鹤体"
                  │
                  └─ 文学常识四 ── 有《唐风集》
```

■ **名师解读**

　　本知识点考查客观题。对于杜荀鹤,主要围绕其字号和作品集《唐风集》来考查,需着重注意。

■ **真题演练**

【单选题】

(2010 年·全国)下列别号中,属于杜荀鹤的是(　　　)

A. 九华山人　　　　B. 江湖散人　　　　C. 甫里先生　　　　D. 莲峰居士

【答案与解析】

A。杜荀鹤,字彦之,号九华山人;提倡诗歌要继承风雅传统;有《唐风集》。

知识点 2

■ **《山中寡妇》**☆ ☆

山 中 寡 妇

夫因兵死守蓬茅,麻苎衣衫鬓发焦。

桑柘废来犹纳税,田园荒后尚征苗。

时挑野菜和根煮,旋斫生柴带叶烧。

任是深山更深处,也应无计避征徭。

— **重 点 注 解** —

(1)《山中寡妇》:诗题一作《时世行》。

(2)兵:指的是**战乱**。

(3)旋斫:现砍。

— **思 想 内 容** —

本诗为**七言律诗**,通过山中寡妇这样一个典型人物的悲惨命运,揭露**苛捐杂税**给人民造成的深重苦难,感情极其**沉郁悲愤**。

— **艺 术 特 色** —

主要艺术特色:**把强烈的爱憎感情融入人物日常生活的描写之中**:

(1)首联写女主人公**因战乱而丧夫**,衣衫褴褛,容颜憔悴,给人以深刻印象。

(2)颔联写**田园荒芜**,而官府仍然**日日催税**,**残酷压榨**,则女主人公的**不堪重负**、日夜惊恐可想而知。

(3)颈联写女主人公在**死亡边缘挣扎**的苦难生活。

(4)尾联由此引发感慨,进一步深化了诗歌的主题。

■ **名师解读**

本知识点考查客观题、主观题。客观题方面,主要围绕本诗的诗歌体裁、注释来考查;主观题方面,则主要围绕本诗的艺术特色考查。

■ **真题演练**

【单选题】

(2015年·全国)杜荀鹤《山中寡妇》的体裁是(　　)

A. 七言律诗　　　　B. 七言绝句　　　　C. 五言律诗　　　　D. 五言绝句

【答案与解析】

A.《山中寡妇》为七言律诗,通过山中寡妇这样一个典型人物的悲惨命运,揭露苛捐杂税给人民造成的深重苦难,感情极其沉郁悲愤。

【简答题】

(2015年·全国)简析杜荀鹤《山中寡妇》一诗的主要艺术特色。

【答案与解析】

把强烈的爱憎感情融入对人物日常生活的描写之中:

(1)首联写女主人公因战乱而丧夫,衣衫褴褛,容颜憔悴,给人以深刻印象。

(2)颔联写田园荒芜,而官府仍然日日催税,残酷压榨,则女主人公的不堪重负、日夜惊恐可想而知。

（3）颈联写女主人公在死亡边缘挣扎的苦难生活。

（4）尾联由此引发感慨,进一步深化了诗歌的主题。

第三十五节 崔 涂

内 容 提 要

《孤雁》为崔涂所作咏物诗,描绘了孤雁独自飞翔、孤苦无依的凄凉情状,借此以喻诗人自己孤栖忧虑的羁旅之情。

知识点 1

崔涂及其作品

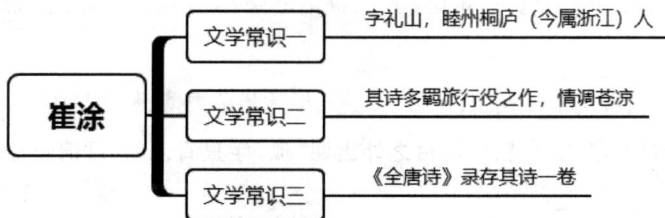

崔涂 —— 文学常识一 —— 字礼山,睦州桐庐（今属浙江）人

崔涂 —— 文学常识二 —— 其诗多羁旅行役之作,情调苍凉

崔涂 —— 文学常识三 —— 《全唐诗》录存其诗一卷

名师解读

考生对崔涂的相关知识有所了解即可。

牛刀小试

【单选题】

崔涂的诗作多（　　）

A. 咏史怀古　　　　B. 羁旅行役　　　　C. 边塞纪实　　　　D. 讽喻现实

【答案与解析】

B。崔涂,字礼山。其诗多羁旅行役之作,情调苍凉。《全唐诗》录存其诗一卷。

知识点 2

《孤雁》

孤 雁

几行归塞尽,念尔独何之?

暮雨相呼失,寒塘欲下迟。

渚云低暗渡,关月冷相随。

未必逢矰缴,孤飞自可疑。

─────────── 重 点 注 解 ───────────

失：指的是**失群**。

─────────── 思 想 内 容 ───────────

本诗为**咏物诗**,不但曲折深至,语切境真,能写孤雁之态,传孤雁之神,而且孤雁形象中处处可以看到**天涯游子**的身影,孤雁的悲鸣中也时时透露出孤寒无依者的悲哀。

─────────── 层 次 内 容 ───────────

以"**孤**"字为一篇之眼：

(1) 首两句说同伴已尽归塞上,只剩下孤雁前途渺茫。

(2) "暮雨"句写暮雨苍茫,感觉失侣,急忙相呼而不及,仍是写"孤"。"寒塘"句写孤雁想到寒塘栖宿,但孤踪自怯,几次想飞下,又迟疑徘徊。

(3) "渚云"两句写孤雁低飞,相随者唯有洲渚之浮云,关城之冷月,这又反衬出雁的孤影无依。

(4) 末两句写失群虽未必丧生,但孤飞之雁,毕竟势单力薄,易生疑惧。

总之,全诗围绕"孤"来立意,但题目之外出现"孤"字只有末句,可谓画龙点睛。

名师解读

考生对本诗的相关知识点如诗歌题材等有所了解即可。

牛刀小试

【单选题】

1. 从诗歌内容来看,崔涂的《孤雁》(几行归塞尽)是一首(　　　　)

　　A. 怀古诗　　　　　　B. 咏物诗　　　　　　C. 讽喻诗　　　　　　D. 悼亡诗

【答案与解析】

B。崔涂《孤雁》(几行归塞尽)是一首咏物诗,不但曲折深至,语切境真,能写孤雁之态,传孤雁之神,而且孤雁的形象中处处可以看到天涯游子的身影。

2. 崔涂《孤雁》(几行归塞尽)的诗眼是(　　　　)

　　A. "孤"　　　　　　B. "雁"　　　　　　C. "归"　　　　　　D. "迟"

【答案与解析】

A。《孤雁》以"孤"字为一篇之眼,全诗围绕"孤"来立意,但题目之外出现"孤"字只有末句,可谓画龙点睛。

第三十六节 李 朝 威

内容提要

> 《柳毅传》为李朝威所作传奇小说,讲述了一个以柳毅、龙女为男女主角的神话爱情故事。

知识点 1

■ 李朝威及其作品☆

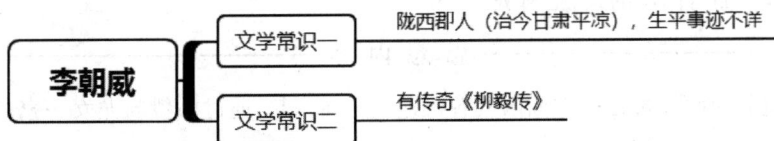

李朝威 —— 文学常识一 —— 陇西郡人(治今甘肃平凉),生平事迹不详
　　　　 —— 文学常识二 —— 有传奇《柳毅传》

■ 名师解读

考生对李朝威的相关知识有所了解即可。

■ 真题演练

【单选题】

(2019 年·全国)小说《柳毅传》的作者是(　　)

A. 陆龟蒙　　　　B. 罗隐　　　　C. 李朝威　　　　D. 崔涂

【答案与解析】

C。《柳毅传》,唐代传奇小说,作者李朝威。该文写洞庭龙女远嫁泾川,受其夫泾阳君与公婆虐待,幸遇书生柳毅为传家书至洞庭龙宫,得其叔父钱塘君营救,回归洞庭。钱塘君等感念柳毅恩德,即令之与龙女成婚。柳毅因传信乃急人之难,本无私心,且不满钱塘君之蛮横,故严词拒绝,告辞而去。但龙女对柳毅已生爱慕之心,自誓不嫁他人,几番波折后二人终成眷属。

■ 牛刀小试

【单选题】

从体裁上看,李朝威的《柳毅传》是一篇(　　)

A. 骈文　　　　B. 小品　　　　C. 传奇　　　　D. 小赋

【答案与解析】

C。李朝威,生平事迹不详,有传奇《柳毅传》。

知识点 2

■《柳毅传》☆

柳毅传（节选）

钱塘因酒作色，踞谓毅曰："不闻猛石可裂不可卷，义士可亲不可羞耶？愚有衷曲，欲一陈于公。如可，则俱在云霄；如不可，则皆夷粪壤。足下以为何哉？"毅曰："请闻之。"钱塘曰："泾阳之妻，则洞庭君之爱女也。淑性茂质，为九姻所重。不幸见辱于匪人，今则绝矣。将欲求托高义，世为亲戚，使受恩者知其所归，怀爱者知其所付，岂不为君子始终之道者？"

—————— 重 点 注 解 ——————

(1)《柳毅传》：选自《太平广记》卷四一九，原出《异闻集》。

(2) 托：托付。

(3) 高义：品行高尚的人，指柳毅。

—————— 思 想 内 容 ——————

本文将**爱情**、**侠义**、**灵怪**三方面因素有机地融合在一起，通过柳毅与龙女一家的密切交往和感情发展，歌颂了对**爱情与婚姻幸福的热烈追求以及行侠仗义**等美好品格。

—————— 层 次 内 容 ——————

(1) 先写**柳毅**落第，路遇龙女，慨然为其传书至洞庭。

(2) 龙女得救，**洞庭君**一家厚谢柳毅。

(3) 谁知波澜突起，**钱塘君**出面做媒，要将侄女强配柳毅。

(4) 柳毅不满钱塘君"以威加人"，断然**拒绝**。柳毅回家后，先后两次娶妻，皆亡，复娶卢氏，似乎与龙女情缘已了。

(5) 最后才知道**卢氏**即龙女，令人团圆。

—————— 人 物 形 象 ——————

(1) 柳毅：**见义勇为**，**一诺千金**，施恩不图报，具有威武不能屈的大丈夫气概。

(2) 龙女：**面对苦难不屈服**，敢于追求婚姻幸福，对柳毅一往情深，矢志不渝。

(3) 洞庭君：**仁慈**、**持重**、和蔼可亲。

(4) 钱塘君：**疾恶如仇**，暴烈勇猛，粗犷鲁莽而又坦率天真。

—————— 艺 术 特 色 ——————

心理描绘颇为传神：

(1) 柳毅离开龙宫之际，龙女表现的**留恋之情**；

(2) 婚后柳毅怀疑卢氏即龙女，卢氏后来表明真实身份时的愁惧兼心、呜咽泣涕，又反复追问柳毅当初拒婚时的心情。

这些十分符合人物的身份和经历,写出其特有的复杂心理状态。

◤ 名师解读

本知识考查客观题、主观题。客观题方面,主要围绕文中情节和人物形象考查;主观题方面,主要围绕人物形象和心理描写考查。

◤ 真题演练

【单选题】

(2015年·全国)李朝威《柳毅传》中,出面向柳毅提亲,遭到拒绝的是(　　)

A. 龙女　　　　B. 洞庭君　　　　C. 洞庭君夫人　　　　D. 钱塘君

【答案与解析】

D。《柳毅传》写柳毅落第,路遇龙女,慨然为其传书至洞庭。龙女得救,洞庭君一家厚谢柳毅。然后,钱塘君出面做媒,要将侄女强配柳毅。柳毅不满钱塘君"以威加人",断然拒绝。

【简答题】

(2009年·全国)简析《柳毅传》中龙女的个性特征。

【答案与解析】

龙女面对苦难不屈服,敢于追求婚姻幸福,对柳毅一往情深,矢志不渝。

第三十七节　冯　延　巳

内 容 提 要

《谒金门》(风乍起)为冯延巳所作词作,该词形象地表现了贵族少妇在春日思念丈夫的百无聊赖的景况,反映了她的苦闷心情。

知识点 1

◤ 冯延巳及其作品☆

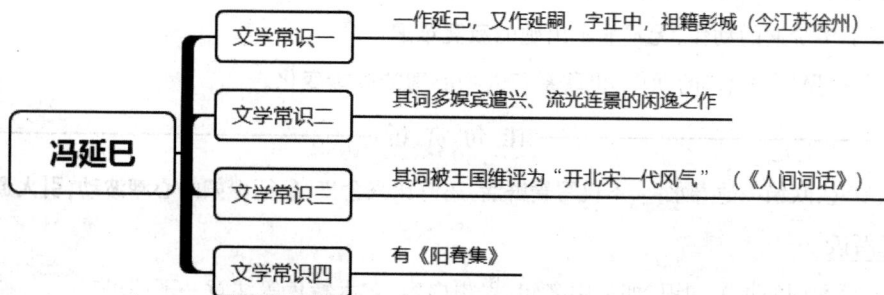

冯延巳
- 文学常识一 —— 一作延己,又作延嗣,字正中,祖籍彭城(今江苏徐州)
- 文学常识二 —— 其词多娱宾遣兴、流光连景的闲逸之作
- 文学常识三 —— 其词被王国维评为"开北宋一代风气"(《人间词话》)
- 文学常识四 —— 有《阳春集》

■ **名师解读**

本知识点考查客观题。对于冯延巳,主要围绕其在文学史上的地位和作品集进行考查,需着重注意。

■ **真题演练**

【单选题】

(2018年·全国)诗集《阳春集》的作者是(　　)

A. 李煜　　　　　B. 李贺　　　　　C. 冯延巳　　　　　D. 韦庄

【答案与解析】

C。冯延巳,一作延己,又作延嗣,字正中。其词被王国维评为"开北宋一代风气"(《人间词话》)。有《阳春集》。

知识点 2

■ **《谒金门》(风乍起)**

谒 金 门

风乍起,吹绉一池春水。闲引鸳鸯香径里,手挼红杏蕊。　　斗鸭栏干独倚,碧玉搔头斜坠。终日望君君不至,举头闻鹊喜。

—— **重 点 注 解** ——

(1) 挼:指的是**揉搓**。

(2) 斜坠:指不整,意为**无心打扮,情绪懒散**。

—— **思 想 内 容** ——

本词写**少妇怀春**之情。她独居深院,寂寞无聊,春风撩拨起她的相思之情,整天盼望远人归来,而愿望一次又一次落空,鹊声又给她以慰藉。先忧后喜,显示主人公的内心难以平静。

—— **艺 术 特 色** ——

主要艺术特色:借助描绘举止和表情展示人物的内心世界:

(1) **闲引鸳鸯,漫挼红杏,慵倚栏干,独看斗鸭**,一连串的动作看似漫不经心,其实是少妇不知重复了多少遍的动作,无不显示出她的**寂寞难遣**。

(2) 一"坠"一"举"的动作,也联系着人物心理的微妙变化。

—— **佳 句 赏 析** ——

"风乍起,吹绉一池春水":不仅**写景鲜活**,还有**比兴含义**,象征少妇的**心潮波动**,引人遐想。

■ **名师解读**

考生对本词的相关知识,如词中名句、思想内容、艺术特色等注意一下即可。

📖 **牛刀小试**

【单选题】

1. 冯延巳《谒金门》(风乍起)中象征少妇心潮波动的句子是( )

   A. 风乍起,吹绉一池春水　　　　B. 闲引鸳鸯香径里,手挼红杏蕊

   C. 斗鸭栏干独倚,碧玉搔头斜坠　D. 终日望君君不至,举头闻鹊喜

【答案与解析】

A。"风乍起,吹绉一池春水"不仅写景鲜活,还有比兴含义,象征少妇的心潮波动,引人遐想。

2. 词句"终日望君君不至,举头闻鹊喜"出自( )

   A. 冯延巳《谒金门》(风乍起)　　B. 李煜《破阵子》(四十年来家国)

   C. 温庭筠《菩萨蛮》(小山重叠金明灭)　D. 李清照《声声慢》(寻寻觅觅)

【答案与解析】

A。冯延巳《谒金门》(风乍起):"风乍起,吹绉一池春水。闲引鸳鸯香径里,手挼红杏蕊。斗鸭栏干独倚,碧玉搔头斜坠。终日望君君不至,举头闻鹊喜。"

第三十八节　李　　煜

🔵 **内 容 提 要**

　　本节选取两首李煜词。《虞美人》(春花秋月何时了)通过对自然永恒与人生无常的尖锐矛盾对比,抒发了亡国后顿感生命落空的悲哀。《破阵子》(四十年来家国)由建国写到亡国,饱含了对故国的留恋与亡国的悔恨之意。

📢 **知识点1**

📖 **李煜及其作品**

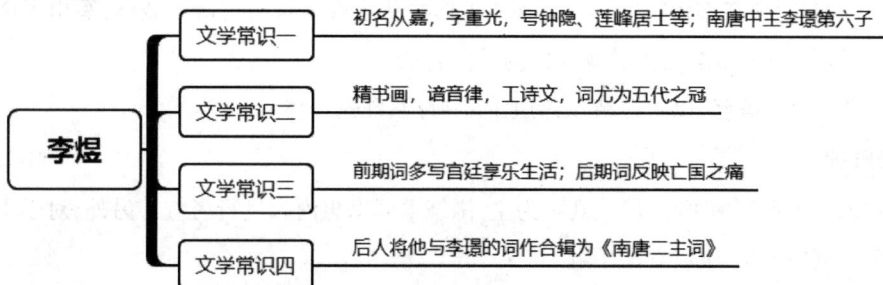

```
            ┌─ 文学常识一 ── 初名从嘉,字重光,号钟隐、莲峰居士等;南唐中主李璟第六子
            │
            ├─ 文学常识二 ── 精书画,谙音律,工诗文,词尤为五代之冠
   李煜 ────┤
            ├─ 文学常识三 ── 前期词多写宫廷享乐生活;后期词反映亡国之痛
            │
            └─ 文学常识四 ── 后人将他与李璟的词作合辑为《南唐二主词》
```

名师解读

考生对李煜的相关知识点有所了解即可。

牛刀小试

【单选题】

在词的方面，被称为五代之冠的是（　　）

A. 冯延巳　　　　　　B. 温庭筠　　　　　　C. 韦庄　　　　　　D. 李煜

【答案与解析】

D。李煜，初名从嘉，字重光，号钟隐、莲峰居士等，南唐中主李璟第六子；精书画，谙音律，工诗文，词尤为五代之冠。

知识点 2

《虞美人》（春花秋月何时了）☆☆☆

虞 美 人

春花秋月何时了？往事知多少！小楼昨夜又东风，故国不堪回首月明中。　　雕栏玉砌应犹在，只是朱颜改。问君能有几多愁？恰似一江春水向东流。

—————— 重 点 注 解 ——————

朱颜：原指女子的容貌，这里借指自己**面容憔悴**。

—————— 思 想 内 容 ——————

本词为**李煜代表作**，作于被**囚禁汴京**之时。本词是作者唱给故国和自己的一曲挽歌，抒写无可奈何的**亡国之恨**。情感内涵复杂，**眷恋故国河山，回忆美好岁月**是一方面；为沦为阶下之囚而深感耻辱，为逸豫亡国而深切忏悔是另一方面。

—————— 艺 术 特 色 ——————

（1）作者拉开时间、空间的距离，以恒久不变的"**春花秋月**""**东风**""**雕栏玉砌**"与短暂易逝的"往事""故国""朱颜"相对比，将物是人非的情感落差强调到极点，也将自己内心的愁苦发掘到极深处。

（2）末两句"**一江春水**"的奇喻，使抽象无形的愁绪有了鲜明可触的载体，写出了胸中忧愁的无边无际、无穷无尽，成为脍炙人口的千古名句。

（3）全词以问答起，以问答结，结构上前后呼应，浑然一体。

名师解读

本知识点考查频率不高，以主观题为主，围绕本词思想内容进行考查。另外，对于本词的艺术特色和词中名句，也应有所了解。

真题演练

【简答题】

(2016 年·全国)简析李煜《虞美人》(春花秋月何时了)的情感内涵。

【答案与解析】

(1)眷恋故国河山,回忆美好岁月。

(2)为沦为阶下之囚而深感耻辱。

(3)为逸豫亡国而深切忏悔。

知识点 3

《破阵子》(四十年来家国)

破 阵 子

四十年来家国,三千里地山河。凤阁龙楼连霄汉,玉树琼枝作烟萝,几曾识干戈。 一旦归为臣虏,沈腰潘鬓消磨。最是仓皇辞庙日,教坊犹奏别离歌,垂泪对宫娥。

—————— **重 点 注 解** ——————

沈腰:形容身体消瘦。沈指南朝梁时诗人**沈约**,典出《梁书·沈约传》;潘鬓:指中年鬓发初白,潘指西晋诗人**潘岳**。

—————— **层 次 内 容** ——————

词的上片**写昔**,下片**写今**:

(1)开篇大处落墨,将先人基业、广袤山河一笔括尽。接写宫殿壮丽,气象非凡,是极写王者之尊。

(2)下片陡然翻转,写亡国身心憔悴,仓皇辞庙、听歌垂泪,是极写臣虏之辱。

(3)上下片的转折点是"几曾识干戈"。此句可理解为南唐君臣醉生梦死;还可理解为李煜"生于深宫之中,长于妇人之手",根本不谙兵事。其追悔、自责之意溢于言表。

名师解读

考生对本词的相关知识有所了解即可。

牛刀小试

【单选题】

李煜《破阵子》(四十年来家国)"沈腰潘鬓消磨"中,"沈腰"典故的主人公是( )

A. 沈佺期　　　　B. 沈括　　　　C. 沈约　　　　D. 沈德潜

【答案与解析】

C。沈腰:形容自己身体消瘦。沈指南朝梁时诗人沈约。典出《梁书·沈约传》。

模 拟 卷

中国古代文学作品选（一）模拟卷（一）

（课程代码 00532）

满分100分，考试时间150分钟。

一、单项选择题：本大题共 30 小题，每小题 1 分，共 30 分。在每小题列出的备选项中只有一项是符合题目要求的，请将其选出。

1. 下列著作中，记载孔子言行的语录体散文集是（　　）

    A.《礼记》　　　　　B.《论语》　　　　　C.《春秋》　　　　　D.《公羊传》

2.《秦妇吟》的作者是（　　）

    A. 韦庄　　　　　　B. 韦应物　　　　　C. 温庭筠　　　　　D. 李商隐

3. "揠苗助长"的故事出自（　　）

    A.《老子》　　　　　B.《孔子》　　　　　C.《孟子》　　　　　D.《墨子》

4.《湘夫人》选自（　　）

    A.《九章》　　　　　B.《九辩》　　　　　C.《九歌》　　　　　D.《九叹》

5.《十五从军征》属于（　　）

    A. 郊庙歌辞　　　　B. 相和歌辞　　　　C. 杂曲歌辞　　　　D. 鼓吹曲辞

6. 名句"昔我往矣，杨柳依依。今我来思，雨雪霏霏"出自《诗经》中的（　　）

    A.《氓》　　　　　　B.《采薇》　　　　　C.《蒹葭》　　　　　D.《生民》

7. 成语"雁足传书"出自（　　）

    A.《李将军列传》　　　　　　　　　　B.《项羽本纪》

    C.《高祖本纪》　　　　　　　　　　　D.《汉书·苏武传》

8.《谏逐客书》"今乃弃黔首以资敌国"中的"黔首"的意思是（　　）

    A. 贵州的首领　　　B. 西南地名　　　　C. 平民　　　　　　D. 贵族

9.《邵公谏厉王弭谤》选自（　　）

    A.《左传》　　　　　B.《国语》　　　　　C.《战国策》　　　　D.《公羊传》

10. "但使龙城飞将在"的"飞将"指的是（　　）

    A. 李广　　　　　　B. 李陵　　　　　　C. 李蔡　　　　　　D. 李广利

11. 下列地点中，不属于王粲登楼地点三种说法的是（　　）

    A. 长安城楼　　　　B. 当阳城楼　　　　C. 荆州城楼　　　　D. 麦城城楼

12. 有"江湖散人"之称的诗人是(　　)

    A. 陆龟蒙　　　　　B. 皮日休　　　　　C. 杜牧　　　　　D. 杜甫

13.《种树郭橐驼传》的创作地点是(　　)

    A. 柳州　　　　　B. 永州　　　　　C. 洛阳　　　　　D. 长安

14.《宫词》一百首的作者是(　　)

    A. 张籍　　　　　B. 王建　　　　　C. 顾况　　　　　D. 贾岛

15. "陈王昔时宴平乐,斗酒十千恣欢谑"的"陈王"指(　　)

    A. 曹操　　　　　B. 曹植　　　　　C. 曹丕　　　　　D. 曹髦

16. "顾惟蝼蚁辈,但自求其穴"中的"蝼蚁"指(　　)

    A. 身份低微的人　　　　　　　　B. 身材短小的人

    C. 目光短浅的人　　　　　　　　D. 志向远大的人

17. 陶渊明《归去来兮辞》"审容膝之易安",其中"审"的意思是(　　)

    A. 领会　　　　　B. 宣称　　　　　C. 申请　　　　　D. 审查

18. 创作大量山水诗,打破东晋以来玄言诗一统天下局面的诗人是(　　)

    A. 陶渊明　　　　　B. 韦应物　　　　　C. 谢灵运　　　　　D. 江淹

19. 在"建安七子"中成就最高,刘勰称之为"七子之冠冕"的是(　　)

    A. 陈琳　　　　　B. 阮瑀　　　　　C. 曹植　　　　　D. 王粲

20. 向汉景帝说"李广才气,天下无双"的人是(　　)

    A. 程不识　　　　　B. 李蔡　　　　　C. 公孙昆邪　　　　　D. 霸陵尉

21. 我国第一部纪传体断代史是(　　)

    A.《史记》　　　　　B.《汉书》　　　　　C.《后汉书》　　　　　D.《三国志》

22.《抱朴子》的作者是(　　)

    A. 葛洪　　　　　B. 干宝　　　　　C. 丘迟　　　　　D. 孔稚珪

23. 李密《陈情表》:"逮奉圣朝,沐浴清化",其中"逮"的意思是(　　)

    A. 他们　　　　　B. 逮捕　　　　　C. 到　　　　　D. 我们

24.《封丘县》的作者是(　　)

    A. 李白　　　　　B. 杜甫　　　　　C. 王维　　　　　D. 高适

25. 下列不属于"初唐四杰"的是(　　)

    A. 王勃　　　　　B. 卢照邻　　　　　C. 杨炯　　　　　D. 陈子昂

26. 孔稚珪《北山移文》中的"北山",在今(　　)

    A. 南京市　　　　　B. 北京市　　　　　C. 西安市　　　　　D. 洛阳市

27. 谢朓《之宣城郡出新林浦向板桥》中的"板桥"即板桥浦,在今(　　)

    A. 扬州市西南　　　B. 镇江市西南　　　C. 南京市西南　　　D. 马鞍山市西南

28.《史记》中"列传"一共有(　　)

　　A. 五十篇　　　　B. 三十篇　　　　C. 七十篇　　　　D. 八十篇

29.《涉江》中"吾与重华游兮瑶之圃",其中"重华"指的是(　　)

　　A. 舜　　　　　　B. 尧　　　　　　C. 禹　　　　　　D. 汤

30. 将《战国策》编辑成书的汉代学者是(　　)

　　A. 刘彻　　　　　B. 刘贺　　　　　C. 刘歆　　　　　D. 刘向

二、多项选择题：本大题共 5 小题,每小题 2 分,共 10 分。在每小题列出的备选项中至少有两项是符合题目要求的,请将其选出,错选、多选或少选均无分。

31. 唐代诗人韩愈又称(　　)

　　A. 韩昌黎　　B. 韩退之　　C. 韩文公　　D. 韩吏部　　E. 韩太史

32.《侍坐》中描写的孔子学生有(　　)

　　A. 子路　　　B. 颜回　　　C. 曾晳　　　D. 冉有　　　E. 公西华

33. 下列诗句中,写梦游天姥情景的有(　　)

　　A. 势拔五岳掩赤城　　　　　　B. 千岩万转路不定

　　C. 迷花倚石忽已暝　　　　　　D. 日月照耀金银台

　　E. 须行即骑访名山

34. 丘迟《与陈伯之书》是(　　)

　　A. 抒发离情的书信　　　　　　B. 劝降的书信

　　C. 骈文　　　　　　　　　　　D. 散文

　　E. 抒情小赋

35. 下列比喻出自《齐桓晋文之事》的有(　　)

　　A. 揠苗助长　　　　　　　　　B. 挟太山以超北海

　　C. 邹人与楚人战　　　　　　　D. 蓬生麻中,不扶而直

　　E. 缘木求鱼

三、简答题：本大题共 5 小题,每小题 6 分,共 30 分。

36.《劝学》一文运用的比喻有什么特点与作用?

37. 贾谊《过秦论》(上)的语言有什么特点?

38. 简析陶渊明《咏荆轲》一诗的风格。

39. 李白《古风》(西上莲花山)属于什么题材?从诗中"俯视洛阳川,茫茫走胡兵"两句,可知写的是什么事件?"流血涂野草,豺狼尽冠缨"两句,反映了怎样的现实?

40. 简析《柳毅传》中龙女的个性特征。

四、论述题：本大题共 2 小题,每小题 10 分,共 20 分。

41. 试分析班固《苏武传》的对比手法。

42. 联系作品,试分析《氓》中的女主人公形象。

五、阅读理解题:本大题共 1 小题,共 10 分。

43. 阅读以下一段文字:

将军勇冠三军,才为世出,弃燕雀之小志,慕鸿鹄以高翔。昔因机变化,遭遇明主,立功立事,开国称孤,朱轮华毂,拥旄万里,何其壮也!如何一旦为奔亡之虏,闻鸣镝而股战,对穹庐以屈膝,又何劣邪!

(1) 本文作者是谁?文中所说的"将军"是谁?

(2) "弃燕雀之小志,慕鸿鹄之高翔",此典故出自哪里?

(3) 解释下列加点的词语:

① 昔因机变化

② 开国称孤

③ 闻鸣镝而股战

模拟卷（一）参考答案

一、单项选择题：本大题共 30 小题，每小题 1 分，共 30 分。

1.【答案与解析】

B。《论语》是记录孔子言行的语录体散文集，由孔子弟子及再传弟子编撰而成。故选 B。

2.【答案与解析】

A。韦庄，字端己，京兆杜陵人；黄巢起义军至长安时，有《秦妇吟》纪其事。

3.【答案与解析】

C。揠苗助长的故事出自《孟子·公孙丑上》中《我善养吾浩然之气》。

4.【答案与解析】

C。《湘夫人》选自《楚辞·九歌》，与《湘君》是祭祀一对湘水之神的乐歌。

5.【答案与解析】

D。《十五从军征》属梁鼓角横吹曲，又名《紫骝马歌》。

6.【答案与解析】

B。"昔我往矣，杨柳依依。今我来思，雨雪霏霏"是《采薇》中的名句。《采薇》出自《诗经·小雅》。

7.【答案与解析】

D。《汉书·苏武传》："天子射上林中，得雁，足有系帛书，言武等在某泽中。"故成语"雁足传书"出自《汉书·苏武传》。

8.【答案与解析】

C。"今乃弃黔首以资敌国"中，"黔首"指的是平民。"黔"意为黑。

9.【答案与解析】

B。《邵公谏厉王弭谤》是春秋末期的一篇散文，作者是左丘明，收录于《国语》中。

10.【答案与解析】

A。"但使龙城飞将在"中，"龙城飞将"指西汉武帝时名将李广，匈奴称他为"汉之飞将军"。

11.【答案与解析】

A。王粲登楼地点有三种说法：当阳城楼、荆州城楼、麦城城楼。

12.【答案与解析】

A。陆龟蒙自号天随子、江湖散人、甫里先生。有《笠泽丛书》《甫里集》等。

13.【答案与解析】

D。《种树郭橐驼传》作于永贞元年，当时作者在长安任监察御史里行。

14.【答案与解析】

B。王建,字仲初,擅长乐府诗。他的《宫词》一百首在当时广泛流传。

15.【答案与解析】

B。"陈王"指三国时魏国曹植,他曾被封为陈思王,故称"陈王"。

16.【答案与解析】

C。"顾惟蝼蚁辈,但自求其穴"中的"蝼蚁"比喻目光短浅的小人。

17.【答案与解析】

A。陶渊明《归去来兮辞》"审容膝之易安",其中"审"的意思是领会、明白。

18.【答案与解析】

C。创作大量山水诗,打破东晋以来玄言诗一统天下局面的诗人是谢灵运,其著有《谢康乐集》。

19.【答案与解析】

D。在"建安七子"中成就最高,刘勰称之为"七子之冠冕"的是王粲,其著有《王粲集》。

20.【答案与解析】

C。典属国公孙昆邪曾对汉景帝说,"李广才气,天下无双,自负其能,数与虏敌战,恐亡之"。

21.【答案与解析】

B。《汉书》是我国最早的纪传体断代史,其体例除无"世家"外,基本承袭《史记》。

22.【答案与解析】

A。葛洪,字稚川,号抱朴子,丹阳句容(今属江苏)人;著有《西京杂记》《抱朴子》《神仙传》等。

23.【答案与解析】

C。李密《陈情表》:"逮奉圣朝,沐浴清化",其中"逮"的意思是及、到。

24.【答案与解析】

D。《封丘县》的作者是高适。《封丘县》是诗人任封丘县尉时所作。

25.【答案与解析】

D。"初唐四杰"指的是王勃、杨炯、卢照邻和骆宾王,简称"王杨卢骆"。

26.【答案与解析】

A。孔稚珪《北山移文》中的"北山",即钟山,今名紫金山,在建康(今江苏南京)城北,故名北山。

27.【答案与解析】

C。谢朓《之宣城郡出新林浦向板桥》中的"板桥"即板桥浦,在今南京市西南。谢朓经金陵西南的新林浦向板桥进发,写了这首诗。

28.【答案与解析】

C。《史记》是我国第一部纪传体通史,记载了从传说中的黄帝到汉武帝时三千多年的中国历史。全书共 130 篇,包括十二本纪、十表、八书、三十世家、七十列传。

29.【答案与解析】

A。此句译为:"我要同舜一道去周游天帝所居的美丽花园。"重华:舜的名字。瑶:美玉。圃:园子。故本题正确答案是 A。

30.【答案与解析】

D。《战国策》原有多种名称,杂记战国时期的有关史事,作者不详。西汉刘向加以整理,按东周、西周、秦、齐、楚、赵、韩、魏、燕、宋、卫、中山等十二国的次序,编订为 33 篇,并定名为《战国策》。故选 D。

二、多项选择题:本大题共 5 小题,每小题 2 分,共 10 分。

31.【答案与解析】

ABCD。韩愈,字退之。郡望为昌黎,自称"昌黎韩愈"。官至吏部侍郎。卒赠礼部尚书,谥号"文",世称韩文公,又称韩吏部。

32.【答案与解析】

ACDE。《侍坐》:"子路、曾皙、冉有、公西华侍坐。"由此可知,《侍坐》中描写的孔子学生是子路、曾皙、冉有、公西华四人。故本题选 ACDE 四项。

33.【答案与解析】

BCD。A 项是越地人谈论天姥山的样子,并非作者梦游天姥的情景。BCD 三项是梦中所历,展现梦游时所见天姥山奇景,种种瑰丽变幻,令人骇目惊心。E 项为梦醒后回到现实,作者的感慨:暂且把白鹿放牧在青崖间,等到要远行时就骑上它访名山。故选 BCD。

34.【答案与解析】

BC。丘迟《与陈伯之书》是奉命劝降的书信,也是一篇优美的骈体书信。

35.【答案与解析】

BCE。"挟太山以超北海""邹人与楚人战""缘木求鱼",这些比喻皆出自《齐桓晋文之事》。"揠苗助长"出自《我善养吾浩然之气》。"蓬生麻中,不扶而直"出自《劝学》。

三、简答题:本大题共 5 小题,每小题 6 分,共 30 分。

36.【答案】

(1) 全文共用比喻四十七个:

① 借自然现象为喻:水与冰、青与蓝、蓬生麻中、草木稠、禽兽众等。

② 借劳动创造为喻:木作轮、用舟楫等。

③ 以人们的经验为喻:登高而招、面临深谷、火就燥、水就湿等。

（2）作用：形象性强，便于理解，也增强了文章的说服力。

37.【答案】

语言特点：

（1）多用排比和对偶。如第二段中从"于是六国之士"以下，"有"字领起，罗列大量人名，这就是排比句式；"蒙故业"以下，两句一对仗，这就是对偶句式。

（2）排比兼对偶句式。如开头说秦孝公"有席卷天下，包举宇内，囊括四海之意，并吞八荒之心"。

（3）借鉴赋的手法。行文极尽夸张和渲染，造成一种语言上的生动气势。

38.【答案】

此诗风格豪放悲壮。但其豪放并非剑拔弩张，而是以舒缓之笔写激愤之情，以平淡之语表达刚毅坚强之意，与其平淡格调有相通之处。

39.【答案】

（1）游仙题材。

（2）安禄山攻破洛阳事件。

（3）人间战乱的惨象，现实的血腥污秽。

40.【答案】

龙女面对苦难不屈服，敢于追求婚姻幸福，对柳毅一往情深，矢志不渝。

四、论述题：本大题共 2 小题，每小题 10 分，共 20 分。

41.【答案】

对比鲜明体现在：

（1）苏武与张胜对比，衬托苏武的深明大义、富于骨气，及临事不惧、对国家高度负责；

（2）与卫律对比，以卫律的卖国求荣突出苏武崇高的民族气节；

（3）与李陵对比，李陵计较个人恩怨，苏武则一心一意为国家、民族利益着想，李陵自己前后的言行也构成了对比。这些对比都有利于表现苏武的高风亮节。

42.【答案】

（1）婚前纯洁天真、热情洋溢，对男方一往情深，婚后辛勤操劳而毫无怨言。

（2）男方变心后看透负心者的本性，坚决和他决裂，表现出其坚强与刚毅的一面。

（3）其性格是随着情节的变化而逐步展现的。

五、阅读理解题：本大题共 1 小题，共 10 分。

43.（1）【答案】

本文作者为丘迟；将军指的是陈伯之。

（2）【答案】

《史记·陈涉世家》。

（3）【答案】

① 因：顺应。

② 孤：王侯自称。

③ 股战：大腿发抖。

中国古代文学作品选（一）模拟卷（二）

（课程代码 00532）

满分100分，考试时间150分钟。

一、单项选择题：本大题共30小题，每小题1分，共30分。在每小题列出的备选项中只有一项是符合题目要求的，请将其选出。

1."大凡物不得其平则鸣"的作者是（　　　）

    A. 李华　　　　　　　B. 刘禹锡　　　　　　C. 韩愈　　　　　　　D. 李商隐

2.《登楼赋》"钟仪幽而楚奏兮，庄舄显而越吟"，表达的意思是（　　　）

    A. 穷达异心　　　　　B. 怀才不遇　　　　　C. 怀念故土　　　　　D. 冤屈难伸

3.《古诗为焦仲卿妻作》中，刘兰芝说："勤心养公姥，好自相扶将。初七及下九，嬉戏莫相忘。"其说话的对象是（　　　）

    A. 焦仲卿母　　　　　B. 焦仲卿　　　　　　C. 小姑　　　　　　　D. 哥哥

4.《君子于役》一篇选自（　　　）

    A.《鲁颂》　　　　　B.《国风》　　　　　C.《大雅》　　　　　D.《小雅》

5.《蒹葭》"蒹葭凄凄"，其中"凄凄"的意思是（　　　）

    A. 清寒的样子　　　　B. 孤独的样子　　　　C. 枯萎的样子　　　　D. 茂盛的样子

6.下列诗句中，出自韦应物《滁州西涧》的是（　　　）

    A. 独怜幽草涧边生，上有黄鹂深树鸣　　　　B. 回乐烽前沙似雪，受降城外月如霜

    C. 山红涧碧纷烂漫，时见松枥皆十围　　　　D. 人世几回伤往事，山形依旧枕寒流

7.左思《咏史》(郁郁涧底松)属于古人所说的（　　　）

    A. 先述己意而以史事证之　　　　　　　　　B. 先述史事而己意继之

    C. 止述己意而史事暗含　　　　　　　　　　D. 止述史事而己意默寓

8.李密《陈情表》"伏惟圣朝以孝治天下"，这里"圣朝"指的是（　　　）

    A. 魏　　　　　　　　B. 蜀　　　　　　　　C. 吴　　　　　　　　D. 晋

9.《李将军列传》中引古语："其身正，不令而行；其身不正，虽令不从。"出自（　　　）

    A.《论语》　　　　　B.《孟子》　　　　　C.《大学》　　　　　D.《中庸》

10.《论语》："且知方也"，其中"方"的意思是（　　　）

    A. 道理　　　　　　　B. 方圆　　　　　　　C. 方向　　　　　　　D. 大方

11.曹植《赠白马王彪》"谒帝承明庐"，这里"帝"指的是（　　　）

    A. 曹操　　　　　　　B. 曹丕　　　　　　　C. 曹叡　　　　　　　D. 曹彪

12. "一夫当关,万夫莫开"出自(　　)

　　A. 李白诗　　　　B. 杜甫诗　　　　C. 王昌龄诗　　　　D. 高适诗

13. 下列《苏武庙》诗句中,化用《论语》文句的是(　　)

　　A. 古祠高树两茫然　　　　　　　　B. 陇上羊归塞草烟

　　C. 去时冠剑是丁年　　　　　　　　D. 空向秋波哭逝川

14. 元稹《遣悲怀》(其二)是一首(　　)

　　A. 七言绝句　　　B. 七言律诗　　　C. 五言绝句　　　D. 五言律诗

15. 《段太尉逸事状》写段秀实平定郭晞部下之乱,重在表现他的(　　)

　　A. 刚勇　　　　　B. 忠诚　　　　　C. 仁义　　　　　D. 气节

16. 孟浩然《临洞庭湖赠张丞相》中,"坐观垂钓者,徒有羡鱼情"用典出自(　　)

　　A.《庄子》　　　B.《韩非子》　　　C.《列子》　　　D.《淮南子》

17. 《别赋》的作者是(　　)

　　A. 孔稚珪　　　　B. 江淹　　　　　C. 刘义庆　　　　D. 丘迟

18. 下列谢朓《之宣城郡出新林浦向板桥》诗句中,被王夫之称赞为"隐然含情凝眺之人,呼之欲出"的是(　　)

　　A. 旅思倦摇摇,孤游昔已屡　　　　B. 天际识归舟,云中辨江树

　　C. 嚣尘自兹隔,赏心于此遇　　　　D. 虽无玄豹姿,终隐南山雾

19. 《短歌行》是(　　)

　　A. 乐府旧题　　　B. 乐府新题　　　C.《诗经》旧题　　　D. 自创题目

20. 《十五从军征》呈现主题的方式是(　　)

　　A. 在叙事中插入主题　　　　　　　B. 篇末点明主题

　　C. 开头直入主题　　　　　　　　　D. 主题意在言外

21. 下列作品,作于汉武帝时期的是(　　)

　　A.《劝学》　　　B.《非攻》　　　　C.《报任安书》　　　D.《与陈伯之书》

22. 成语"缘木求鱼"出自(　　)

　　A.《论语》　　　B.《庄子》　　　　C.《荀子》　　　　D.《孟子》

23. 下列诗句中,出自司空曙《喜外弟卢纶见宿》的是(　　)

　　A. 那堪玄鬓影,来对白头吟　　　　B. 雨中黄叶树,灯下白头人

　　C. 窗里人将老,门前树已秋　　　　D. 树初黄叶日,人欲白头时

24. 下列作品中,属于弃妇怨诗的是(　　)

　　A.《氓》　　　　B.《涉江》　　　　C.《采薇》　　　　D.《七哀诗》

25. 贾谊《过秦论》被誉为是一篇"气盛"的文章,从语言角度来看主要是(　　)

　　A. 多用对比反衬　　B. 多用反问　　　C. 多用比喻　　　D. 多用对偶排比

26. 《魏武帝集》的作者是(　　)

　　A. 司马懿　　　　B. 曹丕　　　　　C. 曹植　　　　D. 曹操

27. 我国第一个大量写作山水诗的诗人是(　　)

　　A. 曹操　　　　　B. 陶渊明　　　　C. 谢灵运　　　D. 鲍照

28. 下列文句中所用典故与孔子有关的是(　　)

　　A. 他日趋庭,叨陪鲤对　　　　　B. 今兹捧袂,喜托龙门

　　C. 北海虽赊,扶摇可接　　　　　D. 东隅已逝,桑榆非晚

29. 《封丘县》的作者是(　　)

　　A. 李白　　　　　B. 杜甫　　　　　C. 王维　　　　D. 高适

30. 表达必胜信念的盛唐边塞诗是(　　)

　　A.《燕歌行》　　　　　　　　　　B.《古从军行》

　　C.《出塞》(秦时明月汉时关)　　　D.《走马川行奉送出师西征》

二、多项选择题:本大题共 5 小题,每小题 2 分,共 10 分。在每小题列出的备选项中至少有两项是符合题目要求的,请将其选出,错选、多选或少选均无分。

31. 班固《苏武传》中提到的人物有(　　)

　　A. 李陵　　　　B. 卫律　　　　C. 李蔡　　　　D. 虞常　　　　E. 石建

32. 王勃《秋日登洪府滕王阁饯别序》文句中,借古人自比并自叹的有(　　)

　　A. 冯唐易老,李广难封　　　　B. 屈贾谊于长沙

　　C. 窜梁鸿于海曲　　　　　　　D. 宇文新州之懿范

　　E. 奉宣室以何年

33.《郑伯克段于鄢》中,庄公的性格特点有(　　)

　　A. 偏心自私　　B. 富有计谋　　C. 城府很深　　D. 胸襟开阔　　E. 愚蠢贪婪

34. 下列《长恨歌》诗句中,描写杨贵妃的有(　　)

　　A. 回眸一笑百媚生　　　　　　B. 梨园弟子白发新

　　C. 孤灯挑尽未成眠　　　　　　D. 揽衣推枕起徘徊

　　E. 梨花一枝春带雨

35.《登楼赋》中用到的典故有(　　)

　　A. 匏瓜徒悬　　　　　　　　　B. 刻舟求剑

　　C. 守株待兔　　　　　　　　　D. 井渫莫食

　　E. 瓜田李下

三、简答题:本大题共 5 小题,每小题 6 分,共 30 分。

36. 左思《咏史》(郁郁涧底松)揭露了当时怎样的社会现象?提到了哪些史实?

37.《项羽本纪》一文主要写了哪些事件,请作简要描述。

38. 曹操《短歌行》可分几个层次，每层的情感内涵是什么？

39. 简述卢照邻《长安古意》的写作手法。

40. 为什么说《谏逐客书》具有很强的针对性？

四、论述题：本大题共 2 小题，每小题 10 分，共 20 分。

41. 结合作品，说明《蜀道难》中"蜀道之难，难于上青天"在诗中三次重复的作用。

42. 试述《鲁仲连义不帝秦》一文中，鲁仲连是如何批驳辛垣衍的。

五、阅读理解题：本大题共 1 小题，共 10 分。

43. 阅读以下一段文字：

乃如左丘无目，孙子断足，终不可用，退而论书策，以舒其愤，思垂空文以自见。仆窃不逊，近自托于无能之辞，网罗天下放失旧闻，略考其行事，综其终始，稽其成败兴坏之理，上计轩辕，下至于兹，为十表，本纪十二，书八章，世家三十，列传七十，凡百三十篇。亦欲以究天人之际，通古今之变，成一家之言。草创未就，会遭此祸，惜其不成，是以就极刑而无愠色。仆诚以著此书，藏之名山，传之其人，通邑大都，则仆偿前辱之责，虽万被戮，岂有悔哉？然此可为智者道，难为俗人言也！

请回答：

（1）这段文字选自哪篇文章？文中说的"著此书"是指作者所著的哪一部书？

（2）作者著这部书的宗旨，可以用这段文字中哪三句话来概括？

（3）解释下列带点的词语：

① 思垂空文以自见

② 稽其成败兴坏之理

③ 草创未就

模拟卷（二）参考答案

一、单项选择题：本大题共 30 小题，每小题 1 分，共 30 分。

1.【答案与解析】

C。《送孟东野序》："大凡物不得其平则鸣：草木之无声，风挠之鸣。水之无声，风荡之鸣。"《送孟东野序》是唐代文学家韩愈为孟郊作的一篇临别赠序。全文主要针对孟郊"善鸣"而终生困顿的遭遇进行论述。故选 C。

2.【答案与解析】

C。"钟仪幽而楚奏兮，庄舄显而越吟"表达的意思是怀念故土。

3.【答案与解析】

C。刘兰芝与小姑话别："勤心养公姥，好自相扶将。初七及下九，嬉戏莫相忘。"

4.【答案与解析】

B。《君子于役》选自《诗经·国风·王风》。"风"是各地带有地方色彩的乐歌，有十五国风。

5.【答案与解析】

D。凄凄，通"萋萋"，茂盛的样子。

6.【答案与解析】

A。"独怜幽草涧边生，上有黄鹂深树鸣"出自韦应物《滁州西涧》。"回乐烽前沙似雪，受降城外月如霜"出自李益《夜上受降城闻笛》；"山红涧碧纷烂漫，时见松枥皆十围"选自韩愈《山石》；"人世几回伤往事，山形依旧枕寒流"选自刘禹锡《西塞山怀古》。

7.【答案与解析】

A。《咏史》（郁郁涧底松）属"先述己意而以史事证之"，揭露门阀制度下平庸的世家子弟窃据高位，英俊的寒门士子屈居下僚的不合理现象，是受压抑者的不平之鸣。

8.【答案与解析】

D。这是李密向晋武帝所上的表文。故"圣朝"为晋。

9.【答案与解析】

A。"其身正，不令而行；其身不正，虽令不从"语出《论语》。

10.【答案与解析】

A。《论语》"且知方也"中，"方"指的是道理、道义。

11.【答案与解析】

B。曹植《赠白马王彪》"谒帝承明庐"，这里"帝"指的是魏文帝曹丕。

12.【答案与解析】

A。"一夫当关,万夫莫开"出自唐朝李白《蜀道难》。

13.【答案与解析】

D。"空向秋波哭逝川"语出《论语·子罕》:"子在川上,曰:'逝者如斯夫! 不舍昼夜。'"

14.【答案与解析】

B。元稹《遣悲怀》(其二) 为七言律诗。诗歌写对亡妻的思念,以平易的语言写夫妻生活中的日常琐事,触景生情,思念也就在生活的点点滴滴中。

15.【答案与解析】

A。《段太尉逸事状》记述了段秀实"勇服郭晞""仁愧焦令谌""节显治事堂"三件逸事。由此可知,段秀实平定郭晞部下之乱是以"勇"服人,故本题选 A。

16.【答案与解析】

D。"坐观垂钓者,徒有羡鱼情"中,"羡鱼"暗用《淮南子·说林训》"临河而羡鱼,不若归家织网"之意。

17.【答案与解析】

B。《别赋》为江淹所作,选择了很有代表性的七种离别类型,曲折地反映了南北朝时期战乱频仍、人们聚散无常的生存处境。

18.【答案与解析】

B。"天际识归舟,云中辨江树"是历来传诵的名句,其中"识"和"辨"两个动词,尤其传达出诗人面对景物时的主观感情,故王夫之称赞说:"隐然含情凝眺之人,呼之欲出。从此写景,乃为活景。"

19.【答案与解析】

A。《短歌行》为乐府旧题,"行"是古代歌曲的一种体裁。

20.【答案与解析】

C。《十五从军征》的写作手法:开头直入主题,统摄全篇。

21.【答案与解析】

C。司马迁的《报任安书》作于汉武帝时期。《劝学》作于战国后期。《非攻》作于春秋时期。《与陈伯之书》作于南北朝时期。

22.【答案与解析】

D。"缘木求鱼"选自《孟子·梁惠王上》中《齐桓晋文之事》"求若所欲,犹缘木而求鱼也"。

23.【答案与解析】

B。"雨中黄叶树,灯下白头人"出自司空曙《喜外弟卢纶见宿》;"那堪玄鬓影,来对白头吟"出自骆宾王《咏蝉》;"窗里人将老,门前树已秋"出自韦应物的《淮上遇洛阳李主簿》;"树初黄叶日,人欲白头时"出自白居易《途中感秋》。

24.【答案与解析】

A。《氓》是一首叙事诗。诗歌以一个被遗弃的女子之口,率真地述说了其情变经历和深切体验,反映了当时男女不平等的问题和当时婚姻制度对女性的压迫与损害。

25.【答案与解析】

D。从语言的角度来看,"气盛"的文章多用排比句或对偶句,贾谊《过秦论》也不例外。

26.【答案与解析】

D。曹操,字孟德。曹操诗今存二十余首,全用乐府旧题。有《魏武帝集》。

27.【答案与解析】

C。谢灵运是我国第一个大量写作山水诗的著名诗人,他的山水诗扩大了诗歌题材领域,打破了东晋以来玄言诗一统天下的局面。有《谢康乐集》。

28.【答案与解析】

A。他日趋庭,叨陪鲤对:意为自己要到海南去接受父亲的教诲。鲤:孔鲤,孔子之子。《论语·季氏》:"(孔子)尝独立,鲤趋而过庭。"A项所用典故与孔子有关,故选 A。

29.【答案与解析】

D。高适出身寒门,年轻时郁郁不得志。天宝八载(749 年),高适将近 50 岁时,因宋州刺史张九皋的推荐,却只得了个封丘县尉的小官,大失所望。《封丘县》一诗就是诗人任封丘县尉时所作,故选 D。

30.【答案与解析】

D。《走马川行奉送出师西征》(边塞诗)表现了豪迈乐观的情怀、一往无前的英雄气概、战无不胜的坚强信心,以及高昂的爱国精神。

二、多项选择题:本大题共 5 小题,每小题 2 分,共 10 分。

31.【答案与解析】

ABD。《苏武传》原文:"单于子弟发兵与战,缑王等皆死,虞常生得。单于使卫律治其事","初,武与李陵俱为侍中"。李蔡和石建出自《李将军列传》,故选 ABD。

32.【答案与解析】

ABCE。A 项:冯唐有才能却一直不受重用。汉武帝时选求贤良,有人举荐冯唐,可是他已九十多岁,难再做官了。李广是汉武帝时名将,多年抗击匈奴,军功大,却终身没有封侯。此处借古人自比。B 项:汉文帝本想任贾谊为公卿,但因朝中权贵反对,就疏远了贾谊,任他为长沙王太傅。此处借古人自比。C 项:梁鸿因作诗讽刺君王,得罪了汉章帝,被迫逃到齐鲁一带躲避。此处借古人自比。E 项:心系朝廷,却不被召见,什么时候才能像贾谊那样去侍奉君王呢?借古人自比。此处故选 ABCE。

33.【答案与解析】

BC。庄公的性格特点：(1)有计谋、城府深：如对共叔段、姜氏采取了欲擒故纵、后发制人的策略。(2)狠毒、不留情面：如对付共叔段、置姜氏于城颖，并发誓不相见等。(3)虚伪：如隧而相见的情节等。故选 BC。

34.【答案与解析】

ADE。"回眸一笑百媚生""揽衣推枕起徘徊""梨花一枝春带雨"描写的是杨贵妃。"孤灯挑尽未成眠"写的是唐明皇；"梨园弟子白发新"写的是戏子、宫女。

35.【答案与解析】

AD。《登楼赋》用了匏瓜徒悬、井渫莫食两个典故，恰当地表达了不得任用的担心。

三、简答题：本大题共 5 小题，每小题 6 分，共 30 分。

36.【答案】

(1)揭露门阀制度下平庸的世家子弟窃据高位，英俊的寒门士子屈居下僚的不合理现象，是受压抑者的不平之鸣。

(2)史实："金张籍旧业，七叶珥汉貂。""冯公岂不伟，白首不见招。"

37.【答案】

(1)钜鹿之战着重表现了项羽叱咤风云、所向无敌的勇武性格；

(2)鸿门宴着重刻画了项羽寡断少谋和妇人之仁；

(3)垓下之围先以舒缓的笔调写项羽夜起帐饮，慷慨悲歌，倾诉对虞姬与骏马的难舍之情，表现出项羽英雄末路的悲情；

(4)通过东城决战展示其虽有豪霸之气，但徒逞匹夫之勇的性格特征。

38.【答案】

可分四层：

(1)第一层慨叹人生短促，渴望实现抱负；

(3)第二层写求贤若渴的心情；

(3)第三层写求贤不得的忧和贤者远道而来的喜；

(4)第四层表达网罗天下贤才的强烈愿望。

39.【答案】

卢照邻《长安古意》主要采用了铺陈手法，极力铺张渲染都市生活的各种场景，但铺陈中也寄寓了感慨讽刺之意。此诗在修辞上多次运用了"顶针格"，回环往复，有一唱三叹之妙，增加了诗歌的艺术感染力。

40.【答案】

《谏逐客书》是古代一篇优秀的公文，具有很强的针对性。

(1)从内容来说，是对着逐客这事而发，全文紧紧扣住逐客以论说其错误，只抓住逐客对秦不利来论说,完全从秦国的利益着眼,这就容易使秦王接受。

（2）李斯还顺着秦王的感情、心理,引到统一六国的关键问题,把秦国的霸业作为整篇谏书的灵魂,反复论述这个根本的利害关系,这就紧紧抓住了秦王的心,使秦王顺理成章地接纳其意见,并收回逐客令,达到了上书的目的。

四、论述题:本大题共 2 小题,每小题 10 分,共 20 分。

41.【答案】

《蜀道难》可以分为三个部分:

（1）从"蚕丛及鱼凫"到"然后天梯石栈相钩连"为第一部分,写蜀道开辟之艰难;

（2）从"上有六龙回日之高标"到"嗟尔远道之人胡为乎来哉"为第二部分,写蜀道跋涉攀登之艰难;

（3）从"剑阁峥嵘而崔嵬"到"不如早还家"为第三部分,写蜀地的险要和环境的险恶,也即居留之艰难。

"蜀道之难,难于上青天"是绾连三个部分的线索,使全诗一气贯通;同时,这两句在诗中的三次重复,犹如一首乐曲的主旋律,奠定了全诗雄放的基调。

42.【答案】

四个层次:

首先,用周天子作威作福反衬强秦为帝的可怕;

其次,用纣王烹鬼侯、鄂侯反衬秦帝的残暴;

再次,用国力弱小的邹、鲁尚知对抗来激发辛垣衍的正义感;

最后,进行总结,指出如果投降秦国,自身的一切利益都将失去,梁王不会安然无事,辛垣衍也不能保持原来的宠幸。

五、阅读理解题:本大题共 1 小题,共 10 分。

43.（1）【答案】

这段文字选自《报任安书》;文中说的"著此书"是指作者所著的《史记》。

（2）【答案】

究天人之际,通古今之变,成一家之言。

（3）【答案】

① 垂:流传。

② 稽:考察。

③ 就:成,完成。

学习笔记